岩波現代文庫／文芸 297

中国名詩集

井波律子

岩波書店

まえがき

本書は、唐《とう》詩以降を中心としつつ、前漢《ぜんかん》の高祖《こうそ》劉邦《りゅうほう》から現代の毛沢東《もうたくとう》まで、中国の名詩百三十七首を選んで紹介したものである。

中国の詩の流れは、今から約二千五百年前、儒家《じゅか》の祖孔子《こうし》によって編纂された『詩経《しきょう》』にはじまる。ここには三百五篇の作品が収められているが、そのうち百六十篇は中国各地の民謡「国風《こくふう》」である。一句四言を基調とするこれらの歌謡には、古代に生きた民衆の素朴な生活感覚がいきいきと映しだされている。

『詩経』の成立から約三百年後、戦国《せんごく》時代の楚《そ》の国に新たな詩が生まれる。屈原《くつげん》らによって著されたその作品群は、『楚辞《そじ》』に収められているが、『詩経』に比べ、格段に複雑かつ華麗な表現形式をもつ。『楚辞』は本来、朗唱されたとみられるが、この形式を受け継いで、前漢(前二〇二―後八)から後漢《ごかん》(二五―二二〇)を通じ、「賦《ふ》」と呼ばれる長篇の美文形式が盛んになり、漢代文学の主要ジャンルとなった。

これと並行して、前漢末から、その多くが一句五言を基調とする「楽府《がふ》(民間歌謡)」

が歌い継がれ、後漢末になると、これをふまえて、詠み人知らずの「古詩十九首《こしじゅうきゅうしゅ》」を代表とする五言詩《ごごんし》が作られるようになる。この五言詩のジャンルに注目し、みずから制作したのは、三国志世界の英雄曹操《そうそう》とその周辺の文人たちである。こうして表舞台に躍り出た五言詩のジャンルは、以後、魏晋南北朝《ぎしんなんぼくちょう》時代(二二〇—五八九)を通じ、長い年月をかけて精錬の度を高めつつ、しだいに賦にかわって文学の主要ジャンルを占めるようになる。

ちなみに、総じて美的表現を第一義とする、この時代の修辞主義的潮流のなかで、平明な表現でみずからの日常や内面を歌った東晋《とうしん》の陶淵明《とうえんめい》は異色の存在であり、本格的にその作品が評価されるようになったのは、死後、数百年も経た宋《そう》代以降であった。

唐代(六一八—九〇七)に入ると、詩のジャンルは内容・形式ともに飛躍的な発展を遂げ、文学の主要ジャンルとしての地位を確立する。以後、時代の経過とともに、戯曲や小説など種々のジャンルが生まれ発展したけれども、本書で紹介したように、清《しん》末にいたるまで、詩は伝統中国において文学の主要ジャンルでありつづけ、なくてはならぬ生の営みの一つとして読まれ作られつづけた。さらにまた、こうした詩の命脈は現代まで脈々と受け継がれ、重要な位置を保っている。

詩のジャンルを飛躍的に高め、以後の基礎となった唐詩の形式は、押韻以外は比較的自由な「古体詩《こたいし》」と、押韻はむろんのこと、平仄《ひょうそく》をあわせ対句の使用を規定するなど、厳密な法則にのっとって作られる「今《きん》(近)体詩《たいし》」の二種に大別される。後者には四句構成の「絶句《ぜっく》」と八句構成の「律詩《りっし》」などがあり、一句五言(五言絶句・五言律詩など)のほか、一句七言(七言絶句・七言律詩など)で構成されるものがある。

唐詩は初唐《しょとう》(六一八—七〇九)、盛唐《せいとう》(七一〇—七六五)、中唐《ちゅうとう》(七六六—八三五)、晩唐《ばんとう》(八三六—九〇七)の四期に分けられる。このうち内容・形式ともに最高の成就を遂げた黄金時代は、李白《りはく》・杜甫《とほ》・王維《おうい》など大詩人が輩出した盛唐である。以後、白居易《はくきょい》、韓愈《かんゆ》、李賀《りが》などを代表とする中唐詩、李商隠《りしょういん》、杜牧《とぼく》などを代表とする晩唐詩へと、唐詩の流れは推移する。各人各様とはいえ、総じて唐詩の特徴は、感情の激発を凝縮して表現し、詩的小宇宙を現出させるところにある。

宋代(北宋《ほくそう》九六〇—一一二七、南宋《なんそう》一一二七—一二七九)になると、形式じたいは唐詩を踏襲するものの、詩作者も鑑賞者も急増し、また多作型の詩人が多くなったこともあり、表現内容において、宋詩は独自の展開を示すにいたる。細々とした身辺や日常をスケッチした詩篇や感情よりも思惟に重点を置いた詩篇も多く作られ、総じて濃厚・華麗な唐詩に比べて、平淡な風格が宋詩の特徴といえる。北宋では梅堯臣《ばいぎょうしん》、王安石《おうあんせき》、蘇軾《そしょく》、また南宋では陸游《りくゆう》、范成大《はんせいだい》、楊万里《ようばんり》などが、この時代の代表的詩人である。

元《げん》代(一二七九—一三六八)以降、明《みん》代(一三六八—一六四四)、清代(一六四四—一九一二)を経て現代にいたるまで、詩のジャンルは脈々と生きつづけた。ときに盛唐詩を称揚する風潮がさかんになることもあったが、全体的な潮流としては宋詩を継承し、詩作者が社会批判から、日常生活のスケッチにいたるまで、多種多様なテーマをおりにつけ自在に歌った作品が主流を占める。また、宋代からひきつづき、詩作者も鑑賞者もますます増え、多作型の詩人も多い。金《きん》から元にかけて生きた元好問《げんこうもん》、明の高啓《こうけい》、袁宏道《えんこうどう》、清の王《おう》士禛《ししん》、袁枚《えんばい》、龔自珍《きょうじちん》などが、この時期の代表的詩人である。

本書でとりあげた百三十七首の作者はほとんど唐代以降の人々であり、唐代以前でとりあげたのは、最終章「英雄の歌」に収めた前漢の高祖、武帝《ぶてい》、曹操、および陶淵明と唐代に完成した今体詩への架橋となった南朝斉の謝朓《しゃちょう》の五人のみである。このように唐詩以降に重点を置いたのは、一つには、なんといっても詩の表現形式が確立したこの時期以降の詩篇の完成度が高いためであり、今一つには、その表現内容が、現代に生きる者にとってもほとんど断絶感なく、「わがこと」のように読みとれるものが多いためである。その意味で、風景や人間関係から小さな生き物、白髪や耳鳴りなどの身体問題、はては老眼鏡等々にいたるまで、ありとあらゆる事象を素材とする宋代以降の興趣あふれる詩篇もまた多くとりあげた。

唐詩以降を中心としたとはいえ、なにぶん想像を絶する膨大な量の詩篇が存在する。そこで本書に収録する詩篇を選びだすために、まず「春夏秋冬」から「英雄の歌」まで、十一の大きなカテゴリーを立てたうえで、一つ一つの大カテゴリーをさらにいくつかの小カテゴリーに分類し、さまざまなアンソロジーや個人詩集などから、絶句や律詩を中心に、あてはまる詩篇をどんどんピックアップしてゆき、そのなかからもっともすぐれた作品、魅力的な作品を選定していった。

たとえば、第一章の「春夏秋冬」を、「春」「立春」「清明」など十一の小カテゴリーに分類し、「春」なら「春」の項目にあてはまる無数の作品のなかから、杜牧の七言絶句「江南《こうなん》の春《はる》」を選定するという具合である。ちなみに、十一の大カテゴリーは、季節、自然、生活・社会、身体・飲食、家族等々、今も昔も人が生きていくうえで密接な関わりのあることがらを基本として立てた。付言すれば、こうして作品を軸として選定したため、それぞれ七首を収めた李白、白居易、袁枚を筆頭に、複数の作品をとりあげた詩人も多い。

無数の詩篇のなかから浮かびあがってきた百三十七首のなかには、先にあげた各時代を代表する詩人の手になる極めつきの名詩はむろんのこと、今もいきいきとした輝きを放つ、知られざる名詩も数多く含まれている。総じて、本書に収めた詩篇に共通するのは、時を超えて読者の心にじかに訴えかけ、深い共感をよびおこす、つよい力があることだといえよう。長い伝統の積み重ねのなかから生まれた中国古典詩の精髄を味わうとともに、それぞれの詩篇に刻印された、さまざまな時代や状況のなかを生きぬいた詩人の姿を、実感をもって読みとっていただければうれしく思う。

とりあげた詩篇については、まず、それぞれ原文、訓読、注釈、現代語訳のあと、個々の詩的世界にアプローチする手がかりになればと念じつつ、作者や作品等々にかかわる解説をつけた。

なお、本書の巻末に、「標題句索引」「詩題索引」「詩人別詩題索引」「詩句索引」「人名索引」などの詳しい索引と「作者の生没年、字号、本籍地一覧」「時代別作者名一覧」および「関連地図」を付した。おりにつけ、これらを参照いただき、さまざまな角度から本書に収めた名詩に親しんでいただければ幸いである。

また、本書の図版は何らかの形で、収録した詩篇にかかわるものであり、これによって臨場感と視覚的な広がりをもって、詩篇をとらえていただければと思う。さらにまた、コラムの形で、当該の詩篇とかかわる話を付した箇所もままある。

それでは、ここに収めた百三十七首の名詩が、時を超えて多くの方々の心にとどき、元気に生きるためのよすがとなることを祈りつつ、名詩の海に船出したい。

目次

まえがき

第一章　春夏秋冬

春　千里《せんり》　鶯《うぐいす》啼《な》いて　緑《みどり》　紅《くれない》に映《えい》ず　杜牧 …… 2
立春　春《はる》　人間《じんかん》に到《いた》らば　草木知《そうもくし》る　張栻 …… 4
清明　清明《せいめい》の時節《じせつ》　雨紛紛《あめふんぷん》　杜牧 …… 6
晩春一　未《いま》だ暁鐘《ぎょうしょう》に到《いた》らずんば　猶《な》お是《こ》れ春《はる》　賈島 …… 8
晩春二　争《あらそ》って流水《りゅうすい》に随《したが》いて桃花《とうか》を趁《お》う　晁冲之 …… 10
夏　緑陰《りょくいん》　幽草《ゆうそう》　花時《かじ》に勝《まさ》る　王安石 …… 12
大暑　耳《みみ》に満《み》つ潺湲《せんかん》　面《めん》に満《み》つ涼《りょう》　白居易 …… 14

秋　晴空《せいくう》一鶴《いっかく》　雲《くも》を排《はい》して上《あが》る　劉禹錫……16
立秋　満階《まんかい》の梧葉《ごよう》　月明《げつめい》の中《うち》　劉翰……18
白露　白露《はくろ》　衣裳《いしょう》を湿《うるお》す　白居易……20
冬　寒気《かんき》　偏《ひと》えに我《わ》が一家《いっか》に帰《き》す　林古度……22
冬至　又《ま》た見《み》る　初陽《しょよう》の琯灰《かんかい》を動《うご》かすを　楊万里……24

第二章　自然をうたう

月　牀前《しょうぜん》　月光《げっこう》を看《み》る　李白……28
星　車《くるま》を駆《か》りて自《みずか》ら唱《うた》う　行行行《こうこうこう》　黄遵憲……30
夕陽一　夕陽《せきよう》　無限《むげん》に好《よ》し　李商隠……34
夕陽二　猶《な》お落日《らくじつ》の秋声《しゅうせい》を泛《うか》ぶるに陪《ばい》す　高蟾……36
霧　香霧《こうむ》　雲鬟《うんかん》湿《うるお》う　杜甫……38
靄　濃春《のうしゅん》の煙景《えんけい》　残秋《ざんしゅう》に似《に》たり　王士禛……42

雨　細雨《さいう》　驢《ろ》に騎《の》って　剣門《けんもん》に入《い》る　陸游　……　44

雪　独《ひと》り寒江《かんこう》の雪《ゆき》に釣《つ》る　柳宗元　……　46

氷　稚子《ちし》　金盆《きんぼん》より暁氷《ぎょうひょう》を脱《だっ》す　楊万里　……　48

雷　待《ま》ち得《え》たり　春雷《しゅんらい》　蟄《ちつ》を驚《おどろ》かし起《おこ》すを　龐鑄　……　50

観潮　久《ひさ》しく滄波《そうは》と共《とも》に白頭《はくとう》　蘇軾　……　52

風波　濤《なみ》は連山《れんざん》の雪《ゆき》を噴《ふ》き来《き》たるに似《に》たり　李白　……　54

第三章　季節の暮らし

灯節　六《むっ》つの街《まち》の灯火《とうか》に児童《じどう》鬧《さわ》ぐ　元好問　……　58

上巳　興懐《きょうかい》　限《かぎ》り無《な》し　蘭亭《らんてい》の感《かん》　龔鼎孳　……　60

七夕　銀漢《ぎんかん》　秋期《しゅうき》　万古《ばんこ》同《おな》じ　白居易　……　64

中秋　酒《さけ》は銀河《ぎんが》波《は》底《てい》の月《つき》を入《い》る　楊万里　……　66

重陽　独《ひと》り異郷《いきょう》に在《あ》って異客《いかく》と為《な》る　王維　……　70

除夜　霜鬢《そうびん》　明朝《みょうちょう》　又《ま》た一年《いちねん》　高適……72
朝寝　日《ひ》高《たか》く睡《ねむ》り足《た》れるも　猶《な》お起《お》くるに慵《ものう》し　白居易……74
昼寝　午枕《ごちん》　花前《かぜん》　簟《てん》流《なが》れんと欲《ほっ》す　王安石……78
納涼　杖《つえ》を携《たずさ》え来《き》たりて　柳外《りゅうがい》の涼《すず》しきを追《お》う　秦観……80
都市　市声《しせい》も亦《ま》た関情《かんじょう》の処《ところ》有《あ》り　陳起……82
農村　満窓《まんそう》の晴日《せいじつ》　蚕《かいこ》の生《う》まるるを看《み》る　范成大……84
祭り一　桑柘《そうしゃ》　影《かげ》斜《なな》めにして　秋社《しゅうしゃ》　散《さん》ず　王駕……86
祭り二　東塗《とうと》西抹《せいまつ》　粧《しょう》を成《な》さず　陸游……88

第四章　身体の哀歓

髪一　白髪《はくはつ》　三千丈《さんぜんじょう》　李白……92
髪二　行年《こうねん》未《いま》だ老《お》いざるに　髪先《かみさき》んじて衰《おとろ》う　白居易……94
目一　花《はな》を看《み》るに　猶自《なお》　未《いま》だ分明《ぶんめい》ならず　張籍……96

目二　白昼《はくちゅう》　霧《きり》に逢《あ》えるが若《ごと》し　梅堯臣 …… 98
耳　冷冷《れいれい》　耳《みみ》と謀《はか》る　范成大 …… 102
歯　文《ぶん》を論《ろん》じ法《ほう》を説《と》くに　卿《けい》に頼《よ》りて宣《の》ぶ　龔自珍 …… 106
餛飩　噉《の》みし後《のち》　方《まさ》に知《し》る　滋味《じみ》の長《なが》きを　楊静亭 …… 108
酒一　一杯《いっぱい》　一杯《いっぱい》　復《ま》た一杯《いっぱい》　李白 …… 110
酒二　児女《じじょ》は糟《かす》を餔《く》らい　父《ちち》は醨《うすざけ》を啜《すす》る　屈大均 …… 112
茶　誰《たれ》か茶香《さこう》を助《ま》すを解《かい》さん　皎然 …… 114
筍　風吹《かぜふ》けば　竹《たけ》の香《かお》るに似《に》たり　高啓 …… 116

第五章　家族の絆

老母　白髪《はくはつ》　愁《うれ》えて看《み》　涙眼枯《るいがんか》る　黄景仁 …… 120
姑　幃幕《いばく》を掲《かか》げ開《ひら》くも　已《すで》に人無《ひとな》し　廖雲錦 …… 122
嫁　未《いま》だ姑《しゅうとめ》の食性《しょくせい》を諳《そら》んぜず　王建 …… 124

夫一　夫君《ふくん》　誼《よしみ》　最《もっと》も深《ふか》し　陳淑蘭……126

夫二　屢《しば》しば眠《ねむ》りを催《うなが》さんと欲《ほっ》して　未《いま》だ応《おう》ぜざるを恐《おそ》る　席佩蘭……128

妻一　猶《な》お黔婁《けんろう》妻に嫁《とつ》ぐに勝《まさ》れり　白居易……130

妻二　喚《よ》び回《かえ》す　四十三年《しじゅうさんねん》の夢《ゆめ》　陸游……134

息子　総《す》べて紙筆《しひつ》を好《この》まず　陶淵明……138

娘一　毎《つね》に憶《おも》う　門前《もんぜん》　両《ふた》りながら帰《かえ》るを候《ま》つを　高啓……142

娘二　小女《しょうじょ》　鬚《ひげ》を挽《ひ》き　争《あらそ》って事《こと》を問《と》う　黄遵憲……144

孫　老妻《ろうさい》　自《みずか》ら詡《ほこ》る　作婆《さくば》の時《とき》を　趙翼……148

兄弟　湖山《こざん》　応《まさ》に夢《ゆめ》みるべし　武林《ぶりん》の春《はる》を　蘇軾……152

姉妹　同《とも》に竹馬《ちくば》に騎《の》りて　卿《けい》の小《ちい》さきを憐《あわ》れむ　袁枚……156

悼亡一　如《かく》も美《うつく》しく且《か》つ賢《けん》なるは無《な》し　梅堯臣……160

悼亡二　貞白《ていはく》　本《もと》より相《あ》い成《な》す　商景蘭…………164

第六章　それぞれの人生

友情一　及《およ》ばず　汪倫《おうりん》が我《わ》れを送《おく》る情《じょう》に　李白…………170
友情二　両地《りょうち》　各《おの》おの無限《むげん》の神《しん》を傷《いた》ましむ　元稹…………172
送別　西《にし》のかた陽関《ようかん》を出《い》づれば　故人《こじん》無《な》からん　王維…………176
邂逅　落花《らっか》の時節《じせつ》　又《ま》た君《きみ》に逢《あ》う　杜甫…………178
春愁　蜀魄《しょくはく》来《き》たらず　春《はる》　寂寞《せきばく》　寇準…………180
秋思一　虫鳴《ちゅうめい》　歳寒《さいかん》を催《うなが》す　欧陽修…………182
秋思二　旧《もと》は秋《あき》を悲《かな》しまず　只《た》だ秋《あき》を愛《あい》す　楊万里…………186
旅愁　何《いず》れの日《ひ》か　是《こ》れ帰年《きねん》ならん　杜甫…………188
隠棲　悠然《ゆうぜん》として南山《なんざん》を見《み》る　陶淵明…………190
科挙　五十年前《ごじゅうねんまえ》　二十三《にじゅうさん》　詹義…………194

出仕　悠悠《ゆうゆう》　三十九年《さんじゅうくねん》の非《ひ》　王安石……196

宿直　宿鶯《しゅくおう》　猶《な》お睡《ねむ》りて　余寒《よかん》に怯《おび》ゆ　李建中……198

左遷　雪《ゆき》は藍関《らんかん》を擁《よう》して馬前《うますす》まず　韓愈……200

人生観　只《た》だ当《まさ》に漂流《ひょうりゅう》して異郷《いきょう》に在《あ》るべし　唐寅……204

第七章　生き物へのまなざし

鶴　紅蓼《こうりょう》　風前《ふうぜん》　雪翅《せっし》開《ひら》く　韋荘……208

燕　茅簷《ぼうえん》の煙裏《えんり》　語《かた》ること双双《そうそう》　杜牧……210

雁　高斎《こうさい》　雁《かり》の来《き》たるを聞《き》く　韋応物……212

螢　流螢《りゅうけい》　飛《と》びて復《ま》た息《いこ》う　謝朓……214

猫　塩《しお》を裹《つつ》みて迎《むか》え得《え》たり　小《ちい》さき狸奴《りど》　陸游……216

馬　当《まさ》に呂布《りょふ》の騎《の》るを須《ま》つべし　李賀……218

梅　暗香《あんこう》　浮動《ふどう》　月《つき》　黄昏《こうこん》　林逋……222

桃　一樹《いちじゅ》の繁華《はんか》　眼《め》を奪《うば》いて紅《あか》し　李九齢……226
梨　月底《げってい》　梨《なし》開《ひら》き　万朶《ばんだ》光《かがや》く　徐渭……228
柳一　岸《きし》を夾《はさ》む垂楊《すいよう》　三百里《さんびゃくり》　杜牧……232
柳二　空《むな》しく憐《あわ》れむ　板渚隋堤《はんしょずいてい》の水《みず》　王士禛……234
菊　百卉《ひゃっき》　凋零《ちょうれい》して　此《こ》の芳《ほう》を見《み》る　文徴明……238
竹　根《ね》を立《た》つるは　原《も》と破巌《はがん》の中《うち》に在《あ》り　鄭板橋……242
蓮　翠蓋《すいがい》の佳人《かじん》　水《みず》に臨《のぞ》んで立《た》つ　杜衍……244
海棠　小蕾《しょうらい》　深《ふか》く蔵《ぞう》す　数点《すうてん》の紅《くれない》　元好問……246
牡丹　花《はな》は応《まさ》に老人《ろうじん》の頭《かしら》に上《のぼ》るを羞《は》ずるなるべし　蘇軾……248

第八章　なじみの道具たち

笛　誰《た》が家《いえ》の玉笛《ぎょくてき》ぞ　暗《あん》に声《こえ》を飛《と》ばす　李白……252
琴　琴《きん》を弾《だん》じ　復《ま》た長嘯《ちょうしょう》す　王維……254

琵琶 飲《の》まんと欲《ほっ》すれば 琵琶《びわ》 馬上《ばじょう》に催《うなが》す 王翰……256
時計 綢繆宛転《ちゅうびゅうえんてん》し 時《とき》を報《ほう》じて全《まった》し 康熙帝……258
眼鏡一 終《つい》に一層《いっそう》を隔《へだ》つるを嫌《いと》う 袁枚……260
眼鏡二 敢《あ》えて君《きみ》と同《とも》にせざらんや 袁枚……264
鏡一 照《て》らし罷《お》えて 重《かさ》ねて惆悵《ちゅうちょう》 白居易……268
鏡二 清光《せいこう》 天《てん》に上《のぼ》らんと欲《ほっ》す 袁機……272
炕 雪《ゆき》は雕檐《ちょうえん》を圧《あっ》するも 夢《ゆめ》は成《な》り易《やす》し 羅聘……276
水車 今年用《こんねんもち》いざるも 明年有《みょうねんあ》り 趙翼……280

第九章 文化の香り

庭園一 重《かさ》ねて来《き》たりて 倍《ます》ます情有《じょうあ》り 商景蘭……284
庭園二 猶《な》お汨羅《べきら》の心《こころ》を見《み》るがごとし 施閏章……288
楼閣一 黄河《こうが》 海《うみ》に入《い》りて流《なが》る 王之渙……292

楼閣二　山雨《さんう》来《き》たらんと欲《ほっ》して　風《かぜ》楼《ろう》に満《み》つ　許渾……294
読書　宜《よろ》しく読《よ》むべく　宜《よろ》しく倣《なら》うべからず　袁枚……298
蔵書　懐《ふところ》に放《はな》ちて一笑《いっしょう》し　茗甌《めいおう》傾《かたむ》くるを得《え》ん　葉昌熾……302
著書　満紙《まんし》　荒唐《こうとう》の言《げん》　曹雪芹……304
編纂　百年《ひゃくねん》の遺藁《いこう》　天《てん》の留《とど》めて在《あ》り　元好問……306
書　千古《せんこ》　訟《しょう》　紛紛《ふんぷん》たり　袁枚……308
画一　秋風《しゅうふう》　吹《ふ》き上《あ》ぐ　漢臣《かんしん》の衣《ころも》　袁凱……312
画二　画《え》は無声《むせい》に出《い》づるも　亦《ま》た断腸《だんちょう》　黄庭堅……314
講釈　君《きみ》の　舌戦《ぜっせん》　酣《たけなわ》なるを聴《き》かん　袁宏道……316
芝居　直《ただ》ちに関張《かんちょう》と一様《いちよう》に伝《つた》わる　趙翼……320
鞦韆　空中《くうちゅう》にて手《て》を撒《はな》てば　応《まさ》に仙去《せんきょ》すべし　張問陶……322
球技　堅円浄滑《けんえんじょうかつ》　一星《いっせい》　流《なが》る　魚玄機……326

第十章　歴史彷徨

刑天一　刑天《けいてん》　干戚《かんせき》を舞《ま》わす　陶淵明……332

刑天二　左《ひだり》に干《たて》　右《みぎ》に戚《まさかり》もて　舞《ま》い休《や》まず　袁枚……336

西施　石上《せきじょう》の青苔《せいたい》　人《ひと》を思殺《しさつ》す　楼穎……340

荊軻　乱山《らんざん》　終古《しゅうこ》　咸陽《かんよう》を刺《さ》す　袁枚……342

項羽　巻土重来《けんどちょうらい》　未《いま》だ知《し》る可《べ》からず　杜牧……346

諸葛亮　長《なが》く英雄《えいゆう》をして　涙《なみだ》　襟《きん》に満《み》たしむ　杜甫……348

王導　只《た》だ涙《なみだ》の新亭《しんてい》に灑《そそ》ぐこと無《な》きに縁《よ》る　汪元量……352

六朝貴族　烏衣《うい》巷口《こうこう》　夕陽《せきよう》斜《なな》めなり　劉禹錫……356

柳敬亭　人間《じんかん》に説与《せつよ》して　聴《き》くに忍《しの》びず　毛奇齢……358

西湖　淡粧《たんしょう》　濃抹《のうまつ》　総《す》べて相《あ》い宜《よろ》し　蘇軾……360

廬山　疑《うたご》うらくは是《こ》れ銀河《ぎんが》の九天《きゅうてん》より落《お》つるかと　李白……362

赤壁　銅雀《どうじゃく》　春深《はるふか》くして　二喬《にきょう》を鎖《とざ》さん　杜牧 …… 364
洞庭湖　白銀盤裏《はくぎんばんり》　一青螺《いちせいら》　劉禹錫 …… 366
西域一　春光《しゅんこう》　度《わた》らず　玉門関《ぎょくもんかん》　王之渙 …… 368
西域二　長河《ちょうが》　落日円《らくじつまど》かなり　王維 …… 370

第十一章　英雄の歌

凱旋　大風《たいふう》　起《おこ》りて　雲《くも》　飛揚《ひよう》す　漢の高祖 …… 376
栄華　歓楽極《かんらくきわ》まりて　哀情多《あいじょうおお》し　漢の武帝 …… 378
慷慨　志《こころざし》は千里《せんり》に在《あ》り　曹操 …… 382
中国　無数《むすう》の英雄《えいゆう》を引《ひ》きて　競《きそ》って腰《こし》を折《お》らしむ　毛沢東 …… 386

あとがき …… 393
中国古典詩の底力――岩波現代文庫版あとがき …… 397

時代別作者名一覧　54
作者の生没年、字号、本籍地一覧　48
人名索引　42
詩句索引　19
詩人別詩題索引　12
詩題索引　6
標題句索引　1

第一章　春夏秋冬

呉偉業「南湖春雨図」

千里《せんり》 鶯《うぐいす》啼《な》いて 緑《みどり》 紅《くれない》に映《えい》ず

杜《と》 牧《ぼく》(唐)

江南春(江南《こうなん》の春《はる》)

千里鶯啼緑映紅
水村山郭酒旗風
南朝四百八十寺
多少楼台煙雨中

千里《せんり》 鶯《うぐいす》啼《な》いて 緑《みどり》 紅《くれない》に映《えい》ず
水村《すいそん》 山郭《さんかく》 酒旗《しゅき》の風《かぜ》
南朝《なんちょう》 四百八十寺《しひゃくはっしんじ》
多少《たしょう》の楼台《ろうだい》 煙雨《えんう》の中《うち》

○**水村** 水辺の村。 ○**山郭** 山沿いの町。 ○**酒旗** 酒家のかかげるのぼり。 ○**南朝** 北中国を支配した北方異民族の北朝に対抗し、淮《わい》水以南の南中国を支配、建康《けんこう》(南京《ナンキン》)を首都とした五つの漢民族王朝、東晋《とうしん》、劉宋《りゅうそう》、斉《せい》、梁《りょう》、陳《ちん》を指す。三国時代、建康を首都とした呉《ご》と合わせ六朝《りくちょう》ともいう。 ○**四百八十寺** 慣例で「しひゃくはっしんじ」と読む。 ○**多少** ここでは「数えきれないほど多く」の意。

千里のかなたまでウグイスは鳴き、木々の緑と花の紅が照りはえる。
水辺の村にも山沿いの町にも、酒家ののぼりが風にはためく。
南朝以来の四百八十もの寺の群れ。
数えきれないほどの楼閣が、煙るような雨におぼろに霞む。

七言絶句。鮮明な色彩に彩られた江南の春を、現在形で歌う前半二句から、夢かうつつか、南朝に対する追慕のヴェールのかかった、朦朧《もうろう》美あふれる後半二句への転調が、なんとも絶妙な極めつきの傑作である。杜牧《とぼく》は晩唐《ばんとう》屈指の詩人。祖父は高名な政治家にして歴史家の杜佑《とゆう》である。二十六歳で科挙《かきょ》に合格した後、十数年間、江南各地で地方官をつとめ、「十年一《じゅうねんひと》たび覚《さ》む　揚州《ようしゅう》の夢《ゆめ》、贏《か》ち得《え》たり　青楼薄倖《せいろうはっこう》の名《な》」（「遣懐《けんかい》」）と回顧しているように、花柳《かりゅう》の巷《ちまた》に入り浸ったりもした。いずれにせよ、風光明媚な江南で過ごした若き日は詩人杜牧の感性に深い影響を与えた。詩的才能のみならず、鋭敏な政治意識の持ち主でもあったが、混迷の度を深めた唐末において、その政治理想を実現するすべはなかった。「杜秋娘《としゅうじょう》の詩《し》」のように、みずからの歴史観や政治観を堂々と歌いあげた長篇詩にも名作があるが、やはり詩人杜牧の真骨頂は短詩形、ことに絶句にあり、その平明にして流暢な作風には、他の追随を許さないものがある。

立春

春《はる》 人間《じんかん》に到《いた》らば 草木《そうもく》知《し》る

張《ちょう》 栻《しょく》(南宋)

立春偶成《りっしゅんぐうせい》

律回歳晩氷霜少
春到人間草木知
便覚眼前生意満
東風吹水緑参差

律《りつ》回《めぐ》り歳《とし》晩《く》れて　氷霜《ひょうそう》少《すく》なし
春《はる》　人間《じんかん》に到《いた》らば　草木《そうもく》知《し》る
便《すなわ》ち覚《おぼ》ゆ　眼前《がんぜん》に生意《せいい》満《み》つるを
東風《とうふう》　水《みず》を吹《ふ》き　緑《みどり》　参差《しんし》たり

○**立春**　二十四節気《せっき》の一つ。陽暦の二月四日ごろ。○**律**　音階を定める十二本から成る竹管を律呂《りつりょ》という。これを十二か月に配す。ここでは「暦めぐって」というほどの意。○**人間**　「じんかん」と読み、人の世、地上世界の意。○**東風**　春風をいう。方位と季節の関係については三三頁挿図参照。○**緑参差**　緑は緑水、すなわち緑樹の映った水、もしくは深い水。参差はふぞろいなさま。

暦めぐって年が暮れ、氷や霜も少なくなった。
春が地上にやってくると、まっさきに草や木がその気配を察知し、
たちまちあたりに生気がみなぎってくるのがわかる。
東風が水面《みなも》を吹きわたり、緑色をしたさまざまな波紋が浮かぶ。

七言絶句。立春になると、冬の間、枯れしぼんでいた草木がいっせいに生気をとりもどして、いきいきと萌えだし、水面の氷も春風に吹かれてすっかり溶け、緑の木々の影をやわらかに映したさざなみを立てる。心おどる春の歓びを歌った佳篇である。作者の張栻《ちょうしょく》は南宋《なんそう》初期の学者。南宋初期に宰相にもなった政治家にして学者、張浚《ちょうしゅん》の息子である。妥協を嫌う率直な人柄が裏目に出て、政治家としては不遇に終わったが、誠実な学者として敬愛され、同時代の大学者朱子《しゅし》にも高く評価されたという。草木は人の世の転変をよそに、春がめぐりくると、強靭な生命力を発揮して再生をくりかえす。周知のように、杜甫《とほ》は安禄山《あんろくざん》の乱によって破壊された長安《ちょうあん》においても、「国破《くにやぶ》れて山河《さんが》在《あ》り、城春《しろはる》にして草木深《そうもくふか》し」（「春望《しゅんぼう》」）と、春の到来とともに、勢いよく草木が生い茂るさまを感動的に歌った。自然、とりわけ植物のけなげな生命力には、いつの世も人を慰藉《いしゃ》し鼓舞するものがある。

清明《せいめい》の時節《じせつ》　雨紛紛《あめふんぷん》

杜《と》　牧《ぼく》（唐）

清《せい》　明《めい》

清明時節雨紛紛
路上行人欲断魂
借問酒家何処有
牧童遥指杏花村

清明《せいめい》の時節《じせつ》　雨紛紛《あめふんぷん》
路上《ろじょう》の行人《こうじん》　魂《たましい》を断《た》たんと欲《ほっ》す
借問《しゃもん》す　酒家《しゅか》　何《いず》れの処《ところ》にか有《あ》る
牧童《ぼくどう》　遥《はる》かに指《さ》す　杏花村《きょうかそん》

○清明　二十四節気《せっき》の一つ。陽暦の四月五日ごろ。○紛紛　雨が煙るようにふりしきるさま。○行人　旅人。○借問　「ちょっとおたずねします」の意。

清明節のころ、春雨が煙るようにふりしきる。

道行く旅人は、胸も張り裂けんばかり。

「ちょっとおたずねしますが、居酒屋はどこにありますか」。

牧童ははるかに指さす、杏《あんず》の花咲く村を。


七言絶句。ふりしきる春雨に濡れそぼって疲れはて、やりきれなさで胸も張り裂けそうな旅人が、ふと出会った牧童に、はるかかなた杏の咲く村の居酒屋を教えてもらい、ほっと一息つく。そんな小情景を寸描した名詩である。この作品も「江南《こうなん》の春《はる》」（二頁）と同様、春雨におぼろに煙る風景を歌う前半二句と、白い杏の花咲く村へとイメージを急転換させる後半二句の対比がことに秀逸。この詩には、雨、靄《もや》、霧などによって風景を朦朧《もうろう》化させ、詩的世界を巧みに重層化させる詩人杜牧《とぼく》の特徴が顕著にあらわれている。

ちなみに、中国では清明の日に墓参と郊外散策を行う。昔、この日には家の奥にいる女性も外出したため、男女の奇《く》しきめぐりあいもあり、短篇・長篇を問わず、白話《はくわ》小説（話し言葉で書かれた小説）にはこの「清明の出会い」を描くものが多い。また、墓参によって死者と生者が交感するこの日に、幽霊など異界的存在が出現し、生者との間にシュールな恋物語を繰り広げるというテーマも、白話小説におなじみのものである。

未《いま》だ暁鐘《ぎょうしょう》に到《いた》らずんば　猶《な》お是《こ》れ春《はる》

賈《か》　島《とう》(唐)

三月晦日贈劉評事(三月晦日《さんがつかいじつ》　劉評事《りゅうひょうじ》に贈《おく》る)

三月正当三十日
風光別我苦吟身
共君今夜不須睡
未到暁鐘猶是春

三月《さんがつ》　正《まさ》に三十日《さんじゅうにち》に当《あ》たり
風光《ふうこう》　我《わ》が苦吟《くぎん》の身《み》に別《わか》る
君《きみ》と共《とも》に　今夜《こんや》　睡《ねむ》ることを須《もち》いじ
未《いま》だ暁鐘《ぎょうしょう》に到《いた》らずんば　猶《な》お是《こ》れ春《はる》

○**三月晦日**　陰暦では一月、二月、三月を春とする。このため三月晦日(三月三十日)は春の最後の日となる。○**劉評事**　友人の劉某(名は不明)を指す。評事は官名。○**苦吟**　苦心して詩作すること。賈島は極端な苦吟型の詩人だった。解説参照。

三月、ちょうど今日は三十日。
春の風光は、苦吟するこの身に別れ去ってゆく。
君とともに今夜は眠らずにすごそう。
暁《あかつき》の鐘が鳴らないうちは、まだ春なのだから。

七言絶句。作者の賈島《かとう》は中唐《ちゅうとう》の詩人。一年の終わりにあたる除夜に、夜明かしするのは普遍的な慣習だが、この詩ではこれをひとひねりし、ゆく春を惜しんで夜明かししようと、友人に呼びかける。ユニークな発想の光る作品である。ここでもみずから「苦吟の身」と称しているように、賈島は徹底した苦吟型の詩人であった。彼は五言律詩「李《り》凝《ぎょう》の幽居《ゆうきょ》に題《だい》す」を作ったとき、第四句の「僧《そう》は敲《たた》く　月下《げっか》の門《もん》」について、「敲く」とすべきか「推《お》す」とすべきか、悩みながら道を歩くうち、文壇の大物で当時、京兆《けいちょう》の尹《いん》(首都の長官)だった韓愈《かんゆ》の行列にぶつかってしまう。話を聞いた韓愈は即座に「敲く」のほうがいいと助言し、以来、賈島に注目するようになる。成語「推敲《すいこう》」を生んだ名高い故事である。僧侶だった賈島は韓愈の知遇を得て還俗《げんぞく》、地方役人となるが、終世、一字一句にこだわり悩みぬいて、「二句《にく》　三年《さんねん》にして得《え》、一吟《いちぎん》　双涙流《そうるいなが》る」(「詩後《しご》に題《だい》す」)と、苦心に苦心を重ねながら詩作をつづけた。

晩春二

争《あらそ》って流水《りゅうすい》に随《したが》いて桃花《とうか》を趁《お》う

晁冲之《ちょうちゅうし》（北宋）

春《しゅん》日《じつ》

陰陰渓曲緑交加
小雨翻萍上浅沙
鵝鴨不知春去尽
争随流水趁桃花

陰陰《いんいん》たる渓曲《けいきょく》　緑交《みどりこも》ごも加《くわ》わり
小雨《しょうう》は萍上《へいじょう》の浅沙《せんさ》を翻《ひるがえ》す
鵝《が》鴨《おう》は春《はる》の去《さ》り尽《つ》くすを知《し》らず
争《あらそ》って流水《りゅうすい》に随《したが》いて桃花《とうか》を趁《お》う

○**渓曲**　谷川の湾曲したところ。谷川の隅《くま》。○**萍**　うきくさ。○**鵝鴨**　水鳥。ガチョウとカモ。○**趁う**　追いかける。

ほの暗い谷川の隅《くま》に、木々の緑がそこここに加わり、
小雨はうきくさの上の軽い砂をひらひら舞わせる。
水鳥は春が過ぎ去ってしまうのも知らず、
競って流れる水に乗り、桃の花を追いかける。

七言絶句。作者の晁冲之《ちょうちゅうし》は北宋《ほくそう》の人。花落ち緑深まる晩春、ゆく春も知らず、水鳥は渓流に乗って、水面《みなも》を漂い流れる桃の花を追い興じると、落花の季節の小景を歌う佳篇である。晁冲之は名門出身であり、従兄の晁補之《ちょうほし》は「蘇門四学士《そもんしがくし》」の一人。蘇軾《そしょく》門下の名高い文学者だったこの従兄は、有能な政治家でもあったが、政争に巻き込まれ、一一〇〇年、放蕩天子徽宗《きそう》の即位後、免官になる。こうした北宋末の混乱に嫌気がさしたのか、晁冲之は仕官せず、超然とみずからの生をつらぬいた。深読みすれば、この詩には、迫りくる滅亡にも気づかず、目先の享楽に酔う徽宗およびその取り巻きに対する諷刺と、ひたすら終末に向かう時代状況を、ただ手を束《つか》ねて眺めているしかない悲しみとが、さりげなく織り込まれている。なお、晁冲之は北宋の主要文学ジャンルの一つ、詞《ツー》（長句・短句を織りまぜ、もともとは一定のメロディーに合わせて歌われる）の名手としても有名。

夏

緑陰《りょくいん》　幽草《ゆうそう》　花時《かじ》に勝《まさ》る

王《おう》安《あん》石《せき》(北宋)

初夏《しょか》即事《そくじ》

石梁茅屋有彎碕
流水濺濺度両陂
晴日暖風生麦気
緑陰幽草勝花時

石梁《せきりょう》　茅屋《ぼうおく》　彎碕《わんき》有《あ》り
流水《りゅうすい》　濺濺《せんせん》として　両陂《りょうひ》を度《わた》る
晴日《せいじつ》　暖風《だんぷう》　麦気《ばくき》を生《しょう》じ
緑陰《りょくいん》　幽草《ゆうそう》　花時《かじ》に勝《まさ》る

○**即事**　その場の情景をそのまま歌うこと。詩題に用いる。○**石梁**　石の橋。○**茅屋**　かやぶきの家。○**彎碕**　彎曲した川岸。○**濺濺**　水の流れる音。サラサラ。○**両陂**　両側の土手。○**幽草**　ひっそりと茂る草。

石の橋、かやぶきの家、彎曲した川岸。
流れる水はサラサラと両側の土手の間をすぎてゆく。
晴れた日の光と暖かい風のなかに、麦の香りがただよい、
緑の木陰とひっそり茂る草は花咲く季節にまさる。

七言絶句。王安石《おうあんせき》は北宋《ほくそう》の大政治家。窮乏した国家財政を抜本的に立て直すべく、「新法《しんぽう》」を制定、急進的改革を実施した。これに対して、ゆるやかな改革を唱える司馬《しば》光《こう》らの「旧法党《きゅうほうとう》」が猛反発し、王安石らの「新法党」と長期にわたって深刻な党争(派閥抗争)を繰り返し、北宋政局は混迷を深めた。王安石は政治家であると同時に、「唐宋《とうそう》八家《はっか》」の一人に数えられるすぐれた文章家であり、傑出した詩人でもあった。この詩は、一〇七六年、五十六歳で宰相を辞し、南京《ナンキン》で隠棲した後の作品。初夏のひととき、自宅の庭園を散策しながら、流れる水、陽光、吹きわたる風、麦の香り、ひっそり茂る草木などで織りなされる、眼前の風景を細やかに歌うこの詩には、神経を消耗する官界を離れ、静謐な境地に憩う王安石の喜びがなだらかに映しだされている。総じて華麗な緊迫感にあふれる唐詩に比べ、宋詩には持続する日常に密着した作品が多いとされるが、この詩にもそうした傾向が顕著に見える。

大暑

耳《みみ》に満《み》つ潺湲《せんかん》　面《めん》に満《み》つ涼《りょう》

白《はく》居《きょ》易《い》（唐）

香山寺避暑（香山寺《こうざんじ》に暑《しょ》を避《さ》く）

六月灘声如猛雨
香山楼北暢師房
夜深起凭闌干立
満耳潺湲満面涼

六月《ろくがつ》　灘声《たんせい》　猛雨《もうう》の如《ごと》し
香山《こうざん》の楼北《ろうほく》　暢師《ちょうし》の房《ぼう》
夜深《よるふ》け　起《た》ちて闌干《らんかん》に凭《よ》りて立《た》てば
耳《みみ》に満《み》つ潺湲《せんかん》　面《めん》に満《み》つ涼《りょう》

○**灘声**　早瀬の音。○**香山**　洛陽《らくよう》の龍門《りゅうもん》の東にあった寺院、香山寺を指す。○**暢師**　香山寺の長老、文暢《ぶんちょう》を指す。師は禅師の意。○**潺湲**　せせらぎの音。

六月の早瀬の音は、豪雨のようだ。
香山寺の高楼の北側にある暢師《ちょうし》の僧房。
夜更けに、立ち上がり手すりにもたれると、
せせらぎの音が耳いっぱいに響き、涼気が顔いっぱいに漂ってくる。

七言絶句。作者は、『白氏文集《はくしもんじゅう》』や「長恨歌《ちょうごんか》」などで、日本でも平安時代から有名な、中唐《ちゅうとう》の大詩人白居易《はくきょい》あざな楽天《らくてん》である。白居易は寒門(貧しい家柄)の出身だが、優秀な成績で科挙に合格し高級官僚となった。剛直な彼は政治悪を批判する長篇の「諷喩詩《ふうゆ》」を数多く作り、これが禍して、四十四歳のとき、江州《こう》(江西省)の地方役人に左遷された。しかし、これ幸いと地方暮らしを楽しみ、ますます詩作に励む。そのあざなのとおり楽天的で芯のつよい人物だったのだ。やがて中央に呼び戻され、七十一歳で引退するまで、高いポストを占めたが、あくまで時流におもねらず、悠々たる大文人官僚として生きた。この詩は引退後、洛陽《らくよう》郊外で家族とともに穏やかな隠遁生活を送ったころの作品。ここで歌われる山寺の情景はいかにも涼しげであり、酷暑を忘れさせる。白居易は生涯を通じて庶民感覚を失わず、誠実な常識人として生きつづけ、平明そのものの表現をもって、大いなる詩的世界を構築した。みごとというほかない。

晴空《せいくう》一鶴《いっかく》雲《くも》を排《はい》して上《あが》る

劉《りゅう》禹《う》錫《しゃく》（唐）

秋《しゅう》詞《し》

自古逢秋悲寂寥
我言秋日勝春朝
晴空一鶴排雲上
便引詩情到碧霄

古《いにしえ》より秋《あき》に逢《あ》えば　寂寥《せきりょう》を悲《かな》しむ
我《わ》れ言《い》うに　秋日《しゅうじつ》は春朝《しゅんちょう》に勝《まさ》る
晴空《せいくう》一鶴《いっかく》　雲《くも》を排《はい》して上《あが》り
便《すなわ》ち詩情《しじょう》を引《ひ》きて碧霄《へきしょう》に到《いた》る

○**秋に逢えば寂寥を悲しむ**　『楚辞《そじ》』「九弁《きゅうべん》」の冒頭「悲《かな》しい哉《かな》　秋《あき》の気為《きた》るや、蕭瑟《しょうしつ》として草木揺落《そうもくようらく》して変衰《へんすい》す」をふまえる。○**詩情**　うたごころ。感ずるところを詩に表現したいという気分。○**碧霄**　蒼穹《そうきゅう》。あおぞら。

昔から秋にめぐりあうと、そのさびしい風情を悲しむもの。
私が思うに、秋の季節は春の季節にまさっている。
晴天の日、一羽の鶴が、雲をおし開いて上りゆき、
たちまち詩情を引き誘いながら蒼穹《そうきゅう》に達する。

七言絶句。作者の劉禹錫《りゅううしゃく》は中唐《ちゅうとう》の詩人。前半二句において、戦国《せんごく》時代楚《そ》の詩人宋玉《そうぎょく》が著した『楚辞《そじ》』「九弁《きゅうべん》」以来、秋は悲しいものだとする固定観念に異を唱え、秋は春にまさる季節だと、まず主張する。これを受け、後半二句において、秋の晴れた日、白鶴が白雲を突きぬけて、まっすぐ青天のかなたに上ってゆく、爽快な情景を歌い、秋のすばらしさを具体的に浮き彫りにする。詩人のうたごころをはるかに誘いつつ、飛翔してゆく鶴の姿を描いた結句はダイナミックな運動性にあふれ、ことに秀逸。劉禹錫は科挙に合格し官界に入ったが、柳宗元《りゅうそうげん》らとともに政治改革運動に参加して挫折(四七頁)、三十代なかばから二十年以上、左遷されて地方官暮らしを余儀なくされた。この左遷時代に、南方の民歌を改作した「竹枝詞《ちくしし》」をあらわして人気を博し、広く歌われたという。あえて民歌に注目するなど、反骨精神にあふれた人物だった。晩年は白居易《はくきょい》と親交を深めて、数多くの唱和詩をあらわし、「劉白《りゅうはく》」と並び称された。

立秋

満階《まんかい》の梧葉《ごよう》 月明《げつめい》の中《うち》

劉《りゅう》 翰《かん》(南宋)

立《りっ》 秋《しゅう》

乳鴉啼散玉屏空
一枕新涼一扇風
睡起秋声無覓処
満階梧葉月明中

乳鴉《にゅうあ》 啼《な》きて散《さん》じ 玉屏《ぎょくへい》空《むな》し
一枕《いっちん》の新涼《しんりょう》 一扇《いっせん》の風《かぜ》
睡《ねむ》りより起《お》きて 秋声《しゅうせい》 覓《もと》むる処《ところな》無く
満階《まんかい》の梧葉《ごよう》 月明《げつめい》の中《うち》

○**立秋** 二十四節気《せっき》の一つ。陽暦の八月八日ごろ。 ○**玉屏** 玉《ぎょく》の飾りがついた屏風。 ○**秋声** 秋の音。 ○**梧葉** あおぎりの葉。

子ガラスが鳴きながら飛び去り、玉の屏風はひっそり静まる。

枕をすれば初秋の涼しさ、扇子を揺らせばひんやりした風。

眠りから覚めて起きあがり、秋の音を探し求めてもわからない。

見れば、階《きざはし》いっぱいのあおぎりの落葉が、月明かりに照らされている。

七言絶句。作者の劉翰《りゅうかん》は南宋《なんそう》の人。詳細な伝記は不明だが、長らく武夷山《ぶいざん》(福建省)で隠遁生活を送り、南宋の著名な詩人范成大《はんせいだい》と親交があったとされる。この詩はことに後半の二句が秀逸。ひんやりした秋の気配がただよう立秋の日、秋の音を聞いて眼がさめたが、何の音かわからない。見れば、月明かりのなか、庭の石段いっぱいにあおぎりの葉が降りつもっている。まどろみのなかで聞いた秋の音は、葉がしきりに落ちる音だったのだと、作者は秋の訪れを聴覚と視覚を交錯させながら、鮮やかに歌いあげる。盛唐《せいとう》の孟浩然《もうこうねん》は五言絶句「春暁《しゅんぎょう》」において、「春眠《しゅんみん》　暁《あかつき》を覚《おぼ》えず、処処《しょしょ》　啼鳥《ていちょう》を聞《き》く、夜《や》来《らい》　風雨《ふうう》の声《こえ》、花落《はなお》つること知《し》んぬ多少《たしょう》ぞ」と歌い、春の夜、夢うつつで風雨の音を聞き、花はどれほど散ったやらと、思いをめぐらした。劉翰はこれをふまえつつ、舞台を初秋に切り替え、独自の詩的世界を作りだす。この二つの詩には、伝統を受け継ぎリフレッシュしながら、新たな世界を生みだしてゆく中国詩の流れが如実に映しだされている。

白露《はくろ》 衣裳《いしょう》を湿《うるお》す

白《はく》居《きょ》易《い》(唐)

涼夜有懐(涼夜《りょうや》 懐《おも》うこと有《あ》り)

清風吹枕席　清風《せいふう》 枕席《ちんせき》を吹《ふ》き
白露湿衣裳　白露《はくろ》 衣裳《いしょう》を湿《うるお》す
好是相親夜　好《よ》し是《こ》れ 相《あ》い親《した》しむの夜《よる》
漏遅天気涼　漏遅《ろうおそ》く 天気《てんき》涼《すず》し

○**枕席**　枕としとね。○**白露**　きらきら輝く露。二十四節気《せっき》の一つ、「白露」をふまえる。陽暦の九月八日ごろ。○**衣裳**　衣は上着、裳はもすそ。○**好し是れ**　ちょうど、まさに。○**漏**　水時計。転じて時刻を指す。

すがすがしい風が、枕としとねに吹きわたり、
きらきら輝く露が上着ともすそをしっとり濡らす。
ちょうど親しく語りあうのにふさわしい夜。
時はゆっくり流れ、空気もひんやりしているのだから。

五言絶句。若いころの作品だとされる。初秋、白露《はくろ》節のころから、夜が長くなり、空気もひんやりする。白居易《はくきょい》はこの時節にこそ、親密な夜の語らいをしたいものだと歌う。きわめて抒情的な歌いぶりであり、相手を女性だとする説もつよい。白居易は最初の妻薛《せつ》氏と死別後、三十七歳で楊《よう》氏と再婚、七十五歳で死ぬまで、彼女と仲むつまじく、平穏な家庭を営んだ。しかし、穏やかな愛妻家の白居易も結婚前の若いころには、激しい恋をした。恋人の名は湘霊《しょうれい》(二七〇頁)。白居易は「冬至《とうじ》の夜《よ》、湘霊《しょうれい》を懐《おも》う」と題する五言絶句で、「艶質《えんしつ》　見《み》るに由無《よしな》く、寒衾《かんきん》　親《した》しむ可《べ》からず、何《なん》ぞ堪《た》えん　最《もっと》も長《なが》き夜《よる》、倶《とも》に独《ひと》り眠《ねむ》る人《ひと》と作《な》るを」と歌い、もっとも夜の長い冬至の日に、相愛の恋人との逢瀬がかなわぬ身の不運を嘆いた。論者も指摘するように、この冬至の詩とここにあげた白露の詩には、明らかに共通するものがある。後年、バランスのとれた大常識人となった白居易にも、激しい恋に悩み、艶麗な恋歌を作った時期があったと思うと、心楽しくなる。

冬

寒気《かんき》 偏《ひと》えに我《わ》が一家《いっか》に帰《き》す

林《りん》古《こ》度《ど》(清)

金陵冬夜《きんりょうとうや》

老来貧困実堪嗟
寒気偏帰我一家
無被夜眠牽破絮
渾如孤鶴入蘆花

老来《ろうらい》 貧困《ひんこん》 実《まこと》に嗟《なげ》くに堪《た》えたり
寒気《かんき》 偏《ひと》えに我《わ》が一家《いっか》に帰《き》す
被《ひ》無《な》ければ 夜眠《よるねむ》るに破絮《はじょ》を牽《ひ》く
渾《す》べて孤鶴《こかく》の蘆花《ろか》に入《い》るが如《ごと》し

○**金陵** 江蘇省南京《ナンキン》市。 ○**被** かけ布団。 ○**破絮** ボロボロのふとん綿。ボロ綿。 ○**渾べて** まったく、の意。 ○**孤鶴** 群れを離れた一羽の鶴。

年老いてからの貧乏は、ほんとうに嘆かわしい。
寒気はひたすら我が家に集まってくる。
かけ布団がないので、夜寝るときはボロ綿を引きよせる。
まったくもって、群れを離れた鶴が白い蘆《あし》の花のなかに入るようなものだ。

七言絶句。作者の林古度《りんこど》は明末清初《みんしん》の人。清新な詩風あふれる小詩にすぐれる。彼は一六四四年、明が滅亡、満州族の清王朝が成立した後も、明の遺民《いみん》として生き、南京《ナンキン》で窮乏に耐えながら隠遁生活をつづけた。明が滅亡したとき、林古度はすでに六十五歳であり、以後、二十二年にわたって、老いの身に鞭打ちながら、貧困のなかで遺民として頑強に生きぬいた。この詩において、林古度は赤貧洗うがごとき暮らしのなかで、布団のかわりにボロ綿をひっかぶって寝る、みずからの哀れな姿を、「群れを離れた鶴が白い蘆《あし》の花のなかに入るようなもの」と、故意に現実とそぐわない美しい比喩をもちだし、ユーモアたっぷりに描いて、洒落のめしている。この余裕あふれるユーモア精神があればこそ、しなやかにかつ強靭に、長期にわたる遺民生活を続行できたといえよう。林古度は多作の詩人だったが、その作品の多くは亡佚《ぼういつ》し、彼を敬愛する清初の詩人王士禛《おうししん》が編纂した『林茂之詩選《りんぼうししせん》』二巻のみ、今に伝わる。

又《ま》た見《み》る　初陽《しょよう》の琯灰《かんかい》を動《うご》かすを

楊《よう》万《ばん》里《り》(南宋)

冬至前三日(冬至《とうじ》の前三日《まえみっか》)

故山千里幾時回
又見初陽動琯灰
酒不逢人還易酔
詩如得句偶然来

故山《こざん》　千里《せんり》　幾時《いつ》か回《かえ》らん
又《ま》た見《み》る　初陽《しょよう》の琯灰《かんかい》を動《うご》かすを
酒《さけ》　人《ひと》に逢《あ》わざれば　還《かえ》って酔《よ》い易《やす》く
詩《し》　句《く》を得《う》るに　偶然来《ぐうぜんき》たるが如《ごと》し

○**冬至**　二十四節気《せっき》の一つ。陽暦の十二月二十二日ごろ。一年のうち、もっとも夜が長く昼が短い。冬至の後は一陽来復、日に日に昼が長くなる。○**初陽**　最初の陽の気配。○**琯灰**　琯は六琯《りくかん》、すなわち玉製の穴の六つある笛。灰は葭灰《かかい》、すなわち葭《よし》の内部のうす皮を焼いて作った灰。六琯の下に葭灰を置いて「気」を占い、陽気や陰気など「気」が至ると灰が動くとされる。

千里のかなたの故郷に、いつ帰れるのだろうか。
またもや最初の陽気が笛の下の葭灰《かかい》を動かすのを見た。
酒は人に会わないと、かえって酔いやすく、
詩は句を思いつくのに、むこうから偶然やってくるようだ。

七言絶句。楊万里《ようばんり》は陸游《りくゆう》、范成大《はんせいだい》と並び称される南宋《なんそう》の代表的詩人。政治家としてもすぐれ、南宋初代皇帝の高宗《こうそう》をはじめ四人の皇帝に仕えて、重職を歴任した。しかし、すこぶる剛直であり、専横をふるう重臣連中を批判し、華北の回復を主張したため、皇帝や取り巻きの重臣にうとまれて左遷され、晩年は不遇だった。この詩は、前半二句において、故郷を遠く離れた地で、またも冬至がめぐってきたと歌っているところを見ると、左遷されたときの作であろう。ちなみに、一年でもっとも夜の長い冬至は陰の極みだが、「陰極まれば陽となる」で、冬至前後、気占いの「葭灰《かかい》」が春の陽気の兆しに感応して動くとされ、杜甫《とほ》の七言律詩「小至《しょうし》」もこのさまを描く。楊万里は唐詩を愛好したが、この詩の末尾で「詩《し》　句《く》を得《う》るに　偶然来《ぐうぜんき》たるが如《ごと》し」と歌っているように、型にこだわらず自由闊達、あふれるように膨大な詩を作りつづけた。すじを通してわが道を行き、思う存分歌って、八十歳の天寿をまっとうしたのだから、まことにすこやかな人物というほかない。

第二章　自然をうたう

呉歴「夕陽秋影図」

牀前《しょうぜん》月光《げっこう》を看《み》る

李《り》 白《はく》(唐)

静《せい》夜《や》思《し》

牀前看月光
疑是地上霜
挙頭望山月
低頭思故郷

牀前《しょうぜん》 月光《げっこう》を看《み》る
疑《うたご》うらくは是《こ》れ 地上《ちじょう》の霜《しも》かと
頭《こうべ》を挙《あ》げて 山月《さんげつ》を望《のぞ》み
頭《こうべ》を低《た》れて 故郷《こきょう》を思《おも》う

○**静夜思** 楽府題《がふだい》。楽府はもともと漢代の民間歌謡をさす。後世、漢代楽府の曲調に合わせて作られた詩を「楽府題」という。 ○**牀** 寝台。

寝台の前に射しこむ月光を見て、
地上におりた霜ではないかと思う。
頭をあげて山の端《は》の月をながめ、
頭をさげて故郷を思う。

五言絶句。作者は「詩仙《しせん》」と呼ばれる盛唐《せいとう》の大詩人李白《りはく》あざな太白《たいはく》。この詩で、李白は月光から霜を連想し、さらに故郷へと思いをはせる。何のけれんもない率直さで、叙景と抒情を一体化させた、極めつきの名詩である。李白は蜀《しょく》(四川省)の大商人の息子で、少年時代から詩文にすぐれていた。しかし、唐代では商人階層に科挙受験資格がなかったため、世に出るすべもなく、故郷で自由奔放な日々を送ったのち、二十代なかばで諸国漫遊に出る。以来、孟浩然《もうこうねん》(七二頁)らの詩人、遊俠、道士等々と交遊を深めながら、長期にわたって各地を遍歴した。七四二年、四十二歳で玄宗《げんそう》に召され宮廷詩人となるが、おりしも楊貴妃《ようきひ》や安禄山《あんろくざん》がわが世の春を謳歌した時期であり、失望した李白は奇行を誇示したあげく、二年足らずで辞職する。かくして気楽な放浪生活にもどったものの、晩年、安禄山の乱の渦中でさんざんな目にあう。ようやく安穏な日々が訪れた矢先、采石磯《さいせきき》(江蘇省)で舟遊びをしている最中、酔って水に浮かんだ月を取ろうとして水死したとされる。月を好み酒を愛した天衣無縫の詩人、李白らしい最期だった。

星

車《くるま》を駆《か》りて自《みずか》ら唱《うた》う　行行行《こうこうこう》

黄《こう》遵憲《じゅんけん》（清）

早《そう》行《こう》

堤長已歴八九折
柝撃猶聞四五更
涼風吹衣抱衾臥
残月在樹啼鳥声
東方欲明未明色
北斗三点両点星
腐儒饑寒苦相迫
駆車自唱行行行

堤《つつみ》は長《なが》く　已《すで》に八九折《はちきゅうせつ》を歴《へ》たり
柝撃《たくげき》　猶《な》お四五更《しごこう》なるを聞《き》く
涼風《りょうふう》　衣《ころも》を吹《ふ》き　衾《ふすま》を抱《いだ》きて臥《ふ》せば
残月《ざんげつ》　樹《き》に在《あ》りて　啼鳥《ていう》の声《こえ》す
東方《とうほう》明《あ》けんと欲《ほっ》して　未《いま》だ明《あ》けざる色《いろ》
北斗《ほくと》　三点《さんてん》　両点《りょうてん》の星《ほし》
腐儒《ふじゅ》は饑寒《きかん》に苦《はなは》だ相《あ》い迫《せま》られ
車《くるま》を駆《か》りて自《みずか》ら唱《うた》う　行行行《こうこうこう》

○早行　早朝の旅だち。早立ち。○柝撃　時を告げる拍子木の音。○四五更　夜明け前の時間。○衾　かけ布団。○残月　光を失い消えかかった夜明けの月。○腐儒　腐れ儒者。役立たずの知識人。ここでは自嘲的な表現。○饑寒　飢えと寒さ。○行行行　「古《こ》詩十九首《しじゅうきゅうしゅ》」第一首の第一句「行《ゆ》き行《ゆ》きて重《かさ》ねて行《ゆ》き行《ゆ》く、君《きみ》と生《い》きて別離《べつり》す」を指す。

堤は長くつづき、もう何度も曲がっているけれど、
聞こえてくる拍子木はまだ夜明け前の音。
冷たい風が上着を吹き、かけ布団を抱えて横になっていると、
消えかけた夜明けの月が樹にかかり、明け鴉の鳴く声がする。
東の空は明けそうで、まだ明けず、
北斗七星が二つ三つまたたく。
腐れ儒者のこの身は、飢えと寒さにきびしく攻めたてられ、
馬車を走らせながら、みずから「行行行《こうこうこう》」と声をあげて歌う。

七言律詩。作者の黄遵憲《こうじゅんけん》は清《しん》末の人。彼は郷試《きょうし》(科挙の地方試験)に何度も落第しており、この詩も、天津《てんしん》から馬車で北京《ペキン》の試験場に赴いたときの作。明けやらぬ風景のなか、惨めさにとらわれながら、「行け行け行け」と、みずからを奮いたたせる姿が活写されている。苦労のかいあって、一八七六年、二十九歳で郷試に合格、挙人《きょじん》となり、翌年、初代駐日公使となった何如璋《かじょしょう》の書記官として来日、四年間、滞在する。この間、伊藤博文ら日本の政治家や文人と広く交遊して見聞を深め、二百首にのぼる「日本雑事詩《にほんざつじし》」を作り、日本の歴史や制度等々を精緻にたどった『日本国志《にほんこくし》』四十巻の構想を練る。その後、外交官としてアメリカ、イギリス、シンガポールなどに赴任するが、一八九八年、親しい友人の梁啓超《りょうけいちょう》ら改革派の「戊戌変法《ぼじゅつへんぽう》」運動が、西太后《せいたいこう》ら保守派に圧殺された後、広東《カントン》省の故郷で隠遁生活を送った。鋭敏な時代感覚をもつ黄遵憲は、積極的に口語を用いた詩を作るなど、詩人としても先駆的な存在である。

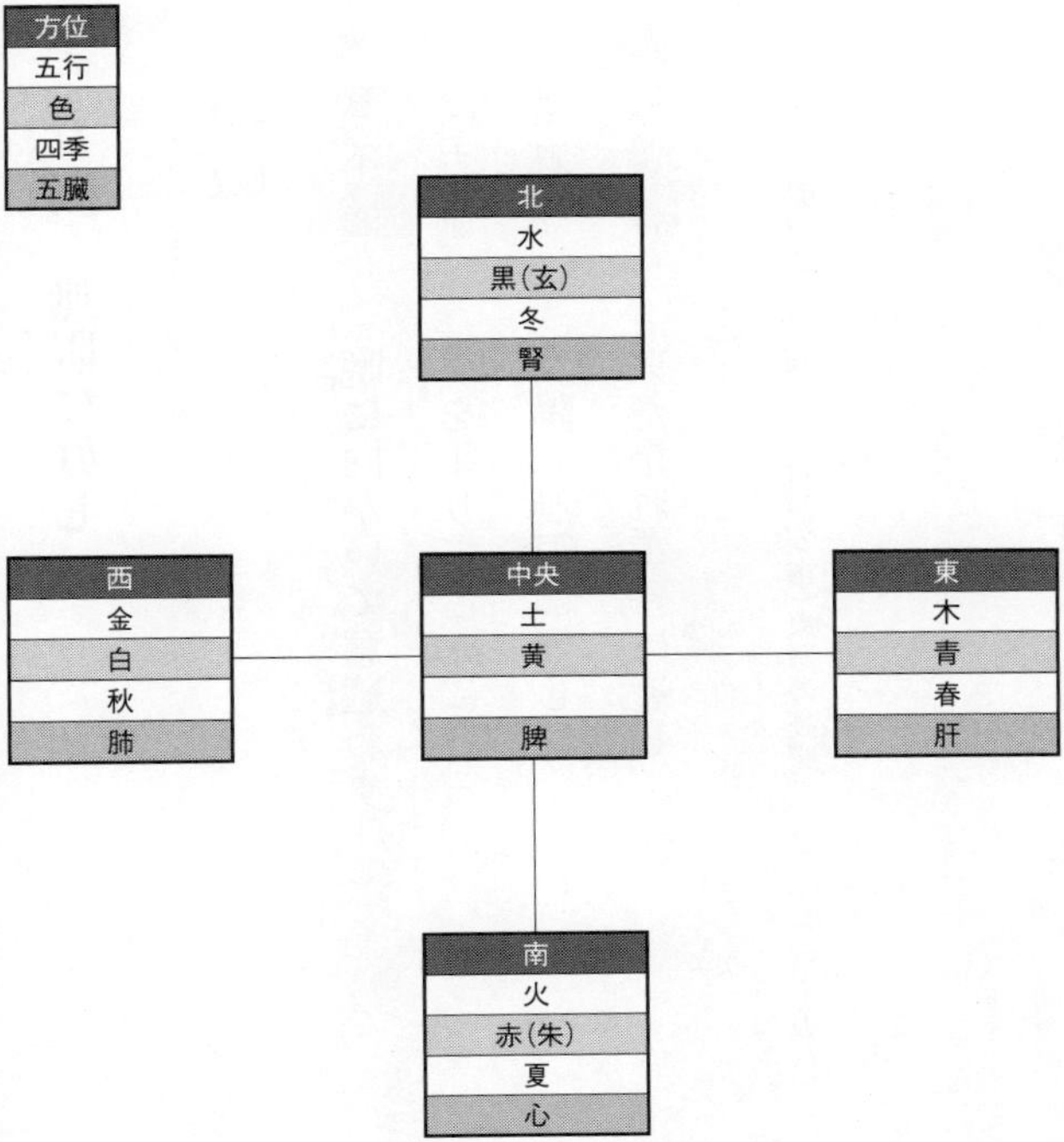

方位・五行・色・四季・五臓の関係図

夕陽《せきよう》 無限《むげん》に好《よ》し

李《り》商隠《しょういん》(唐)

楽《らく》遊《ゆう》原《げん》

向晩意不適
駆車登古原
夕陽無限好
只是近黄昏

晩《くれ》に向《む》かいて意《い》適《かな》わず
車《くるま》を駆《か》りて古原《こげん》に登《のぼ》る
夕陽《せきよう》 無限《むげん》に好《よ》し
只《た》だ是《こ》れ黄昏《こうこん》に近《ちか》し

○楽遊原 長安(陝西《せんせい》省西安《せいあん》市)東南の高原。古くから行楽地だった。

夕暮れになるにつれて心落ち着かず、
馬車を走らせて楽遊原《らくゆうげん》に登ってみた。
夕陽は無限に美しく輝いているが、
ただひたすら黄昏《たそがれ》に近づくばかり。

五言絶句。作者の李商隠《りしょういん》は晩唐《ばんとう》の詩人。同時代の杜牧《とぼく》と並び称される。李商隠はこの詩において、最後の光芒を放ちつつ下降してゆく夕陽に、迫りくる黄昏を鋭く予感する。この詩が傑出するのは、沈みゆく太陽に没落の一途をたどる唐末の時代状況を重ねあわせ融合させて、重層的な詩的世界を作りだしているところにある。夕陽(落日)をテーマとする詩といえば必ず想起される、極めつきの傑作である。この詩は典故も用いず、表現はいたって平明だが、デカダンな美意識の持ち主だった李商隠の作風は、もともと「獺祭魚《だっさいぎょ》」と自称するほど、典故を極度に多用した象徴性にあふれる。ちなみに、この自称は、獺祭魚すなわちカワウソが捕らえた獲物を陳列する習性をもつことによる。一群の恋愛詩「無題《むだい》」はこの典故技法を駆使した名作である。なお、李商隠は科挙に合格し官吏となったが、牛僧孺《ぎゅうそうじゅ》・李徳裕《りとくゆう》両党の対立が激化した当時の官界において、転身を重ねるなど、その実人生は曲折に富み、けっきょく不遇のまま終わった。

夕陽二

猶《な》お落日《らくじつ》の秋声《しゅうせい》を泛《う》かぶるに陪《ばい》す

高《こう》　蟾《せん》（唐）

金陵晩眺（金陵《きんりょう》の晩眺《ばんちょう》）

曾伴浮雲帰晩色
猶陪落日泛秋声
世間無限丹青手
一段傷心画不成

曾《かつ》て浮雲《ふうん》の晩色《ばんしょく》に帰《き》するに伴《とも》ない
猶《な》お落日《らくじつ》の秋声《しゅうせい》を泛《う》かぶるに陪《ばい》す
世間《せけん》　限《かぎ》り無《な》し　丹青《たんせい》の手《しゅ》
一段《いちだん》の傷心《しょうしん》　画《えが》くとも成《な》らず

○**晩眺**　晩景。夕暮れの景色。晩色も同じ。○**伴**　次行の陪と同じく、その場に居合わせる意。○**秋声**　秋の音。秋風や木の葉の落ちる音。○**丹青**　赤と青の絵具。絵画を指す。丹青の手は画家。

かつて浮き雲が、夕暮れの景色のなかにとけてゆくのを目のあたりにし、
さらにまた沈みゆく日に、秋の音がただよう風景を目にした。
世の中に、数えきれないほど画家はいるが、
ひとしきり痛むこの胸のうちはとても描けはしない。

七言絶句。作者の高蟾《こうせん》は晩唐《ばんとう》の詩人。貧しい暮らしのなかでも、他人の施しを峻拒する気骨のある人物だったという。しばしば科挙に落第し苦境にあえいだが、乾符《けんぷ》三年(八七六)、ようやく合格、唐の滅亡(九〇七年)が迫った乾寧《けんねい》年間(八九四―八九八)、御史《ぎょし》中丞《ちゅうじょう》(官吏の不正を摘発する御史台の次官)になった。この詩は、すべてが終末の気配におおわれる黄昏の風景と、それを呆然と眺めやる作者の姿を渾然と一体化させて歌ったもの。どんな画家も目に見える黄昏の景色を描くことはできても、それを眺め、ひとしきり悲痛な思いに引き裂かれるわが胸のうちは描けない、と歌う後半二句はことに秀逸。収拾不能の混迷に陥った唐末に生きた詩人の深い絶望感が、ひたひたと伝わってくる。古来、黄昏や夕陽を歌った詩は数多いが、先にとりあげた李商隠《りしょういん》の「楽遊原《らくゆうげん》」(三四頁)をはじめ、この高蟾の詩も含めて、斜陽の季節である晩唐にはことにすぐれた作品が多い。

香霧《こうむ》　雲鬟湿《うんかんうるお》う

杜《と》　甫《ほ》(唐)

月《げっ》夜《や》

今夜鄜州月
閨中只独看
遙憐小児女
未解憶長安
香霧雲鬟湿
清輝玉臂寒
何時倚虚幌
双照涙痕乾

今夜《こんや》　鄜州《ふしゅう》の月《つき》
閨中《けいちゅう》　只《ひたす》ら独《ひと》り看《み》るならん
遙《はる》かに憐《あわ》れむ　小児女《しょうじじょ》の
未《いま》だ長安《ちょうあん》を憶《おも》うを解《かい》せざるを
香霧《こうむ》　雲鬟《うんかん》湿《うるお》い
清輝《せいき》　玉臂《ぎょくひ》寒《さむ》からん
何《いず》れの時《とき》か　虚幌《きょこう》に倚《よ》り
双《なら》び照《て》らされて涙痕《るいこん》乾《かわ》かん

○鄜州　長安の北。陝西《せんせい》省富《ふ》県。○閨中　女性の部屋のなか。○只ら　ひとえに。○香霧　秋霧。女性に関わるためこういう。○雲鬟　ゆたかな黒髪のまげ。○玉臂　玉のように美しい腕。○虚幌　ひとけのない帳《とばり》。

今夜、鄜州《ふしゅう》を照らす月を、
妻は部屋のなかで、ひたすらひとり眺めていることだろう。
私ははるかにいとおしむ、幼い子どもたちが、
長安にいるこの父の身を思いやることさえ知らないのを。
香《かぐわ》しい秋の霧に、妻のゆたかな黒髪はしっとりと濡れ、
清らかな月の光を浴びて、玉《ぎょく》の腕《かいな》は冷え冷えと輝いていることだろう。
いつになったら、ほかに誰もいない帳《とばり》にもたれ、
二人並んで月光に照らされ、涙のあとも乾くのだろうか。

五言律詩。作者は「詩聖《しせい》」と称される盛唐《せいとう》の大詩人杜甫《とほ》。輝かしい文学的栄光とはうらはらに、その実人生は不運、不遇に終始した。七五五年、安禄山《あんろくざん》の乱が勃発、長安陥落の一か月前、杜甫は妻子を鄜州《ふ》に避難させた。翌年、玄宗《げんそう》が退位し、粛宗《しゅくそう》が霊武《れいぶ》(寧《ねい》夏回族《かかいぞく》自治区)で即位したとの情報を得るや、単身、霊武に駆けつけようとするが、途中で安禄山の軍隊に捕らえられ、長安で軟禁されてしまう。この詩は軟禁中に鄜州の妻子を思いやって作ったもの。杜甫は当時四十五歳、まだ幼い二人の息子と二人の娘があった。これは、月光のもと、別れ別れになった妻子への思いを切々と歌いあげた秀作である。とりわけ、香霧に濡れる黒髪、月光に冷たく輝く白い腕によって描出される、妻のイメージには清艶なエロティシズムが漂い、秀逸きわまりない。「詩聖」杜甫はかくも繊細にして濃密なエロス的感性を合わせもつ、豊饒な詩人であった。約八か月後、長安を脱出、曲折をへたのち、安住の地を求めて、妻子とともに長い遍歴の旅に出る。

杜甫

濃春《のうしゅん》の煙景《えんけい》　残秋《ざんしゅう》に似《に》たり

王《おう》士《し》禛《しん》（清）

秦淮雑詩《しんわいざつし》　六首　其《そ》の一

年来腸断秣陵舟
夢繞秦淮水上楼
十日雨糸風片裏
濃春煙景似残秋

年来《ねんらい》　腸断《ちょうだん》す　秣陵《まつりょう》の舟《ふね》
夢《ゆめ》は繞《めぐ》る　秦淮《しんわい》　水上《すいじょう》の楼《ろう》
十日《じゅうじつ》　雨糸《うし》　風片《ふうへん》の裏《うち》
濃春《のうしゅん》の煙景《えんけい》　残秋《ざんしゅう》に似《に》たり

○**秦淮**　南朝の都建康《けんこう》（江蘇省南京《ナンキン》市）の運河。両岸に青楼《せいろう》（妓女のいる館）が立ち並んでいた。　○**腸断**　腸《はらわた》が断ち切れるほどの思い。　○**秣陵**　建康の古名。三国時代、呉《ご》の孫権《そんけん》が根拠地とし建業《けんぎょう》と改称、西晋《せいしん》末、建康と改称される。　○**雨糸**　小雨。糸のような雨。　○**風片**　きれぎれに吹く風。　○**煙景**　煙は霞《かすみ》、靄《もや》。霞や靄のたちこめる風景。

数年来、腸《はらわた》が断ち切れるほど、秣陵《まつりょう》の船遊びにあこがれ、
夢は秦淮《しんわい》の岸辺に立ち並ぶ青楼を駆けめぐった。
この十日の間、小雨がきれぎれに吹く風のなかでふりしきり、
秣陵の春たけなわ、靄《もや》にけむる風景は、むしろ晩秋のようだ。

七言絶句。作者の王士《おうし》禛《しん》は「一代の正宗《せいそう》」と称される清《しん》初の大詩人。「神韻説《しんいんせつ》」を提唱し、流麗な描写に無限の情趣をこめた詩的世界を構築した。彼は一六五八年、二十五歳で科挙に合格、その翌年から六年、地方官として揚《よう》州(江蘇省)に在任、憧れの江南各地を旅し、また江南文人と交遊して詩作を競った。明《みん》の遺《い》民《みん》詩人、林古《りんこ》度《ど》もその一人である(三二頁)。この詩は揚州在任三年目の一六六一年、南京《ナンキン》を訪れたときの作品。前半二句で古都南京への積年の憧憬を歌い、後半二句で今このときの哀感にみちた南京風景を歌う。王士禛はこの詩もそうだが、しばしば霞《かすみ》、靄《もや》、霧などで風景を縹渺《ひょうびょう》と朦朧《もうろう》化させる手法を用いる。この手法は晩唐《ばんとう》の杜牧《とぼく》と共通性が深い。ちなみに、杜牧には「煙《けむり》は寒水《かんすい》を籠《こ》め月《つき》は沙《すな》を籠《こ》む、夜《よる》　秦淮《しんわい》に泊《はく》して酒家《しゅか》に近《ちか》し、商女《しょうじょ》は知《し》らず亡国《ぼうこく》の恨《うら》み、江《こう》を隔《へだ》てて猶《な》お歌《うた》う後庭花《こうていか》」(「秦淮《しんわい》に泊《はく》す」)と、おぼろにかすむ秦淮風景を歌った傑作がある。王士禛はこれをつよく意識しつつ、この詩を作ったとおぼしい。

雨

細雨《さいう》 驢《ろ》に騎《の》って 剣門《けんもん》に入《い》る

陸《りく》 游《ゆう》(南宋)

剣門道中遇微雨(剣門道中《けんもんどうちゅう》 微雨《びう》に遇《あ》う)

衣上征塵雜酒痕
遠游無処不消魂
此身合是詩人未
細雨騎驢入剣門

衣上《いじょう》の征塵《せいじん》 酒痕《しゅこん》を雜《まじ》え
遠游《えんゆう》 処《ところ》として魂《たましい》を消《け》さざる無《な》し
此《こ》の身《み》 合《まさ》に是《こ》れ詩人《しじん》たるべきや未《いな》や
細雨《さいう》 驢《ろ》に騎《の》って 剣門《けんもん》に入《い》る

○**剣門** 蜀《しょく》(四川省)にある山。蜀北部の要所。○**征塵** 旅の塵《ちり》やほこり。○**魂を消す** 心を揺さぶること。○**合に是れ…たるべし** …にふさわしい。○**未や** 句末につく場合は「否」と同様、疑問詞となる。○**驢** ロバ。ロバに乗って詩想を練る詩人としては、唐の孟浩然《もうこうねん》、李《り》白《はく》などが知られる。

上衣についた旅のほこりには、酒のしみがまざり、
はるかな旅路は、いずことて私の心を揺さぶらないところはない。
この身は、ほんとうに詩人としてふさわしいのだろうか。
霧雨のなか、ロバに乗って、剣門山《けんもんざん》へと入ってゆく。

七言絶句。作者の陸游《りくゆう》は南宋《なんそう》の大詩人。北宋《ほくそう》末の混乱期に生まれ、家族とともに南下して、故郷の紹興《しょうこう》(浙江省)に避難するが、一一二七年、三歳のときに北宋は滅亡、亡命王朝南宋が成立する。以後、彼は八十五歳の生涯を終えるまで、北中国を支配する女真《じょしん》族王朝金《きん》との対決を主張する主戦論を堅持し、和平論者を批判する多くの詩を作った。このため、後世、愛国詩人と称される。しかし、和平派のボス秦檜《しんかい》に憎まれて、トップの成績にもかかわらず、科挙落第の憂き目を見たのを皮切りに、辛うじて地方役人として露命をつなぐなど、その生涯は不遇の連続だった。この詩も、一一七二年、蜀《しょく》の成都《せいと》に赴任する道中の作(蜀には十年滞在)。なんとも映えない自画像を戯画化しながら、故郷を遠く離れた任地へ赴くやりきれなさを歌いあげた佳篇である。政治詩や社会詩のみならず、陸游にはやむなく離別した最初の妻への思いや、小風景・小動物等々を細やかに歌った詩も多い(前者は一三四頁、後者は二一六頁)。柔軟な感覚をもって、多様な詩的世界を築いたといえよう。

雪

独《ひと》り寒江《かんこう》の雪《ゆき》に釣《つ》る

柳《りゅう》宗《そう》元《げん》（唐）

江《こう》雪《せつ》

千山鳥飛絶
万径人蹤滅
孤舟蓑笠翁
独釣寒江雪

千山《せんざん》　鳥《とり》飛《と》ぶこと絶《た》え
万径《ばんけい》　人蹤《じんしょう》　滅《めっ》す
孤舟《こしゅう》　蓑笠《さりゅう》の翁《おう》
独《ひと》り寒江《かんこう》の雪《ゆき》に釣《つ》る

○**人蹤**　人の足あと。　○**蓑笠**　蓑《みの》と笠《かさ》。　○**寒江**　寒々とした川。

山という山に、鳥の飛ぶ姿が絶え、
道という道に、人の足あとが消えた。
ただ一艘の小舟に、蓑《みの》と笠《かさ》をつけた老人が、
たったひとり、寒々とした川に降る雪のなかで釣り糸を垂れている。

五言絶句。作者の柳宗元《りゅうそうげん》は中唐《ちゅうとう》の詩人。これは、静寂そのものの雪景色のなかで、孤影悄然、小舟に乗り釣り糸を垂れる老人の姿を歌ったもの。淡い水墨画の風景を思わせる佳篇である。柳宗元は二十六歳で科挙に合格、官界で活躍したが、劉禹錫《りゅううしゃく》らとともに政治改革をはかって挫折（一七頁）、三十三歳で永《えい》州（湖南省）の地方官に左遷された。この地で十年の歳月を過ごし、この詩も永州時代の作品とおぼしい。詩中の黙々と釣り糸を垂れる老人のイメージは、孤立を恐れず、毅然と生きる詩人自身の姿にも似る。その後、柳宗元は長安に呼び戻されるが、まもなく追放同然、柳《りゅう》州（広西省壮族《そうぞく》自治区）の長官に任命され、この辺境の地で没した。ときに四十七歳。こうして実人生は不遇の連続だったが、文学の面では、詩のみならず散文にもすぐれ、韓愈《かんゆ》とともに古文復興につとめて、「唐宋八家《とうそうはっか》」の一人に数えられるなど、中唐屈指の存在であった。散文の代表作には「蛇《へび》を捕《と》らうる者《もの》の説《せつ》」、「樹《き》を種《う》うる郭橐駝《かくたくだ》が伝《でん》」などがある。

氷

稚子《ちし》金盆《きんぼん》より暁氷《ぎょうひょう》を脱《だっ》す

楊《よう》万《ばん》里《り》（南宋）

稚子弄氷（稚子《ちし》 氷《こおり》を弄《ろう》す）

稚子金盆脱暁氷
彩糸穿取当銀錚
敲成玉磬穿林響
忽作玻瓈砕地声

稚子《ちし》 金盆《きんぼん》より暁氷《ぎょうひょう》を脱《だっ》し
彩糸《さいし》もて穿取《せんしゅ》し 銀錚《ぎんそう》に当《あ》つ
玉磬《ぎょくけい》を敲成《こうせい》し 林《はやし》を穿《うが》ちて響《ひび》くも
忽《たちま》ち玻瓈《はり》の地《ち》に砕《くだ》ける声《こえ》を作《な》す

○**稚子** 幼な子。○**銀錚** 銅鑼《どら》。○**玉磬** 古代の「へ」の字形をした打楽器。玉や石で作る。○**敲成** 敲は叩く。成は動作の完成をあらわす。○**玻瓈** 七宝の一つ。水晶類。

幼な子が金属の盆から早朝に張った氷を取りだし、
色糸を通して、銅鑼《どら》を作った。
叩くとみごとに玉磬《ぎょくけい》のような音がし、林を突きぬけて響きわたったが、
あっというまに、玻瓈《はり》が地面に落ちて砕けるような音がした。

七言絶句。寒い朝、幼いわが子が盆に張った氷をそっと取りだして色糸を通し、銅鑼《どら》に見立てて打ち鳴らしたところ、澄んだ音を出して響きわたる。しかし、次の瞬間、氷は地面に落ちた水晶のような音とともに、あえなく砕け散ってしまう。喜々として氷と戯れていた子どもは、砕け散った氷を前に呆然とするばかり。この詩は、そんな幼な子の姿をやさしく見守りつつ浮き彫りにしたもの。子どもを描く詩としては、西晋《せいしん》の左思《さし》が活発な二人の愛娘の姿を細やかに歌った「嬌女の詩《きょうじょのし》」、東晋《とうしん》の陶淵明《とうえんめい》ができのわるい五人の息子を慨嘆した「子を責《こせ》む」(一三八頁)、晩唐《ばんとう》の李商隠《りしょういん》が息子のやんちゃぶりを描いた「驕児の詩《きょうじし》」などが有名だが、この詩も小品ながら、出色の出来ばえである。けっして順風満帆とはいえない軌跡をたどった楊万里《ようばんり》が、氷の砕け散る音を聞いてがっかりする息子の姿を見ながら、夢は砕けやすいものだと、わが身に重ねて案じているとも読め、すこぶる含蓄に富む。

待《ま》ち得《え》たり　春雷《しゅんらい》　蟄《ちつ》を驚《おどろ》かし起《おこ》すを

龐《ほう》　鑄《ちゅう》(金)

春雷起蟄(春雷《しゅんらい》　蟄《ちつ》を起《おこ》す)

千梢万葉玉玲瓏
枯槁叢辺緑転濃
待得春雷驚蟄起
此中応有葛坡龍

千梢万葉《せんしょうばんよう》　玉玲瓏《ぎょくれいろう》
枯槁《ここう》の叢辺《そうへん》　緑《みどり》転《うた》た濃《こ》し
待《ま》ち得《え》たり　春雷《しゅんらい》　蟄《ちつ》を驚《おどろ》かし起《おこ》すを
此《こ》の中《うち》に　応《まさ》に葛坡《かっぱ》の龍有《りゅうあ》るべし

○**蟄**　土のなかで冬ごもりしている虫。○**玲瓏**　玉のように透明で美しいさま。ここでは雪や氷がついてきらきら輝く形容。○**枯槁**　枯れる。○**転た**　いよいよ、ますます。○**葛坡の龍**　葛洪《かっこう》著『神仙伝《しんせんでん》』(巻五)「壺公《ここう》」の話にもとづく。費長房《ひちょうぼう》という人物が仙人の壺公のもとで仙人修行に励んだのち、壺公に与えられた竹の杖に乗り空を飛んで帰宅し、竹の杖を葛坡(河南省新蔡《しんさい》県北)に投げ捨てたところ、青い龍となったというもの。

見渡すかぎり木々の梢も葉も、玉のようにキラキラ輝き、
枯れはてた草むらのあたりに、緑がますます色濃くなってくる。
待っているうちに、春の雷がとどろき、驚いた冬ごもりの虫が動きだす。
このなかに、きっと葛坡《かっぱ》の龍がいることだろう。

七言絶句。作者の龐鑄《ほうちゅう》は金《きん》の人。女真《じょしん》族王朝の金は一一二七年、北宋《ほくそう》を滅ぼして華北を支配した後、江南の亡命王朝南宋《なんそう》と平和共存するが、一二三四年、蒙古《モンゴル》軍に滅ぼされた。龐鑄の詳しい伝記は不明だが、一一九四年、科挙に合格して官界に入り、一二一四年、蒙古軍の攻勢にさらされた金が中都《ちゅうと》(北京)から南京《なんけい》(河南省開封《かいほう》市)に遷都した後、重職についたという。彼は有能な官僚であり、また博学多識で詩文にすぐれ、書画にも長じるなど、教養ゆたかな文人であった。この詩は、啓蟄《けいちつ》(二十四節気《せっき》の一つ。陽暦の三月五日ごろ。冬ごもりの虫が動きだす)のころ、氷や霜におおわれた木々の梢や葉が日にきらめき、枯れた草むらに緑が蘇り、春雷とともに冬ごもりの虫がうごめきだすと、きめこまかな観察眼をもって、春到来の喜びを歌ったもの。末句に見える「葛坡《かっぱ》の龍」については注参照。なお、龍と化した杖を与えた仙人の壺公《ここう》は壺を持ち歩き、壺のなかには別天地があったとされる。いわゆる「壺中天《こちゅうてん》」である。

観潮

久《ひさ》しく滄波《そうは》と共《とも》に白頭《はくとう》

蘇《そ》軾《しょく》（北宋）

八月十五日看潮《はちがつじゅうごにちかんちょう》

江辺身世両悠悠
久与滄波共白頭
造物亦知人易老
故教江水更西流

江辺《こうへん》　身世《しんせい》　両《ふた》つながら悠悠《ゆうゆう》
久《ひさ》しく滄波《そうは》と共《とも》に白頭《はくとう》
造物《ぞうぶつ》も亦《ま》た人《ひと》の老《お》い易《やす》きを知《し》り
故《ことさら》に江水《こうすい》をして更《さら》に西流《せいりゅう》せしむ

○**看潮**　観潮。満潮と銭塘江《せんとうこう》（河口は浙江省杭州《こうしゅう》市にある）の流れがぶつかり、逆流する（西向きに流れる）光景を見物すること。この現象は陰暦八月十五日から十八日までの間、もっとも顕著に見られる。○**身世**　自分の身と世間。○**悠悠**　疎遠なさま。○**滄波**　海の波。○**共に白頭**　白髪頭と白い波頭を掛けた表現。○**造物**　造物主。

銭塘江《せんとうこう》のほとりで、わが身と世間はおたがいに疎遠なまま、
長らく波頭《なみがしら》と白髪頭を同じくしてきた。
造物主も人の老いやすいことを知ってか、
わざと銭塘江を西向きに流してくださる。

七言絶句。蘇軾《そしょく》(号は東坡《とうば》)は北宋《ほくそう》の大詩人。深刻な党争(一三頁)の渦中で、旧法党《きゅうほうとう》の雄と目され、四十四歳以降、三度にわたって流刑されるなど、転変を繰り返した。この詩は一〇七三年、風光明媚な杭《こう》州の通判《つうばん》(副知事)だった時期のもの。蘇軾は詩文はむろんのこと、書画にすぐれ、料理、医術、薬学、土木建築にも通暁するなど、驚くべき多才の人だった。その後、二度目の杭州在任中も西湖《せいこ》を浚渫《しゅんせつ》し、その土砂を利用して蘇堤《そてい》を作っている(三六一頁)。性格は明朗闊達、底抜けに楽天的で、あふれるように詩を作りつつ、いかなる逆境においても、生活をエンジョイする「生の達人」だった。この詩は杭州名物「観潮」に出かけたときの作品だが、数年後にふりかかる大禍(最初の流刑)の予感があったのか、楽天的な蘇軾にしてはめずらしく疎外感や身に迫る老いが歌われている。ちなみに、当時、蘇軾は三十八歳。もっとも、後半二句で、逆流する銭塘江《せんとうこう》に重ねつつ、みずからのマイナス要因をすっぱりふりきっているところは、いかにも巨視的で鮮やか、蘇軾ならではの転換といえよう。

濤《なみ》は連山《れんざん》の雪《ゆき》を噴《ふ》き来《き》たるに似《に》たり

李《り》　白《はく》(唐)

横江詞《おうこうし》　六首　其《そ》の四

海神来過悪風廻
浪打天門石壁開
浙江八月何如此
濤似連山噴雪来

海神来《かいじんき》たり過《よぎ》りて　悪風廻《あくふうめぐ》る
浪《なみ》　天門《てんもん》を打《う》って　石壁開《せきへきひら》く
浙江《せっこう》　八月《はちがつ》　何《なん》ぞ此《こ》れに如《し》かん
濤《なみ》は連山《れんざん》の雪《ゆき》を噴《ふ》き来《き》たるに似《に》たり

○**横江**　横江浦《おうこうほ》。南京《ナンキン》の近くにある長江北岸の渡し場。○**悪風**　暴風、嵐。○**天門**　安《あん》徽《き》省当塗《とうと》県の西南にある山。博望山《はくぼうざん》と梁山《りょうざん》の二つの山が長江をはさんで、門のようにそびえたつ。○**浙江八月**　浙江すなわち銭塘江《せんとうこう》で八月に見られる大潮。五二頁「看潮」注参照。

海神がやって来て、暴風が吹き荒れ、
大波が天門山《てんもんざん》にぶつかって、石の壁が二つに分かれる。
浙江《せっこう》八月の潮《うしお》でさえ、とてもこれにはおよばない。
荒波は、連なる山々が雪を噴きあげながら押し寄せてくるかのようだ。

七言絶句。李白《りはく》ならではの巨視的でダイナミックな作品。七五五年、安禄山《あんろくざん》の乱勃発の前後に作られた。当時、李白は遍歴の途次、しばし宣城《せんじょう》(安徽《あんき》省)にとどまり、敬亭山《けいていざん》の麓に住みつつ、天門山《てんもんざん》、秋浦《しゅうほ》など安徽一帯の景勝地を遊覧した。彼はこの約三十年前、はじめて江南各地を遍歴したさいにも、天門山を訪れている。そのとき作ったのが、次の名詩「天門山《てんもんざん》を望《のぞ》む」である。「天門中《てんもんなか》絶えて　楚《そ》江開《こうひら》き、碧水東《へきすいひがし》に流《なが》れ　此《ここ》に至《いた》りて廻《めぐ》る、両岸《りょうがん》の青山《せいざん》　相《あ》い対《たい》して出《い》で、孤《こ》帆一片《はんいっぺん》　日辺《じっぺん》より来《き》たる」。紺碧の楚江(長江)、両岸に屹立する青い山、遠く天のかなたからやって来る一艘の小舟。同じく天門の雄大な風景を歌いながら、この「天門山を望む」のほうは、一瞬の美に輝く風景を絵画的に切り取ったような、大いなる静謐《せいひつ》さに包まれている。一方、この「横江詞《おうこうし》」は、吹きすさぶ悪風、二つに裂ける山、浙江《せっこう》八月の潮《うしお》ものかは、吹雪のような波しぶきをあげる急流、と、ただならぬ不穏などよめきに満ちみちる。この荒れすさぶ風景には、迫り来る大乱の予兆が刻印されており、類まれな李白の感受性の鋭さがしのばれる。

第三章　季節の暮らし

灯節（『金瓶梅』第 42 回挿図）

灯節

六《むっ》つの街《まち》の灯火《とうか》に児童《じどう》鬧《さわ》ぐ

元《げん》好《こう》問《もん》（金）

元《げん》　夕《せき》

袨服華粧著処逢
六街灯火鬧児童
長衫我亦何為者
也在遊人笑語中

袨服《げんぷく》と華粧《かしょう》に　著《いた》る処《ところ》にて逢《あ》う
六《むっ》つの街《まち》の灯火《とうか》に児童《じどう》鬧《さわ》ぐ
長衫《ちょうしん》の我《わ》れは亦《ま》た何為《なにす》る者《もの》ぞ
也《ま》た遊人《ゆうじん》の笑語《しょうご》の中《うち》に在《あ》り

○元夕　上元《じょうげん》、元宵《げんしょう》、灯節《ドンジエ》ともいう。陰暦正月十五日。街に提灯山《ちょうちんやま》が飾られ、一晩中、見物客でにぎわう。○袨服と華粧　晴れ着に着飾った女性を指す。○長衫　黒いマント。書生の服装。

晴れ着に着飾った女性たちに、いたるところで出会い、
六つの街の提灯山に、子どもたちは大騒ぎ。
黒マントの私もまた為すこともなく、
やはり見物客のさざめきの中にいる。

七言絶句。作者の元好問《げんこうもん》は金《きん》の人。一二三四年、四十五歳のとき、蒙古《モンゴル》軍によって金が滅ぼされた後も、金の遺民として生き、亡国の悲惨な状況を描くすぐれた詩を数多く作った。清《しん》の歴史家趙翼《ちょうよく》はその詩「遺山《いざん》に題《だい》す」(遺山は元好問の号)の一節で、「国家《こっか》の不幸《こう》は詩家《しか》の幸《さいわ》い、賦《ふ》して滄桑《そうそう》に到《いた》れば　句《く》便《すなわ》ち工《たくみ》なり(国家の不幸は詩人にとって幸いだ。詩を作り世の激変を表現すると、詩句はたちまち絶妙になる)」と、その生涯と作品の相関関係を指摘している。この詩は、一二一四年、蒙古軍の攻勢を受け、金が中都《ちゅうと》(北京《ペキン》)から南京《なんけい》(河南省開封《かいほう》市)に遷都したころ、若い書生だった元好問が、迫りくる蒙古の脅威をよそに、元夕、すなわち元宵節に浮きたつ新都南京の情景を描いたもの。つかのまの首都の繁栄を歌った、陰影に富む佳篇である。元好問は金滅亡後、金詩の総集『中州《ちゅうしゅう》集《しゅう》』を編纂し(三〇六頁)、また金代の歴史著述にも着手した。元《げん》末に編定された正史『金史《きんし》』には彼の著述が多く取り入れられ、このために文章にすぐれると定評がある。

上巳

興懐《きょうかい》限《かぎ》り無《な》し　蘭亭《らんてい》の感《かん》

龔鼎孳《きょうていじ》（清）

上巳将過金陵（上巳《じょうし》将《まさ》に金陵《きんりょう》に過《よぎ》らんとす）　四首　其《そ》の二

倚檻春風玉樹飄
空江鉄鎖野烟消
興懐無限蘭亭感
流水青山送六朝

檻《おばしま》に倚《よ》れば　春風《しゅんぷう》に　玉樹《ぎょくじゅ》飄《ひるがえ》り
空江《くうこう》　鉄鎖《てっさ》　野《や》烟消《えんき》ゆ
興懐《きょうかい》　限《かぎ》り無《な》し　蘭亭《らんてい》の感《かん》
流水《りゅうすい》　青山《せいざん》　六朝《りくちょう》を送《おく》る

○上巳　陰暦三月上旬の巳《み》の日。魏《ぎ》以降は三月三日に固定。東晋《とうしん》以降、この日に「曲水《きょくすい》流觴《りゅうしょう》の宴《えん》」すなわち、曲がりくねった流水に盃を浮かべ、順番にすくいあげて自作の詩を詠む宴を催した。**○金陵**　江蘇省南京《ナンキン》市。六朝《りくちょう》の都建康《けんこう》。**○玉樹**　玉《ぎょく》のように美しい樹木。ここでは、南朝最後の王朝、陳《ちん》の後主《こうしゅ》の七言詩「玉樹後庭花《ぎょくじゅこうていか》」をふまえる。**○空江**　空は空虚、江は長江。**○鉄鎖**　二八〇年、三国のうち最後に残った呉《ご》は、西晋《せいしん》軍の攻撃に対し、長江に鉄鎖を張って防御した。蜀《しょく》から長江を攻めくだった西晋の王濬《おうしゅん》の水軍はこの鉄鎖を焼き溶かしながら進軍した。○**蘭亭**　会稽山陰《かいけいさんいん》(浙江省紹興《しょうこう》市)にあった東晋の書の名手王羲之《おうぎし》の別荘。三五三年三月三日、会稽在住の名士がここに集まり、曲水流觴の宴を催した。王羲之の最高傑作「蘭亭序《らんていじょ》」は、このときの出席者の詩を編纂した『蘭《らん》亭集《ていしゅう》』に、序文として付されたもの(三一一頁挿図参照)。その末尾に「…世殊《よこと》なり事異《ことこと》なると雖《いえど》も、懐《かい》を興《おこ》す所以《ゆえん》は其《そ》の致《ち》は一《いつ》なり。後《のち》の覧《み》る者《もの》も、亦《ま》た将《まさ》に斯《こ》の文《ぶん》に感有《かんあ》らんとす(世は移り、事は変わろうとも、感動をよびおこす源は一つである。後世の読者もこれらの作品に感動することであろう)」とある。この詩の第三句「興懐　限り無し　蘭亭の感」はこれをふまえる。○**六朝**　北中国を支配した北方異民族の北朝に対抗し、淮《わい》水以南の南中国を支配、建康(南京)を首都とした五つの漢民族王朝を東晋、劉宋《りゅうそう》、斉《せい》、梁《りょう》、陳といい、三国時代、建康を首都とした呉と合わせ六朝という。二頁「南朝」注参照。

欄干にもたれていると、春風に玉樹《ぎょくじゅ》がひるがえる。
長江はひっそりと静まりかえり、焼いた鉄鎖《てっさ》の、野にたなびく煙も消えはてた。
感慨をおぼえること限りなし、感動深い蘭亭《らんてい》の宴《うたげ》に。
流れる水、青々とした山は、次々に滅びゆく六朝《りくちょう》を見送ってきたのだ。

七言絶句。作者の龔鼎孳《きょうていじ》は明《みん》末清《しん》初の人。銭謙益《せんけんえき》、呉偉業《ごいぎょう》とともに「江左三大家《こうささんたいか》」と称される。この詩は、陳《ちん》の後主《こうしゅ》が作った「玉樹後庭花《ぎょくじゅこうていか》」から歌いおこし、ひるがえって三国呉《ご》滅亡の故事、東晋《とうしん》の王羲之《おうぎし》が主催した蘭亭《らんてい》の故事を歌いつらね、不滅の自然と滅び去った六朝《りくちょう》を対比させつつ歌いおさめる。六朝の滅亡に、作者自身が遭遇した明の滅亡を重ねた亡国の悲歌である。龔鼎孳は一六四四年、明最後の皇帝崇禎帝《すうていてい》が自殺したとき、自分も死のうとしたが、夫人の顧媚《こび》につよく止められて思いとどまり、清に仕えて高官となった。しかし、転身したとはいえ、彼も顧媚も高い地位を逆用し、その後も反清運動を続行する友人をひそかに庇護しつづけた。この詩には、そんな複雑に屈折した生き方をした龔鼎孳の深い感慨がこめられている。ちなみに、「三大家」の一人、銭謙益の夫人柳如是《りゅうにょぜ》は、明滅亡の瀬戸際で、ためらう夫に自殺を迫るなど、顧媚とは対照的な態度を示した。転換期における身の処し方は各人各様というほかない。

✤ 顧媚《こび》について

別名を横波《おうは》、あざなを眉生《びせい》、あるいは智珠《ちしゅ》、眉荘《びそう》という。江蘇上元《じょうげん》(南京《ナンキン》)の人。龔鼎孳《きょうていじ》の側室で、『柳花閣集《りゅうかかくしゅう》』という詩文集もあった。「横波小像《おうはしょうぞう》」によれば、「豊姿《ほうし》嫣然《えんぜん》として、之《こ》れを呼《よ》べば出《い》でんと欲《ほっ》す」という風情であったという。またこの肖像画には顧媚の五言絶句と龔鼎孳の七言絶句が記されていた。ここではたがいの愛情の深さを物語る一例として、顧媚の七言絶句「自題桃花楊柳図(自《みずか》ら桃花《とうか》楊柳図《ようりゅうず》に題《だい》す)」をあげる。

郎道花紅如妾面
妾言柳緑似郎衣
何時得化鶼鶼鳥
払葉穿花一処飛

郎《きみ》は道《い》う　花《はな》の紅《べに》は妾《わ》が面《かんばせ》の如《ごと》しと
妾《われ》は言《い》う　柳《やなぎ》の緑《みどり》は郎《きみ》が衣《ころも》の似《ごと》しと
何《いず》れの時《とき》か　鶼鶼《けんけん》の鳥《とり》と化《か》し得《え》て
葉《は》を払《はら》い花《はな》を穿《うが》ちて　一《ひと》つ処《ところ》に飛《と》ばん

○「鶼鶼の鳥」は比翼の鳥のことで、仲の良い夫婦をいう。

七夕

銀漢《ぎんかん》　秋期《しゅうき》　万古《ばんこ》同《おな》じ

白《はく》居《きょ》易《い》（唐）

七《しち》夕《せき》

煙霄微月澹長空
銀漢秋期万古同
幾許歓情与離恨
年年并在此宵中

煙霄《えんしょう》　微月《びげつ》　長空《ちょうくう》に澹《あわ》く
銀漢《ぎんかん》　秋期《しゅうき》　万古《ばんこ》同《おな》じ
幾許《いくばく》ぞ　歓情《かんじょう》と離恨《りこん》と
年年《ねんねん》　并《なら》びに此《こ》の宵《よい》の中《うち》に在《あ》らん

○**煙霄**　かすみ。○**微月**　三日月。○**銀漢**　天の川。○**秋期**　秋の出会い、逢瀬。○**離恨**　別離の悲しみ。

かすみにけむる三日月が、大空に淡くうかぶ。
天の川の秋の逢瀬《おうせ》は、はるか昔から変わらない。
どれほどの出会いの喜びと別れの悲しみが
毎年毎年、もろともにこの夜のうちにあったことだろう。

七言絶句。この詩の制作年代は不明だが、七夕にことよせて、恋する相手への切ない思いを歌っているとも読め、先にあげた「涼夜《りょうや》　懐《おも》うこと有《あ》り」(二〇頁)と共通性がある。おそらく若き白居易《はくきょい》の作品であろう。陰暦七月七日の夜、天の川で年に一度、牽《けん》牛《ぎゅう》と織女《しょくじょ》が出会うという伝説の由来については諸説あって一定しない。南朝梁《りょう》の宗懍《そうりん》著『荊楚歳時記《けいそさいじき》』によれば、この日に「乞巧《きっこう》」と呼ばれる行事を催し、女性が裁縫の上達を祈願したとされる。織女に由来する行事である(一三三頁挿図参照)。一方、七月七日には書物や衣類の虫干しをする風習もあった。いわゆる曝書《ばくしょ》である。魏晋《ぎしん》の名士の逸話集『世説新語《せせつしんご》』「排調《はいちょう》篇」に、郝隆《かくりゅう》という人物がこの日、日なたに出て仰向けに寝そべっていたため、不審に思った人がわけを聞くと、「我《わ》れは書《しょ》を曝《ばく》す(書物の虫干しをしているのさ)」と答えたという話がある。自分の身体には万巻の書物が入っているというのだ。なんとも大した自信である。ロマンティックな牽牛・織女伝説から、恐るべき自信家の曝書まで、七月七日にちなむドラマやエピソードは枚挙に暇がない。

中秋

酒《さけ》は銀河《ぎんが》波底《はてい》の月《つき》を入《い》る

楊《よう》万《ばん》里《り》(南宋)

中秋与諸子果飲(中秋《ちゅうしゅう》　諸子《しょし》と果飲《かいん》す)

幾年今夕一番逢
千古何人此興同
酒入銀河波底月
笛吹玉桂樹梢風
莫言秋色無多巧
浄洗清光也費工
老子病来渾不飲
如何頻報緑尊空

幾年《いくとせ》　今夕《こんせき》　一番逢《ひとたびあ》う
千古《せんこ》　何人《なんびと》か　此《こ》の興《きょう》を同《おな》じくせん
酒《さけ》は銀河《ぎんが》波底《はてい》の月《つき》を入《い》れ
笛《ふえ》は玉桂樹梢《ぎょくけいじゅしょう》の風《かぜ》を吹《ふ》く
言《い》う莫《な》かれ　秋色《しゅうしょく》　多《た》巧《こう》無《な》しと
清光《せいこう》を浄洗《じょうせん》するも　也《ま》た工《たくみ》を費《つい》やす
老子《ろうし》　病来《びょうらい》　渾《す》べて飲《の》まざるに
如何《いかん》ぞ　頻《しき》りに報《ほう》ず　緑尊空《りょくそんむな》しと

○中秋　秋のまんなか。陰暦八月十五日。**○諸子**　友人たち。**○果飲**　果物や菓子類などを肴に、酒を飲むこと。楊万里には「清明果飲《せいめいかいん》」と題する詩もある。**○玉桂樹**　桂樹は月桂樹、すなわち月にあるという「かつら」の木を指す。玉は美しくかがやくさま。**○老子**　自称。わが輩、わたし。**○緑尊**　酒樽。

何年ぶりだろう、中秋の今夜、友人たちとひとしきり寄り集《つど》うた。
はるか昔から、どんな人がこんなに楽しい時をすごしただろうか。
杯の酒は天の川の波底の月を浮かべ、
笛の音は美しい月桂樹の梢の風を吹き寄せる。
秋の景色には精巧さがないなどと、言いたもうな。
清らかな月光を洗い輝かせるのにも、巧みなわざが費やされているのだ。
わたしは病気をしてこのかた、まったく酒を飲まなかったのに、
どうしたわけか、ひっきりなしに酒樽がからになったと、呼びたてている。

七言律詩。楊万里《ようばんり》は中秋《ちゅうしゅう》の夜、友人たちとともに冴えわたる月を眺めながら、酒を酌み交わすうち、だんだん興に乗って気宇壮大となる。その昂揚感をみごとに描いた作品である。病気をしてずっと酒を飲まなかったのに、今夜はどうしたわけか、いつのまにやら、どんどん飲み干し、酒樽がからになったぞと、家人を呼びたてていると歌う、末尾の二句がなんとも愉快である。楊万里の陽性で伸びやかな人となりが、しのばれる。

中秋の満月の夜に、庭に果物や菓子などを並べて月に供え、家族や友人が寄り集って楽しく酒宴をもよおすという風習は、楊万里の生きた南宋《なんそう》のころから盛んになったとおぼしい。中秋の満月にことよせて、一家団円《だんえん》、一家団欒《だんらん》の日とされるようになったのだ。この日に付き物とされる月餅《ユエピン》は、もっと時代が下った明《みん》代から流布したものであり、最初は無餡であったものが、しだいに果実餡などを入れるようになったという。

楊万里

重陽

独《ひと》り異郷《いきょう》に在《あ》って異《い》客《かく》と為《な》る

王《おう》 維《い》（唐）

九月九日憶山東兄弟（九月九日《くがつここのか》　山東《さんとう》の兄弟《けいてい》を憶《おも》う）

独在異郷為異客
毎逢佳節倍思親
遙知兄弟登高処
遍挿茱萸少一人

独《ひと》り異郷《いきょう》に在《あ》って異《い》客《かく》と為《な》る
佳節《かせつ》に逢《あ》う毎《ごと》に　倍《ます》ます親《しん》を思《おも》う
遙《はる》かに知《し》る　兄弟《けいてい》高《たか》きに登《のぼ》る処《とき》
遍《あま》ねく茱萸《しゅゆ》を挿《さ》して一人《ひとり》を少《か》くを

○**九月九日**　陰暦九月九日は重陽《ちょうよう》の節句。この日に、「登高《とうこう》」すなわち小高い山や岡に登り、厄除けに茱萸（かわはじかみ）の実のついた枝を頭に挿して、菊酒を飲む。○**山東**　ここでは広く、函谷関《かんこくかん》以東一帯を指す。このとき、王維の親兄弟は河東《かとう》郡蒲《ほ》県（山西省）にいた。○**兄弟**　王維には四人の弟があり、すぐ下の弟王縉《おうしん》はのちに宰相となった。○**処**　…する時の意。

私ひとり他郷にいて、旅びとの身なので、
節句がくるたび、ますます身内が恋しい。
私には遥かにわかる。兄弟そろって小高い山や岡に登ったとき、
みんな茱萸《しゅゆ》を頭に挿し、さて、ひとり足りないなと、気がつくことが。

七言絶句。作者の王維《おうい》は李白《りはく》・杜甫《とほ》とならぶ盛唐《せいとう》の大詩人。この詩は十七歳のときのもの。当時、王維は長安に遊学中であった。彼は早熟の詩人だが、この詩は、都で孤独な日々を送る若い作者が、故郷の重陽《ちょうよう》の節句に思いをはせ、今このとき、茱萸《しゅゆ》を頭に挿した弟たちが顔を見合わせ、ふと自分の不在に気がつくことだろうと、目前の光景を見るように想像する姿を描出する。いかにも素直でういういしい名詩である。王維は、奔放華麗な李白、深刻荘重な杜甫とは異なり、淡泊にして縹渺《ひょうびょう》、自然をテーマとするすぐれた詩を数多く作った。また傑出した山水画家でもあり、後世の文人画家のさきがけとされる。北宋《ほくそう》の蘇軾《そしょく》はその詩画一体となった作風を、「詩中《しちゅう》に画《が》あり、画中《がちゅう》に詩《し》あり」と評している。詩画のほか、書や音楽にもすぐれ、総じて後世文人の祖型ともいうべき存在である。二十一歳で科挙に合格後、安禄山《あんろくざん》の乱の渦中で蹉跌《さてつ》した以外は（弟王縉《おうしん》の奔走により事なきを得る）、順調かつ平穏な生涯を送り、おりおりに長安郊外の別荘「輞川《もうせん》荘《そう》」（二五四頁）で自然に浸る暮らしを楽しんだ。仏教に深く帰依したことでも知られる。

除夜

霜鬢《そうびん》明朝《みょうちょう》又《ま》た一年《いちねん》

高《こう》適《てき》(唐)

除夜作(除夜《じょや》の作《さく》)

旅館寒灯独不眠
客心何事転凄然
故郷今夜思千里
霜鬢明朝又一年

旅館《りょかん》の寒灯《かんとう》　独《ひと》り眠《ねむ》らず
客心《かくしん》　何事《なにごと》ぞ　転《うた》た凄然《せいぜん》
故郷《こきょう》　今夜《こんや》　千里《せんり》に思《おも》う
霜鬢《そうびん》　明朝《みょうちょう》　又《ま》た一年《いちねん》

○**寒灯**　さむざむとしたともし火。○**客心**　旅人の心。○**転た**　いよいよ、ますます。
○**霜鬢**　霜がおりたように白くなった髪。鬢は生えぎわの毛を指す。

旅の宿のさむざむとしたともし火に、ひとりきりで眠れない。
旅人の心はどうしたわけか、ますます寂しさがつのる。
故郷の人々は今夜どうしているだろうと、千里のかなたに思いを馳せる。
霜がおりたような白髪の私は、明朝には、また一つ歳をとっている。

七言絶句。作者の高適《こうてき》（「こうせき」とも読む）は盛唐《せいとう》の詩人。これは、除夜を歌ったあまたの詩のうち、屈指の作品である。旅の宿で、ひとり除夜を迎えた詩人は、遠い故郷の人々に思いを馳せながら、いたずらに老いゆくわが身を慨嘆する。痛切な寂寥感の漂う佳篇である。なお、この詩の第三句について、「故郷《こきょう》　今夜《こんや》　千里《せんり》に思《おも》わん」と読み、故郷の人々が遠く離れた地にいる詩人を思っているだろうと、解釈する説もある。ここでは、詩人自身の視点から全句を歌ったものとし、上記のように訳した。限られた字数で歌われる漢詩、ことに今《きん》（近）体詩《たいし》のすぐれた絶句や律詩には、複雑多様な要素を凝縮した表現が多い。こうして表現に深みが生じる一方、解釈は多義性を帯びる。この佳篇はその典型だといえよう。高適は若いころ任侠と関わるなど、奔放な日々を送ったが、後年、安禄山《あんろくざん》の乱のさい、唐王朝のために奔走、その功によって高位に上った。五十歳ではじめて詩を作ったという伝説があるほど、晩成の詩人だが、その詩風は気骨に富み、ことに辺塞《へんさい》詩（二五七頁）にすぐれる。

朝寝

日《ひ》高《たか》く睡《ねむ》り足《た》れるも　猶《な》お起《お》くるに慵《ものう》し

白《はく》居《きょ》易《い》（唐）

重題（重《かさ》ねて題《だい》す）

日高睡足猶慵起
小閣重衾不怕寒
遺愛寺鐘欹枕聴
香炉峰雪撥簾看
匡廬便是逃名地
司馬仍為送老官
心泰身寧是帰処
故郷何独在長安

日《ひ》高《たか》く睡《ねむ》り足《た》れるも　猶《な》お起《お》くるに慵《ものう》し
小閣《しょうかく》に衾《ふすま》を重《かさ》ねて　寒《さむ》さを怕《おそ》れず
遺《い》愛寺《あいじ》の鐘《かね》は　枕《まくら》を欹《そばだ》てて聴《き》き
香炉《こうろ》峰《ほう》の雪《ゆき》は　簾《すだれ》を撥《かか》げて看《み》る
匡廬《きょうろ》は便《すなわ》ち是《こ》れ名《な》を逃《の》るるの地《ち》
司馬《しば》は仍《な》お老《お》いを送《おく》るの官《かん》為《た》り
心泰《こころやす》く身《み》寧《やす》きは　是《こ》れ帰《き》する処《ところ》
故郷《こきょう》は何《なん》ぞ独《ひと》り長安《ちょうあん》にのみ在《あ》らんや

○**小閣**　閣は中二階。○**衾**　かけ布団。○**遺愛寺**　香炉峰の北にあった寺。○**香炉峰**　廬山《ろざん》の北峰。江西省九江《きゅうこう》市の南西にある。○**匡廬**　廬山を指す。○**司馬**　唐代では州の刺史《しし》(長官)の次官。実際には具体的な職務はなく、朝廷の高官が流謫・左遷されたとき、名目的に任ぜられることが多い。

日は高くのぼり、たっぷり眠ったけれど、まだ起きるのはおっくうだ。
小さな中二階にかけ布団を重ねて寝ているから、寒さもこわくない。
遺愛寺《いあいじ》の鐘は枕を斜めに立てて聞き、
香炉峰《こうろほう》の雪は簾をかかげてながめる。
この廬山《ろざん》は名誉・名声から逃げだす土地にほかならず、
司馬《しば》も老いを過ごすのにわるくない官職だ。
心身ともに安らかでいられるところこそ、安住の地。
故郷は長安だけとはかぎらない。

七言律詩。この詩は、清少納言の才気煥発を示す逸話によって、日本でもよく知られる。八一五年、四十四歳のとき、白居易《はくきょい》は江州《こう》(江西省九江市《きゅうこう》)の司馬《しば》に左遷されたが、これはその二年後の作品。この年、彼は香炉峰《こうろほう》の麓に草堂を建て、愛妻の楊氏《よう》(二一頁)とともに、ゆったりとした日々を過ごした。この詩の前半四句は、早朝出勤が義務である朝廷勤めから解放され、朝寝の時間を楽しむ詩人の姿を活写する。白居易は基本的に名利に恬淡とした人柄であり、江州暮らしをよしとする後半四句は、この時点における本音だと思われる。もっとも、彼は江州でただ悠々自適していたわけではなく、閑暇を幸いに、自作の詩文を整理・分類して文集を編纂したり、やはり江陵《こうりょう》(湖北省)に左遷されていた親友の元稹《げんじん》(一七二頁)に、みずからの文学観を論じた長文の書簡を寄せたりしている。八二〇年、中央に呼び戻されるまで、つごう五年に及んだ地方生活は、白居易の文学を成熟させる稀有の時間でもあったといえよう。

白居易

昼寝

午枕《ごちん》　花前《かぜん》　簟流《てんなが》れんと欲《ほっ》す

王《おう》安《あん》石《せき》（北宋）

午《ご》枕《ちん》

午枕花前簟欲流
日催紅影上簾鉤
窺人鳥喚悠颺夢
隔水山供宛転愁

午枕《ごちん》　花前《かぜん》　簟流《てんなが》れんと欲《ほっ》し
日《ひ》は紅影《こうえい》を催《うなが》して簾鉤《れんこう》に上《のぼ》らしむ
人《ひと》を窺《うかが》いて　鳥《とり》は喚《よ》ぶ　悠颺《ゆうよう》の夢《ゆめ》
水《みず》を隔《へだ》てて　山《やま》は供《きょう》す　宛転《えんてん》の愁《うれ》い

○午枕　ひるね。○簟　竹を編んで作ったむしろ。○紅影　花の影。○簾鉤　すだれのかぎ。○悠颺　ゆったりとのどかなさま。○宛転　ゆるやかに曲がりくねるさま。

昼寝をするのは花のまえ、竹むしろに照りはえる光は流れだしそう。
陽光は花の影をせきたてて、簾《すだれ》のかぎの上までのぼらせる。
人をのぞきこみながらさえずる鳥の声は、のどかな昼寝の夢を呼び覚まし、
川の対岸に見える山なみは、うねうねとめぐる愁いをさしだす。

七言絶句。王安石《おうあんせき》はここで花の前にむしろを敷き、うつらうつらと昼寝するうち、鳥のさえずりではたと目覚め、山並みを眺めながら、尽きせぬ憂いにとらわれる。この詩の制作年代は不明だが、現役の政治家時代、閑暇を得て作られたものだろう。王安石は剛腕の政治家であり、教養と趣味にあふれる文人でもあった。明《みん》末の白話短篇小説集「三言《さんげん》」の一つ、『警世通言《けいせいつうげん》』にそんな彼の両面性を描く二様の作品がみえる。一つは、彼の厳しい政治手法に音をあげる庶民の目線で描かれた「拗相公《おうしょうこう》　恨《うら》みを半山堂《はんざんどう》に飲《の》むこと」(第四巻)。拗相公は「ひねくれ大臣」の意で、王安石のあだなである。今ひとつは、「王安石《おうあんせき》　三《み》たび蘇学士《そがくし》を難《なん》ずること」(第三巻)であり、ここではうってかわって、菊の花、水の味、珍しい書籍に関する知識の深さで、蘇軾《そしょく》を圧倒する王安石の姿を描く。ことほどさように、異能の大人物、王安石のイメージは時代を超え、愛憎なかばする形で伝承されつづけたのである。

納涼

杖《つえ》を携《たずさ》え来《き》たりて　柳外《りゅうがい》の涼《すず》しきを追《お》う

秦《しん》　観《かん》（北宋）

納《のう》　涼《りょう》

携杖来追柳外涼
画橋南畔倚胡床
月明船笛参差起
風定池蓮自在香

杖《つえ》を携《たずさ》え来《き》たりて　柳外《りゅうがい》の涼《すず》しきを追《お》う
画橋《がきょう》の南《みなみ》の畔《ほとり》にて　胡床《こしょう》に倚《よ》る
月明《つきあき》らかに　船笛《せんてき》　参差《しんし》として起《お》き
風定《かぜさだ》まりて　池《いけ》の蓮《はす》は自在《じざい》に香《かんば》し

○画橋　美しく彩色した橋。○胡床　背もたれのついた椅子。折り畳み式。○参差　ふぞろいなさま。

杖をたずさえて柳辺にただよう涼気を追い求め、
画橋《がきょう》の南のほとりで、胡床《こしょう》にもたれ腰かける。
月光は明るく輝き、船上から笛の音が、あるいは高くあるいは低く響きわたり、
風もやんで、池の蓮は思いのままに香気を漂わせている。

七言絶句。作者の秦観《しんかん》は北宋《ほくそう》の人。この詩は若いころの作と推定されるが、夏の暑い夜、涼を求めて池畔をさまようと、冴えわたる月光のもと、池に浮かぶ船から嫋嫋《じょうじょう》と笛の音が響き、水面《みなも》の蓮もここぞとばかりに匂いたつと歌う。視覚、聴覚、嗅覚を微妙に交錯させ、涼気ただよう風景を現出させた作品である。秦観は若くして蘇軾《そしょく》に文才を高く評価され、黄庭堅《こうていけん》、晁補之《ちょうほし》、張耒《ちょうらい》とともに「蘇門四学士《そもんしがくし》」の一人に数えられる。三十七歳でようやく科挙に合格、宮中の図書に関わる官職を歴任し、国史の編纂にもたずさわった。しかし、旧法党《きゅうほうとう》の雄と目される蘇軾の一派とみなされ、新法党《しんぽうとう》が主導権をとるや、転々と左遷されたあげく、一〇九八年、雷《らい》州(広東《カントン》省)に流謫《るたく》の身となる。一一〇〇年、徽宗《きそう》の即位後、無罪放免となるが、数か月後に死去。この左遷・流謫時期の詩は暗い影におおわれている。なお、秦観は詞《ツー》(長句・短句を織りまぜ、もともとは一定のメロディーに合わせて歌われる)の名手であり、繊細で抒情性に富むその作品はつとに名高い。

市声《しせい》も亦《ま》た関情《かんじょう》の処《ところ》有《あ》り

陳《ちん》 起《き》（南宋）

早起（早《はや》く起《お》く）

今早神清覚歩軽
杖藜聊復到前庭
市声亦有関情処
買得秋花挿小瓶

今早《こんそう》 神《こころ》清《きよ》くして 歩《あゆ》みの軽《かろ》きを覚《おぼ》ゆ
藜《あかざ》を杖《つえ》つき 聊《いささ》か復《ま》た前庭《ぜんてい》に到《いた》る
市声《しせい》も亦《ま》た関情《かんじょう》の処《ところ》有《あ》り
秋花《しゅうか》を買《か》い得《え》て 小瓶《しょうへい》に挿《さ》す

○今早 今朝。 ○藜 あかざ。老人用の杖に用いる。 ○市声 物売りの声。 ○関情 心ひかれること。

今朝はすがすがしい気分で、足どりも軽く感じ、
あかざの杖をついて、ちょっとまた前庭まで出てきた。
物売りの呼び声にも心ひかれるものがあり、
秋の花を買い、小さな花瓶に挿した。

七言絶句。作者の陳起《ちんき》は南宋《なんそう》の人。早起きした作者は心身ともに爽快、通りに面した前庭に出て、花売りの声に耳をとめ、秋の花を買い求めて小さな花瓶に挿し、そこはかとない幸福感に浸る。町暮らしのひとこまを、さりげなく歌いあげた秀作である。陳起は南宋の首都杭《こう》州で本屋兼出版業を営む商人だった。当時(十三世紀前半)、詩を作ったり鑑賞したりする人々が急増し、士大夫《したいふ》階層のみならず、商人など都市生活者や地主など豊かな農村生活者にも、詩社(詩の結社)を作って詩作にふける者が続出した。陳起もまたみずから詩を作る一方、こうした民間詩人百九人の詩をシリーズとして刊行し、「江湖《こうこ》詩集《ししゅう》」と名付けた。陳起自身の詩集『芸林乙稿《うんりんおつこう》』もこのなかに収められている。彼は詩の大衆化時代において、またとないプロモーターの役割を果たした。ちなみに、「江湖詩集」は大ベストセラーとなったが、有名になりすぎたせいか、詩中で皇帝を誹謗したかどで、陳起は逮捕・流刑の憂き目にあい、「江湖詩集」の版木も焼却処分されたという。前代未聞の異色詩人である。

満窓《まんそう》の晴日《せいじつ》　蚕《かいこ》の生《う》まるるを看《み》る

范《はん》成《せい》大《だい》（南宋）

四時《しじ》田園雑興《でんえんざっきょう》　六十首　其《そ》の一

柳花深巷午鶏声
桑葉尖新緑未成
坐睡覚来無一事
満窓晴日看蚕生

柳花《りゅうか》　深巷《しんこう》　午鶏《ごけい》の声《こえ》
桑葉《そうよう》は尖新《せんしん》にして　緑《みどり》未《いま》だ成《な》らず
坐睡《ざすい》より覚《さ》め来《き》たりて一事《いちじ》無《な》く
満窓《まんそう》の晴日《せいじつ》　蚕《かいこ》の生《う》まるるを看《み》る

○**深巷**　町や村の奥まった路地。陶淵明《とうえんめい》の「園田《えんでん》の居《きょ》に帰《かえ》る」其の一に、「狗《いぬ》は吠《ほ》ゆ　深《しん》巷《こう》の中《うち》、鶏《とり》は鳴《な》く　桑樹《そうじゅ》の巓《いただき》」とあり、この二句をふまえる。○**尖新**　生いでたばかりで鋭くとがっているさま。

柳の花が咲く奥まった路地に、昼に鳴く鶏の声が響く。
桑の葉は生いでたばかりで鋭くとがり、まだ緑になっていない。
居眠りから覚めても何の用事もなく、
窓いっぱいの陽光のもと、蚕が生まれるさまを眺める。

七言絶句。作者の范成大《はんせいだい》は楊万里《ようばんり》、陸游《りくゆう》と並び称される南宋《なんそう》の代表的詩人。これは晩年、故郷の蘇《そ》州郊外に隠棲した後に作られた、「四時田園雑興《しじでんえんざっきょう》」六十首の第一首。ひっそりした路地の奥に昼鳴く鶏の声が響くなか、まどろみから覚めた詩人はなすこともなく、早春の柔らかな日ざしを浴びて、蚕の生まれるさまを眺める。のどかな休息のひとときをゆったりと描いた一篇である。この連作六十首は俳諧に共通する趣があるとされ、日本でも江戸後期によく読まれたという。現役時代の范成大は、地方長官を歴任したのち、中央の重要な官職につき、参知政事《さんちせいじ》(副宰相)にまでいたるなど、官僚としてもたいへん有能であった。一一七〇年、北中国を支配し、南宋と対立する女真《じょしん》族の金《きん》王朝に使者として出向き、果敢に任務を果たしたことでも知られる。ちなみに、范成大は旅の詩にすぐれ、また紀行文(旅行記)の名手でもあった。その『呉船録《ごせんろく》』は、陸游の著した『入蜀記《にゅうしょくき》』と並び称され、南宋紀行文学の双璧とされる。

桑柘《そうしゃ》　影斜《かげなな》めにして　秋社《しゅうしゃ》　散《さん》ず

王《おう》　駕《が》（唐）

社《しゃ》　日《じつ》

鵝湖山下稲粱肥
豚穽鶏塒半掩扉
桑柘影斜秋社散
家家扶得酔人帰

鵝湖山下《がこさんか》　稲粱《とうりょう》　肥《こ》え
豚穽《とんせい》　鶏塒《けいじ》　半《なか》ば扉《ひ》を掩《おお》う
桑柘《そうしゃ》　影斜《かげなな》めにして　秋社《しゅうしゃ》　散《さん》じ
家家《いえいえ》　酔人《すいじん》を扶《たす》け得《え》て帰《かえ》る

○**社日**　社は土地の神。社日はこれを祭る日。春の祭りを春社《しゅんしゃ》、秋の祭りを秋社《しゅうしゃ》という。○**鵝湖山**　信州鉛山県《しんしゅうえんざんけん》（江西省）にある。○**稲粱**　イネとアワ。穀物を指す。○**豚穽鶏塒**　豚小屋と鶏小屋。○**桑柘**　桑の木。

鵝湖山《がこさん》の麓では、稲や粱《あわ》が豊かにみのり、
豚小屋も鶏小屋も、戸は半分閉めかけたまま。
桑の木の影が長く斜めに落ちるころ、秋祭りはお開きになり、
家ごとに酔っぱらった者をささえながら帰ってゆく。

七言絶句。作者の王駕《おうが》は唐《とう》末の人。八九〇年、科挙に合格し官界に入るが、やがて官を棄てて隠遁した。この詩は、隠遁後の作品であろう。豊作に恵まれた年の秋祭り、浮かれた村人たちは家畜小屋の戸を閉めるのもそこそこに、そろって土地神の祠《ほこら》に繰りだし、夕暮れになると、祝い酒に酔った家族を抱えて帰途につく。迫りくる動乱をよそに、つかのまの祭りに浮きたつ人々の姿を、あたたかなタッチで描く一篇である。王駕は詩論『二十四詩品《にじゅうししひん》』を著した詩人司空図《しくうと》と親交があり、妻の陳玉蘭《ちんぎょくらん》も詩人だった。彼女の手になる七言絶句「夫《おっと》に寄《よ》す」は、「夫《おっと》は辺関《へんかん》を戍《まも》り　妾《われ》は呉《ご》に在《あ》り、西風《せいふう》　妾《われ》を吹《ふ》き妾《われ》は夫《おっと》を憂《うれ》う、一行《いちぎょう》の信《しん》　千行《せんぎょう》の涙《なみだ》、寒《さむ》さ君《きみ》が辺《へ》に到《いた》り　衣《い》到《いた》るや無《いな》や」と歌う。民歌の形式にならい、辺境にいる夫を案じる妻の辛い思いを歌いあげたこの哀歌は、人口に膾炙《かいしゃ》し、時代を超えて愛唱された。王駕は世紀末的状況に生きたとはいえ、個人的にはよき妻と友人に恵まれ、幸多き生涯だったといえよう。

祭り二

東塗西抹《とうとせいまつ》　粧《しょう》を成《な》さず

陸《りく》　游《ゆう》（南宋）

阿《あ》　姥《ぼ》

城南倒社下湖忙
阿姥龍鍾七十強
猶有塵埃嫁時鏡
東塗西抹不成粧

城南《じょうなん》　社《しゃ》を倒《さかし》まにして　下湖《かこ》忙《いそが》し
阿《あ》姥《ぼ》　龍鍾《りゅうしょう》　七十強《しちじゅうきょう》
猶《な》お塵埃《じんあい》せる嫁《とつ》ぎし時《とき》の鏡《かがみ》有《あ》り
東塗西抹《とうとせいまつ》　粧《しょう》を成《な》さず

○**阿姥**　おばあさん。　○**社**　土地神やそれを祭る祠《ほこら》、ひいては村そのものを指す。「倒社」は村中総出の意。　○**下湖**　会稽《かいけい》一帯では、陰暦三月三日を伝説の聖天子禹《う》の誕生日とみなし、鏡湖《きょうこ》（浙江省紹興《しょうこう》市南）に船を浮かべて盛大な祭りを行う。これを「下湖」と称する。　○**龍鍾**　よぼよぼしたさま。　○**東塗西抹**　手当たりしだいにぺたぺた塗りたくること。蘇軾《そしょく》の「淡粧《たんしょう》　濃抹《のうまつ》　総《す》べて相《あ》い宜《よろ》し」（三六〇頁）のもじりであろう。

城南では、村中総出で下湖《かこ》の祭りに大忙し。
おばあさんはよぼよぼで、もう七十を超しているのに、
まだ、ほこりまみれの、嫁入りしたときの鏡を持っており、
ぺたぺた塗りたくっているけれど、てんから化粧のていを成してない。

七言絶句。一一九七年、陸游《りくゆう》が七十三歳のとき、故郷の紹興《しょうこう》で作ったもの。祭りの日、七十を超したおばあさんまで浮きたって、嫁入りのときに持参した、ほこりまみれの古い鏡をとりだし、ぺたぺた塗りたくっておめかしするけれども、とても化粧のていを成さないと、ユーモラスに歌う。作者の陸游自身もすでに「七十強」、同世代の老女のトンチンカンなおめかしぶりを、オヤオヤとなかば呆れながら、あたたかい眼差しで眺めている。そんなやさしさがおのずと滲みでた、まことに好ましい詩である。『紅楼夢《こうろうむ》』に、劉姥姥《りゅうラオラオ》という愉快な農村のおばあさんが豪華な宴に招かれたさい、鉢に盛られた花を頭いっぱいに挿して一座を沸かせる場面がある(第四十回)。この詩にはこの劉姥姥にも通じる楽しいおばあさん像が、みごとに描出されている。

第四章　身体の哀歓

顧閎中「韓熙載夜宴図」

白髪《はくはつ》三千丈《さんぜんじょう》

李《り》 白《はく》(唐)

秋浦歌(秋浦《しゅうほ》の歌《うた》) 十七首 其《そ》の十五

白髪三千丈
縁愁似箇長
不知明鏡裏
何処得秋霜

白髪《はくはつ》 三千丈《さんぜんじょう》
愁《うれ》いに縁《よ》って 箇《かく》の似《ごと》く長《なが》し
知《し》らず 明鏡《めいきょう》の裏《うち》
何《いず》れの処《ところ》よりか 秋霜《しゅうそう》を得《え》たる

○**秋浦** 池《ち》州(安徽《あんき》省貴池《きち》県)。長江沿岸にある。○**箇の** 当時の口語。「この」の意。

白髪がなんと三千丈にもなっている。
愁いのせいで、こんなに長くなったのだ。
明るい鏡のなかの頭に、
いったいどこから秋の霜がふってきたのやら。

五言絶句。盛唐《せいとう》の大詩人李白《りはく》の名詩である。連作十七首「秋浦《しゅうほ》の歌《うた》」の第十五首。七五四年、五十四歳ごろの作と見られる。鏡に映じた白髪を見て、李白は老いを自覚し仰天する。しかし、「白髪三千丈」と極端に誇張した表現を用いて、自分の身におとずれた老いを明るくユーモラスに表現し、ショックも嘆きも吹き飛ばしてしまう。李白は根本的に陽性の人であり、どんなに辛いときでも、落ちこんだり悲壮になったりすることはない。この詩には、そんな彼の明朗さ、闊達《かったつ》さがよく出ている。この詩が作られたのは、宮廷生活に見切りをつけ長安を後にしてから十年後、山東《さんとう》から江南へと遍歴をつづけ、宣城《せんじょう》(安徽省《あんきしょう》)に滞在したころである。遍歴のなかで、李白は後世、「李杜《りと》」と並び称される杜甫《とほ》をはじめ大勢の友人と出会い、また彼と同様、道教に深い関心をもつ宗氏《そうし》と再婚して心の安らぎを得るなど、それなりに充実した日々を送った。なお、この「白髪三千丈」は誇張表現を示す成語として、後世、広く用いられる。

髪二

行年《こうねん》未《いま》だ老《お》いざるに　髪先《かみさき》んじて衰《おとろ》う

白《はく》居《きょ》易《い》（唐）

歎髪落（髪《かみ》の落《お》つるを歎《たん》ず）

多病多愁心自知
行年未老髪先衰
随梳落去何須惜
不落終須変作糸

多《た》病《へい》多《た》愁《しゅう》　心《こころ》自《おの》ずから知《し》る
行年《こうねん》未《いま》だ老《お》いざるに　髪先《かみさき》んじて衰《おとろ》う
梳《くし》に随《したが》いて落去《らくきょ》す　何《なん》ぞ惜《お》しむを須《もち》いん
落《お》ちざるも　終《つい》に須《すべか》らく変《へん》じて糸《いと》と作《な》るべし

○**多病多愁**　病気がちで悩みが多いこと。　○**行年**　生きている人の今までに経た年数。

病気がちで悩みが多いことは、われながらよく承知しているが、
まだ老齢に達していないのに、頭髪のほうが先んじて衰えてしまった。
櫛とともに抜け落ちようと、惜しむ必要があろうか。
抜け落ちずとも、けっきょく細い白糸のようになってしまうのだから。

七言絶句。八〇一年ごろの作。「行年《こうねん》未《いま》だ老《お》いざるに」と嘆くのも道理、白居易《はくきょい》はこのときまだ三十歳だった。彼はこの前年、科挙に合格したが、当時の制度では、吏部《りぶ》（官吏の任用を司る部署）の試験に合格しないと官職につけないため、これをめざして猛勉強中であり、心労が重なって頭髪に衰えがあらわれたのだろう。苦労のかいあって、八〇三年、試験に合格、秘書省校書郎《ひしょしょうこうしょろう》に任用され、生涯の友元稹《げんじん》と同僚になる。その元稹にあてた書簡で、白居易は「壮年に達しているのに体に肉がつかず、まだ老齢ではないのに歯が抜け髪が白くなりました」と往時をふりかえっている。やがて彼らはさらなる飛躍をめざし、そろって退職、道観《どうかん》（道教寺院）にこもって、制挙《せいきょ》（臨時の官吏任用特別試験）の受験準備に励んだ。かくて八〇五年、元稹が首席、白居易が次席という好成績で制挙に合格、高級官僚への道を歩み出す。ときに三十五歳。こうしてようやく栄冠を手にしたが、試練のときが長すぎ、さすが楽天的な白居易も気が滅入ることが多かったとおぼしい。めずらしく虚無的な影の漂うこの詩は、そんな彼の姿を如実に映しだしている。

目一

花《はな》を看《み》るに　猶自《なお》　未《いま》だ分明《ぶんめい》ならず

張《ちょう》　籍《せき》（唐）

患眼（眼《め》を患《わずら》う）

三年患眼今年較
免与風光便隔生
昨日韓家後園裏
看花猶自未分明

三年《さんねん》　眼《め》を患《わずら》って　今年《こんねん》　較《い》ゆ
風光《ふうこう》と便《すなわ》ち生《せい》を隔《へだ》つを免《まぬか》る
昨日《さくじつ》　韓家《かんか》　後園《こうえん》の裏《うち》
花《はな》を看《み》るに　猶自《なお》　未《いま》だ分明《ぶんめい》ならず

○**較ゆ**　いくぶんましになる。多少よくなる。○**韓家**　師にあたる韓愈《かんゆ》の屋敷を指すとおぼしい。○**後園**　奥庭。○**猶自**　二字で「なお」「それでも」の意味。○**分明**　はっきり。明らか。

三年の間、眼をわずらい、今年になっていくぶんましになってきた。
このまま風景と生涯、隔てられるかと思ったが、なんとか助かった。
だが、昨日、韓《かん》家の奥庭で、
花を見たけれど、それでもまだはっきりとは見えなかった。

七言絶句。作者の張籍《ちょうせき》は韓愈《かんゆ》の門下で賈島《かとう》、孟郊《もうこう》と肩を並べる中唐《ちゅうとう》の詩人。この詩のとおり、長年、眼疾に悩まされたという。彼は七九九年、科挙に合格、進士《しんし》となるが、この翌年に進士になった白居易《はくきょい》が、勉強のしすぎで髪が衰えたのと同様、やはり寒門《かんもん》（貧しい家柄）出身だった彼の眼疾も過度の勉強のせいかもしれない。張籍はこの詩もそうだが、リアルで率直な表現を身上とする。たとえば、その七言絶句「秋思《しゅうし》」にはこうある。「洛陽城裏《らくようじょうり》　秋風《しゅうふう》を見《み》る、家書《かしょ》を作《つく》らんと欲《ほっ》して　意《おもい》　万重《ばんちょう》、復《ま》た恐《おそ》る　匆匆《そうそう》にして　説《と》いて尽《つ》くさざるを、行人《こうじん》　発《はっ》するに臨《のぞ》んで　又《ま》た封《ふう》を開《ひら》く」。秋風吹く洛陽にいる詩人は故郷の家族に手紙を書き、旅人に託したものの、書き残しはないかと心配になり、旅人が出発する前にもう一度開封してみる、というもの。誰にでも覚えのある日常的な振舞いを、ずばりと具体的に描くみごとな表現である。なお、張籍には、庶民の生活世界を楽府《がふ》（民間歌謡）形式で歌う秀作も多く、同時代の王建《おうけん》（一二四頁）と並び称され「張王《ちょうおう》」と呼ばれる。

目二

白昼《はくちゅう》 霧《きり》に逢《あ》えるが若《ごと》し

梅《ばい》 堯《ぎょう》臣《しん》（北宋）

目昏（目《め》 昏《こん》す）

我目忽病昏
白昼若逢霧
窺驚隻物双
書輒下筆誤
来人髣髴是
飛鳥朦朧度
紜紜孰弁別
此已忘好悪

我《わ》が目《め》 忽《にわ》かに昏《くら》きを病《や》む
白昼《はくちゅう》 霧《きり》に逢《あ》えるが若《ごと》し
窺《うかが》って隻物《せきぶつ》の双《そう》なるに驚《おどろ》き
書《か》けば輒《すなわ》ち筆《ふで》を下《くだ》して誤《あやま》る
来人《らいじん》 髣髴《ほうふつ》として是《こ》れなり
飛鳥《ひちょう》 朦朧《もうろう》として度《わた》る
紜紜《うんうん》 孰《たれ》か弁別《べんべつ》せん
此《こ》れ已《すで》に好悪《こうお》を忘《わす》るるなり

○輒ち　そのたびにいつも。○髣髴　ぼやけてはっきりしないさま。○朦朧　おぼろなさま。ぼんやりしたさま。○紜紜　多くのものがごたごたと入り乱れたさま。

私の目が急にかすんで見えにくくなり、
真昼間なのに、霧のなかにいるよう。
ちらっと見ると、一つの物が二つに見えるのに仰天し、
字を書けば、そのたびに筆を下したとたん、書きまちがってしまう。
むこうから来る人は、ぼやけたまま誰であるか判断し、
飛ぶ鳥もおぼろにぼんやり空を渡ってゆく。
何もかもごたごたと入り乱れ、どうして識別できようか。
これぞ、もはや好き嫌いを超越した境地だ。

五言律詩。作者の梅堯臣《ばいぎょうしん》は北宋《ほくそう》の人。この詩は一〇四七年、四十七歳の作。糟糠《そうこう》の妻謝《しゃ》氏を亡くした(一六〇頁)四年後にあたる。おそらく白内障だろうが、ここではその病状が微に入り細にわたって描かれる。唐詩にも白髪や眼疾を題材とするものがあるが、これほど細やかに掘り下げた表現は類を見ない。梅堯臣は従来、詩の題材にならなかった日常生活を正面切ってとりあげ、家族、犬や猫の小動物、はては蚊、虱《しらみ》、蚯蚓《みみず》など極微な生物等々まで、鋭い感受性と観察眼をもって細密に描いた。こうして何でもとりあげて歌い、詩の題材を拡大したことによって、詩じたいの枠組みを広げ、宋以後の詩に多様な可能性をもたらす起動力となる。梅堯臣は生涯、官吏としてはうだつがあがらなかったが、精魂を傾けて詩作に励み、親しい友人の欧陽修《おうようしゅう》(一八二頁)や弟子筋の蘇軾《そしょく》、王安石《おうあんせき》などをはじめ、当時の錚々《そうそう》たる文人官僚に高く評価された。彼が五十九歳で死去したとき、首都開封《かいほう》の片隅にあったその陋屋《ろうおく》に、続々と高位高官の人々が訪れ、近隣の者を驚かせたという逸話が残っている。

八大山人「松鹿図」

泠泠《れいれい》 耳《みみ》と謀《はか》る

范《はん》成《せい》大《だい》(南宋)

耳鳴戯題(耳鳴《みみな》りて戯《たわむ》れに題《だい》す)

歴歴従何起
泠泠与耳謀
人言衰相現
我以妄心求
遠磬山房夜
寒蜩隴樹秋
円通無別法
但自此根修

歴歴《れきれき》 何《なに》に従《よ》りてか起《お》こる
泠泠《れいれい》 耳《みみ》と謀《はか》る
人《ひと》は言《い》う 衰相《すいそう》現《あらわ》ると
我《わ》れは以《おも》う 妄心《もうしん》求《もと》むと
遠磬《えんけい》 山房《さんぼう》の夜《よる》
寒蜩《かんちょう》 隴樹《ろうじゅ》の秋《あき》
円通《えんつう》 別法《べっぽう》無《な》し
但自《ただ》 此《こ》の根《こん》を修《おさ》むるのみ

○歴歴　ジージーと耳鳴りするさま。○冷冷　リンリンと耳鳴りするさま。○衰相　衰えたありさま。○妄心　でたらめな考え。妄念、妄想。○遠磬　遠くから響く磬《けい》の音。磬は古代の「へ」の字形をした打楽器。○山房　書斎。○寒蜩　ひぐらし、秋に鳴く蟬。○隴樹　小高い丘の木。○円通　あまねく通達すること。仏教的な悟りの境地。○根　仏教でいう六根《ろっこん》、すなわち感覚や思念を生じさせる六つの根源、眼、耳、鼻、舌、身、意を指す。六根清浄《ろっこんしょうじょう》は六根から生ずる欲望を清めること。

ジージーと鳴る音はいったいどこから来るのだろうか。
リンリンとたえず耳に相談をもちかける。
人は衰えのあらわれだと言うが、
私は妄念のなせるわざだと思う。
遠くから響く磬《けい》の音が、夜の書斎に聞こえてくる。
ひぐらしが、秋の小高い丘の木で鳴いている。
悟りの境地に達するにはほかに方法はない。
ひたすら六根《ろっこん》から生ずる欲望を清めることにつとめるのみ。

五言律詩。范成大《はんせいだい》はずいぶんと耳鳴りに苦しんだらしく、このほかにも何首か耳鳴りの詩がある。ここでも第五句、六句において、耳鳴りを夜の書斎に遠くから響く磬《けい》の音や、あるいは丘の上の木で秋に鳴くひぐらしといった、風雅なものに見立て、六根清《ろっこんしょう》浄《じょう》、六根清浄と自分に言い聞かせて、苦痛をしのごうとするところが、なんともユーモラスだ。耳鳴りさえも堂々たる詩にするとは、いかにも宋詩らしい。この詩は一一七四年、范成大四十九歳ごろの作。当時、彼は桂林《けいりん》(広西省壮族《そうぞく》自治区)の長官であり、湿潤な気候に適応できず、耳鳴りもひどくなったのかもしれない。翌年、四川《しせん》の長官に転任、成都《せいと》に移る。このとき四川在任中だった一歳上の陸游《りくゆう》を参議官に任じ、南宋《なんそう》を代表するこの二人の大詩人は二年後、范成大が中央に呼び戻されるまで、身分差を度外視し詩友として親しく往来した。彼ら双方にとって、この思わぬ出会いは稀有の僥倖だった。

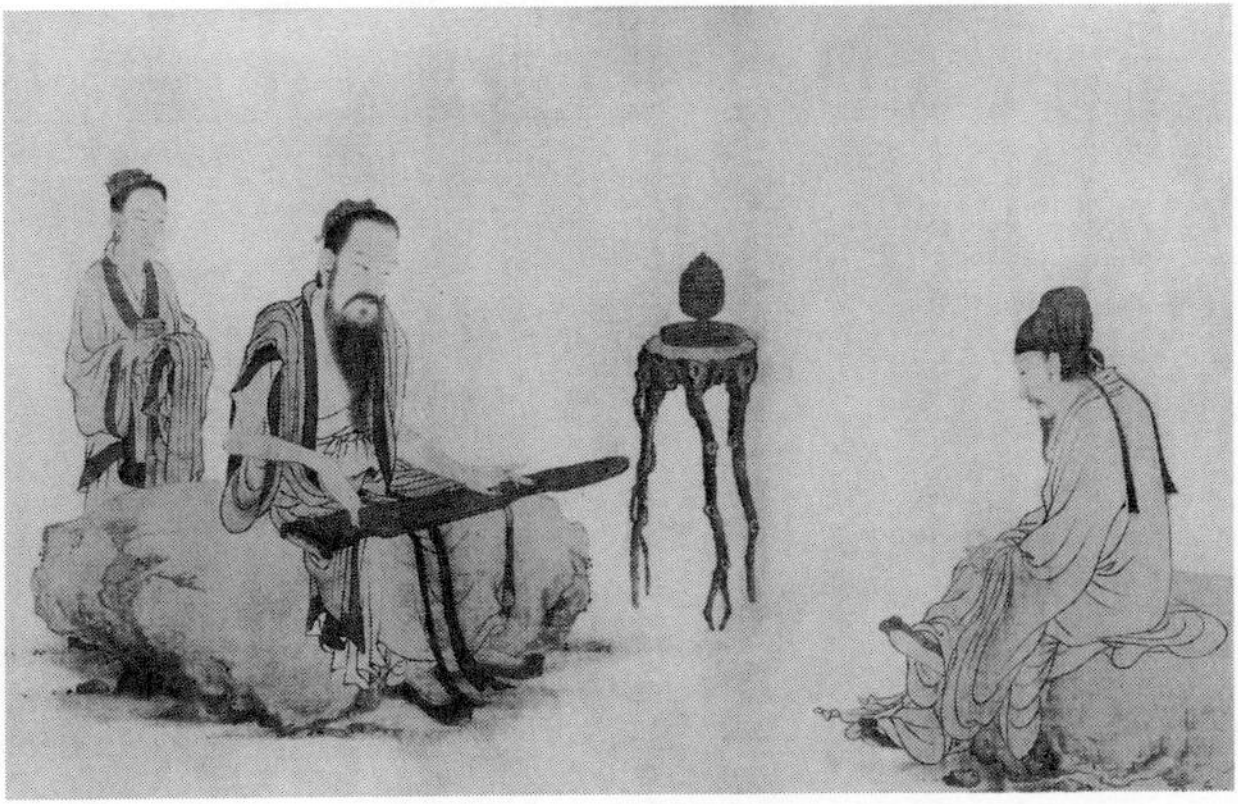

王振鵬「伯牙鼓琴図」

歯

文《ぶん》を論《ろん》じ法《ほう》を説《と》くに　卿《けい》に頼《よ》りて宣《の》ぶ

龔《きょう》自《じ》珍《ちん》(清)

堕一歯戯作(一歯《いっし》堕《お》ちて戯《たわむ》れに作《つく》る)

与我相依卅五年
論文説法頼卿宣
感卿報我無常信
瘞向垂垂花樹辺

我《わ》れと相《あ》い依《よ》ること卅五年《そうごねん》
文《ぶん》を論《ろん》じ法《ほう》を説《と》くに　卿《けい》に頼《よ》りて宣《の》ぶ
卿《けい》が我《わ》れに無常《むじょう》の信《しん》を報《ほう》ぜしに感《かん》じ
瘞《うず》めて垂垂《すいすい》たる花樹《かじゅ》の辺《ほとり》に向《お》かん

○文を論じ法を説く　文章を論じ哲学を論ずる。○無常の信　死が近づいたという知らせ。○垂垂　みずみずしく花開くさま。

私に連れ添うこと三十五年。
文章を論じ哲学を論ずるにも、きみのおかげで言い表してきた。
きみが私に死が近づいたと知らせてくれたのに感謝し、
みずみずしく花開かんとする樹のほとりに埋めて進ぜよう。

七言絶句。作者の龔自珍《きょうじちん》は清《しん》代後期の人。母方の祖父は文字学・音韻学の大学者段《だん》玉裁《ぎょくさい》であり、父方の祖父も父も進士出身のエリートだった。知的環境に恵まれた龔自珍は幼くして学問を身につけ、文学的才能もずばぬけていたが、科挙には落第しつづけ、三十八歳でようやく合格した。これは一八二六年、三十五歳の作だが、この年も落第した。かてて加えて、この三年前に最愛の母を失った痛みも癒えず、ますます落ち込んだところに、歯まで抜けてしまう。そこで彼はこの詩を作り、抜けた歯をユーモラスに擬人化して、鬱屈した気分を晴らそうとする。しかし、後半二句を覆う一種、複雑な絶望感あるいは諦念から、詩人が憂鬱を払拭しきれなかったことが見てとれる。龔自珍は思想のラディカリズムを追究する「公羊学《くようがく》(『春秋《しゅんじゅう》』の注釈書『公羊伝《くようでん》』をもとにした学)」に傾倒し、風雲ただならぬ時代状況を、異様なまでに鋭く感受して表現した詩人として注目される。「己亥雑詩《きがいざつし》」三百十五首はその代表作。なお、歯を題材とする詩は、趙翼《ちょうよく》の「歯痛《しつう》」、袁枚《えんばい》の「抜歯《ばっし》」「補歯《ほし》」など、清詩に前例がある。

餛飩

噍《の》みし後《のち》　方《まさ》に知《し》る　滋《じ》味《み》の長《なが》きを

楊《よう》静《せい》亭《てい》（清）

都《と》門《もん》雑《ざつ》詠《えい》

包得餛飩味勝常
餡融春韭嚼来香
湯清潤吻休嫌淡
噍後方知滋味長

餛飩《ワンタン》を包《つつ》み得《え》て　味《あじ》は常《つね》に勝《まさ》り
餡《あん》は春韭《しゅんきゅう》を融《と》かし　嚼《か》み来《き》たれば香《かん》ばし
湯清《とうきよ》くして　吻《くち》を潤《うるお》し　淡《うす》きを嫌《いと》う休《な》かれ
噍《の》みし後《のち》　方《まさ》に知《し》る　滋《じ》味《み》の長《なが》きを

○**都門雑詠**　民歌のスタイルを模した七言四句の小詩「竹枝詞《ちくしし》」百首から成り、すべて北京の風物を歌う（解説参照）。これはそのうちの一首。○**春韭**　春のニラ。○**湯**　スープ。

ワンタンができあがり、味はいつもよりずっといい。
肉餡に春のニラがとけ、噛むと芳しい匂いが広がる。
さっぱりしたスープは口をうるおし、うす味を厭うなかれ。
飲んだあと、はじめて余韻を引く美味がわかるのだから。

「竹枝詞《ちくしし》」のスタイルをとった四句から成る七言詩。竹枝詞はもともと南方の民歌だったが、中唐《ちゅうとう》の劉禹錫《りゅううしゃく》がとりあげ改作したのを皮切りに、後世、多くの詩人によって作られた。主として土地の風物を歌う。清代《しん》にもこのスタイルが大流行し、首都北京《ペキン》の風物を歌った「北京竹枝詞《ペキンちくしし》」が続々と作られた。この詩の作者楊静亭《ようせいてい》は伝記の詳細は不明ながら、清代後期の一八四五年、北京を題材とする筆記《ひっき》(随筆)『都門紀略《ともんきりゃく》』と同時に、『都門雑詠《ともんざつえい》』を刊行した。『都門雑詠』は全百首の北京竹枝詞を十門(十部門)に分類し収録する。これは、北京の飲食物を題材とする「食品門」十四首の一首。春のニラをこってり混ぜたワンタン、淡泊にして後を引く美味あふれるスープと、その味わいを臨場感ゆたかに歌いあげる。ちなみに、食品門には滑らかでひんやりした「奶酪《ヨーグルト》」、とろけるように柔らかい「東坡肉《トンポーロウ》」等々もとりあげられている。このほか、ファッション、季節の行事、盛り場等々をとりあげた部門もあり、当時の北京の風俗を多角的にいきいきと描出する。

一杯《いっぱい》　一杯《いっぱい》　復《ま》た一杯《いっぱい》

李《り》　白《はく》(唐)

山中与幽人対酌(山中《さんちゅう》にて幽人《ゆうじん》と対酌《たいしゃく》す)

両人対酌山花開
一杯一杯復一杯
我酔欲眠卿且去
明朝有意抱琴来

両人対酌《りょうにんたいしゃく》すれば　山花《さんか》開《ひら》く
一杯《いっぱい》　一杯《いっぱい》　復《ま》た一杯《いっぱい》
我《わ》れ酔《よ》うて眠《ねむ》らんと欲《ほっ》す　卿《けい》且《しば》らく去《さ》れ
明朝《みょうちょう》　意《い》有《あ》らば　琴《きん》を抱《いだ》きて来《き》たれ

○幽人　俗世を離れ山奥に住む人。隠者。　○対酌　向かいあって酌みかわすこと。　○卿　きみ、あんた。親しみをこめた二人称。

二人で向かいあって酌みかわしていると、山の花が開く。
一杯、一杯、また一杯。
私は酔っぱらって眠くなってきたから、きみはもう帰ってくれ。
明朝、気が向けばまた琴を抱いて来ておくれ。

七言絶句。李白《りはく》の極めつきの名詩。友だちの隠者と山中で酒を飲み杯を重ねるうち、酔いがまわる。「一杯《いっぱい》　一杯《いっぱい》　復《ま》た一杯《いっぱい》」と畳みかける表現が絶妙。このリズミカルな表現には、読み手にもしだいに酔いがまわるさまを体感させるものがある。後半二句で、眠くなったから、もう帰っておくれ云々と、友人に告げるくだりは、天衣無縫の李白ならではのもの。李白と酒は切っても切れない関係にあり、このほかにも「月下独酌《げっかどくしゃく》」「酒《さけ》を把《と》って月《つき》に問《と》う」など、酒を題材にした詩も多い。ちなみに、杜甫《とほ》は八人の大酒飲みを歌った「飲中八仙歌《いんちゅうはっせんか》」の一節で、「李白《りはく》は一斗《いっと》にして詩百篇《しひゃっぺん》、長安市上《ちょうあんしじょう》　酒家《しゅか》に眠《ねむ》る、天子《てんし》　呼《よ》び来《き》たるも船《ふね》に上《のぼ》らず、自《みずか》ら称《しょう》す　臣《しん》は是《こ》れ酒中《しゅちゅう》の仙《せん》と」と、李白の壮絶な酔態を活写している。李白は「謫仙人《たくせんにん》」「詩仙《しせん》」と称され、杜甫も彼が天子に向かって「私は酒びたりの仙人です」と豪語するさまを描く。李白にはまさに「仙」というほかない浮世離れのした超越性があり、この「山中《さんちゅう》にて幽人《ゆうじん》と対酌《たいしゃく》す」は自在に生きるその姿を鮮やかに映しだす。

児《じ》女《じょ》は糟《かす》を餔《く》らい　父《ちち》は醨《うすざけ》を啜《すす》る

屈《くつ》大《だい》均《きん》(清)

酒熟（酒熟《さけじゅく》す）

酒娘新出味如飴
児女餔糟父啜醨
恨絶秋収紅糯少
白衣無復到東籬

酒娘《しゅじょう》新《あら》たに出《い》で　味《あじ》は飴《あめ》の如《ごと》く
児《じ》女《じょ》は糟《かす》を餔《く》らい　父《ちち》は醨《うすざけ》を啜《すす》る
恨絶《こんぜつ》す　秋収《しゅうしゅう》　紅糯《こうだ》少《すく》なきを
白衣《はくい》　復《ま》た東籬《とうり》に到《いた》る無《な》し

○**酒娘**　甘酒。もち米にこうじを加えてつくる。○**醨**　うす酒。酒かすに水を入れて発酵させた二番しぼりの酒。○**恨絶**　痛恨のきわみ。○**紅糯**　もち米の一種。酒をつくる。○**白衣・東籬**　九月九日、酒のない陶淵明《とうえんめい》が東の籬《まがき》(垣根)で菊の花を摘んでいたところ、刺史の王弘《おうこう》が白衣の使者を遣わして酒を贈った故事を指す。一九〇頁「飲酒」詩参照。

甘酒の新酒ができあがり、味は飴のよう。
子どもたちは酒糟を食べ、父は二番しぼりのうす酒をすする。
痛恨のきわみは、秋の収穫にもち米が少ないこと。
「白衣《はくい》」の使者が「東籬《とうり》」まで酒を届けてくれることもない。

七言絶句。作者の屈大均《くつだいきん》は清《しん》代初期の人。新酒の季節、もち米不足で量が少なく、子どもたちは酒カスを食べ、父たる詩人は二番しぼりのうす酒をすする。陶淵明《とうえんめい》のようにうまい酒を贈られることもないと、ため息をつくばかり。貧しさのなかで、奇妙に明るいユーモアの漂う面白い詩である。屈大均は満州族の清が中国全土を支配した後も、徹底抗戦の構えを崩さなかった人物。江南各地に成立した明《みん》王朝の一族を戴く反清政権の一つ、桂《けい》王政権に参加したのを皮切りに、ひそかに連携を求めて全土を遍歴するなど、反清運動の急先鋒として奔走しつづけた。一連の反清運動がすべて失敗した後の一六七四年、清に下り雲南《うんなん》王となった呉三桂《ごさんけい》が反乱すると、その傘下に入ったものの、失望して帰郷、以後は故郷で暮らす。この詩は、激しい抵抗の生涯を送った人物のものとは思えない、穏やかな日常性にあふれる。彼は穏やかな日々を、心おきなく送るためにこそ、戦いつづけたともいえよう。なお、屈大均の詩文は清政権によって破棄されたが、後世、収集・再編成された。

誰《たれ》か茶《さ》香《こう》を助《ま》すを解《かい》さん

皎《きょう》 然《ねん》(唐)

九日与陸処士羽飲茶(九日《きゅうじつ》 陸処士羽《りくしょしう》と茶《ちゃ》を飲《の》む)

九日山僧院
東籬菊也黄
俗人多泛酒
誰解助茶香

九日《きゅうじつ》 山僧《さんそう》の院《いん》
東籬《とうり》 菊《きく》も也《ま》た黄《き》なり
俗人《ぞくじん》 酒《さけ》に泛《うか》ぶること多《おお》く
誰《たれ》か茶《さ》香《こう》を助《ま》すを解《かい》さん

○九日 陰暦九月九日。重陽《ちょうよう》の節句。この日に菊の花を酒に浮かべて飲む(菊花酒、菊酒)。王維《おうい》「九月九日《くがつここのか》 山東《さんとう》の兄弟《けいてい》を憶《おも》う」(七〇頁)参照。**○陸処士羽** 処士は仕えないで民間にいる人物。陸羽《りくう》(?―八〇四)は茶道の開祖。『茶経《さけい》』を著す。**○東籬** 東の籬《まがき》(垣根)。陶淵明《とうえんめい》の「飲酒《いんしゅ》二十首」其《そ》の五(一九〇頁)をふまえる。

九月九日、山僧の住む寺では、
東の垣根で、菊の花も黄色くなっている。
俗人は、菊花を酒に浮かべることが多く、
これが茶の香りを引きたてることを理解する者などいない。

五言絶句。作者の皎然《きょうねん》は中唐《ちゅうとう》の詩僧。六朝劉宋《りくちょうりゅうそう》の大詩人、謝霊運《しゃれいうん》の十世の子孫という。湖《こ》州(浙江省呉興《ごこう》県)の西南にある杼山《ちょざん》の妙喜寺《みょうきじ》に住み、近くの苕渓《ちょうけい》にいた『茶経《さけい》』の著者陸羽《りくう》と親交を結ぶ。この詩もそのころの作。九月九日重陽《ちょうよう》の節句に、俗人は菊酒を飲むが、誰も菊の花が茶の香りを引きたてることを理解しない、と歌っているところを見ると、皎然らは菊花を茶に浮かべて飲んだとおぼしい。ちなみに、お茶が広く普及したのは、八世紀前半の盛唐《せいとう》以降である。皎然と陸羽が「緇素忘年《しそぼうねん》の交わり(僧と俗界の者が年齢差をこえ親しく交際すること)」(陸羽の言葉)を深めるうち、七七二年、大書家の顔真卿《がんしんけい》が湖州刺史《しし》として着任し(七七八年まで在任)、大辞書『韻海鏡源《いんかいきょうげん》』編纂のため、彼らを招いて手厚く待遇した。なお、皎然は詩作に励むのみならず、詩の結社「湖州詩会《こしゅうしかい》」を結成し、また詩論『詩式《しき》』を著すなど、まことに幅の広い詩僧だった。

筍

風《かぜ》吹《ふ》けば　竹《たけ》の香《かお》るに似《に》たり

高《こう》　啓《けい》（明）

焼筍（筍《たけのこ》を焼《や》く）

幽人嗜焼筍　幽人《ゆうじん》　焼《や》きし筍《たけのこ》を嗜《たしな》み

出土不容長　土《つち》を出《い》づれば　長《の》ぶるを容《ゆる》さず

林下孤煙起　林下《りんか》　孤煙起《こえんお》こり

風吹似竹香　風《かぜ》吹《ふ》けば　竹《たけ》の香《かお》るに似《に》たり

○幽人　人里離れひっそりと隠れ住む人。○嗜む　好んで食べる。

ひっそりと隠れ住む人は、焼いた筍を好んで食べ、
土から出ると、大きくなるのを許さない。
林のなかから、煙がひとすじ立ちのぼり、
風が吹くと、竹が香るようだ。

五言絶句。作者の高啓《こうけい》は元末明初《げんまつみんしょ》の人。この詩は、「幽人」が生えたての柔らかい筍を掘りだし、その場で焼き筍にする光景を歌う。芳しい匂いが漂ってくるような軽快な小詩である。高啓は身近な風物や家族(一四二頁)から、歴史や自然にいたるまで、多種多様の題材をとりあげ、巧緻に歌う多作型の詩人だが、実人生は波瀾万丈だった。十四世紀中ごろ、元が衰退すると、民衆反乱「紅巾《こうきん》の乱」が勃発、大乱世となる。この渦中で、高啓の故郷蘇《そ》州は、紅巾軍のリーダーの一人、張士誠《ちょうしせい》の根拠地となり、その優遇措置が功を奏して大勢の文人が集まり、高啓もそのサロンで活躍した。だが、張士誠のライバル朱元璋《しゅげんしょう》が蘇州を制圧し、一三六八年、南京《ナンキン》を首都とする明を立てるや、事態は急変する。朱元璋は張士誠についた蘇州の豪族、商人、文人らに残酷な報復を加えたのだ。高啓も朱元璋に召され南京で官職についたものの辞職、帰郷後、刑死の憂き目にあう。ときに一三七四年、高啓三十九歳。ちなみに明代中期になると、大商業都市蘇州は不死鳥のように蘇り、「呉中《ごちゅう》の四才《しさい》」(二〇五頁)をはじめ在野の文人の活躍する舞台となる。

第五章　家族の絆

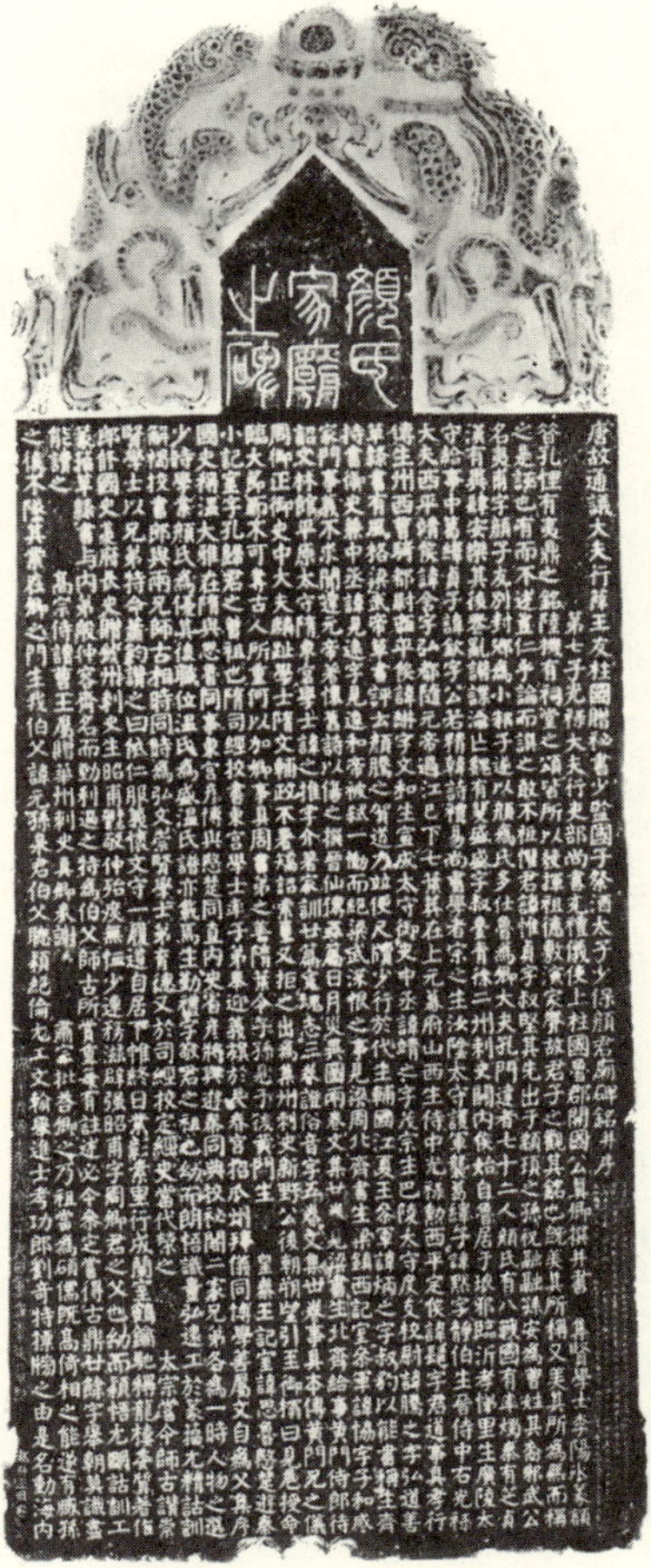

顔真卿「顔氏家廟碑」

白髪《はくはつ》　愁《うれ》えて看《み》　涙眼枯《るいがんか》る

黄《こう》景《けい》仁《じん》（清）

別老母（老母《ろうぼ》に別《わか》る）

搴帷別母河梁去
白髪愁看涙眼枯
惨惨柴門風雪夜
此時有子不如無

帷《とばり》を搴《かか》げて母《はは》に別《わか》れ　河梁《かりょう》に去《ゆ》く
白髪《はくはつ》　愁《うれ》えて看《み》　涙眼枯《るいがんか》る
惨惨《さんさん》たる柴門《さいもん》　風雪《ふうせつ》の夜《よる》
此《こ》の時《とき》　子《こ》を有《ゆう》するは無《な》きに如《し》かず

○河梁　もともとは河にかかる橋の意。前漢《ぜんかん》時代、李陵《りりょう》が匈奴《きょうど》の地を離れる蘇武《そぶ》に贈った詩「蘇武《そぶ》に与《あた》う」に、「手《て》を携《たずさ》えて河梁《かりょう》に上《のぼ》る、遊子《ゆうし》　暮《く》れに何《いず》くにか之《ゆ》く」という句があることから、別れの地を指すようになる。なお、李陵と蘇武については三一二頁参照。

○惨惨　暗いさま。　**○柴門**　柴で作った貧しく粗末な門。

とばりを持ちあげて母に別れを告げ、旅立つ。
白髪の母は悲しみに沈んで私をみつめ、涙も枯れはてたようだ。
暗い柴の門に、吹雪がふきつける夜のこと。
このとき、母は息子がいるより、いないほうがましだと思ったことだろう。

七言絶句。作者の黄景仁《こうけいじん》あざな仲則《ちゅうそく》は清《しん》代中期の人。四歳で父を亡くし、母に育てられ学問の手ほどきをうけた。このため人一倍、母思いであり、この詩にも老いた母の身を案じる思いが切々と滲む。黄景仁は少年時代から詩才を謳われたが、郷試《きょうし》(科挙の地方試験)に落第しつづけ、地方長官の幕客となって各地を転々とした。この詩は一七七一年、生計を立てるべく郷里を出たときの作。この年、親友の洪亮吉《こうりょうきつ》(のちに大学者となる)とともに、安徽学政《あんきがくせい》(教育長)朱筠《しゅいん》の幕下に入り、翌年、采石磯《さいせきき》(南京《ナンキン》の南)の太白楼《たいはくろう》で開かれた宴の席上、彼の作った詩が詩壇のリーダー袁枚《えんばい》をはじめ、出席者に絶賛され、いちやく詩名が高まる。その後、首都北京《ペキン》に移住し、蔣士銓《しょうしせん》、紀昀《きいん》、戴震《たいしん》など、錚々《そうそう》たる文人、学者の知遇を得る。しかし、暮らし向きは好転せず、一七八三年、職を求めて西安《せいあん》に向かう途中、三十五歳で病死した。葬儀費用もなく、洪亮吉がすべて面倒をみたという。ありあまる才能を持ちながら、科挙に合格できず、貧しさにあえいだ彼の生涯には、牢固たる官僚制の圧力のほどを実感させるものがある。

姑

幃《い》幕《ばく》を掲《かか》げ開《ひら》くも　已《すで》に人《ひと》無《な》し

廖《りょう》雲《うん》錦《きん》（清）

哭姑（姑《しゅうとめ》を哭《こく》す）

禁寒惜暖十余春
往事回頭倍愴神
幾度登楼親視膳
掲開幃幕已無人

寒《かん》を禁《きん》じ暖《だん》を惜《お》しむこと　十余春《じゅうよしゅん》
往事《おうじ》　回頭《かいとう》すれば　倍《ま》ます神《しん》を愴《いた》ましむ
幾度《いくたび》　楼《ろう》に登《のぼ》り　親《した》しく膳《ぜん》を視《み》ん
幃《い》幕《ばく》を掲《かか》げ開《ひら》くも　已《すで》に人《ひと》無《な》し

○**寒を禁じ暖を惜しむ**　寒さを防ぎ暖かさを大切にすること。○**往事**　過ぎ去った事柄。むかし。○**親しく膳を視る**　自分の手でお給仕すること。○**幃幕**　垂れ幕。

寒くないよう暖かくすることにつとめて、十余年。
むかしをふりかえると、ますます心が痛む。
何度、二階に上がり、この手でお給仕したことだろうか。
垂れ幕を持ち上げ開いてみても、もうお姿はない。

七言絶句。作者の廖雲錦《りょううんきん》は清《しん》代中期の大文人、袁枚《えんばい》の女弟子の一人。一七九五年、袁枚が傘寿《さんじゅ》(八十歳)を迎えたさい、七言律詩「随園師《ずいえんし》の八秩《はちちつ》を寿《ことほ》ぐ」を捧げており、袁枚最晩年の弟子にあたる。ちなみに、袁枚の叔母や母は聡明な女性であり、また三人の妹は詩集を残すほど文才も豊かだった(二五八頁、二七二頁)。このためもあって、女性の才能をこだわりなく評価した彼の門下には、三十人を超える女性詩人が集まった。袁枚みずから彼女たちの詩を編纂した『随園女弟子詩選《ずいえんじょていししせん》』は、その貴重な成果である。この詩もここに収められたもの。伝記の詳細は不明ながら、廖雲錦は古檀《こだん》先生と呼ばれた合肥《がっぴ》(安徽《あんき》省)の長官の娘で、馬《ば》氏のもとに嫁いだが、早く夫と死別したという。あるいは、夫の死後、彼女はこの哀詩で、無限の情をこめて懐かしむ姑と支えあいながら、生きたのかもしれない。この詩の結句「幃幕《いばく》を掲《かか》げ開《ひら》くも　已《すで》に人無《ひとな》し」は、よき姑を失った彼女の喪失感を凝縮して表現した一句であり、その深い悲しみを浮き彫りにする。

未《いま》だ姑《しゅうとめ》の食性《しょくせい》を諳《そら》んぜず

王《おう》　建《けん》（唐）

新《しん》嫁《か》娘《じょう》

三日入廚下
洗手作羹湯
未諳姑食性
先遣小姑嘗

三日《みっか》にして　廚下《ちゅうか》に入《い》り
手《て》を洗《あら》いて　羹湯《こうとう》を作《つく》る
未《いま》だ姑《しゅうとめ》の食性《しょくせい》を諳《そら》んぜず
先《ま》ず小姑《こじゅうと》をして嘗《な》めしむ

○**廚下**　台所。　○**羹湯**　肉と野菜をまぜたスープ。　○**食性**　食べ物の好み。

嫁いで三日目、台所に入り、
きれいに手を洗ってスープを作った。
まだお姑さんの好みがわからないので、
まず小姑さんに味見をしてもらった。

五言絶句。王建《おうけん》は中唐《ちゅうとう》の詩人。同時代の張籍《ちょうせき》(九六頁)と並び称され「張王《ちょうおう》」と呼ばれる。この詩は嫁いでまもない女性の視点から、きれいに手を洗ってスープを作ったけれど、お姑さんの口に合うかどうか、まだよくわからず、小姑さんに味見をしてもらったと、歌う。庶民世界のういういしいお嫁さんの姿が彷彿とする佳篇である。漢《かん》代の長篇楽府《がふ》「孔雀《くじゃく》　東南《とうなん》に飛《と》ぶ」に早い例が見られるように、古来、嫁姑の関係がうまくゆかず、離縁になることもめずらしくなかった(一三六頁)。この詩に登場する可憐なお嫁さんの前途に幸多かれと、祈りたい気分になる。王建は科挙を受験せず、下級官吏として生涯をすごした。庶民世界と密着した地点で生きた彼は、「田家《でんか》の衣食《いしょく》に厚薄無《こうはくな》く、県門《けんもん》を見《み》ざれば身《み》は即《すなわ》ち楽《たの》し(農民の衣食に差はない。お役所の門さえ見なければみんな楽しい)」(「田家行《でんかこう》」)というふうに、庶民の暮らしや感覚を共感をこめて、リアルに描くすぐれた詩を多く作った。なお、王建は抒情詩にもすぐれ、また宮廷をテーマとした「宮詞《きゅうし》」百首を作るなど、まことに幅の広い詩人であった。

夫一

夫《ふ》君《くん》誼《よしみ》最《もっと》も深《ふか》し

陳《ちん》淑《しゅく》蘭《らん》（清）

病中口占（病中《びょうちゅう》口《くち》で占《とな》う）

執手慇懃問
夫君誼最深
為儂多染病
分却読書心

手《て》を執《と》りて慇懃《いんぎん》に問《と》い
夫《ふ》君《くん》誼《よしみ》最《もっと》も深《ふか》し
儂《われ》の病《やまい》に染《そ》まること多《おお》きが為《ため》に
読書《どくしょ》の心《こころ》を分却《ぶんきゃく》す

○口で占う　口頭で詩を作ること。○慇懃　ねんごろに。心をこめて。○誼　親しみ。情愛。○儂　わたし。○分却　分散させる。気を散らすこと。

わたしの手をとり、心をこめて具合をたずねてくださり、
背の君は誰よりも情愛の深い方。
わたしが病気がちなために、
学問にはげむ気持ちを散らせてしまう。

五言絶句。作者の陳淑蘭《ちんしゅくらん》は「姑《しゅうとめ》を哭《こく》す」（一二二頁）の廖雲錦《りょううんきん》と同様、袁枚《えんばい》門下の名高い女性詩人。祖父の薫陶《くんとう》を受け、幼くして詩文の素養を身につけた。結婚相手の鄧宗洛《とうそうらく》とはたいへん仲睦まじく、夫婦そろって詩や画の創作に熱中し、小学生のようだったという。もっとも、鄧宗洛は誠実な人物ではあったが、芸術的才能においても教養の高さにおいても、妻のほうがまさっていた。陳淑蘭はすぐれた詩人であると同時に、卓越した画家であり、蘭を描くのを得意とした。やや実力に差はあったものの、彼ら夫婦がいかに深い愛と友情で結ばれていたか、この詩はみごとに歌いあげている。しかし、ここで陳淑蘭は自分が病気がちなために、夫が勉強に集中できないと案じているが、そのためだけではないにしても、鄧宗洛は科挙に落第しつづけた。悲観した彼は池に身を投げて自死し、彼ら夫婦に子どもがなかったため、後継ぎの養子が決まるなど、後事がすべて片付いた半年後、陳淑蘭も自死した。ときに六十歳。闊達《かったつ》な女性詩人のあまりにも無惨な最期だった。

夫二

屢《しば》しば眠《ねむ》りを催《うなが》さんと欲《ほっ》して未《いま》だ応《おう》ぜざるを恐《おそ》る

席《せき》佩《はい》蘭《らん》(清)

夏夜示外(夏《なつ》の夜《よ》 外《がい》に示《しめ》す)

夜深衣薄露華凝
屢欲催眠恐未応
恰有天風解人意
窓前吹滅読書灯

夜深《よるふ》けて 衣《い》は薄《うす》く 露華《ろか》凝《こ》る
屢《しば》しば眠《ねむ》りを催《うなが》さんと欲《ほっ》して 未《いま》だ応《おう》ぜざるを恐《おそ》る
恰《あたか》も天風《てんぷう》の人意《じんい》を解《かい》する有《あ》りて
窓前《そうぜん》 吹《ふ》き滅《け》す 読書《どくしょ》の灯《ともしび》

○外 夫を指す。 ○露華 光っている露。 ○恰も ちょうど。

夜はふけ、あなたは薄着のままなのに、きらきら光る露の玉が結ぶ。
何度もお休みになればとお勧めしようとしつつ、たぶんまだ承知されないだろうと思う。
するとちょうど天の風が、私の気持ちを察したように、
窓辺にさっと吹き込み、書見のともし火を消してくれた。

七言絶句。作者の席佩蘭《せきはいらん》は先にあげた廖雲錦《りょううんきん》、陳淑蘭《ちんしゅくらん》と同様、袁枚《えんばい》門下の女性詩人で、『随園女弟子詩選《ずいえんじょていししせん》』でも筆頭にとりあげられている。夫の孫原湘《そんげんしょう》も詩人であり、当時、有名な詩人夫妻だった。彼らは一七七六年に若くして結婚したが、孫原湘が科挙に合格したのは、二十九年後の一八〇五年であった。露も凝固する深夜まで、夢中で読書にふける夫の身を案じたこの詩も、おそらく科挙受験勉強中のものであろう。ここで、妻たる詩人は、もうお休みになったらと声をかけたいけれど、夫はきっと「もうちょっと」と承知しないだろうと、ためらううち、まるで彼女の思いを察したように、風が書見用の灯火を吹き消してくれたと、歌う。やさしい感情の動きを自然に流露させた佳篇である。袁枚門下の女性詩人は、知性にあふれ教養も高く、また率直ですぐれた感性の持ち主ばかりだが、席佩蘭はすぐれた詩人であると同時に、夫と仲良く幸多き生涯を送った。そんな彼女の詩には時間差を超えて読者を穏やかに包むものがある。

妻一

猶《な》お黔婁《けんろう》に嫁《とつ》ぐに勝《まさ》れり

白《はく》居《きょ》易《い》(唐)

贈内子(内子《つま》に贈《おく》る)

白髪方興嘆
青蛾亦伴愁
寒衣補灯下
小女戯牀頭
闇淡屛幃故
凄涼枕席秋
貧中有等級
猶勝嫁黔婁

白髪《はくはつ》　方《まさ》に嘆《なげ》きを興《おこ》さば
青《あお》き蛾《まゆ》も亦《ま》た伴《とも》なって愁《うれ》う
寒衣《かんい》　灯下《とうか》に補《つくろ》い
小女《しょうじょ》　牀頭《しょうとう》に戯《たわむ》る
闇淡《あんたん》として　屛幃《へいい》は故《ふる》び
凄涼《せいりょう》として　枕席《ちんせき》は秋《あき》なり
貧《ひん》の中《うち》にも　等級有《とうきゅうあ》り
猶《な》お黔婁《けんろう》に嫁《とつ》ぐに勝《まさ》れり

○**内子**　妻を指す。○**青き蛾**　青く美しい眉。転じて若い美女の意。○**寒衣**　冬の衣服。○**小女**　幼いむすめ。○**牀頭**　寝台のそば。○**屛幃**　衝立《ついたて》、とばり。○**凄涼**　ひえびえとわびしいさま。○**枕席**　枕と敷布。○**黔婁**　春秋《しゅんじゅう》時代の斉《せい》の隠者。後世、貧者の代名詞となる。極端に貧しく、死んだとき、かけ布団が短くて身体を覆うことができなかった。人が布団を斜めにかければ、身体を覆うことができると言うと、黔婁の妻は正しく覆って足りないほうがましだと、承知しなかったとされる。

私が白髪になったと慨嘆すると、
青く美しい眉の妻も、ともども所帯やつれして、
冬服を灯下でつくろい、
幼い娘は寝台のそばで遊び戯れる。
衝立《ついたて》やとばりは黒ずんで古び、
枕や敷布もひえびえとわびしい秋。
貧しさにもいろいろ等級がある。
あの黔婁《けんろう》の嫁さんになるより、まだましだろうよ。

五言律詩。八一八年、白居易《はくきょい》が依然として左遷地の江州《こう》(江西省九江市《きゅうこう》)にいたときの作とされる。だとすれば、先にあげた「重《かさ》ねて題《だい》す」(七四頁)の翌年に作られたことになる。当時、白居易は香炉峰《こうろほう》の麓に草堂を建て、「日《ひ》高《たか》く睡《ねむ》り足《た》れるも、猶《な》お起《お》くるに慵《ものう》し」と、ゆったりと地方暮らしを楽しんでおり、この詩で歌われる貧士の暮らしとはややずれがある。ちなみに、白居易は意識的な詩人であり、みずからの詩篇を「新豊《しんぽう》の臂《うで》を折《お》りし翁《おきな》」や「炭《すみ》を売《う》りし翁《おきな》」など、漢代楽府(二八頁注参照)をうけつぐ、新しい歌謡「新楽府《しんがふ》」を含む、政治や社会を批判した「諷諭詩《ふうゆ》」、私的な生活におけるつつましい喜びを歌う「閑適詩《かんてき》」等々のジャンルに分類し、創作している。江州に左遷された時期から晩年にかけ、閑適詩の比重が増しており、この詩もこれにあたる。いささか貧を強調しすぎる気味はあるものの、「あの黔婁《けんろう》の嫁さんになるより、まだましだろうよ」と、苦楽をともにする愛妻を慰める結句は秀逸であり、いかにも身綺麗に楽しく生きることを旨とする、白居易らしいユーモア感覚にあふれる。

丁観鵬「乞巧図」(乞巧は65頁参照)

妻二

喚《よ》び回《かえ》す　四十三年《しじゅうさんねん》の夢《ゆめ》

陸《りく》　游《ゆう》（南宋）

余年二十時嘗作菊枕詩頗伝於人今秋偶復采菊縫枕嚢悽然有感

（余《よ》は年二十《としにじゅう》の時《とき》、嘗《かつ》て菊枕《きくちん》の詩《し》を作《つく》り、頗《すこぶ》る人《ひと》に伝《つた》わる。今秋偶《こんしゅうたま》たま復《ま》た菊《きく》を采《と》りて枕嚢《ちんのう》を縫《ぬ》い、悽然《せいぜん》として感有《かんあ》り）　二首　其《そ》の一

采得黄花作枕嚢　　黄花《こうか》を采《と》り得《え》て　枕嚢《ちんのう》を作《つく》る

曲屏深幌閟幽香　　曲屏《きょくへい》　深幌《しんこう》　幽香《ゆうこう》を閟《と》ざす

喚回四十三年夢　　喚《よ》び回《かえ》す　四十三年《しじゅうさんねん》の夢《ゆめ》

灯暗無人説断腸　　灯暗《ともしびくら》く　人《ひと》の断腸《だんちょう》を説《と》く無《な》し

○**菊枕**　菊花を入れて作った枕。二十歳の陸游が作った「菊枕の詩」そのものは今に伝わらない。○**曲屏**　折り畳み式の屏風。○**深幌**　長く垂れたとばり。○**幽香**　おくゆかしい香り。○**断腸**　はらわたがちぎれるほど痛切な悲しみ。

菊の花を摘んで、枕を作り、
屏風やとばりで、おくゆかしい香りを逃さないようにする。
呼びかえすのは四十三年まえの夢。
ともし火は暗く、この痛切な悲しみをうちあける人もいない。

同前　其《そ》の二

少日曾題菊枕詩
蠹編残稿鎖蛛糸
人間万事消磨尽
只有清香似旧時

少《わか》き日《ひ》　曾《かつ》て題《だい》す　菊枕《きくちん》の詩《し》
蠹編《とへん》　残稿《ざんこう》　蛛《くも》の糸《いと》に鎖《と》ざさる
人間《じんかん》　万事《ばんじ》　消磨《しょうま》し尽《つ》くすも
只《た》だ清香《せいこう》の旧時《きゅうじ》に似《に》たる有《あ》り

○**蠹編**　虫食いのある綴じた帳面。○**残稿**　いたんだ原稿。○**人間**　「じんかん」と読み、人の世、この世の意。

若き日、菊枕の詩を作ったことがあった。
虫食いのある帳面もいたんだ原稿も、クモの糸にまみれている。
この世のことはすべて、消え果てても、
ただ清らかな菊の香りだけ、遠い昔さながらだ。

二首ともに七言絶句。陸游《りくゆう》は二十歳のころ、母方の親類にあたる唐琬《とうえん》と結婚、仲睦まじかったが、なぜか母が唐琬を嫌ったため、儒教倫理によって、その意向に従わざるをえず、離縁のやむなきにいたった。その数年後、陸游も唐琬も再婚したが、陸游は終世、彼女を忘れることができなかった。三十一歳の時、故郷紹興《しょうこう》の「沈園《しんえん》」で、たまたま再婚した夫とともに現れた唐琬と出会い、まもなく彼女は他界した。陸游はこの出会いの記憶を、なんと七十五歳のときに作った七言絶句「沈園《しんえん》二首」で、悲痛な思いをこめてたどり直している。ここでとりあげた二首の「菊枕」の詩は、一一八七年、陸游六十三歳のときの作。この詩において、陸游は四十三年前、新妻だった今は亡き唐琬が作ってくれた菊枕を思い出し、また菊枕を作って、清らかな香りの漂うなか、「断腸」の悲しみでその面影を追い求める。彼女への思いは時の流れのなかで薄れるどころか、激しさをますばかり。まさに陸游の生涯をかけた「眷恋《けんれん》」というほかない。

陸游

息子

総《す》べて紙《し》筆《ひつ》を好《この》まず

陶《とう》淵《えん》明《めい》(東晋)

責子(子《こ》を責《せ》む)

白髪被両鬢
肌膚不復実
雖有五男児
総不好紙筆
阿舒已二八
懶惰故無匹
阿宣行志学
而不愛文術

白髪《はくはつ》　両鬢《りょうびん》を被《おお》い
肌膚《きふ》　復《ま》た実《じつ》ならず
五《ご》男児《だんじ》有《あ》りと雖《いえど》も
総《す》べて紙《し》筆《ひつ》を好《この》まず
阿《あ》舒《じょ》は　已《すで》に二《に》八《はち》なるに
懶惰《らんだ》なること故《もと》より匹《たぐ》い無《な》し
阿《あ》宣《せん》は　行《ゆ》くゆく志《し》学《がく》なるに
而《しか》も文術《ぶんじゅつ》を愛《あい》さず

雍端年十三
不識六与七
通子垂九齢
但覓梨与栗
天運苟如此
且進杯中物

雍《よう》と端《たん》とは　年十三《としじゅうさん》なるも
六《ろく》と七《しち》とを識《し》らず
通子《つうし》は　九齢《きゅうれい》に垂《なんな》んとするに
但《た》だ梨《なし》と栗《くり》とを覓《もと》むるのみ
天運《てんうん》　苟《いやし》くも此《かく》の如《ごと》くんば
且《か》つは杯中《はいちゅう》の物《もの》を進《すす》めん

○**紙筆**　勉強、学問。○**阿舒・阿宣**　阿は名前の上につける。〜ちゃん、〜くんの意。○**志学**『論語《ろんご》』「為政篇《いせい》」の「吾《わ》れ十有五《じゅうゆうご》にして学《がく》に志《こころざ》す」により、十五歳の意。○**文術**　勉強、学問。○**雍と端**　二人とも十三歳とされるため、双生児だとか、一人は側室の子だとか諸説ある。○**天運**　天が与えた運命。○**苟くも**　もし、かりに。○**且つは**　まずは、しばらく。○**杯中の物**　酒を指す。

白髪が両方の鬢《びん》をおおい、
肌に張りもなくなってきた。
息子が五人いるけれども、
そろいもそろって勉強嫌い。
舒《じょ》はもう二八の十六だが、
もともと無類の怠け者。
宣《せん》は志学《しがく》の年の十五になろうというのに、
勉強を好まない。
雍《よう》と端《たん》は十三だが、
六と七の区別もつかない。
通子《つうし》はまもなく九歳なのに、
ただ梨や栗をほしがるのみ。
天が私に与えた運命がこんなものなら、
まずは酒でも飲もうではないか。

五言古詩。作者の陶淵明《とうえんめい》は東晋《とうしん》から劉宋《りゅうそう》にかけての人。曾祖父の陶侃《とうかん》は巨万の富を積んだ東晋の大立者だった。しかし、陶淵明のころにはすっかり没落し、二十九歳のとき、生活のために地方官の職につく。以来、出仕と辞任を繰り返すが、四〇五年、四十一歳で「五斗米《ごとべい》の為《ため》に腰《こし》を折《お》り郷里《きょうり》の小人《しょうじん》に向《む》かう能《あた》わず(たかだか五斗の扶持米のために、田舎の小役人にへいこらできるものか)」と、彭沢《ほうたく》県(江西省)の知事を辞任、これを最後に、「帰《かえ》りなんいざ」(「帰去来《ききょらい》の辞《じ》」)と故郷の柴桑《さいそう》県(江西省九江《きゅうこう》市)に帰る。以後、死にいたるまで二十年あまり、妻と五人の息子をかかえ、貧しさと戦いながら、悠然と「晴耕雨読」の隠遁生活をつづけた。この詩は、五人の息子はそろって出来がわるいと、嘆いたものだが、全体に明るく諧謔的な戯れの感覚があふれる。結末二句で、天の与えた運命がこのようなら、まずは酒でも飲もうと歌っているが、陶淵明は無類の酒好きで、その詩は「篇篇酒《へんぺんさけ》あり」と称される。酒、貧しい暮らし、出来のわるい息子など、ありふれた日常を歌った彼の詩は、修辞主義におおわれた六朝《りくちょう》詩のうちで、きわめて特異であり、彼の作品が本格的に評価されたのは、数百年後の宋《そう》代以降だった。まさに時代を超えた大詩人というべきであろう。

毎《つね》に憶《おも》う　門前《もんぜん》　両《ふた》りながら帰《かえ》るを候《ま》つを

高《こう》　啓《けい》（明）

客中憶二女（客中《かくちゅう》　二《に》女《じょ》を憶《おも》う）

毎憶門前両候帰
客中長夜夢魂飛
料応此際猶依母
灯下看縫寄我衣

毎《つね》に憶《おも》う　門前《もんぜん》　両《ふた》りながら帰《かえ》るを候《ま》つを
客中《かくちゅう》　長夜《ちょうや》　夢《ゆめ》に魂《たましい》は飛《と》ぶ
料《はか》るに応《まさ》に此《こ》の際《さい》　猶《な》お母《はは》に依《よ》り
灯下《とうか》　我《わ》れに寄《よ》するの衣《い》を縫《ぬ》うを看《み》るべし

○**客中**　旅先で。　○**候つ**　待つ。　○**依る**　よりそう。

いつも思い出すのは、門の前で、娘たちが二人そろって私の帰りを待っている姿。
旅先の長い夜、夢のなかで魂は故郷に向かって飛んでゆく。
きっと今このとき、娘たちはまだ母によりそい、
灯火のもと、母が私に送る衣服を縫っているのを見ていることだろう。

七言絶句。一三六九年、高啓《こうけい》が家族を故郷の蘇《そ》州に残し、明《みん》の首都南京《ナンキン》にいたころの作。明の太祖《たいそ》朱元璋《しゅげんしょう》のライバル、張士誠《ちょうしせい》の拠点、蘇州の名高い文人だった高啓は、朱元璋が張士誠を滅ぼした後、南京に呼び寄せられ官職についた。これは、不安と孤独の日々のなかで、灯火のもと、自分に送る衣服を縫う妻によりそい、その手元をみつめる幼い二人の愛娘の姿を、ありありと思い浮かべ、やさしく歌いあげたもの。幼い娘を歌う詩の祖型ともいうべき、西晋《せいしん》の左思《さし》の長篇詩「嬌女《きょうじょ》の詩《し》」に比べれば、格段にスケールは小さいものの、これまた娘たちへの深い愛を端的に浮き彫りにした佳篇である。高啓にはもともと娘三人と息子が一人あったが、二番めの娘と息子は夭折した。とりわけ、朱元璋軍に包囲された蘇州城内で、急死した娘に対する哀悼の念は深く、五言古詩「花《はな》を見《み》て亡《な》き娘《むすめ》の書《しょ》を憶《おも》う」(書は娘の名)を作り、「中《なか》の娘《むすめ》は我《わ》が憐《いと》しむ所《ところ》、六歳《ろくさい》なるに自《な》お抱《いだ》き持《じ》す」と、そのいとおしい面影を連綿と歌い綴っている。

娘二

小女《しょうじょ》　鬚《ひげ》を挽《ひ》き　争《あらそ》って事《こと》を問《と》う

黄《こう》　遵憲《じゅんけん》（清）

小《しょう》　女《じょ》

一灯団坐話依依
簾幕深蔵未掩扉
小女挽鬚争問事
阿娘不語又牽衣
日光定是挙頭近
海大何如両手囲
欲展地球図指看
夜灯風幔落伊威

一灯《いっとう》に団《まる》く坐《ざ》して　話《わ》すること依依《いい》
簾幕《れんばく》　深《ふか》く蔵《ぞう》して　未《いま》だ扉《ひ》を掩《おお》わず
小女《しょうじょ》　鬚《ひげ》を挽《ひ》き　争《あらそ》って事《こと》を問《と》う
阿娘語《あじょうかた》らず　又《ま》た衣《い》を牽《ひ》く
日光《にっこう》は定《さだ》めて是《こ》れ頭《こうべ》を挙《あ》ぐれば近《ちか》からん
海《うみ》の大《おお》きさは両手《りょうて》もて囲《かこ》むに何如《いかん》ぞ
地球《ちきゅう》の図《ず》を展《の》べ指《さ》して看《しめ》さんと欲《ほっ》すれば
夜灯《やとう》　風幔《ふうまん》に　伊威落《いいお》つ

○小女　幼い娘。○依依　懐かしげによりそうさま。○簾幕　帳《とばり》。カーテン。○阿娘　おかあさん。○日光…『世《せ》説新語《せつしんご》』「夙恵《しゅくけい》篇」に東晋《とうしん》の明帝司馬紹《めいていしばしょう》が幼いとき、父の元《げん》帝《てい》司馬《しば》睿《えい》に長安と太陽のどちらが遠いかと聞かれると、太陽が近いと答え、「目をあげればお日さまは見えるけど、長安は見えないもの」と、理由を説明した故事にもとづく。○風幔　風にそよぐ帳《とばり》、カーテン。○伊威　しめったほこりのなかから生まれる虫。

ひとつの灯火のもと、車座になって、懐かしくよりそって語りあうとき、
帳《とばり》が奥深く私たちを包みこむが、戸はまだ開けたまま。
幼い娘は私のヒゲを引っ張って、次々に質問をあびせ、
娘のおかあさんは、何も言わず、これまた私の上着をそっと引く。
「お日さまは、きっと頭をもたげたら近いでしょうね。
海の大きさは、両手で囲めばどのくらいかしら」。
私が世界地図を広げ、指し示そうとすると、
夜の灯火のそば、風にそよぐ帳からほこり虫がこぼれ落ちた。

七言律詩。一八八五年、黄遵憲《こうじゅんけん》がサンフランシスコ総領事の任を終えて帰国、嘉応《かおう》(広東省《カントン》)に帰郷し、久々に一家団欒したころの作。当時、黄遵憲(三十八歳)には二男二女があり(この後、三男、四男誕生)、この詩の主人公である活発な「小女」は、二女の当蓀《とうそん》(十歳)を指す。外国帰りの父に無邪気な質問をあびせる、好奇心のつよい幼い娘、夫の上着を軽く引っ張りながら、黙って聞いている彼女の母親。家族へのあたたかい愛情のこもった、いい詩である。「地球の図(世界地図)」が歌いこまれているのが、いかにも近代を感じさせる。風にゆらぐ帳《とばり》からほこり虫がこぼれ落ちたとする、結びの句は父たる詩人の長かった不在をおのずと示し秀逸。父親の娘に対する思いにはことに深いものがあるのか、一四二頁の高啓《こうけい》の作もそうだが、総じて愛娘の姿を歌った詩には、佳篇が多い。ちなみに、黄遵憲の親しい友人梁啓超《りょうけいちょう》は家族宛の膨大な書簡を残しているが、『梁啓超年譜長編《りょうけいちょうねんぷちょうへん》』に収められた長女の思順《しじゅん》への手紙にはあふれんばかりの愛情がこめられており、圧巻である。

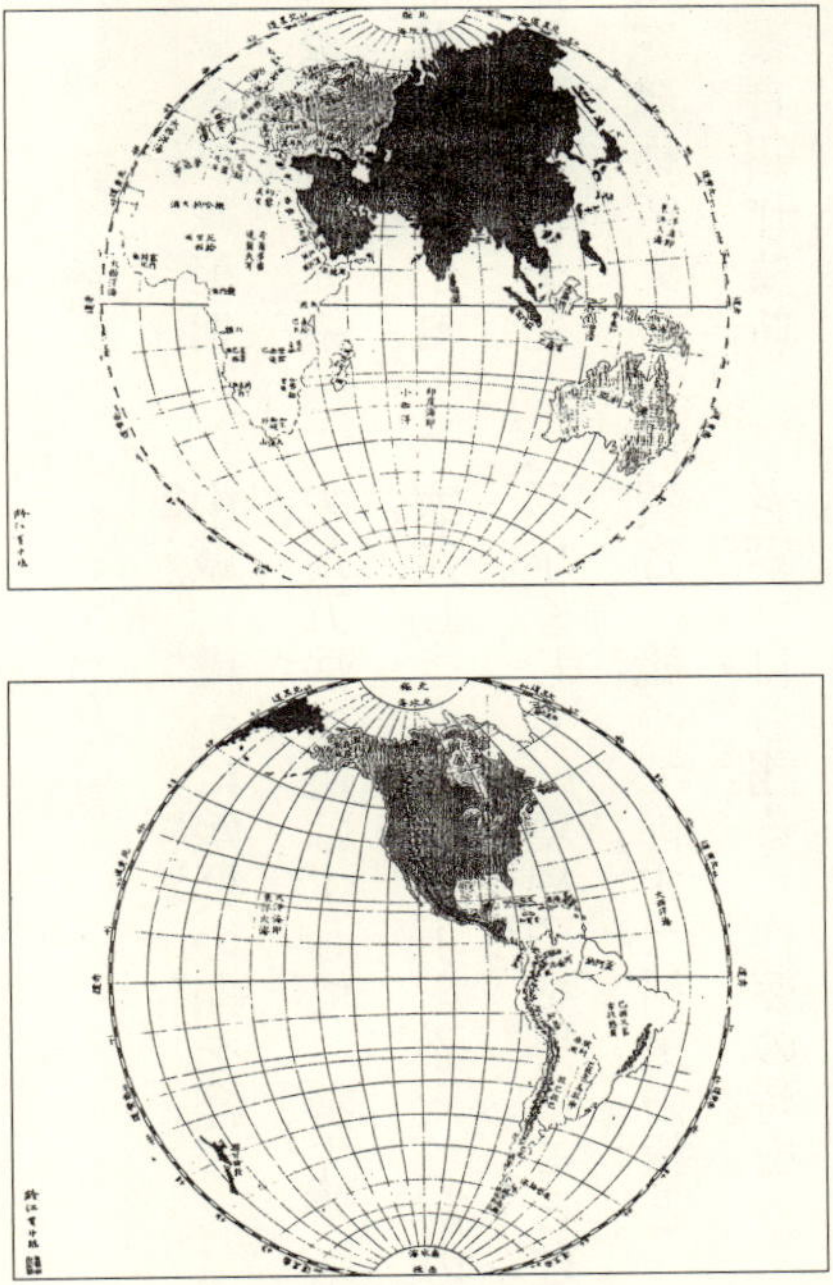

地球図(『瀛環志略』)

老妻《ろうさい》 自《みずか》ら詡《ほこ》る 作婆《さくば》の時《とき》を

趙《ちょう》 翼《よく》（清）

第一孫生誌喜（第一孫生《だいいっそんうま》れて喜《よろこ》びを誌《しる》す）

中歳纔経嫁娶期
未遊五岳鬢先糸
家貧聊喜添丁富
孫早差償得子遅
賀客競称循吏報
老妻自詡作婆時
笑他白髪程文海
七十平頭始抱児

中歳《ちゅうさい》 纔《わず》かに嫁娶《かしゅ》の期《き》を経《へ》
未《いま》だ五岳《ごがく》に遊《あそ》ばずして 鬢《びん》先《ま》ず糸《いと》なす
家貧《いえまず》しきも 聊《いささ》か丁《てい》を添《そ》えて富《と》めるを喜《よろこ》び
孫早《まごはや》くして 差《や》や子《こ》を得《う》ること遅《おそ》きを償《つぐな》う
賀客《がかく》 競《きそ》って称《しょう》す 循吏《じゅんり》の報《ほう》と
老妻《ろうさい》 自《みずか》ら詡《ほこ》る 作婆《さくば》の時《とき》を
笑他《しょうた》す 白髪《はくはつ》の程文海《ていぶんかい》
七十平頭《しちじゅうへいとう》 始《はじ》めて児《じ》を抱《いだ》くを

○**中歳**　中年。○**纔かに**　やっと、ようやく。○**五岳に遊ぶ**　五岳は泰山《たいざん》(東岳)、華山《かざん》(西岳)、衡山《こうざん》(南岳)、恒山《こうざん》(北岳)、嵩山《すうざん》(中岳)。後漢《ごかん》の向長《しょうちょう》が子女の結婚後、五岳に遊んで帰らなかった故事をふまえ、隠居することをいう。○**丁を添う**　息子が生まれること。○**循吏**　法を守り道理に従って人々を治めるりっぱな役人。○**作婆**　祖母になること。○**笑他**　他は口調を整える助字。○**程文海**　趙翼の自注に、「程蔵園《ていしゅうえん》は年七旬《とししちじゅん》に近《ちか》く、今《こん》歳始《さいはじ》めて子《こ》を得《う》」とある。妻の程《てい》氏の親類か。末尾二句には、五十六で孫のできた趙翼(解説参照)が、七十でやっと息子ができた知人を引き合いに出し、大喜びしているさまが如実にあらわれている。○**平頭**　きっかり、ちょうど。

中年になって、やっと結婚の機会を得たが、
五岳《ごがく》もめぐらないうち、はやくも白髪になってしまった。
貧しいながら、子どもができて家族がふえたことを、いささか喜び、
孫がはやく生まれ、ちょっとは子どもが遅かったことの埋め合わせがついた。
祝賀の客は口々に、ちゃんとした役人として勤めた褒美だと祝ってくれ、
老妻はおばあちゃんになったと、鼻たかだか。
笑ってしまうのは、白髪頭の程文海《ていぶんかい》が、
七十ちょうどで、はじめてできた息子を抱いたこと。

七言律詩。作者の趙翼《ちょうよく》は清《しん》代中期の詩人、歴史家。これは一七八二年、五十六歳のとき、初孫ができた喜びを歌ったもの。若くして父を亡くした趙翼は、北京《ペキン》に出て裕福な官僚の家に住み込み、文章関係の仕事をするなど、苦労して勉学に励んだ。しかし、科挙の中央試験、会試《かいし》に落第しつづけ、三十五歳でやっと合格、官界入りを果たす。最初の妻と死別した彼は、三十三歳で程《てい》氏と再婚、三十八歳で最初の子どもができた。「孫がはやく生まれ、ちょっとは子どもが遅かったことの埋め合わせがついた」とは、このことを指す。趙翼は苦労のあげく官界入りしたものの、不遇つづきで、一七七二年、四十六歳のとき、広東《カントン》の広州《こうしゅう》府長官を最後に退職する。以後、故郷の江蘇省陽湖《ようこ》県に帰り、八十六歳で死ぬまで、詩を作り、歴史研究に没頭して、悠々自適の日々を送った。各時代の重要な問題を検討した『廿二史《にじゅうにし》劄記《さっき》』は、その最大の成果である。この詩もむろん退職後の作品だが、飾り気のない率直な歌いぶりから、すこやかな人となりが読みとれる。

沈慶蘭「嬰戯図」

兄弟

湖山《こざん》　応《まさ》に夢《ゆめ》みるべし　武林《ぶりん》の春《はる》を

蘇《そ》　軾《しょく》（北宋）

送子由使契丹（子《し》由《ゆう》の契丹《きったん》に使《つかい》するを送《おく》る）

雲海相望寄此身
那因遠適更沾巾
不辞馹騎凌風雪
要使天驕識鳳麟
沙漠回看清禁月
湖山応夢武林春
単于若問君家世
莫道中朝第一人

雲海《うんかい》　相《あ》い望《のぞ》んで　此《こ》の身《み》を寄《よ》す
那《なん》ぞ遠適《えんてき》に因《よ》って更《さら》に巾《きん》を沾《うるお》さん
辞《じ》せず　馹騎《じっき》の風雪《ふうせつ》を凌《しの》ぐを
要《かなら》ず天驕《てんきょう》をして鳳麟《ほうりん》を識《し》らしめよ
沙漠《さばく》より回看《かいかん》せん　清禁《せいきん》の月《つき》を
湖山《こざん》　応《まさ》に夢《ゆめ》みるべし　武林《ぶりん》の春《はる》を
単于《ぜんう》　若《も》し君《きみ》が家世《かせい》を問《と》わば
道《い》う莫《な》かれ　中朝《ちゅうちょう》の第一人《だいいちにん》と

〇子由　弟蘇轍《そてつ》のあざな。〇契丹　モンゴル系の遊牧民族。ここでは契丹《きったん》族の立てた遼《りょう》王朝を指す。〇雲海　雲と海。このとき、蘇軾は杭州《こう》、蘇轍は都開封《かいほう》と遠く離れていたことをいう。〇遠適　遠くに旅すること。〇巾　手拭い。〇馹騎　駅馬。宿場ごとに備え、次々に走らせる馬。〇天驕　天帝に甘やかされ、おごっている子の意。もともと匈奴《きょうど》族を指すが、ここでは契丹族を指す。〇鳳麟　鳳毛麟角《ほうもうりんかく》。世にもまれなすぐれた人物のたとえ。〇清禁　宮中。〇武林　杭州の別名。〇単于　もともと匈奴の王を指すが、ここでは遼の君主を指す。〇中朝　中国。

雲と海をへだて、はるかに君を思いながら、寄寓しているこの身には、
どうして遠方への旅だからと、あらためて手拭いを涙で濡らすことがあろうか。
駅馬を乗り継ぎ、風雪のなかを行くことをものともせず、
きっと甘ったれの契丹《きったん》に、中国の世にもまれな人材を知らしめてやりたまえ。
きみは砂漠の地から、宮中の月をふりかえってながめ、
夢にみる湖や山は、きっと武林《ぶりん》の春景色だろう。
単于《ぜんう》がもしもきみの家柄をたずねたら、
けっして中国随一だなどと言ってはいけないよ。

七言律詩。一〇八九年、蘇軾《そしょく》が杭《こう》州の長官だったころ、首都開封《かいほう》で重職についていた三歳下の弟蘇轍《そてつ》が、遼《りょう》の君主の誕生日を祝う特使となった。その旅立ちにさいして贈った詩。この詩の前半四句で、蘇軾はしっかり任務を果たすよう、折り目正しく弟を激励しているが、後半四句では一転して、弟の身を案じ、単于《ぜんう》に引き留められると困るから、ゆめゆめ「中国随一」の家柄出身だなどと高言しないようにと、真情あふれる忠告をしている。この落差がなんとも面白い作品である。このとき、蘇軾は五十四歳。この四年前の一〇八五年、政治情勢が急変して新法党《しんぽうとう》が凋落、旧法党《きゅうほうとう》が勢力を盛り返し、蘇軾兄弟も流刑処分を解かれて復活、官位も急上昇した。もっとも、一〇九四年にはまたも勢力逆転、またまた流刑の憂き目にあう。蘇軾と蘇轍はいついかなるときも深い信頼関係に結ばれた、たいへん仲のいい兄弟であり、贈りあった詩も数多い。なお、父の蘇洵《そじゅん》、弟の蘇轍も、蘇軾とともに「唐宋八家《とうそうはっか》」に数えられる、すぐれた文章家である。

蘇軾

同《とも》に竹馬《ちくば》に騎《の》りて　卿《けい》の小《ちい》さきを憐《あわ》れむ

袁《えん》　枚《ばい》（清）

送三妹于帰如皐（三妹《さんまい》の如皐《じょこう》に于《ゆ》き帰《とつ》ぐを送《おく》る）

好扶花影上雕輪
珍重高堂最愛身
一日尊前分手足
十年門内少詩人
同騎竹馬憐卿小
略贈荊釵笑我貧
惆悵官羈難遠送
大雷書寄莫嫌頻

好《よ》く花影《かえい》を扶《たす》けて　雕輪《ちょうりん》に上《のぼ》らしむ
珍重《ちんちょう》せよ　高堂最愛《こうどうさいあい》の身《み》
一日《いちじつ》　尊前《そんぜん》に手足《てあし》を分《わ》かち
十年《じゅうねん》　門内《もんない》に詩人《しじん》を少《か》く
同《とも》に竹馬《ちくば》に騎《の》りて　卿《けい》の小《ちい》さきを憐《あわ》れむ
略《ほ》ぼ荊釵《けいさ》を贈《おく》りて　我《わ》れの貧《まず》しきを笑《わら》う
惆悵《ちゅうちょう》たり　官羈《かんき》せられて　遠《とお》く送《おく》り難《がた》し
大雷《たいらい》に書《しょ》を寄《よ》す　頻《ひん》なるを嫌《いと》う莫《な》かれ

○三妹　作者の三番目の妹、袁機《えんき》。**○如皐**　江蘇省東部。**○花影**　花嫁姿の妹を指す。**○彫輪**　彫刻を施した馬車。**○高堂**　父母。**○尊前**　酒樽の前。**○手足**　兄弟姉妹を指す。**○荊釵**　イバラのかんざし。粗末なかんざし。**○惆悵**　悲嘆にくれるさま。**○宮羈**　宮仕えの束縛。**○大雷に書を寄す**　六朝劉宋《りくちょうりゅうそう》の詩人鮑照《ほうしょう》が妹に与えた書簡「大雷《たいらい》の岸《きし》に登《のぼ》り妹《いもうと》に与《あた》うる書《しょ》」をふまえる。大雷は安徽《あんき》省望江《ぼうこう》県にある。

ちゃんと花嫁を彫刻した馬車に乗せてやった。
おとうさんやおかあさんがもっとも愛した身を大事にするように。
この日、酒樽の前で、兄妹別れの盃をかわし、
この十年、家のなかの詩人だったおまえを失うことになった。
いっしょに竹馬に乗ったころ、おまえが小さいのをいとおしく思い、
粗末なかんざしをちょっと贈ると、私の貧しさを笑った。
悲しいことに、宮仕えに縛られて、遠くまで見送ることはできない。
大雷《たいらい》の岸から手紙を出すが、しげしげ寄こしすぎだと嫌がらないでおくれ。

七言律詩。一七四四年、袁枚《えんばい》がもっとも愛した妹、袁機《えんき》あざな素文《そぶん》の嫁ぐ日に贈った詩である。このとき袁枚は二十九歳、沭陽県《じゅつようけん》(江蘇省)の長官だった。袁機は二十五歳。当時としては遅い結婚だが、これにはわけがあった。袁枚の「女弟素文伝《じょていそぶんでん》」によれば、彼女は生後一年もたたないうちに、父の知人高《こう》氏の息子と婚約した。しかし、この息子は性格破綻者であり、高氏側から破談の申し入れがあったにもかかわらず、生真面目な袁機は承知せず、けっきょく嫁いだ。そんないきさつもあり、この詩には、愛する妹の行く末を案じる兄の思いが切々と滲んでいる。嫁いだものの、案の定、夫は暴力的で悪辣な男であり、さすがの袁機も父に相談して離婚、幼い娘を連れて実家に帰った。数年後の一七五九年、四十歳で病死。袁枚が駆けつけたとき、彼女はすでに絶命していたが、眼は開いたままであり、そっと撫でてやると、ようやく瞑目《めいもく》したと、「素文伝」に万感をこめて記している。袁枚の三人の妹、袁棠《えんとう》(従妹)、袁杼《えんちょ》、袁機は詩才に恵まれ、ことに袁機はずばぬけていた。袁枚は、彼女が不幸な結婚をして才能を発揮できなかったことを痛惜しつつ、『袁家三妹合稿《えんかさんまいごうこう》』を編み、三人の妹の詩を収めた。

✤ 袁棠《えんとう》の悼亡詩

袁機《えんき》の死去にさいし、袁枚《えんばい》は長詩「三妹《さんまい》を哭《こく》す五十韻《ごじゅういん》」を作り、従妹の袁棠と弟の袁樹《えんじゅ》も詩を作って深く哀悼した。このうち、袁棠の七言律詩「素文三姐《そぶんさんしゃ》を哭《こく》す」をあげる。袁棠はあざな雲扶《うんぷ》、袁枚より十八、袁機より十四歳年下だったが、やはりすぐれた詩人で作品も多く、『袁家三妹合稿《えんかさんまいごうこう》』の筆頭に収録される。一七五八年、袁機の死ぬ前年に嫁ぎ、袁機と異なり幸せな結婚生活を送ったが、難産のため、三十八歳でこの世を去った。

去年分手出江城
一別何由判死生
似此才華終寂寞
果然福命誤聰明
北堂月冷珠沈海
南国雲飛雁断声
誰道詩成成自讖
不堪展巻見君名

去年《きょねん》　手《て》を分《わ》かちて　江城《こうじょう》を出《い》づ
一別《いちべつ》　何《なに》に由《よ》りて死生《しせい》を判《はん》ぜん
此《かく》の似《ごと》き才華《さいか》　終《つい》に寂寞《せきばく》
果然《かぜん》　福命《ふくめい》は聡明《そうめい》を誤《あやま》らす
北堂《ほくどう》　月《つき》冷《つめ》たく　珠《たま》は海《うみ》に沈《しず》み
南国《なんごく》　雲《くも》飛《と》びて　雁《かり》は声《こえ》を断《た》つ
誰《たれ》か道《い》う　詩《し》成《な》りて自讖《じしん》を成《な》すと
巻《かん》を展《ひら》きて君《きみ》の名《な》を見《み》るに堪《た》えず

○「詩成りて自讖を成す」は、作者が嫁ぐとき、袁機が贈った詩に「柳絮《りゅうじょ》　風《かぜ》に高《たか》く　雁行《がんこう》を断《た》つ」とあり、それがみずからの死を暗示することをいう。「讖」は予言。

悼亡一

如《かく》も美《うつく》しく且《か》つ賢《けん》なるは無《な》し

梅《ばい》堯《ぎょう》臣《しん》（北宋）

悼《とう》亡《ぼう》　三首　其《そ》の三

従来有脩短
豈敢問蒼天
見尽人間妻
無如美且賢
譬令愚者寿
何不仮其年
忍此連城宝
沈埋向九泉

従来《じゅうらい》　脩短《しゅうたん》有《あ》り
豈《あ》に敢《あ》えて蒼天《そうてん》に問《と》わんや
人間《じんかん》の妻《つま》を見尽《みつ》くしたれど
如《かく》も美《うつく》しく且《か》つ賢《けん》なるは無《な》し
譬令《もし》　愚者《ぐしゃ》は寿《いのちなが》しとなせば
何《なん》ぞ其《そ》の年《とし》を仮《か》さざる
此《こ》の連城《れんじょう》の宝《たから》の
沈《しず》み埋《うず》もれて九泉《きゅうせん》に向《む》かうに忍《しの》びんや

○倏短　倏は長いこと。ここでは、人の寿命に長短があることをいう。○蒼天　青空、転じて天帝を指す。○人間　「じんかん」と読み、人の世、世間の意。○連城の宝　戦《せん》国《ごく》時代、趙《ちょう》の恵文《けいぶん》王が持っていた宝玉。秦《しん》の昭《しょう》王がこれと十五城を交換してほしいといったことから、世にも稀なる宝を指す。○九泉　黄泉《よみ》の国。冥土。

むかしから、人の寿命には長短があり、
そのことで天帝を問いつめようとは思わない。
世間の奥さんを見尽くしたけれど、
彼女ほど美しく聡明な者はいない。
もしも愚か者が長命だというなら、
なぜその寿命を貸してくれなかったのか。
この連城《れんじょう》の宝玉のような我が妻が、
黄泉《よみ》の国に沈み埋もれてゆくことに、どうして耐えられよう。

五言律詩。一〇四四年、四十三歳のとき、梅堯臣《ばいぎょうしん》は十七年つれそった最愛の妻謝氏《しゃ》を亡くした。これはその死を悼んだ詩である。西晋《せいしん》の潘岳《はんがく》が妻の死を悲しんで作った「悼《とう》亡詩《ぼうし》三首」を嚆矢とし、「悼亡」は亡妻を悼む詩のジャンルの一つとなった。しかし、「人間《じんかん》の妻《つま》を見尽《みつ》くしたれど、如《かく》も美《うつく》しく且《か》つ賢《けん》なるは無《な》し」と言いきる、この梅堯臣ほど亡妻を手放しで称えた例はない。梅堯臣の友人、欧陽修《おうようしゅう》が謝氏のために書いた「南《なん》陽県君謝氏墓誌銘《ようけんくんしゃしぼしめい》」にも、「吾《わ》れをして富貴《ふうき》貧賤《ひんせん》を以《もっ》て其《そ》の心《こころ》を累《わずら》わさざらしむるは、抑《そも》そも吾《わ》が妻《つま》の助也《じょなり》(私が財力や地位に心を悩まさずにすんだのは、思うにわが妻のおかげだ)」という、梅堯臣自身の述懐が引かれている。よほどすばらしい奥さんだったとみえる。彼は妻の死の二年後、当時の通例で再婚した。再婚後も謝氏のことが忘れられず、涙を流すこともあったが、「新人《しんじん》の心《こころ》を傷《きず》つけんことを恐《おそ》れて、強《し》いて制《せい》して双眸《そうぼう》を揩《ぬぐ》う」(「五月二十四日《ごがつにじゅうよっか》　高郵《こうゆう》の三溝《さんこう》に過《よぎ》る」)と、新しい妻を傷つけまいと、むりに悲しみをおさえ涙をぬぐったという。人の心がよくわかる、やさしい人だったのである。

「離別」(李清照の詞(ツー)に配した挿図,
『詩余画譜』)

貞白《ていはく》 本《もと》より相《あ》い成《な》す

商《しょう》景《けい》蘭《らん》（清）

悼《とう》亡《ぼう》 二首 其《そ》の一

公自成千古
吾猶恋一生
君臣原大節
児女亦人情
折檻生前事
遺碑死後名
存亡雖異路
貞白本相成

公《こう》は自《おの》ずから千古《せんこ》を成《な》し
吾《わ》れは猶《な》お一生《いっせい》を恋《こ》う
君臣《くんしん》は原《もと》より大節《たいせつ》なるも
児女《じじょ》も亦《ま》た人《ひと》の情《じょう》なり
折檻《せっかん》 生前《せいぜん》の事《こと》
遺碑《いひ》 死後《しご》の名《な》
存亡《そんぼう》 路《みち》を異《こと》にすと雖《いえど》も
貞白《ていはく》 本《もと》より相《あ》い成《な》す

○**悼亡**　従来、悼亡《とうぼう》詩は亡き妻を悼むジャンルだったが、明《みん》末に生きた商景蘭は、これを以て亡き夫、祁彪佳《きひょうか》を悼んでいる。ここにも、時の流れが如実にあらわれている。○**千古**　永遠、永久。○**折檻**　つよく諫めること。前漢《ぜんかん》の成帝《せいてい》が朱雲《しゅううん》に諫められて激怒し、宮殿から追い出そうとしたとき、朱雲は檻《てすり》につかまって離さず、檻が折れたという故事にもとづく。祁彪佳がしばしば上奏文を奉り、混乱した政治状況をつよく批判したことを指す。○**遺碑**　頌徳碑《しょうとくひ》。祁彪佳の死後、その最初の赴任地興化《こうか》府(福建省)で、碑を建ててその善政を顕彰したことを指す。○**貞白**　貞は正しいこと。白はまじりけがなく純粋なこと。○**相い成す**　たがいに補いあい完全なものとすること。

あなたはおのずから永遠不朽の誉《ほま》れを獲得されましたが、
私は今なお一つの命を惜しんで生き長らえています。
君臣の大義は、もとより守るべき根本ですが、
息子や娘をいとおしく思うのも、また人の情です。
生前、あなたは檻《てすり》を折るほどきびしく諫言《かんげん》され、
亡くなったあとには、みなさんが頌徳碑《しょうとくひ》を建てて、遺徳をしのんでくださいました。
生と死と、道を異にするとはいえ、
心正しく純粋であることでは、両者は補いあい、完璧なものとなるのです。

五言律詩。作者の商景蘭《しょうけいらん》は明《みん》末清《しん》初の人。夫の祁彪佳《きひょうか》は一六二一年、二十一歳で科挙に合格し官界に入ったが、腐敗した政局に失望し退職、浙江省紹興《しょうこう》市の自宅付近の寓《ぐう》山《ざん》（二八七頁挿図参照）に大庭園を造るなど、趣味に没頭する日々を送る。一六四一年、ふたたび召され政局の立て直しをはかるが思うにまかせず、そのうち明は滅亡する。明滅亡後、参加した南京《ナンキン》の福《ふく》王政権も瓦解、まもなく清王朝から召喚され、「唯《た》だ節《せつ》を守《まも》るを知《し》るのみ」と、寓山の池に身を投じて自死する。これは、彼の最大の理解者だった妻商景蘭の深い思いに満ちた悼亡《とうぼう》詩である。商景蘭は高い教養を備えたすぐれた詩人であり、金童玉女《ベストカップル》と称賛された彼ら夫妻は側室もおかず、まことに仲睦まじかった。この詩は、節義を守って死んだ祁彪佳を称えつつ、子どもを守る役割をまっとうすべく生き残った自分と対比させ、「存亡《そんぼう》　路《みち》を異《こと》にすと雖《いえど》も、貞白《ていはく》　本《もと》より相《あ》い成《な》す」と、二人のたどった道があい補うものでありたいとの願いをこめて結ばれている。なお、彼らの二人の息子は父の遺志をついで反清運動に参加、逮捕されて一人は病死、一人は出家した。その後、商景蘭はいずれも詩をよくする四人の娘と二人の嫁とともに生きたとされる。

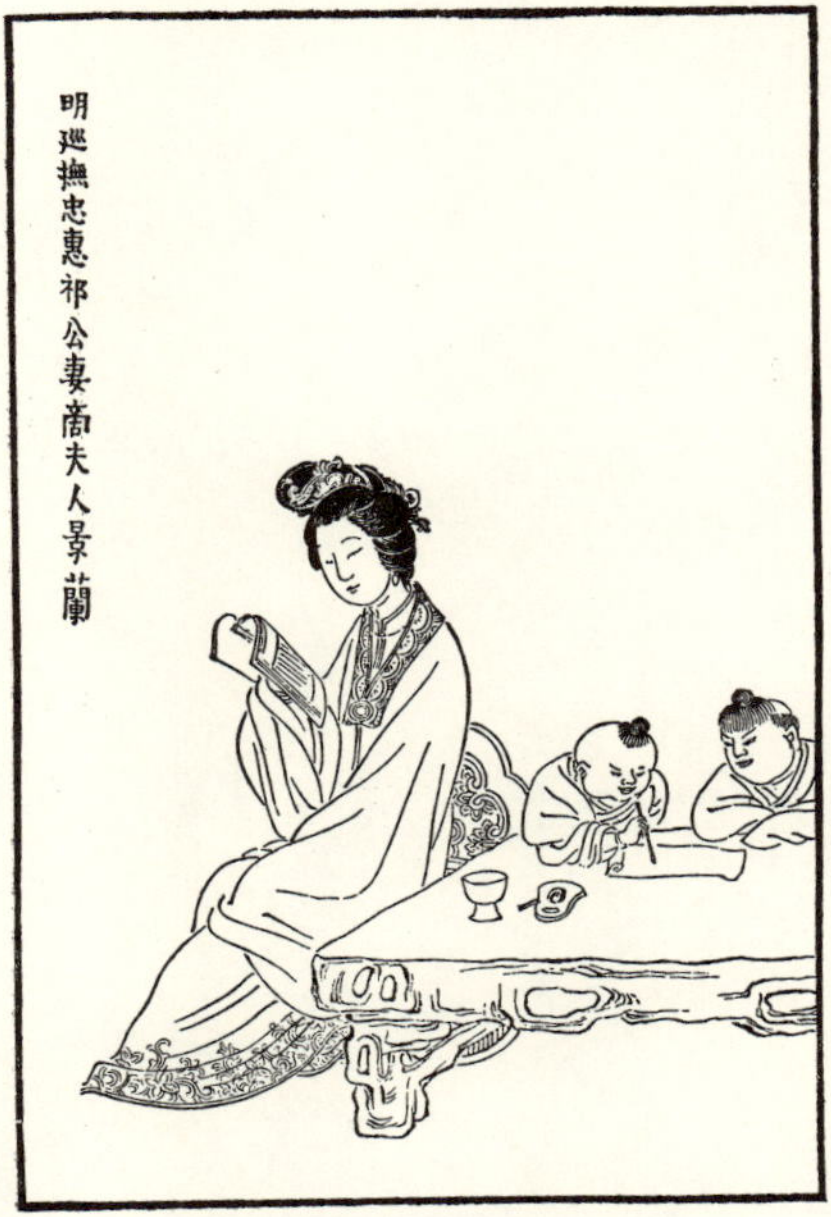

商景蘭

第六章　それぞれの人生

李白

及《およ》ばず　汪倫《おうりん》が我《わ》れを送《おく》る情《じょう》に

李《り》　白《はく》(唐)

贈汪倫(汪倫《おうりん》に贈《おく》る)

李白乗舟将欲行
忽聞岸上踏歌声
桃花潭水深千尺
不及汪倫送我情

李白《りはく》　舟《ふね》に乗《の》って　将《まさ》に行《ゆ》かんと欲《ほっ》す
忽《たちま》ち聞《き》く　岸上《がんじょう》　踏歌《とうか》の声《こえ》
桃花潭水《とうかたんすい》　深《ふか》さ千尺《せんじゃく》
及《およ》ばず　汪倫《おうりん》が我《わ》れを送《おく》る情《じょう》に

○汪倫　李白が桃花潭《とうかたん》(安徽省涇県《あんきけい》の西南)に遊んだとき、近くの村に住んでいた酒造り。彼は李白にいつもうまい酒をふるまってくれた。　**○踏歌**　手をつなぎ、足で地を踏みならし、リズムをとって歌うこと。

わたし李白が舟に乗って出発しようとしたとき、
ふいに岸辺で、村人が手をつなぎ、足を踏みならしながら、歌う声が聞こえてきた。
桃花潭《とうかたん》の深さは千尺もあるが、
汪倫《おうりん》がわたしを見送ってくれる情の深さにはおよばない。

七言絶句。七五四年、李白《りはく》五十四歳ごろの作。「秋浦《しゅうほ》の歌《うた》」(九二頁)とほぼ同時期である。李白が当時、滞在していた宣城《せんじょう》(安徽省《あんき》)から舟に乗り、桃花潭《とうかたん》を訪れたとき、近くの村に住む酒造りの名手、汪倫《おうりん》が「酒仙」の彼のために、とびきりうまい酒をごちそうしてくれた。李白がこの地を去るにあたり、汪倫は村人とともに岸辺で「踏歌《とうか》」しながら見送ってくれ、感激した李白がこの詩を贈ったとされる。桃花潭の千尺もある淵の深さも、汪倫の情の深さにはとうていおよばない、という後半二句の表現は、李白ならではの意表をつく大胆さにあふれ、衝撃的である。また、冒頭でいきなり「李白」と自分の名をあげ、末句で「汪倫」と相手の名を読みこんでいることが、この詩にきわめてつよく、また鮮明なイメージを与えている。李白は激しい感情の高まる特権的な瞬間である、「別れ」を歌うことにすぐれた詩人であり、この詩のほかにも、「浮雲《ふうん》　遊子《ゆうし》の意《い》、落日《らくじつ》　故人《こじん》の情《じょう》」の名句で知られる、五言律詩「友人《ゆうじん》を送《おく》る」など傑作が多い。

両地《りょうち》　各《おの》おの無限《むげん》の神《しん》を傷《いた》ましむ

元《げん》　稹《じん》（唐）

寄楽天（楽天《らくてん》に寄《よ》す）

栄辱升沈影与身
世情誰是旧雷陳
惟応鮑叔偏憐我
自保曽参不殺人
山入白楼沙苑暮
潮生滄海野塘春
老逢佳景惟惆悵
両地各傷無限神

栄辱《えいじょく》　升沈《しょうちん》　影《かげ》と身《み》と
世情《せじょう》　誰《たれ》か是《こ》れ旧雷陳《きゅうらいちん》
惟《た》だ応《まさ》に鮑叔《ほうしゅく》のみ偏《ひと》えに我《わ》れを憐《あわ》れむべし
自《みずか》ら保《ほ》す　曽参《そうしん》が人《ひと》を殺《ころ》さざるを
山《やま》は白楼《はくろう》に入《い》る　沙苑《さえん》の暮《く》れ
潮《しお》は滄海《そうかい》に生《しょう》ず　野塘《やとう》の春《はる》
老《お》いて佳景《かけい》に逢《お》うて　惟《た》だ惆悵《ちゅうちょう》す
両地《りょうち》　各《おの》おの無限《むげん》の神《しん》を傷《いた》ましむ

○**楽天**　白居易《はくきょい》のあざな。○**栄辱**　名誉と恥辱。○**升沈**　浮き沈み。○**影と身**　かたち（身体）とその影。○**雷陳**　後漢《ごかん》の雷義《らいぎ》と陳重《ちんじゅう》。官位を譲り合うなど、深い友情で結ばれていた。○**鮑叔**　春秋《しゅんじゅう》時代の斉《せい》の名宰相管仲《かんちゅう》の親友。後世、相手を深く信頼する友人関係を「管鮑《かんぽう》の交わり」と称する。○**曾参**　孔子《こうし》の高弟。同姓同名の者が殺人事件をおこしたとき、最初は動じなかった母も、次々に曾参が犯人だという者が現れると、信じて逃げ出したとされる。デマの怖さを説く話。○**白楼**　同《どう》州（陝西《せんせい》省大荔《だいれい》県）にある高殿。○**沙苑**　同州の南にある砂原。○**潮は滄海に生ず**　満潮と銭塘江《せんとうこう》の流れがぶつかる現象を指す（五二頁注参照）。○**両地**　作者と白居易が遠く離れた地にいることをいう。

名誉と恥辱、浮き沈みは、身体と影のように分かちがたいもの。

だが、世間には、雷義《らいぎ》と陳重《ちんじゅう》のような交わりを結ぶ者はいない。

ただきみだけが、（管仲《かんちゅう》に対する）鮑叔《ほうしゅく》のようにひたすら私を思ってくれることだろう。

私は曾参《そうしん》がけっして人殺しなどしていないと保証する（私も無実だ）。

山が白楼《はくろう》に連なる、この沙苑《さえん》の夕暮れ。

（きみのいる杭《こう》州では）潮が海中から生じ、春の野の堤まで打ち寄せていることだろう。

年老い、よい景色に出会っても、ただ悲しみ嘆くばかり、
遠く離れた別々の土地にいて、それぞれ胸を痛めること限りなし。

七言律詩。作者の元稹《げんじん》は中唐《ちゅうとう》の詩人。若いころから、同居して科挙の特別任用試験の受験勉強をする（九五頁）など、白居易《はくきょい》と親しく、固い信頼関係に結ばれた彼らの友情は、ともに激しい有為転変を繰り返しつつ、終世、変わらなかった。贈りあった詩も数多いが、これは八二二年、江南に流謫《るたく》されていた元稹が都に呼び返され、スピード出世して宰相になったものの、政敵の暗殺をはかった容疑で、またたくまに失脚、同州《どう》（陝西省《せんせい》）の長官に左遷されたとき、白居易に贈ったもの。このとき元稹は四十四歳。七歳上の白居易は杭州《こう》の長官だった。この詩は、自分をまるごと受け入れてくれる白居易に向かって、無実を訴える元稹の心情を、さまざまな典故の重なりを通して浮き彫りにする。末句の「両地《りょうち》」は、親しい者が遠く離れた別々の地にいることをいい、魯迅《ろじん》はのちに妻となる許広平《きょこうへい》との間で交わした書簡集を『両地書《りょうちしょ》』と名づけている。なお、元稹は自伝的恋愛小説「鶯鶯伝《おうおうでん》」（元曲《げんきょく》『西廂記《せいしょうき》』（王実甫《おうじっぽ》作）のもとになった）の作者としても知られる。

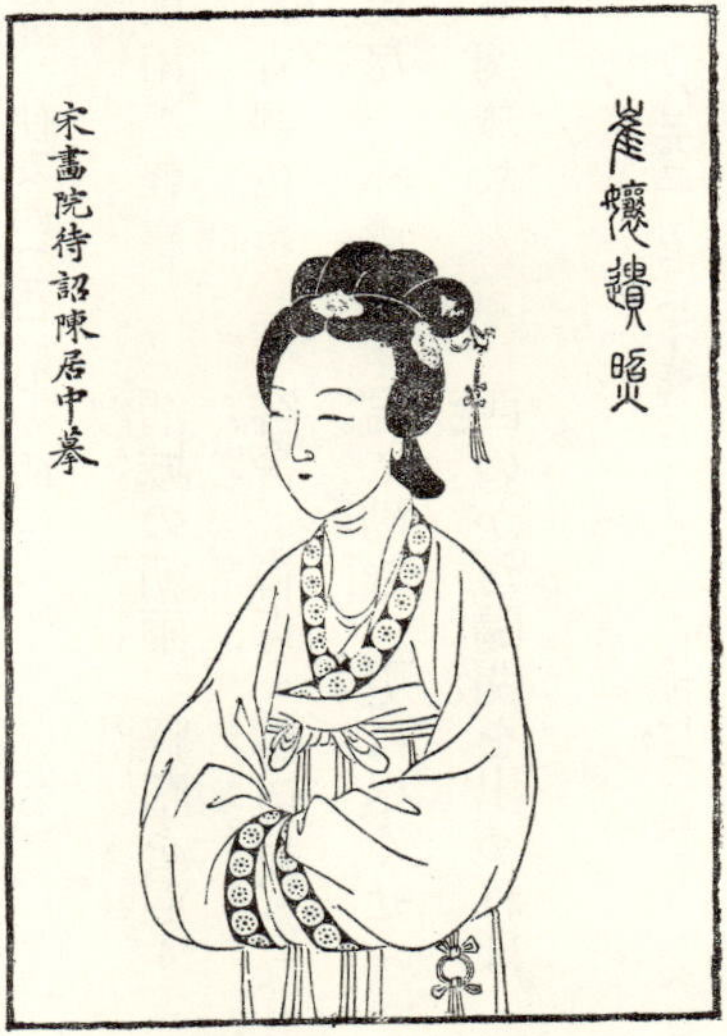

崔鶯鶯(「鶯鶯伝」のヒロイン)

送別

西《にし》のかた陽関《ようかん》を出《い》づれば　故人無《こじんな》からん

王《おう》　維《い》（唐）

送元二使安西（元二《げんじ》の安西《あんせい》に使《つかい》するを送《おく》る）

渭城朝雨浥軽塵
客舎青青柳色新
勧君更尽一杯酒
西出陽関無故人

渭城《いじょう》の朝雨《ちょうう》　軽塵《けいじん》を浥《うるお》す
客舎《かくしゃ》　青青《せいせい》　柳色新《りゅうしょくあら》たなり
君《きみ》に勧《すす》む　更《さら》に尽《つ》くせ　一杯《いっぱい》の酒《さけ》
西《にし》のかた陽関《ようかん》を出《い》づれば　故人無《こじんな》からん

○**元二**　名は不詳。元は姓、二は排行《はいこう》（一族のうち各世代における順序。ここでは兄弟の順序が二番目であること）を示す。○**安西**　都護府《とごふ》（辺境の国々を統括する役所）があった地。現在の新疆《しんきょう》ウイグル自治区。○**渭城**　長安の西北。○**陽関**　西域との境界にあった関所。敦煌《とんこう》（甘粛省の西）の西南にあたる。

渭城《いじょう》の朝の雨は、舞い上がる土ぼこりをうるおし、
旅館の前の柳は青々とみずみずしい。
さあ、もう一杯飲みほしたまえ。
これから西へ向かい陽関《ようかん》を出たなら、もう親しい友人もいないのだから。

七言絶句。王維《おうい》が安西《あんせい》に出張する友人の元二《げんじ》を、渭城《いじょう》まで見送って作ったもの。送別の名詩として名高い。この詩の前半二句は、友人の旅立つ朝、春雨に濡れた目前の情景を静かに歌う。ここで歌われる柳は別離につきものであり、見送る者は旅立つ人に一枝折って、はなむけにする風習があった。後半二句は一転して、出発の時が迫った友人に直接語りかける調子で、こみあげる惜別の情を歌う。この詩は、唐《とう》代から現代にいたるまで実際に歌われ、三度繰り返して歌うため「陽関三畳《ようかんさんじょう》」と呼ばれる。もっとも、どの部分をいかに繰り返して歌うかについては、結句の「西《にし》のかた陽関《ようかん》を出《い》づれば故人《こじん》無《な》からん」を三度繰り返して歌うとする説をはじめ諸説ある。ちなみに、白居易《はくきょい》の七言絶句「酒《さけ》に対《たい》す五首」其《そ》の四に、「相《あ》い逢《あ》わば且《しばら》く酔《よ》いを推辞《すいじ》する莫《な》かれ、唱《うた》うを聴《き》かん　陽《よう》関第四声《かんだいしせい》」とあり、「陽関三畳」の流布のさまを示す。しかし、この「陽関第四声」が問題で、白居易の自注やこれにもとづく蘇軾《そしょく》の考察などがあるものの、どういう繰り返し方をして歌ったのか、今ひとつ判然としない。時を超えて歌いつがれる名詩の謎である。

邂逅

落花《らっか》の時節《じせつ》　又《ま》た君《きみ》に逢《あ》う

杜《と》甫《ほ》（唐）

江南逢李亀年（江南《こうなん》にて李亀年《りきねん》に逢《あ》う）

岐王宅裏尋常見
崔九堂前幾度聞
正是江南好風景
落花時節又逢君

岐王《きおう》の宅裏《たくり》　尋常《じんじょう》に見《み》し
崔九《さいきゅう》の堂前《どうぜん》　幾度《いくたび》か聞《き》きし
正《まさ》に是《こ》れ　江南《こうなん》の好風景《こうふうけい》
落花《らっか》の時節《じせつ》　又《ま》た君《きみ》に逢《あ》う

○**李亀年**　玄宗《げんそう》の宮廷歌舞団（梨園《りえん》）きっての名歌手。○**岐王**　玄宗の弟。○**崔九**　崔氏の九番めの息子、九は排行《はいこう》（一族のうち各世代における順序）を示す。崔滌《さいてき》という貴族。
○**好風景**　もともと「風」は文字どおり「かぜ」、「景」は「ひかり」を指す。よき風と光、すなわち美しい自然。

岐王《きおう》の邸内で、いつも見かけた。
崔九《さいきゅう》の正堂の前で、何度も歌を聞いた。
今ここにあるのは、ほかならぬ江南の美しい自然。
なんと落花の季節に、又《ま》たきみに逢おうとは。

七言絶句。七七〇年春の作。このとき杜甫《とほ》は五十九歳、安禄山《あんろくざん》の乱後、家族ともども足かけ十二年の遍歴をつづけ、潭州《たんしゅう》（湖南省長沙市《ちょうさ》）に滞在していた。ここで催された宴会の席上、久々に玄宗《げんそう》に愛された名歌手李亀年《りきねん》の歌を聞いて作られた詩である。前半二句では、安禄山の乱以前のはなやかだった長安時代をふりかえり、今をときめく皇族や貴族の邸宅で、すばらしい歌声を披露し、栄光の絶頂にあった李亀年の姿が回想される。後半二句は一転して、時移りやむなくドサまわりの歌手となった李亀年と、地方の有力者の宴席で再会した驚きが歌われる。目前にあるのは長安ならぬ江南の美しい自然、ここではらはらと花が舞い落ちる季節に、又《ま》たきみに逢うとは、と。古来、論者がつとに指摘するように、末句のこの「又」という字が詩全体に無限の磁力をおよぼしている。李亀年のイメージに、転変を繰り返した作者自身の姿を重ねたこの哀切な詩は、まさに人の心をうつ絶唱である。ちなみに、杜甫はこの詩を作った数か月後、この世を去った。

春愁

蜀魄《しょくはく》来たらず　春《はる》　寂寞《せきばく》

寇《こう》　準《じゅん》（北宋）

春恨（春《はる》の恨《うら》み）

侵階草色連朝雨
満地梨花昨夜風
蜀魄不来春寂寞
楚魂吟夜月朦朧

侵階《しんかい》の草色《そうしょく》　連朝《れんちょう》の雨《あめ》
満地《まんち》の梨花《りか》　昨夜《さくや》の風《かぜ》
蜀魄《しょくはく》来たらず　春《はる》　寂寞《せきばく》
楚魂《そこん》　夜《よる》に吟《ぎん》じ　月《つき》　朦朧《もうろう》

○**蜀魄**　蜀魂《しょくこん》ともいう。杜鵑《ほととぎす》。伝説では、古代の蜀の君主、望帝《ぼうてい》（杜宇《とう》）の魂魄が化してホトトギスになったという。○**楚魂**　戦国《せんごく》時代の楚《そ》の詩人、屈原《くつげん》の魂。楚の重臣だった屈原は潔癖で非妥協的な性格のせいもあって誹謗・中傷され、江南に流されて汨羅《べきら》の淵（湖南省東北部）に身を投げ命を絶った。

毎朝ふる雨に、階《きざはし》に生い茂る草は青々とし、
昨夜の風で、地面いっぱいに梨の花が散りしく。
ホトトギスの訪れもなく、春はひっそりとさびしく、
屈原《くつげん》の魂は夜に歌い、月光はおぼろにかすむ。

七言絶句。作者の寇準《こうじゅん》は北宋《ほくそう》初期の政治家。十九歳で科挙に合格、官界入りし、北宋第二代皇帝の太宗《たいそう》に信任されたが、剛直で非妥協的な性格のため、太宗の末年、不興を買って左遷される。第三代皇帝真宗《しんそう》が即位すると復活、宰相となる。一〇〇四年、中国北部を支配する契丹《きったん》族の遼《りょう》が北宋に侵入したとき、主戦論者の寇準が主導権をとり、真宗の親征に踏み切る。この強硬路線は一定の現実的成果をあげ、遼と講和条約「澶淵《せんえん》の盟《めい》」を締結、両国間に長らく平和がつづくことになる。しかし、寇準は晩年、同僚に追い落とされ、一〇二三年、流刑地の雷州《らい》(広東《カントン》省)で死去した。ときに六十三歳。この詩の制作年代は不明だが、階《きざはし》をおおう雑草、地面いっぱいに散る梨の花と、蕭条《しょうじょう》たる目前の風景を歌う前半二句から、鳴いて血を吐くとされる伝説の鳥ホトトギス、悲劇的な生涯を送った屈原《くつげん》の故事を歌いこむ後半二句へと、詩全体が悲痛なトーンにつらぬかれていることから見て、おそらく晩年、流刑地における作であろう。

虫鳴《ちゅうめい》　歳寒《さいかん》を催《うなが》す

欧《おう》陽修《ようしゅう》（北宋）

虫《ちゅう》鳴《めい》

葉落秋水冷
衆鳥声已停
陰気入牆壁
百虫皆夜鳴
虫鳴催歳寒
唧唧機杼声
時節忽已換
壮心空自驚

葉《は》落《お》ちて　秋水《しゅうすい》冷《つめ》たく
衆鳥《しゅうちょう》　声《こえ》　已《すで》に停《や》む
陰気《いんき》　牆壁《しょうへき》に入《い》り
百虫《ひゃくちゅう》　皆《み》な夜《よる》に鳴《な》く
虫鳴《ちゅうめい》　歳寒《さいかん》を催《うなが》し
唧唧《しょくしょく》たり　機杼《きちょ》の声《こえ》
時節《じせつ》　忽《たちま》ち已《すで》に換《か》わり
壮心《そうしん》　空《むな》しく驚《おどろ》く

平明起照鏡　平明《へいめい》　起《お》きて鏡《かがみ》に照《うつ》せば
但畏白髪生　但《た》だ畏《おそ》る　白髪《はくはつ》の生《しょう》ずるを

○**陰気**　秋・冬を支配する陰の氣。○**歳寒**　冬の寒さ。○**唧唧**…　虫の音《ね》を、冬用の布を織るために唧唧(シャカシャカ)と響く機《はた》織りの音に喩える。○**平明**　夜明け。

木の葉が落ち、秋の川は冷たく、
鳥たちの鳴き声ももうやんだ。
陰の気が壁に入り込み、
さまざまな虫がこぞって夜に鳴く。
虫の音《ね》は寒い冬の到来をせかし、
シャカシャカと機《はた》の音を響かせる。
季節はあっというまに移ってしまい、
意気さかんな心も、なすすべもなく驚き慌てるばかり。
夜明けに起きあがって鏡にうつし、
白髪が生えているのではないかと、ひたすら恐れるのみ。

五言古詩。作者の欧陽修《おうようしゅう》は北宋《ほくそう》の人。詩人であるのみならず、「唐宋八家《とうそうはっか》」の一人に数えられる文章家にしてすぐれた歴史家・古典学者であり、宰相にまでなった有能な政治家でもあった。一種の知的巨人である。中唐《ちゅうとう》の韓愈《かんゆ》の詩文を深く学んだ彼は、空疎な美文的発想をしりぞけ、広い視野に立って多様な題材をとりあげ、親友の梅堯臣《ばいぎょうしん》とともに、可能性に満ちた新しい宋詩の世界を切り開いた。この詩は、万物が陰の気におおわれる秋の終わり、機《はた》を織るような虫の音を聞きながら、季節のめぐりの慌ただしさに心せかされる、さりげない日常のひとこまを鮮やかに映しだす。末尾の二句「平明《へいめい》　起《お》きて鏡《かがみ》に照《うつ》せば、但《た》だ畏《おそ》る　白髪《はくはつ》の生《しょう》ずるを」は、湿った詠嘆に流れず、巧まざるユーモアにあふれ、ことに秀逸。欧陽修は官界において、二度、失脚したが、晩年は地位も安定し、梅堯臣ら多くの友人、蘇軾《そしょく》はじめ優秀な弟子に恵まれ、幸い多き生涯を送った。その晩年の号「六一居士《ろくいつこじ》」は、彼の有する書物一万巻、金石《きんせき》の遺文一千巻、琴《きん》一張、碁一局、酒一壺、一人の翁たる自分自身の、「六つの一」にちなんだものという。羨むべき悠々たる大文人である。そんな欧陽修にとって唯一、不本意だったのは、期待した後輩の王安石《おうあんせき》が彼の政治観を否定し、シビアな新法政策をおしすすめたことであった。

「秋思」(王安石の詞に配した挿図,『詩余画譜』)

秋思二

旧《もと》は秋《あき》を悲《かな》しまず　只《た》だ秋《あき》を愛《あい》す

楊《よう》万《ばん》里《り》（南宋）

感秋（秋《あき》に感《かん》ず）

旧不悲秋只愛秋
風中吹笛月中楼
如今秋色渾如旧
欲不悲秋不自由

旧《もと》は秋《あき》を悲《かな》しまず　只《た》だ秋《あき》を愛《あい》す
風中《ふうちゅう》に笛《ふえ》を吹《ふ》く　月中《げっちゅう》の楼《ろう》
如今《いま》　秋色《しゅうしょく》　渾《す》べて旧《もと》の如《ごと》きに
秋《あき》を悲《かな》しまざらんと欲《ほっ》するも自由《じゆう》ならず

○秋色　秋の景色。○渾べて　すっかり、まるで、まったく。○自由　意のままになること。

昔は秋が悲しいとは思わず、ひたすら秋が好きだった。
月明かりの高殿に上り、風のなかで笛を吹いていた。
今、秋の景色はまったく昔のままなのに、
秋は悲しくないと言おうとしても、思うようにならない。

七言絶句。一一七四年、楊万里《ようばんり》五十一歳の作である。前半二句では、若いころはただ秋が好きで、高殿で風に吹かれ、笛を吹いて楽しんでいたと、過去を追想する。だが、苦い経験を重ねた今は、秋は悲しくないと言おうとしてもそうはゆかないと、後半二句で現在の心境を歌う。愁いを知らなかった過去と、愁いを知り尽くした現在との落差を、秋を核として浮き彫りにする佳篇である。剛直な楊万里は、女真《じょしん》族の金《きん》に支配された華北の回復を主張して左遷されるなど、晩年は不遇だった。やはり主戦論者の陸游《りくゆう》と親しく、陸游は一二〇二年、吉《きっ》州(江西省吉水《きっすい》県)に赴任する息子に贈った五言古詩「子龍《しりゅう》の吉州《きっしゅう》の掾《えん》に赴《おもむ》くを送《おく》る」で、こう歌っている。「又《ま》た楊誠斎《ようせいさい》の若《ごと》きは、清介《せいかい》　世《よ》に比《くら》ぶる莫《な》し、一《ひと》たび俗人《ぞくじん》の言《げん》を聞《き》かば、三日《みっか》　帰《かえ》りて耳《みみ》を洗《あら》う、汝《なんじ》は但《た》だ起居《ききょ》を問《と》い、余事《よじ》は歯《は》に挂《か》くる勿《な》かれ」。当時、楊万里(誠斎は号)は七十六歳、故郷の吉水県で隠棲していた。陸游はここで楊万里はきわめて潔癖な人だから、訪ねても時候の挨拶にとどめ、お世辞など言うなと、息子を戒めている。その硬骨漢ぶりが知れようというものだ。

旅愁

何《いず》れの日《ひ》か　是《こ》れ帰年《きねん》ならん

杜《と》　甫《ほ》（唐）

絶《ぜっ》句《く》

江碧鳥逾白
山青花欲然
今春看又過
何日是帰年

江《こう》は碧《みどり》にして　鳥《とり》は逾《いよ》いよ白《しろ》く
山《やま》は青《あお》くして　花《はな》は然《も》えんと欲《ほっ》す
今春《こんしゅん》　看《ま》のあたりに又《ま》た過《す》ぐ
何《いず》れの日《ひ》か　是《こ》れ帰年《きねん》ならん

○碧　碧玉のようなふかみどり。　○青　さみどり。　○然　燃と同じ。　○看のあたりに　じっとみつめる目の前を。

江はふかみどりにして、鳥はますます白く、
山はさみどりにして、花は燃えあがらんばかり。
今年の春も、じっとみつめる私の目の前を、また過ぎてゆこうとする。
いつになったら故郷に帰れることだろうか。

五言絶句。杜甫《とほ》の極めつきの名詩。制作年代は不明だが、安禄山《あんろくざん》の乱後、家族を連れ江南各地を転々とした時期のものであろう。この詩の前半は、碧玉のようなふかみどり色の水面に、飛び浮かぶ真っ白な鳥、さみどり色の新緑におおわれた山のあちこちに、燃えるように咲く花と、目にも鮮やかな江南の春を歌う。これを受けた後半二句では、しかし、この生命の息吹きにあふれる春景色もまた、自分の目前を過ぎゆくばかり、この身はいつになったら故郷に帰れることやらと、詩人は深いもの思いに沈む。四行二十字で織りなされる詩的小宇宙に、大いなる自然と複雑に屈折する詩人の心理・感覚を、みごとに凝縮した作品である。私事ながら、この詩は今を去ること四十余年、中国文学を勉強しはじめたとき、最初にならったものだ。そのとき、吉川幸次《よしかわこうじ》郎《ろう》先生から、「江《チアン》碧《ピィ》の碧《ピィ》は強く上から抑えつけるように、山青《シアンチン》の青《チン》は明るく広がるようによみなさい。碧は深く凝固的なイメージ、青はやわらかで発散的なイメージなのです」と教わった。詩とはこういうふうによむものかと驚嘆したのが、昨日のことのように思いおこされる。

隠棲

悠然《ゆうぜん》として南山《なんざん》を見《み》る

陶《とう》淵《えん》明《めい》（東晋）

飲酒《いんしゅ》　二十首　其《そ》の五

結廬在人境
而無車馬喧
問君何能爾
心遠地自偏
采菊東籬下
悠然見南山
山気日夕佳
飛鳥相与還

廬《ろ》を結《むす》びて人境《じんきょう》に在《あ》り
而《しか》も車馬《しゃば》の喧《かまびす》しき無《な》し
君《きみ》に問《と》う　何《なん》ぞ能《よ》く爾《しか》るやと
心遠《こころとお》ければ　地《ち》も自《おの》ずから偏《へん》なり
菊《きく》を采《と》る　東籬《とうり》の下《もと》
悠然《ゆうぜん》として南山《なんざん》を見《み》る
山気《さんき》　日夕《にっせき》に佳《よ》く
飛鳥《ひちょう》　相《あ》い与《とも》に還《かえ》る

此中有真意
欲弁已忘言

此《こ》の中《うち》に真意《しんい》有《あ》り
弁《べん》ぜんと欲《ほっ》して已《すで》に言《げん》を忘《わす》る

○人境　人里。○君に問う　自問自答の表現。○偏　辺鄙《へんぴ》な土地。○東籬　東の籬《まがき》(垣根)。○南山　廬山《ろざん》(江西省九江《きゅうこう》市の南西)を指す。この麓に陶淵明の家があった。

庵《いおり》を構えているのは人里のなか。
しかもうるさい車馬の音は聞こえてこない。
どうしてそんなふうにできるのかね。
心が俗世を超越していれば、土地もおのずと辺鄙《へんぴ》になるのさ。
東の垣根で菊の花を折りとっていると、
ふと目に入ったのは、悠然とそびえる南の山。
山のたたずまいは、夕暮れ時がことにすばらしく、
鳥たちが連れだってねぐらをめざし飛んでゆく。
このなかにこそ真実がある。
だが、それを言いあらわそうとしたときには、すでに言葉を忘れていた。

五言古詩。制作年代は不明だが、四〇五年、陶淵明《とうえんめい》が退職して帰郷、隠遁したのちに、書きつづった連作二十首の一首とみられる。後世、隠遁を願う人々すべての理想となった境地を歌う。深山の奥に引っ込まず、人里に住んでいても、「心遠《こころとお》ければ　地《ち》も自《おの》ずから偏《へん》なり」、心のもちようで、俗世と関わらない静かな隠遁生活をまっとうできるとする表現には、味わい深いものがある。山のたたずまいがことに映える夕暮れ、帰鳥の群れをながめながら、このなかにこそ、自然のなかで人として生きる真実があると思うが、それを表現しようとした瞬間、言葉を忘れた、とする後半四句には、したり顔の分析的理性を、小気味よく一蹴する気合いがこもっており、まことに秀逸。陶淵明は曾祖父陶侃《とうかん》にゆかりの深い東晋《とうしん》王朝に対する思い入れがあり、四二〇年、東晋を滅ぼして成立した劉宋《りゅうそう》王朝を認めず、終生、自分の著作に劉宋の年号を用いなかった。けっして浮世離れのした隠遁に自足することなく、ひそかに抵抗精神を保ちつづけた不屈の隠遁詩人だったのである。

陶淵明

科挙

五十年前《ごじゅうねんまえ》　二十三《にじゅうさん》

詹《せん》　義《ぎ》（南宋）

登科後解嘲（登科後《とうかご》　解嘲《かいちょう》）

読尽詩書五六担
老来方得一青衫
佳人問我年多少
五十年前二十三

詩書《ししょ》を読《よ》み尽《つ》くすこと　五六担《ごろくたん》
老来《ろうらい》　方《まさ》に一青衫《いちせいさん》を得《え》たり
佳人《かじん》　我《わ》れに問《と》う　年《とし》は多少《たしょう》なるや
五十年前《ごじゅうねんまえ》　二十三《にじゅうさん》

○登科　科挙に合格すること。○解嘲　人の嘲りに対して弁明すること。○担　宋《そう》代では一担は約七十二キログラムだが、五、六担は大変な重さをあらわす。今の言い方なら「一トンも」というところである。○青衫　下級官吏の服を指す。

書物を読み尽くすこと、五、六担、
老いさらばえて、やっと下っぱ役人になった。
美しい女性においくつかと聞かれたら、
五十年前には二十三歳だったと答えよう。

七言絶句の形をとる戯《ざ》れ歌。南宋《なんそう》の兪文豹《ゆぶんひょう》著『清夜録《せいやろく》』に、詹義《せんぎ》なる人物の作として引かれている。宋代以降、科挙制度が整備されるが、何段階もの試験をクリアするのは至難の業であった。蘇軾《そしょく》・蘇轍《そてつ》兄弟のように若くして合格（蘇軾は二十歳、蘇轍は十七歳で合格）する例もあるが、なかには、老齢になってやっと合格する者もめずらしくなかった。実は、この戯れ歌には「典故」がある。やはり南宋の羅大経《らたいけい》著『鶴林玉露《かくりんぎょくろ》』（乙編・巻六）にみえる話である。紹興《しょうこう》年間（一一三一―六二）、七十三歳でやっと科挙に合格した陳修《ちんしゅう》なる人物がおり、彼がまだ独身だと聞いた皇帝の高宗《こうそう》は宮女の一人（三十歳）と結婚させた。巷では「新人《しんじん》　若《も》し郎《ろう》の年《とし》　幾《いく》ばくぞと問《と》わば、五十年前《ごじゅうねんまえ》　二十三《にじゅうさん》」と歌いはやしたというものだ。科挙が生んだ悲喜劇である。ちなみに、十七世紀初頭の明《みん》末、馮《ふう》夢龍《ぼうりゅう》が編纂した白話短篇小説集「三言《さんげん》」の『警世通言《けいせいつうげん》』（巻十八）にも、六十一歳でやっと科挙に合格した人物を描く「老門生《ろうもんせい》、三世《さんせい》に恩《おん》を報《むく》いること」という、喜劇仕立ての話がある。科挙制度があるかぎり、「五十年前　二十三」の例は尽きない。

出仕

悠悠《ゆうゆう》　三十九年《さんじゅうくねん》の非《ひ》

王《おう》　安《あん》　石《せき》（北宋）

省《しょう》　中《ちゅう》

大梁春雪満城泥
一馬常瞻落日帰
身世自知還自笑
悠悠三十九年非

大梁《たいりょう》の春雪《しゅんせつ》　満城《まんじょう》の泥《どろ》
一馬《いちば》　常《つね》に落日《らくじつ》を瞻《み》つめつつ帰《かえ》る
身世《しんせい》を自《みずか》ら知《し》り　還《ま》た自《みずか》ら笑《わら》う
悠悠《ゆうゆう》　三十九年《さんじゅうくねん》の非《ひ》

○省中　役所。**○大梁**　戦国《せんごく》時代の魏《ぎ》の都。北宋《ほくそう》の首都（開封《かいほう》）はこの故地に置かれた。**○身世**　これまでの自分の人生。**○悠悠**　遠くはるかなさま。

開封《かいほう》は春の雪で、町中泥だらけだ。
馬に乗って、いつも夕陽をみつめながら帰途につく。
これまでのわが人生をみずから悟り、またみずから笑う。
はるかにたどれば、この三十九年は誤りだった。

七言絶句。結句にみえるとおり一〇五九年、王安石《おうあんせき》三十九歳の作。当時、彼は度支判《たくしはん》官《がん》(会計官)として、開封《かいほう》で役所勤めをしていた。早朝出勤し、疲れはてて帰るのは日の落ちるころ。しかも道路のわるい開封は春の雪で泥だらけ。やりきれない気分で馬に乗り、とぼとぼ帰途について、来し方をふりかえれば、わが三十九年の軌跡は失敗の連続だったと、ほぞをかむばかり。うだつのあがらない勤め人の姿をみごとに描くこの詩には、時代を超えて共感を呼ぶアクチュアリティーがある。王安石は二十二歳で科挙に合格、官界入りするが不遇つづきだった。一〇六七年、北宋《ほくそう》第六代皇帝神宗《しんそう》が即位すると重用され、国家財政立て直しの推進者として、次々に新法を立案し剛腕をふるう。しかし、この過程で司馬光《しばこう》ら旧法党《きゅうほうとう》との対立が激化し、政局の混迷も深まる。かくて王安石は一〇七六年、五十六歳で引退、死にいたるまで十年間、南京《ナンキン》で悠々自適の暮らしを送る(一一二頁)。彼はシビアな政治家である反面、政治的立場を異にする蘇軾《そしょく》をはじめ、大勢の文人と親しく交遊するなど、磊落《らいらく》で自在な精神をもつ大文人でもあった。

宿鶯《しゅくおう》 猶《な》お睡《ねむ》りて 余寒《よかん》に怯《おび》ゆ

李《り》 建中《けんちゅう》(北宋)

直《ちょく》宿《しゅく》

春風夜急銅龍漏
淡月半斜金井欄
已覚亜枝花露重
宿鶯猶睡怯余寒

春風《しゅんぷう》 夜《よる》に急《きゅう》なり 銅龍漏《どうりゅうろう》
淡月《たんげつ》 半《なか》ば斜《なな》めなり 金井欄《きんせいらん》
已《すで》に覚《さ》むれば 枝《えだ》を亜《あ》して花露《かろ》重《おも》く
宿鶯《しゅくおう》 猶《な》お睡《ねむ》りて 余寒《よかん》に怯《おび》ゆ

○**直宿**　宿直。ここでは宮中で宿直すること。○**銅龍漏**　銅製の水時計。龍の頭が取り付けられ、口から水を吐き出す仕掛け。○**淡月**　うすくかすんだ月。○**金井欄**　美しい彫刻を施した囲いのある井戸。美しい井戸の意。○**亜す**　押す、圧迫する。○**宿鶯**　巣で眠っているウグイス。○**余寒**　寒明けした立春後の寒さ。

春風が夜にはげしくなって、銅龍漏《どうりゅうろう》の水滴を吹き飛ばし、
かすんだ月が、なかば斜めに傾いて、美しい井戸を照らす。
目が覚めると、枝を押すほど、花の露が重く結び、
巣のなかのウグイスは、まだ眠りのなかで、余寒に怯えちぢこまっている。

七言絶句。作者の李建中《りけんちゅう》は北宋《ほくそう》初期の人。この詩は、まだ寒さの残る早春の夜、宮中で宿直したときの情景を歌ったもの。春の夜風がつよまって、銅龍《どうりゅう》の水時計からこぼれる水を吹き飛ばし、おぼろな月光が美しい井戸を照らすのをながめるうち、作者はついうとうとする。はっと目が覚めると、枝を圧迫するほど花は露を結び、巣のなかのウグイスは寒さにちぢこまって眠っている。華麗な宮中の風物を歌う前半二句から、つかの間の眠りをはさんで、余寒のなかの花や鳥という小さな自然を描く後半二句へと、あざやかな転調が光る小詩である。李建中は九八三年、三十九歳で科挙に合格、それなりに順調な官僚生活を送った。彼は官界で出世することより、趣味に生きることを旨として、故郷の洛陽《らくよう》に風雅な邸宅を建て、書画骨董を収集したり、風光明媚な自然を求めて旅することを好んだ。また、すぐれた書家であり、その細く鋭い書風は「一時《いちじ》の絶《ぜつ》(当代随《ずい》一《いち》)」と称されたという。北宋以降、広く流布する文人趣味を早い時期に体現した人物である。

左遷

雪《ゆき》は藍関《らんかん》を擁《よう》して馬《うま》前《すす》まず

韓《かん》 愈《ゆ》（唐）

左遷至藍関示姪孫湘（左遷《させん》されて藍関《らんかん》に至《いた》り姪孫《てっそん》の湘《しょう》に示《しめ》す）

一封朝奏九重天
夕貶潮州路八千
欲為聖明除弊事
肯将衰朽惜残年
雲横秦嶺家何在
雪擁藍関馬不前
知汝遠来応有意
好収吾骨瘴江辺

一封《いっぽう》　朝《あした》に奏《そう》す　九重《きゅうちょう》の天《てん》
夕《ゆう》べに潮州《ちょうしゅう》に貶《へん》せらる　路《みち》八千《はっせん》
聖明《せいめい》の為《ため》に弊事《へいじ》を除《のぞ》かんと欲《ほっ》す
肯《あ》えて衰朽《すいきゅう》を将《もっ》て残年《ざんねん》を惜《お》しまんや
雲《くも》は秦嶺《しんれい》に横《よこ》たわって家《いえ》何《いず》くにか在《あ》る
雪《ゆき》は藍関《らんかん》を擁《よう》して馬《うま》前《すす》まず
知《し》んぬ汝《なんじ》が遠《とお》く来《き》たる　応《まさ》に意《い》有《あ》るべし
好《よ》し　吾《わ》が骨《ほね》を瘴江《しょうこう》の辺《ほとり》に収《おさ》めよ

○藍関　長安の東南にあり、南方へ行く者が最初に通過する関所。**○姪孫の湘**　姪孫は兄弟の孫。湘《しょう》は韓愈《かんゆ》の二兄韓介《かんかい》の孫。この韓湘は神仙の術をマスターしていたとされ、後世、八仙《はっせん》の一人に数えられる。**○一封**　一通の上奏文。左遷の原因となった「仏骨《ぶっこつ》を論《ろん》ずる表《ひょう》」を指す。**○九重の天**　奥深い天子の宮殿。**○潮州**　広東《カントン》省東部。**○聖明**　聡明な天子。**○弊事**　弊害のある事がら。あしきこと。**○秦嶺**　秦嶺山脈。中国を南北に区切る地理的境界線。**○瘴江**　毒気がたちこめる南方の川。

朝に上奏文を一通、奥深い天子の宮殿にささげ、
夕方には、八千里のかなた潮《ちょう》州に流されることになった。
聡明な天子のために、弊害ある事がらを除こうとしたのだから、
衰弱したこの身に残る年など惜しもうとは思わない。
雲が秦嶺《しんれい》山脈にたなびき、我が家はどこにあるかわからず、
雪が藍関《らんかん》をおおい、馬は先に進もうとしない。
おまえが遠くまで見送ってくれたのは、きっと何か心づもりがあってのことだろう。
ならば、私の骨を毒気のたちこめる川のほとりで拾い収めておくれ。

七言律詩。作者の韓愈《かんゆ》は中唐《ちゅうとう》の詩人。これは古くから日本でも有名な詩である。八一九年正月、当時、刑部侍郎《けいぶじろう》(実質的な法務大臣)だった韓愈は、仏舎利《ぶっしゃり》を宮中に迎え入れたことに猛反発し、憲宗《けんそう》皇帝に「仏骨《ぶっこつ》を論《ろん》ずる表《ひょう》」をささげて逆鱗《げきりん》にふれ、たちまち左遷の憂き目にあった。ときに韓愈五十二歳。まさしく、朝に上表文をささげ、その日の夕方にははるか南方の潮《ちょう》州に向けて旅立つという、慌ただしさであった。これは、そのとき、藍関《らんかん》まで見送りにきた二兄の孫、韓湘《かんしょう》に与えたもの。天子のために弊害を除去しようとしたのだから、後悔はしないと言いつつ、うねるような激しい調子で、老境に入って瘴《しょう》気《き》ただよう南方に流される悲痛な思いを歌いあげている。この後、憲宗が死去したため、韓愈は二年足らずで長安に呼びもどされて復活、五十七歳で平穏に生涯を終えた。韓愈は政治的にも文学的にも、古代回帰によって変革をめざすという意味における復古主義者であった。「李《り》(白《はく》)・杜《と》(甫《ほ》)・韓(愈)・白《はく》(居易《きょい》)」と称される、唐代きっての大詩人であると同時に、装飾的な美文をしりぞけ、古典をもとにした自由な文体を求める古文《こぶん》復興運動を推進、「唐宋八家《とうそうはっか》」の筆頭に数えられる名文章家である。

「八仙過海」(『楊柳青年画』)

只《た》だ当《まさ》に漂流《ひょうりゅう》して異郷《いきょう》に在《あ》るべし

唐《とう》　寅《いん》(明)

伯虎絶筆《はくこぜっぴつ》

生在陽間有散場
死帰地府也何妨
陽間地府倶相似
只当漂流在異郷

生《い》きて陽間《ようかん》に在《あ》れば　散場《さんじょう》有《あ》り
死《し》して地府《ちふ》に帰《き》すも　也《ま》た何《なん》ぞ妨《さまた》げん
陽間《ようかん》も地府《ちふ》も　倶《とも》に相《あ》い似《に》たり
只《た》だ当《まさ》に漂流《ひょうりゅう》して異郷《いきょう》に在《あ》るべし

○**伯虎絶筆**　伯虎は唐寅のあざな。晩年は仏教を信仰し、六如《りくにょ》と号した。この詩は唐寅の辞世の作。○**陽間**　現世、この世。○**散場**　芝居などがはねること。○**地府**　冥土、あの世。

生きてこの世にあればいつかはお開きになるもの。
死んであの世に身を寄せるのもまたけっこう。
この世もあの世も似たようなもの。
きっとただ漂流して異郷にいるようなものだろう。

七言絶句。唐寅《とういん》あざな伯虎《はくこ》は、十五世紀末から十六世紀前半の明《みん》代中期、祝允明《しゅくいんめい》、文徴明《ちょうめい》、徐禎卿《じょていけい》とともに、江南の大商業都市蘇《そ》州で活躍した文人グループ「呉中《ごちゅう》の四才《しさい》」の一人。早死にした徐禎卿以外の三人は、科挙に落第し官僚社会から落ちこぼれたもの の、書画詩文いずれの分野においても卓越した、市井の大文人として名を馳せた。とりわけ唐寅は三十歳のとき、優秀な成績で会試《かいし》(科挙の中央試験)まで到達したが、カンニング事件に巻き込まれて落第、科挙の受験資格を永久剝奪されるという苦い経験をした。しかし、失意をふりはらって故郷の蘇州に腰を落ち着け、「江南風流第一才子《こうなんふうりゅうだいいちさいし》」という印を作って、売文売画で生計を立て、五十四歳でこの世を去るまで、自立した文人として堂々と生きた。蘇州にはそんな彼のファンが多く、書画や詩文の注文が殺到し、ことに、その優美な美人画や春画は人気が高かった。また、自由奔放な唐寅には逸話が多く、これをもとにした小説や戯曲も作られた。この「伯虎《はくこ》絶筆《ぜっぴつ》」には、思いきりよく伝統社会の枠組みを超え、自在に漂流しつづけた唐寅の姿が鮮やかに映しだされている。

第七章　生き物へのまなざし

居廉「牡丹双蝶図」

紅蓼《こうりょう》　風前《ふうぜん》　雪翅開《せっしひら》く

韋《い》　荘《そう》（唐）

独《どく》　鶴《かく》

夕陽灘上立徘徊
紅蓼風前雪翅開
応為不知棲宿処
幾回飛去又飛来

夕陽《せきよう》　灘上《たんじょう》　立《た》ちて徘徊《はいかい》す
紅蓼《こうりょう》　風前《ふうぜん》　雪翅開《せっしひら》く
応《まさ》に棲宿《せいしゅく》の処《ところ》を知《し》らざるが為《ため》に
幾回《いくたび》か飛《と》び去《さ》り　又《ま》た飛《と》び来《き》たるべし

○独鶴　ただ一羽でいる鶴。　○灘上　水ぎわ、岸辺。　○紅蓼　あかい蓼《たで》。　○雪翅　雪のように真っ白の羽根。　○棲宿　すみか、ねぐら。

夕陽に照らされた岸辺に、降り立って行きつもどりつし、
紅い蓼《たで》を揺らす風にむかって、雪のように白い羽をひろげる。
きっとねぐらがどこかわからないために、
何度も飛び去り、また飛び戻って来るのだろう。

七言絶句。作者の韋荘《いそう》は唐《とう》末の人。唐王朝に決定的なダメージを与えた黄巣《こうそう》の乱(八七五―八八四)の凄惨な情況を歌う、長篇詩「秦婦吟《しんぷぎん》」の作者として知られる。この詩はまず、紅い夕陽に照らされた岸辺と白い鶴、紅い蓼《たで》と白い鶴と、コントラスト鮮やかに白鶴の姿を浮かびあがらせる。つづく後半二句で、この美しい鶴は群れをはぐれ、ねぐらがわからないために、さまよっているのだろうと、作者は思いをめぐらす。古来、孤高の象徴とされる「独鶴《どくかく》」を、あえて「さまようもの」としてとらえているのが意味深長だ。韋荘は黄巣の乱を避けて各地を遍歴した後、八九四年、五十九歳でようやく科挙に合格した。しかし、九〇一年、瓦解寸前の中央政局に見切りをつけて長安を離れ、蜀《しょく》(四川省)を根拠地とする王建《おうけん》(詩人の王建とは別人)に身を寄せる。九〇七年、唐が滅亡し、王建が五代十国《ごだいじっこく》の一つ、前蜀《ぜんしょく》王朝を立てると、宰相に任ぜられたが、三年後に死去。ときに七十五歳。この詩のさまよう独鶴のイメージは、生涯にわたって遍歴をつづけた韋荘自身の姿を投影したものともいえよう。

茅簷《ぼうえん》の煙裏《えんり》 語《かた》ること双双《そうそう》

杜《と》 牧《ぼく》(唐)

村舎燕(村舎《そんしゃ》の燕《つばめ》)

漢宮一百四十五
多下珠簾閉瑣窓
何処営巣夏将半
茅簷煙裏語双双

漢宮《かんきゅう》 一百四十五《いっぴゃくしじゅうご》
多《おお》く珠簾《しゅれん》を下《お》ろして 瑣窓《さそう》を閉《と》ざす
何《いず》れの処《ところ》にか巣《す》を営《いとな》まん 夏将《なつまさ》に半《なか》ばならんとするに
茅簷《ぼうえん》の煙裏《えんり》 語《かた》ること双双《そうそう》

○**村舎** 村の家、農家。 ○**漢宮一百四十五** 前漢《ぜんかん》の首都、長安付近にあった離宮の数。後漢《ごかん》の張衡《ちょうこう》の「西京《せいけい》の賦《ふ》」に「郡国《ぐんこく》の宮館《きゅうかん》、百四十五《ひゃくしじゅうご》あり」と記す。実際には唐《とう》の数多い宮殿をいう。 ○**瑣窓** 美しい飾り窓。鎖はもともと窓のへりに施された連鎖のもようをいう。 ○**茅簷** かやぶきの軒下。 ○**双双** ここではツバメが一対ずつ、の意。

漢《かん》の離宮は、百四十五。
その多くは珠《たま》の簾《すだれ》を下ろし、美しい窓を閉ざしている。
(ツバメは)どこで巣を作っているのだろうか、夏もなかばになろうとするのに。
見れば、炊煙たちのぼる農家のかやぶきの軒下で、一対ずつさえずり語りあっている。

七言絶句。漢《かん》の荒廃した離宮を前面に出しつつ、実は唐《とう》の首都長安の宮殿空間のさびれた情景を歌う。こうして歴史的過去に現在を重ね、詩的世界を重層化させるのも、杜《と》牧《ぼく》の得意とする手法である。また、第一句で「漢宮《かんきゅう》　一百四十五《いっぴゃくしじゅうご》」と、具体的な数字をあげていることは、この詩に弾みをつけ、鮮明な印象をもたらしている。この本の冒頭であげた「江南《こうなん》の春《はる》」第三句(二頁)にも、「南朝《なんちょう》　四百八十寺《しひゃくはっしんじ》」という表現があり、杜牧が詩的世界のリアリティーを高めるべく、詩句に数字を織りこむ手法を効果的に運用していることがわかる。この詩は、宮殿の多くが閉鎖された今、毎年、巣をかけたツバメの姿も見えず、なんと貧しい農家の軒下に巣をかけ、一対ずつ楽しげに語りあっていると、ツバメの動きに焦点を当てながら、唐王朝の斜陽を浮き彫りにする。同様にツバメの動きを追跡しつつ、栄枯盛衰を歌いあげた先行する詩篇として、中唐《ちゅうとう》の劉禹錫《りゅううしゃく》の「烏衣巷《ういこう》」(三五六頁)があげられる。杜牧はこの作品からヒントを得たのかもしれない。

高斎《こうさい》 雁《かり》の来《き》たるを聞《き》く

韋《い》応《おう》物《ぶつ》(唐)

聞雁(雁《かり》を聞《き》く)

故園眇何処
帰思方悠哉
淮南秋雨夜
高斎聞雁来

故園《こえん》 眇《びょう》として何《いず》れの処《ところ》ぞ
帰思《きし》 方《まさ》に悠《ゆう》なる哉《かな》
淮南《わいなん》 秋雨《しゅうう》の夜《よる》
高斎《こうさい》 雁《かり》の来《き》たるを聞《き》く

○**故園** 故郷。作者の故郷は長安である。○**眇** はるかに遠いさま。○**悠なる哉** 思い尽きないさま。『詩経《しきょう》』の「関雎《かんしょ》」に「悠《ゆう》なる哉《かな》 悠《ゆう》なる哉《かな》、輾転反側《てんてんはんそく》す」とあるのにもとづく。○**淮南** 淮《わい》水以南の地域。作者はこのとき、淮南の滁《ちょ》州(安徽《あんき》省滁県)刺史だった。○**高斎** 高殿にある書斎。

故郷はるかに遠く、どこにあるのだろうか。
帰りたい思いは、いまや尽きることもない。
淮南《わいなん》に秋雨のふる夜、
高殿の書斎で、渡ってきた雁《かり》の鳴き声に耳を傾ける。

五言絶句。作者の韋応物《いおうぶつ》は中唐《ちゅうとう》の詩人。先に登場した韋荘《いそう》(二〇八頁)の高祖父。自然を歌う五言詩にすぐれ、三十余り若い世代の白居易《はくきょい》に「其《そ》の五言詩《ごごんし》は又《ま》た高雅閑淡《こうがかんたん》、自《おの》ずと一家《いっか》の体《たい》を成《な》す。今《いま》の筆《ふで》を乗《と》る者《もの》は誰《たれ》か之《こ》れに及《およ》ばん」(「元九《げんきゅう》に与《あた》うる書《しょ》」)と絶賛された。韋応物は十五歳から数年間、宮中で玄宗《げんそう》に近侍し、当時は典型的な悪少年(不良少年)だった。しかし、安禄山《あんろくざん》の乱が勃発、七五六年に玄宗が蜀《しょく》に逃げた後は、心機一転して学問に励み、数年後、科挙とは別のルートで官界に入る。剛直な彼は軍人の不正を摘発、逆に訴えられて辞職したこともあるが、晩年は滁《ちょ》州、江《こう》州、蘇《そ》州の刺史を歴任、優秀な地方長官として平穏な日々を送った。この詩は七八三年から七八四年にかけ滁州刺史だった時期の作。故郷長安のはるか南、淮南《わいなん》の任地で望郷の念に駆られつつ、秋雨ふる夜、高殿の書斎で、北のかた長安の方角から渡ってきた雁の声に耳を傾ける、と歌うこの佳篇には、透明な静謐感が漂う。韋応物は最後の任地蘇州で死去したが、没年については諸説あり一定しない。

螢

流螢《りゅうけい》飛《と》びて復《ま》た息《いこ》う

謝《しゃ》 朓《ちょう》（南斉）

玉階怨《ぎょくかいえん》

夕殿下珠簾
流螢飛復息
長夜縫羅衣
思君此何極

夕殿《せきでん》 珠簾《しゅれん》を下《お》ろし
流螢《りゅうけい》 飛《と》びて復《ま》た息《いこ》う
長夜《ちょうや》 羅衣《らい》を縫《ぬ》い
君《きみ》を思《おも》えば 此《こ》れ何《なん》ぞ極《きわ》まらん

○**玉階怨**　玉階は美しい玉のきざはし。この詩題によって思いにふける宮女を歌う。○**流螢**　夜闇に流れ飛ぶ螢。○**羅衣**　うす絹の上衣。

夕暮れの宮殿には、珠の簾《すだれ》が下ろされ、
流れ飛ぶ蛍は飛んだり、休んだりしている。
秋の夜長に、うす絹の上衣を縫いながら、
あなたのことを思うと、果てしがない。

五言四行詩。作者の謝朓《しゃちょう》は六朝斉《りくちょうせい》の人。六朝の大貴族「陽夏《ようか》の謝《しゃ》氏」の一族だが、彼自身は挫折しがちで、中央の官職についたり、宣城《せんじょう》（安徽《あんき》省）などの長官として地方に出たりを繰り返すうち、四九九年、政治的事件に巻き込まれ処刑されてしまう。ときに三十六歳。実人生は不遇だったが、詩人としては稀有の存在であり、韻律を重視しつつ、叙景と抒情を融合させたその作品、ことに精緻な小詩は、唐《とう》代に完成した絶句や律詩など今（近）体詩への架橋となった。この詩も韻律に配慮しながら、「流蛍《りゅうけい》　飛《と》びて復《ま》た息《いこ》う」という外界の動きと、羅《ら》衣《い》を縫う宮女の内面的な揺らぎを緊密に結びつけて表現し、清冽な抒情詩的小世界を作りだしている。謝朓は後世、多くの詩人に愛されたが、とりわけ李《り》白《はく》は熱烈な賛美者であり、過去の文学について「蓬萊《ほうらい》の文章《ぶんしょう》　建安《けんあん》の骨《ほね》、中間《ちゅうかん》の小謝《しょうしゃ》　又《ま》た清発《せいはつ》（漢《かん》代の華麗な文章、建安詩人のあふれる骨気、なかほどの謝朓はさらに清新溌剌）」（「宣州《せんしゅう》の謝朓楼《しゃちょうろう》にて校書叔雲《こうしょしゅくうん》に餞別《せんべつ》す」の一節）と特記するなど、手放しで礼賛している。

塩《しお》を裹《つつ》みて迎《むか》え得《え》たり　小《ちい》さき狸《り》奴《ど》

陸《りく》　游《ゆう》（南宋）

贈猫（猫《ねこ》に贈《おく》る）

裹塩迎得小狸奴
尽護山房万巻書
慚愧家貧策勲薄
寒無氈坐食無魚

塩《しお》を裹《つつ》みて迎《むか》え得《え》たり　小《ちい》さき狸《り》奴《ど》
尽《ことごと》く護《まも》る　山房万巻《さんぼうばんかん》の書《しょ》
慚愧《ざんき》す　家《いえ》は貧《まず》しくして　勲《いさお》に策《むく》ゆること薄《うす》く
寒《さむ》きにも氈《せん》の坐《ざ》する無《な》く　食《しょく》に魚無《うおな》し

○塩を裹む　猫をくれた家に対し、塩を贈る風習があった。○狸奴　猫の雅称。○山房　書斎。○寒きにも氈の坐する無く　杜甫《とほ》の「戯《たわむ》れに鄭広文虔《ていこうぶんけん》に簡《かん》し云々」の詩に、「坐客《ざかく》寒《さむ》きにも氈無《せんな》し」という。○食に魚無し　戦国四君《せんごくしくん》のひとり斉《せい》の孟嘗君《もうしょうくん》の食客、馮驩《ふうかん》が待遇改善を求め長鋏《ちょうきょう》（剣）を叩いて、「長鋏《ちょうきょう》よ帰来《かえ》らんか、食《しょく》に魚無《うおな》し（わが剣よ、国へ帰ろうか。ここは食事に魚もない）」と歌った故事をふまえる（『史記《しき》』孟嘗君列伝）。

塩をお礼につつんで、小さな猫を迎え入れたところ、
書斎をうずめる万巻の書をすべて(ネズミから)守ってくれた。
恥ずかしいのは、貧しくて手柄に十分報いられず、
寒くても座らせる毛氈《もうせん》もなく、食事に魚もつけてやれないこと。

七言絶句。一一八三年、陸游《りくゆう》五十九歳の作。当時、彼は故郷の紹興《しょうこう》にいた。陸游は二十余首の猫の詩を作っているが、とりわけ、大事な蔵書をネズミの害から守ってくれる健気さを称え、その労に報いられないのが申しわけないと、愛猫に呼びかけるこの詩は、生きとし生けるものへのやさしい愛情にあふれた秀作である。ちなみに、陸游自身は不遇だったけれども、彼の生家は紹興きっての名門であり膨大な蔵書があった。だから、ここに見える「山房万巻《さんぼうばんかん》の書《しょ》」という表現もけっして誇張ではない。さらに付言すれば、猫の詩は北宋《ほくそう》以降とみに増え、梅堯臣《ばいぎょうしん》の「猫《ねこ》を祭《まつ》る」や黄庭堅《こうていけん》の「猫《ねこ》を乞《こ》う」などすぐれた作品も多い。後者の七言絶句「猫を乞う」は、飼い猫の死後、ネズミの害が耐えがたいため、知人に「聞道《きくな》らく　狸奴《りど》　数子《すうし》を将《ひき》ゆと、魚《うお》を買《か》い　柳《やなぎ》に穿《うが》ちて　銜蟬《かんせん》を聘《へい》せん(お宅の猫が子を数匹生んだそうだが、魚を買って柳の枝に挿し、ネコちゃんをお迎えしたい)」と頼んだもの(「銜蟬」は猫の俗称)。あまたある猫の詩のうちでも、猫との深い共生感覚を基底とする陸游の作品は、一頭地をぬくものだといえよう。

当《まさ》に呂布《りょふ》の騎《の》るを須《ま》つべし

李《り》　賀《が》（唐）

馬詩（馬《うま》の詩《し》）　二十三首　其《そ》の八

赤兎無人用　赤兎《せきと》　人《ひと》の用《もち》いる無《な》し
当須呂布騎　当《まさ》に呂布《りょふ》の騎《の》るを須《ま》つべし
吾聞果下馬　吾《わ》れ聞《き》く　果下《かか》の馬《うま》は
羈策任蛮児　羈策《きさく》　蛮児《ばんじ》に任《まか》すと

○赤兎　三国志世界の猛将呂布《りょふ》が乗っていた名馬。『正史三国志《せいしさんごくし》』「呂布伝」に「呂布《りょふ》に良《りょう》馬《ば》有《あ》り、赤兎《せきと》と曰《い》う」とあり、裴注《はいちゅう》『曹瞞伝《そうまんでん》』は「人《ひと》の中《なか》に呂布《りょふ》有《あ》り、馬《うま》の中《なか》に赤兎《せきと》有《あ》り」と記す。なお、『三国志演義《さんごくしえんぎ》』では、曹操《そうそう》が呂布を滅ぼした後、赤兎は関羽《かんう》の愛馬となり、関羽が死ぬまで苦楽をともにしたとされる。○果下　小馬の品種。丈が低く果樹の下でも乗れるという。○羈策　たづなと鞭。○蛮児　異民族の子ども。

赤兎《せきと》のような名馬は常人には乗りこなせず、呂布《りょふ》のような猛将が乗ることが必要だ。だが、聞くところによれば、小馬の果下馬《かかば》は、異民族の子どもでも、たづなと鞭で自在に操れるとか。

同前　其《そ》の十

催榜渡烏江　榜《ぼう》を催《うなが》して　烏江《うこう》を渡《わた》らんとす
神騅泣向風　神騅《しんすい》　泣《な》いて風《かぜ》に向《む》かう
君王今解剣　君王《くんおう》　今《いま》　剣《けん》を解《と》かば
何処逐英雄　何《いず》れの処《ところ》にか英雄《えいゆう》を逐《お》わん

○**榜**　かじ。○**烏江**　安徽省《あんきしょう》。長江北岸の渡し場。漢楚《かんそ》の戦いの最終局面において、垓下《がいか》で劉邦《りゅうほう》に撃破された項羽《こうう》は、烏江まで落ちのびたが、江南の人々に合わせる顔がないと長江を渡ることを断念した。○**神騅**　項羽の愛馬、千里の名馬騅《すい》。項羽は渡江を断念したとき、彼のために船を用意して待ってくれていた亭長《ていちょう》(宿場長)に騅を与えた後、追撃してきた劉邦軍と戦い、みずから首を刎《は》ねて死んだ。この詩の後半二句は騅の独白。

（項羽《こうう》が）船のかじをせきたて、烏江《うこう》を渡ろうとし（断念し）たとき、
名馬の騅《すい》は、風に向かって泣いた。
「君王《との》が今、剣を抜いて死んでしまわれたならば、
いったいどこにあなたのような英雄を、追い求めることができましょうか」。

いずれも五言絶句。作者は中唐《ちゅうとう》の詩人李賀《りが》。「馬の詩《うまのし》」は全二十三首の連作だが、ここでは史実を素材とする二首を採る。李賀は「鬼《き》」すなわち幽霊や妖怪など超現実的な存在や現象を対象に、鬼気迫る詩的世界を構築し、「鬼才《きさい》」と称される。十七歳のとき、文壇の大御所韓愈《かんゆ》に詩的才能を認められ、その推薦を受けて科挙に臨もうとしたが、そんな彼を妬む者も多く、理不尽な妨害を受け受験できなかった。このため失意と不遇のうちに、二十七歳で死去した。この二首のうち、先の詩は、呂布《りょふ》のような猛将しか乗りこなせない駿馬《しゅんめ》の赤兎《せきと》と、異民族の子どもでも操れる小馬の果下馬《かかば》を対比したもの。あとの詩は、項羽《こうう》（三四六頁）の愛馬騅《すい》が、項羽亡き後、彼のような英雄を求めるすべもないと悲嘆にくれるさまを、騅の独白という大胆な形で歌ったもの。いずれも史上名高い駿馬にみずからを重ね、並みの者では逸材の力を活用できないと嘆き、また嘲笑する高ぶった調子で歌われる。なお韓愈にも、「世《よ》に伯楽《はくらく》有り、然《しか》る後《のち》に千里《せんり》の馬《うま》有り」（「雑説《ざつせつ》」）と、人やモノの真価を識別する名伯楽の出現を待望する言葉がある。

三彩陶馬(唐代)

暗香《あんこう》浮動《ふどう》 月《つき》黄昏《こうこん》

林《りん》 逋《ぽ》（北宋）

山園小梅《さんえんしょうばい》

衆芳揺落独暄妍
占尽風情向小園
疎影横斜水清浅
暗香浮動月黄昏
霜禽欲下先偸眼
粉蝶如知合断魂
幸有微吟可相狎
不須檀板共金尊

衆芳《しゅうほう》は揺落《ようらく》せしに　独《ひと》り暄妍《けんけん》たり
風情《ふうじょう》を占《し》め尽《つ》くして　小園《しょうえん》に向《あ》り
疎影《そえい》　横斜《おうしゃ》　水《みず》　清浅《せいせん》
暗香《あんこう》　浮動《ふどう》　月《つき》　黄昏《こうこん》
霜禽《そうきん》は下《くだ》らんと欲《ほっ》して　先《ま》ず眼《め》を偸《ぬす》み
粉蝶《ふんちょう》の如《も》し知《し》らば　合《まさ》に魂《たましい》を断《た》つべし
幸《さいわ》いに微吟《びぎん》の相《あ》い狎《な》る可《べ》き有《あ》り
須《もち》いず　檀板《だんはん》と金尊《きんそん》を

○衆芳　多くの花。○喧妍　鮮やかに美しいさま。○風情　自然の美しい趣。○霜禽　冬の霜をしのいで飛ぶ鳥。○粉蝶　紋白蝶《もんしろちょう》。○微吟　小声で歌うこと。○檀板　拍子木。○金尊　金の酒樽。

多くの花は枯れ落ちたのに、ただ梅の花だけは鮮やかに美しく咲き、小さな庭園で、自然の美しい趣を独り占めにしている。

梅の枝のまばらな影は、浅く清いせせらぎに向かって、横ざまに斜めに突き出し、ほのかに漂う香りは、おぼろな月影のなかで揺れ動く。

霜をしのいで飛ぶ鳥は舞い下りる先に、偸《ぬす》むような流し目で梅を見ずにはいられない。

紋白蝶《もんしろちょう》もこの梅の美しさを知ったなら、魂も絶えるほど慕わしい思いを抱くことだろう。

幸い梅と睦まじくするには、花の下で小声で歌えばよく、拍子木を鳴らし金の樽をあけて、ドンチャン騒ぎをする必要はない。

七言律詩。作者の林逋《りんぽ》は北宋《ほくそう》初期の人。中国で古来もっとも愛された花は高貴なイメージの梅である。これは、梅を歌った名詩中の名詩であり、ことに第三、四句の「疎影《そえい》横斜《おうしゃ》　水《みず》清浅《せいせん》、暗香《あんこう》　浮動《ふどう》　月《つき》　黄昏《こうこん》」は、名句として人口に膾炙《かいしゃ》する。林逋は唐滅亡後、五代十国《ごだいじっこく》の乱世において、十国の一つ呉越《ごえつ》(九〇七―九七八。首都は杭《こう》州)に生をうけ、祖父は呉越の高官であった。十二歳のとき、呉越は北宋に滅ぼされ、心に深傷を負った林逋は、詩名の上がった二十歳ごろから二十年近く、江北・江南各地を遍歴した。一〇〇六年、四十歳のとき、故郷の杭州に帰り、以後、死ぬまで二十年あまり、西湖《せいこ》のほとりの孤山《こざん》で隠遁生活を送る。病身で生涯、独身だった林逋は、鶴の鳴皐《めいこう》を子どもに、子鹿の呦呦《ゆうゆう》を召使いに、さらに梅を妻に見立てたとされる。梅マニアの彼は梅に囲まれて暮らし、梅を題材にして多くのすぐれた詩を作った。この詩に歌われる梅にも清楚かつ艶麗なエロティシズムが漂い、作者林逋と梅の濃密な交感をおのずと示す。後世、林逋は隠遁を願う文人の憧憬の的となり、江戸のころ日本でも人気が高かった。

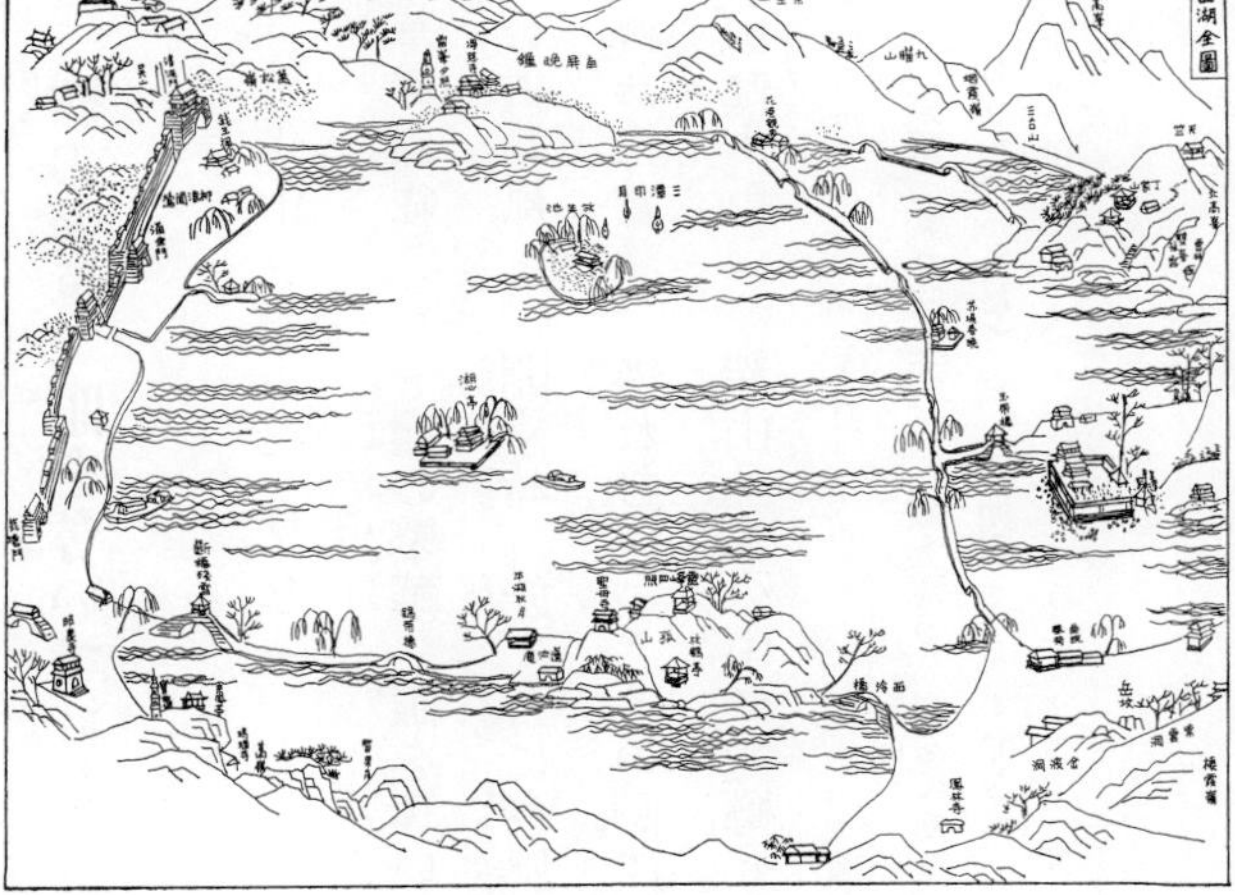

「西湖全図」(『西湖志』)

桃

一樹《いちじゅ》の繁華《はんか》　眼《め》を奪《うば》いて紅《あか》し

李《り》　九齢《きゅうれい》（北宋）

山行見桃花（山行《さんこう》して桃花《とうか》を見《み》る）

一樹繁華奪眼紅
開時先合占春風
可憐地僻無人賞
抛擲深山乱木中

一樹《いちじゅ》の繁華《はんか》　眼《め》を奪《うば》いて紅《あか》し
開《ひら》く時《とき》　先《ま》ず合《まさ》に春風《しゅんぷう》に占《うらな》うべし
憐《あわ》れむ可《べ》し　地《ち》の僻《へき》にして人《ひと》の賞《しょう》する無《な》く
深山乱木《しんざんらんぼく》の中《うち》に抛擲《ほうてき》せらるるを

○繁華　繁り咲く花。○眼を奪う　目をくらませる。目がくらむ。○占う　たずねる。おうかがいをたてる。○抛擲　うちすてられ、かまわれないこと。

樹いっぱいに繁り咲く桃の花は、目がくらむほど紅い。
咲くときには、きっとまず春風におうかがいをたてたことだろう。
不憫《ふびん》なのは、辺鄙《へんぴ》な地で愛《め》でる人もなく、
深い山の奥の乱れ生えた木々のなかに、うちすてられていること。

七言絶句。作者の李九齢《りきゅうれい》は北宋《ほくそう》初期の人。これは、山奥で人に見られることもなく、美しく咲く桃の花をいとおしみつつ、いきいきと描く小詩である。李九齢の伝記の詳細は不明だが、北宋初の九六四年(九六七年とも)、科挙に合格、『五代史《ごだいし》』の編纂にたずさわったという。一説では、唐《とう》末(九〇七年滅亡)に科挙に合格したが、北宋成立後、再受験し合格したとされる。だとすれば、再合格したとき、どう見ても七十代後半に達していた計算になる。まさに「五十年前《ごじゅうねんまえ》　二十三《にじゅうさん》」(一九四頁)を地でゆく展開である。いずれにせよ、唐末から五代の乱世をへて、北宋成立までの激動期を生きた人物だったとおぼしい。なお、桃は「桃《もも》の夭夭《ようよう》たる、灼灼《しゃくしゃく》たる其《そ》の華《はな》」と歌う『詩経《しきょう》』の「桃夭《とうよう》」以来、多くの詩人に愛され歌われた詩題である。また、桃は魔除けの花であり、不老長寿とも関わりがあるため、天上の女神西王母《せいおうぼ》、桃花源《とうかげん》の理想郷、さらには『三国志演義《さんごくしえんぎ》』の「桃園結義《とうえんけつぎ》」など、神話伝説や物語の世界でも、しばしば神秘的なものとしてとりあげられる。

月底《げってい》　梨開《なしひら》き　万朶《ばんだ》光《かがや》く

徐《じょ》　渭《い》（明）

月下梨花（月下《げっか》の梨花《りか》）　四首　其《そ》の一

今宵風物異尋常
月底梨開万朶光
閃雪揺氷偏倍昼
迷枝浸葉総生涼
痕嬌旧積啼春雨
鏡色新円選夜妝
莫遺風吹廻作態
素娥応妬舞霓裳

今宵《こんしょう》　風物《ふうぶつ》　尋常《じんじょう》に異《こと》なり
月底《げってい》　梨開《なしひら》き　万朶《ばんだ》光《かがや》く
閃雪《せんせつ》　揺氷《ようひょう》　偏《ひとえ》に昼《ひる》に倍《ばい》し
迷枝《めいし》　浸葉《しんよう》　総《す》べて涼《りょう》を生《しょう》ず
痕嬌《こんきょう》　旧《ひさ》しく積《つ》んで　春雨《しゅんう》に啼《な》き
鏡色《きょうしょく》　新《あら》たに円《まど》かにして　夜《よる》の妝《よそお》いを選《えら》ぶ
遺風《いふう》の吹《ふ》きて　作態《さくたい》を廻《めぐ》らしむ莫《な》かれ
素娥《そが》　応《まさ》に妬《ねた》みて　霓裳《げいしょう》を舞《ま》わすべし

○閃雪揺氷　梨の白い花を舞い散る雪、きらめく氷にたとえる。○春雨に啼く　白居易《はくきょい》の「長恨歌《ちょうごんか》」に、天界の仙女になった楊貴妃《ようきひ》が玄宗《げんそう》の使者の道士にあって泣いたさまを、「梨花《りか》一枝《いっし》　春《はる》　雨《あめ》を帯《お》ぶ」と形容した句があり、これをふまえる。○鏡色　まるい月を指す。○遺風　速い風。○作態　あでやかにしなを作ること。○素娥・霓裳　素娥は姮娥《こうが》ともいい、月の宮殿に住む仙女。霓裳は虹のもすそ。これも「長恨歌」に「風《かぜ》は仙袂《せんべい》を吹《ふ》いて飄颻《ひょうよう》と挙《あ》がり、猶《な》お霓裳羽衣《げいしょううい》の舞《まい》に似《に》たり」とあるのをふまえる。なお、「霓裳《げいしょう》羽衣《うい》の曲《きょく》」は西域から伝わった舞曲で、玄宗の宮廷でしばしば演奏されたという。

今宵、風景はふだんと異なっている。
月光のもと、梨の花が開き、無数の花びらが輝いている。
（梨の白い花は）舞い散る雪やきらめく氷のようであり、ひとえに昼に倍して明るく、
入り乱れた枝や濡れた葉は、すべて涼感をかもしだしている。
残んの艶《なま》めかしさが長らく積み重なって、泣くように春雨に濡れそぼり、
満月の新たな光に照らされて、夜の装いを選んでいる。
速い風よ、（梨の花に）吹きつけ、あでやかにゆらゆらと舞わせないでほしい。
きっと月宮の仙女、素娥《そが》（姮娥《こうが》）が嫉妬してその霓裳《げいしょう》を舞わせるだろうから。

七言律詩。作者の徐渭《じょい》は明《みん》代後期の人。すぐれた戯曲家、書家、画家でもあった。この詩は、雨あがりの春の夜、月光に輝く白い梨花のあでやかな美しさを歌ったもの。梨花がいつしか白いもすそをひるがえして舞う女人に変身するような、妖しくも幻想的な雰囲気にあふれた作品である。徐渭は多才な文人だが、狂気の発作に悩まされ数奇な生涯を送った。幼くして父を失い、生家の没落後、異母兄や妻潘似《はんじ》の父の援助を受け(徐渭は潘家に婿入りした)、何度も郷試《きょうし》(科挙の地方試験)に挑戦し、落第しつづけた。結婚後六年で愛妻の潘似は若死にし、徐渭はやむなく塾の教師や軍事長官の幕僚をして生計を立てながら、再婚する。しかし、一五六六年、四十六歳のとき、狂気の発作により再婚相手を殺害、投獄された。獄中にあること六年、彼は書画や詩文の創作に集中し、続々と独創的な作品を生みだす。出所後、転変をへて故郷の紹興《しょうこう》に帰り、七十二歳で死去。暗い狂熱に満ちた天才、徐渭の生き方と作品は以後、明清《みんしん》の文人に深い影響を与えた。

徐渭「墨葡萄図」

岸《きし》を夾《はさ》む垂楊《すいよう》　三百里《さんびゃくり》

杜《と》牧《ぼく》(唐)

隋堤柳(隋堤《ずいてい》の柳《やなぎ》)

夾岸垂楊三百里
祇応図画最相宜
自嫌流落西帰疾
不見東風二月時

岸《きし》を夾《はさ》む垂楊《すいよう》　三百里《さんびゃくり》
祇《ま》応《さ》に図画《ずが》に最《もっと》も相《あ》い宜《よろ》しかるべし
自《みずか》ら嫌《いと》う　流落《りゅうらく》　西帰《せいき》の疾《はや》きを
見《み》ず　東風《とうふう》　二月《にがつ》の時《とき》

○隋堤　七世紀初め、隋《ずい》の煬帝《ようだい》は大運河の開鑿《かいさく》に着手し、通済渠《つうさいきょ》、邗溝《かんこう》等々の運河によって、黄河と長江を水路でつないだ。隋堤は大運河の両岸に築かれた御道《ぎょどう》(天子用の道路)で、楊柳《ようりゅう》が植えられていた。**○祇応**　祇も応もまさにの意。この二字で「まさに…すべし」と読む。**○流落**　もともと「落ちぶれる」という意味だが、ここでは志を得ず不本意にも、の意。**○西帰**　湖《こ》州刺史だった杜牧が長安の朝廷に呼び戻されたことを指す。

岸の両側に植えられた垂柳《すいりゅう》は、はるか三百里も連なっている。
まさしく画題として、もっともふさわしい情景だ。
自分でもがっかりなのは、不本意にも急いで西のかた長安に帰らなければならず、
春風にふかれる美しい柳を、仲春《ちゅうしゅん》二月の季節に見られないこと。

七言絶句。杜牧《とぼく》四十九歳の作。八五〇年十一月、彼はみずから願い出て湖州《こ》刺史(浙江省呉興《ごこう》市を中心とする地域の長官)となったが、翌年八月長安に呼び戻された。これはその帰途に、隋堤《ずいてい》を通過したときに作った詩である。杜牧は帰京した翌年(八五二年)末、病死したため、隋堤のなよやかな柳に名残りを惜しむ、この詩の後半二句はその死の予兆だとする説もある。ちなみに、隋《ずい》の亡国の天子、煬帝《ようだい》によって築かれ、数奇な歴史をたどった美しい隋堤の柳は、白居易《はくきょい》の「隋堤《ずいてい》の柳《やなぎ》」や王士禛《おうししん》の「秋柳《しゅうりゅう》四首」其《そ》の二(次頁)など、さまざまな時代の詩人によって歌われてきた。また、杜牧はこの詩でも「見《み》ず　東風《とうふう》　二月《にがつ》の時《とき》」と、陰暦では春の盛り、仲春二月を巧みに歌いこんでいるが、「二月」をもっとも印象的に歌いこんだ彼の詩といえば、次にあげる七言絶句「山行《さんこう》」であろう。「遠《とお》く寒山《かんざん》に上《のぼ》れば　石径斜《せっけいなな》めなり、白雲生《はくうんしょう》ずる処《ところ》　人家有《じんかあ》り、車《くるま》を停《とど》めて坐《そぞ》ろに愛《あい》す　楓林《ふうりん》の晩《くれ》、霜葉《そうよう》は二月《にがつ》の花《はな》よりも紅《くれない》なり」。これまた名詩中の名詩である。

空《むな》しく憐《あわ》れむ　板渚隋堤《はんしょずいてい》の水《みず》

王《おう》士《し》禛《しん》（清）

秋柳《しゅうりゅう》　四首　其《そ》の二

娟娟涼露欲為霜
万縷千条払玉塘
浦裏青荷中婦鏡
江干黄竹女児箱
空憐板渚隋堤水
不見瑯琊大道王
若過洛陽風景地
含情重問永豊坊

娟娟《けんけん》たる涼露《りょうろ》　霜《しも》と為《な》らんと欲《ほっ》す
万縷《ばんる》　千条《せんじょう》　玉塘《ぎょくとう》を払《はら》う
浦裏《ほり》の青荷《せいか》は　中婦《ちゅうふ》の鏡《かがみ》
江干《こうかん》の黄竹《こうちく》は　女児《じょじ》の箱《はこ》
空《むな》しく憐《あわ》れむ　板渚隋堤《はんしょずいてい》の水《みず》
見《み》ず　瑯琊《ろうや》の大道王《だいどうおう》
若《も》し洛陽風景《らくようふうけい》の地《ち》に過《よぎ》らば
情《じょう》を含《ふく》みて重《かさ》ねて問《と》え　永豊坊《えいほうぼう》

○**娟娟**　美しく清らかなさま。○**万縷・千条**　無数の糸。柳の枝のたとえ。○**玉塘**　美しい堤。○**青荷は中婦の鏡**　青荷は青いハス。南朝梁《りょう》の江従簡《こうじゅうかん》の「採荷調《さいかちょう》」に「荷《はす》を持《も》って鏡《かがみ》と作《な》さんと欲するも、荷《はす》は暗《くら》くして本《もと》より光無《ひかりな》し」とあるのを、ずらしてふまえる。中婦は二男の嫁。南朝陳《ちん》の後主《こうしゅ》の「三婦艶詩《さんふえんし》」に「大婦《だいふ》は高楼《こうろう》に上《のぼ》り、中婦《ちゅうふ》は蓮舟《れんしゅう》に蕩《とう》し、小婦《しょうふ》は独《ひと》り事無《ことな》し」とあり、これをも意識した句。○**江干の黄竹**　古楽府《こがふ》「黄竹子歌《こうちくしか》」に「江干《こうかん》の黄竹子《こうちくし》、女児《じょじ》の箱《はこ》と作《な》すに堪《た》えたり」とあるのによる。江干は水辺。○**板渚隋堤**　板渚は河南省汜《し》水《すい》県の東北。隋《ずい》の煬帝《ようだい》は大運河の一つ、通済渠《つうさいきょ》を開鑿《かいさく》したさい、板渚から黄河の水を引いて淮《わい》水とつなぎ、両岸に御道《ぎょどう》を作り柳を植えた。二三二頁注参照。○**瑯琊の大道王**　東晋《とうしん》中期の実力者桓温《かんおん》を指す。桓温は若いころ、瑯琊(東晋の瑯琊は江蘇省海塩《かいえん》県付近)の長官をしていたが、のちにその地に立ち寄ったとき、かつて植えた柳の幹が見違えるほど太くなっているのを見て、感慨にうたれたという話がある(『世《せ》説新《せっしん》語《ご》』「言語篇《げんご》」)。古楽府「瑯琊王歌辞《ろうやおうかじ》」に「瑯琊《ろうや》復《ま》た瑯琊《ろうや》、瑯琊《ろうや》の大道王《だいどうおう》、陽春二《ようしゅんに》三月《さんがつ》、単衫《ひとえ》に繡《ぬいとり》した裲襠《うちかけ》」とあるのを借用。○**永豊坊**　洛陽《らくよう》の町名。中唐《ちゅうとう》の詩人白居易《はくきょい》には樊《はん》素《そ》と小蛮《しょうばん》という二人の若い側室があり、彼が年老いてから、艶麗な美女となった小蛮を永豊坊の柳にたとえ、「楊柳枝詞《ようりゅうしし》」を作ったとされる。その第三、四句は「永豊《えいほう》の西角《せいかく》　荒《こう》園《えん》の裏《うち》、尽日《じんじつ》　人無《ひとな》く　阿誰《たれ》に属《しょく》さん」と、かえりみる人のなくなった柳を歌う。

清らかで冷たい露が霜に変わろうとする晩秋、
無数の柳の枝が美しい堤をゆらゆらとはらう。
入り江に繋る青い荷《はす》は、艶《なま》めかしい二男の嫁の鏡となり、
水辺の黄色い竹は、娘の手文庫になる。
だが、板渚《はんしょ》の隋堤《ずいてい》の柳は(主の煬帝《ようだい》も滅び)今はむなしく河水をいとおしむだけ。
また、(柳に深い感慨をこめた)瑯琊《ろうや》の大道王《だいどうおう》たる桓温《かんおん》の姿も消え去ってしまった。
もしも洛陽《らくよう》の地を訪れることがあれば、
思いをこめて永豊坊《えいほうぼう》のあの(妖艶な側室小蛮《しょうばん》にたとえられた)柳がどうなったか、もう
一度たずねてもらいたい。

七言律詩。一六五七年、王士禛《おうししん》二十四歳の作。このとき彼は多くの文人とともに大明湖《たいめいこ》(山東省済南市《せいなん》)に遊び、湖畔に植えられた千余本の楊柳を見て詩興をかきたてられ、連作「秋柳四首《しゅうりゅう》」を作ったという。この連作は絶賛を博し、王士禛の詩名を高からしむる出世作となった。ここでは第二首をとりあげたが、ここに付した膨大な注から明らかなように、この詩はまさに「典故尽くし」の作品である。晩秋、美しい堤をはらう柳を歌う冒頭の二句だけは、眼前の風景を実写しつつ、詩全体の雰囲気を凝縮的に提示したものだが、以下はすべて典故を駆使して展開される。すなわち第三句、第四句で、先

行する歌詩をふまえつつ、水辺に茂る青い荷《はす》や黄竹はそれぞれ華やかな女性に用いられることを示し、第五句以下で、にもかかわらず、柳だけはけっきょく顧みられることがないことを、隋《ずい》の煬帝《ようだい》、東晋《とうしん》の桓温《かんおん》、白居易《はくきょい》の故事や詩を引き合いに出して歌いあげる。こうして幾重にも典故を重ねることによって、朦朧《もうろう》と詩的世界を重層化させる手法は、中国の伝統詩につきものの典故技法を極限的に運用した、まことにみごとなものだといえよう。

菊

百卉《ひゃっき》　凋零《ちょうれい》して　此《こ》の芳《ほう》を見《み》る

文《ぶん》徴明《ちょうめい》（明）

詠庭前叢菊（庭前《ていぜん》の叢菊《そうきく》を詠《えい》ず）

寒英翦翦弄軽黄
百卉凋零見此芳
天意也応憐晩節
秋光端不負重陽
郊原惨淡風吹日
籬落蕭条夜有霜
輸与陶翁能領略
南山在眼酒盈觴

寒英《かんえい》　翦翦《せんせん》として　軽黄《けいこう》を弄《ろう》す
百卉《ひゃっき》　凋零《ちょうれい》して　此《こ》の芳《ほう》を見《み》る
天意《てんい》も也《ま》た応《まさ》に晩節《ばんせつ》を憐《あわ》れむべし
秋光《しゅうこう》　端《たん》として重陽《ちょうよう》に負《そむ》かず
郊原《こうげん》　惨淡《さんたん》　風《かぜ》は日《ひ》を吹《ふ》き
籬落《りらく》　蕭条《しょうじょう》　夜《よる》に霜《しも》有《あ》り
陶翁《とうおう》に輸与《ゆよ》す　能《よ》く領略《りょうりゃく》し
南山《なんざん》　眼《め》に在《あ》り　酒《さけ》　觴《さかずき》に盈《み》つ

○叢菊　群生した菊。○寒英　菊を指す。○翦翦　風がうすら寒いさま。○軽黄　うすい黄色。○百卉　いろいろの草花。○凋零　しぼみ落ちる。○芳　かぐわしい花。菊を指す。○晩節　晩年の節操。菊がもっとも遅れて咲くことを称えた表現。○重陽　陰暦九月九日、重陽の節句。菊の節句ともいう。七〇頁および一一四頁注参照。○郊原　町はずれの野原。○籬落　まがき、垣根。○陶翁　陶淵明《とうえんめい》。○輸与　負ける。およびもつかない。○領略　悟る。会得する。○南山眼に在り　陶淵明の「飲酒《いんしゅ》二十首」其《そ》の五の「菊《きく》を采《と》る　東籬《とうり》の下《もと》、悠然《ゆうぜん》として南山《なんざん》を見《み》る」（一九〇頁）による。

庭の菊がうすら寒い風に吹かれながら、うす黄色の花をのびやかに咲かせ、
もろもろの草花がしぼみ落ちたなかで、この芳しい花を見る。
天もまたきっとその晩年の節操に心をうたれたことだろう。
秋の光が端然と輝き、重陽《ちょうよう》の節句にそむかない。
しかし、町はずれの野原は寒々と暗く、風が太陽に吹きつけ、
垣根はひっそりとものさびしく、夜になると霜がおりる。
陶翁《とうおう》（陶淵明《とうえんめい》）の、悟りに達して、
南山《なんざん》をゆったり眺め、酒で杯を満たしたあの境地には、およびもつかない。

七言律詩。作者の文徴明《ぶんちょうめい》は明《みん》代中期の文人。江南の大商業都市蘇《そ》州で活躍した文人グループ「呉中《ごちゅう》の四才《しさい》」(二〇五頁)の一人。とりわけ同い年の唐寅《とういん》とは無二の親友だった。二人とも書画詩文いずれの分野においても卓越していたが、文徴明は奔放な遊蕩児の唐寅とは対照的に、いたって真面目な謹厳居士であった。にもかかわらず、郷試に落第しつづけ、この詩も一五一二年、四十三歳のとき、五度目の落第をしたころの作と見られる。文徴明は蕭条とした晩秋に、花を咲かせる健気な菊を見て、つかのま元気づけられるが、あたりに忍び寄る冬の気配にまた暗い気分になってしまう。かくて、こんなことでは、とても陶淵明《とうえんめい》の悠々とした心境にはおよびもつかないと嘆息するばかり。この詩では、いささか自嘲気味ではあるものの、その実、文徴明はみずからのスタイルで自立と自由を求めつづけた。彼は唐寅らの亡き後も九十歳で大往生を遂げるまで、長らく在野の大文人として活躍し、蘇州文化を支えつづけた。田園型の隠者だった陶淵明とは異なり、いたって都会的な「市隠《しいん》(町の隠者)」としての生き方をつらぬいたのである。陶淵明を目標としながら、新しい自由な生き方を発見したあっぱれな大文人といえよう。

文徴明「秋花図」

根《ね》を立《た》つるは　原《もと》破《は》巌《がん》の中《うち》に在《あ》り

鄭《てい》板橋《はんきょう》（清）

竹《ちく》　石《せき》

咬定青山不放鬆
立根原在破巌中
千磨万撃還堅勁
任爾東西南北風

青山《せいざん》を咬定《こうてい》して放鬆《ほうしょう》せず
根《ね》を立《た》つるは　原《もと》破《は》巌《がん》の中《うち》に在《あ》り
千磨《せんま》万撃《ばんげき》　還《ま》た堅勁《けんけい》
任爾《さもあらばあれ》　東西南北《とうざいなんぼく》の風《かぜ》

○青山　青々と樹木が茂った山。○咬定　しっかり嚙む。ここではしっかり生えること。○放鬆　ゆるむ、ゆるぐ。○破巌　砕けた岩。○千磨万撃　数えきれないほど摩擦や衝撃を受けること。○任爾　任他、任是と同義。「さもあらばあれ」と読み、たとえ…であっても、の意。

青々と樹木の茂る山にしっかり生えて、ゆるぐことがない。
根を張ったのは、もともと砕けた岩のなか。
どれほど摩擦や衝撃をうけようと、なおも堅くて強靱。
たとえ東西南北、どこから風が吹きつけようとも。

七言絶句。作者の鄭板橋《ていはんきょう》(本名は燮《しょう》)は清《しん》代中期の人。江南の大商業都市揚《よう》州で活躍した八人の型破りな画家、「揚州八怪《ようしゅうはっかい》」の一人。自在なタッチの「蘭竹画《らんちくが》」を得意とし、とりわけ竹を好んで描いた。この詩は、がっちりと根を張り、吹きつける風をものともしない竹の雄々しさを称えたもの。竹の強靱なイメージが彷彿とする、画家ならではの詩篇である。鄭板橋自身もこの竹のように、毅然として自前の生き方をつらぬいた。貧しい知識人の家に生まれた彼は、三十歳のとき揚州に出て職業画家となる。やがて心機一転して科挙に挑戦、一七三六年、四十四歳で合格する。空きポストがなく、六年後ようやく県知事となるが、悪徳役人がはびこる状況に厭気がさして辞職、揚州に舞い戻る。すでに名声は高く、フリーとなった彼のもとに書画の注文が殺到するが、代金も払わず騙し取ろうとする者もあり、ついにみずから書画の価格表を作成、公開するにいたる。こうして自立宣言をしたのち、七十三歳で死ぬまで、旅をして自然の風物を楽しみ、独創的な書画を作りつづけた。まさに「千磨万撃《せんまばんげき》　還《ま》た堅勁《けんけい》」を地でゆく生涯だった。

蓮

翠蓋《すいがい》の佳人《かじん》　水《みず》に臨《のぞ》んで立《た》つ

杜《と》　衍《えん》（北宋）

雨中荷花（雨中《うちゅう》の荷花《かか》）

翠蓋佳人臨水立
檀粉不匀香汗湿
一陣風来碧浪翻
真珠零落難収拾

翠蓋《すいがい》の佳人《かじん》　水《みず》に臨《のぞ》んで立《た》ち
檀粉《だんふん》匀《にお》わず　香汗《こうかん》湿《うるお》う
一陣《いちじん》　風来《かぜき》たりて　碧浪《へきろう》　翻《ひるがえ》り
真珠《しんじゅ》　零落《れいらく》して　収拾《しゅうしゅう》し難《がた》し

○荷花　蓮《はす》、芙蓉《ふよう》。○翠蓋　みどり色をした翡翠《かわせみ》の羽を飾った華蓋《はながさ》。荷《はす》の葉のたとえ。○檀粉　うす紅色のおしろい。○香汗　荷が雨に濡れている光景を、美人がしっとり汗ばんでいるさまにたとえる。

翡翠《かわせみ》の羽で飾った華蓋《はながさ》のもと、佳人が水面《みなも》にのぞんで立ち、うす紅色のおしろいは匂わず、香《かぐわ》しい汗でしっとり濡れている。一陣の風がふいて、青々とした波をまき上げ、真珠のような雨粒が(華蓋に)はらはらと落ちるが、とても拾い集められない。

七言絶句。作者の杜衍《とえん》は北宋《ほくそう》の人。水面《みなも》にみどりの葉とともに咲く薄紅色の荷《はす》(蓮《はす》、芙蓉《ふよう》)を、翡翠《かわせみ》の羽飾りのついた華蓋《はながさ》のもと、すっくと立つ佳人にたとえた美しい小詩である。この花は繊細でたおやかな美女の比喩とされ、『紅楼夢《こうろうむ》』のヒロイン林黛玉《りんたいぎょく》も芙蓉の花にたとえられる。杜衍はこの花をいたく好んだようで、「蓮花《れんか》」という七言絶句もあり、「蒼苔《そうたい》を鑿破《さくは》して小池《しょうち》を作《つく》り、菱荷分《りょうかわ》かち得《え》て緑参差《みどりしんし》たり、暁来《ぎょうらい》一朶《いちだ》煙波《えんぱ》の上《うえ》、貴妃《きひ》の浴《よく》を出《い》づるを画《えが》くに似《に》たり(青苔をうがって小さな池を作ったところ、菱《ひし》と蓮がそれぞれ緑の葉をのばした。朝まだき、一輪の蓮の花が靄《もや》にかすむ水面に咲き、まるで楊貴妃《ようきひ》が温泉からあがった画のようだ)」と、白居易《はくきょい》の「長恨歌《ちょうごんか》」をふまえつつ歌っている。なかなか艶麗な詩である。ちなみに、楊貴妃といえば華麗な牡丹だが、「長恨歌」では芙蓉にたとえられている。杜衍の詳しい伝記は不詳ながら、一〇〇八年に科挙に合格、艶麗なその詩とはうらはらに、宰相にまでなった有能で剛直な政治家だった。欧陽修《おうようしゅう》は彼の門下生である。

海棠

小蕾《しょうらい》深《ふか》く蔵《ぞう》す　数点《すうてん》の紅《くれない》

元《げん》好《こう》問《もん》(金)

同児輩賦未開海棠(児《じ》輩《はい》と同《とも》に未《いま》だ開《ひら》かざる海棠《かいどう》を賦《ふ》す)

枝間新緑一重重
小蕾深蔵数点紅
愛惜芳心莫軽吐
且教桃李鬧春風

枝《し》間《かん》の新緑《しんりょく》　一重重《いちちょうちょう》
小蕾《しょうらい》　深《ふか》く蔵《ぞう》す　数点《すうてん》の紅《くれない》
芳心《ほうしん》を愛惜《あいせき》す　軽《かろがろ》しく吐《ひら》くこと莫《な》かれ
且《しば》らく桃李《とうり》をして春風《しゅんぷう》に鬧《さわ》がしめよ

○**児輩**　子どもたち。元好問は最初の妻と死別して再婚、あわせて四男五女をもうけ、なごやかな家庭生活を送ったとされる。○**一重重**　びっしりと重なりあうさま。○**芳心**　花芯、美しい花。美しい心の形容ともされる。○**吐く**　花開くこと。

枝の間には新緑がびっしりと重なりあい、
小さな蕾が奥深く隠れ、ちらほら紅い色が見える。
美しい花を大切に思うからこそ、どうか軽々しく咲かないでおくれ。
しばらく桃や李《すもも》に春風のなかで騒々しく咲きほこらせておけばいい。

七言絶句。元好問《げんこうもん》が子どもたちとともにまだ開花しない海棠《かいどう》を歌ったもの。晩年の作と見られる。彼はここで、海棠の紅い蕾をいとおしみながら、今しばらく桃や李《すもも》が咲きほこるにまかせ、軽々に咲かないようにと語りかける。ちなみに、この詩には、新しい支配者の蒙古《モンゴル》にすり寄ってときめく者を満開の桃や李にたとえて批判し、海棠の蕾のようにあくまでも「芳心《ほうしん》」を保つべきだという意味がこめられているとの解釈もある。そう読めなくもないが、元好問は連作詩「餅中《へいちゅう》の雑花《ざっか》を賦《ふ》す七首」に付した自注でも、「予《よ》は未《いま》だ開《ひら》かざる杏花《きょうか》を絶愛《ぜつあい》す云々」と述べるなど、海棠にせよ杏《あんず》にせよ、開花前の風情そのものをいたく愛した人であった。一二三四年、金《きん》が滅亡したとき、首都南京《なんけい》(河南省開封《かいほう》市)で重職にあった彼は、家族ともども柳城《りゅうじょう》(山東省)に移され軟禁された。解放された後、一二四〇年、五十歳で故郷の忻《きん》州(山西省忻県)に帰り、六十八歳で死ぬまでの晩年を、亡国金の遺民として生きぬいた。この間、金代詩の総集『中州集《ちゅうしゅうしゅう》』を編纂するなど、金の文化・歴史を総括するために精力的な活動をつづけた(三〇六頁)。

牡丹

花《はな》は応《まさ》に老人《ろうじん》の頭《かしら》に上《のぼ》るを羞《は》ずるなるべし

蘇《そ》軾《しょく》(北宋)

吉祥寺賞牡丹(吉祥寺《きっしょうじ》にて牡丹《ぼたん》を賞《しょう》す)

人老簪花不自羞
花応羞上老人頭
酔帰扶路人応笑
十里珠簾半上鉤

人《ひと》は老《お》いて花《はな》を簪《かざ》し　自《みずか》ら羞《は》じず
花《はな》は応《まさ》に老人《ろうじん》の頭《かしら》に上《のぼ》るを羞《は》ずるなるべし
酔帰《すいき》して路《みち》に扶《たす》けらるるを　人《ひと》は応《まさ》に笑《わら》うべし
十里《じゅうり》の珠簾《しゅれん》　半《なか》ば鉤《こう》に上《のぼ》る

○吉祥寺　杭《こう》州城内にあった寺院。牡丹の名所だった。○珠簾　美しいすだれ。○鉤　すだれを巻き上げてひっかける金具。

年老いた私は恥ずかしげもなく、牡丹の花を髪に挿す。
花のほうが年寄りの頭に挿され、きっと恥ずかしいことだろう。
酔っぱらった帰り道、人に支えられた私の姿は、さぞおかしく見えるにちがいない。
十里の道にならぶ家々の美しい簾《すだれ》が、ほとんど巻き上げてあるのだから。

七言絶句。先にあげた「八月十五日看潮《はちがつじゅうごにちかんちょう》」(五二頁)の前年、一〇七二年の作。当時、杭《こう》州の通判《つうばん》(副知事)だった蘇軾《そしょく》が、牡丹の名所吉祥寺《きっしょうじ》に花見に出かけた帰り道、すっかり興に乗って牡丹の花を髪にさし、ほろ酔い気分で人に支えられながら歩く姿をユーモラスに歌う面白い詩である。「老人」と自称しているものの、このとき蘇軾は三十七歳。牡丹は中国原産だが、六世紀末の隋《ずい》代以降、鑑賞用に栽培されるようになり、唐《とう》代以降、大流行した。楊貴妃《ようきひ》は濃艶で豪華な牡丹の花にたとえられる豊満な美女であり、李白《りはく》も「清平調詞三首《せいへいちょうし》」で「雲《くも》には衣裳《いしょう》を想《おも》い　花《はな》には容《かたち》を想《おも》う、春風《しゅんぷう》檻《おばしま》を払《はら》って　露華《ろか》濃《こま》やかなり云々」(其《そ》の二)と、牡丹と美を競う楊貴妃の艶やかな姿を歌っている。私事だが、実は我が家にも鉢植えながら二株の牡丹があり、ゆうに直径十五センチから二十センチはある大輪の花を絢爛《けんらん》と咲かせる。こんな花を頭に挿した蘇軾は、見た者が噴きだすような、さぞ珍妙な風情だったと思われる。なお、彼がこの詩と同時に著した「牡丹記《ぼたんき》叙《じょ》」によれば、杭州の人々が花を挿してねり歩き、見物人は数万にのぼったという。

第八章 なじみの道具たち

「舞馬啣杯紋銀壺」（唐代）

誰《た》が家《いえ》の玉笛《ぎょくてき》ぞ　暗《あん》に声《こえ》を飛《と》ばす

李《り》　白《はく》（唐）

春夜洛城聞笛（春夜《しゅんや》　洛城《らくじょう》に笛《ふえ》を聞《き》く）

誰家玉笛暗飛声
散入春風満洛城
此夜曲中聞折柳
何人不起故園情

誰《た》が家《いえ》の玉笛《ぎょくてき》ぞ　暗《あん》に声《こえ》を飛《と》ばす
散《さん》じて春風《しゅんぷう》に入《い》りて　洛城《らくじょう》に満《み》つ
此《こ》の夜《よ》　曲中《きょくちゅう》　折柳《せつりゅう》を聞《き》く
何人《なんびと》か故園《こえん》の情《じょう》を起《お》こさざらん

○洛城　洛陽《らくよう》の町。○玉笛　宝玉の笛、美しい笛。○暗に　夜闇のなかで。○折柳　別れの曲「折楊柳《せつようりゅう》」を指す。○故園　故郷。

どこの家の玉笛だろうか、夜闇のなかで笛の音を飛ばしている。
四方に散り、春風に乗って洛陽《らくよう》の町中に響きわたる。
この夜、曲のなかに折楊柳《せつようりゅう》の調べを聞いた。
(これを聞けば)誰が故郷を思う心をおこさずにいられようか。

七言絶句。春の夜、洛陽《らくよう》の町にどこからともなく笛の音が響きわたり、やがて別れの曲「折楊柳《せつようりゅう》」の調べが流れてくると、聞く者は望郷の念に駆られずにはいられない。闇のなかを嫋々《じょうじょう》と流れる笛の音が、郷愁を呼びおこすさまを、一気に歌いあげた李白《りはく》ならではの佳篇である。先にあげた秦観《しんかん》の「納涼《のうりょう》」(八〇頁)にも、夜、船上から響く笛の音が美しく歌われていたが、総じて笛の音は吹く人の姿も見えないまま、闇のなかから響きわたるとき、よりいっそう哀婉《あいえん》な情趣を醸《かも》しだすといえよう。ちなみに、魏晋《ぎしん》の名士の逸話集『世説新語《せせつしんご》』「任誕《にんたん》篇」に笛にまつわる有名な話がある。奇人として知られる東晋《とうしん》の王徽之《おうきし》(「書聖《しょせい》」王羲之《おうぎし》の五男)は、笛の名手桓伊《かんい》を見かけたとき、一面識もないのに、一曲奏してほしいと所望した。すると、桓伊は即座にこれに応じて三曲奏し、何事もなかったように立ち去った。この間、両者は一言もかわさなかったというものである。笛の音には言葉を超えて、じかに人の胸に響くものがあるということであろう。

琴《きん》を弾《だん》じ　復《ま》た長嘯《ちょうしょう》す

王《おう》 維《い》(唐)

竹《ち》里《り》館《かん》

独坐幽篁裏
弾琴復長嘯
深林人不知
名月来相照

独《ひと》り坐《ざ》す　幽篁《ゆうこう》の裏《うち》
琴《きん》を弾《だん》じ　復《ま》た長嘯《ちょうしょう》す
深林《しんりん》　人《ひと》知《し》らず
名月《めいげつ》来《き》たりて相《あ》い照《て》らす

○**竹里館**　長安の東南にあった王維の別荘「輞川荘《もうせんそう》」の奥の建物。竹林に囲まれていた。
○**幽篁**　奥深い竹林。○**長嘯**　口笛を吹くように口をすぼめて発声すること。

ひとり奥深い竹林のなかの竹里館《ちくりかん》に座り、
琴《きん》を弾《だん》じ、また息ながく歌をうたう。
深い林のなかのこの楽しさを、人は知らないが、
明るい月が上ってきて、照らしてくれる。

五言絶句。『輞川集《もうせんしゅう》』に収めた連作の一つ。『輞川集』は、王維《おうい》が長安東南にあった別荘「輞川荘《もうせんそう》」の各処で、友人の裴迪《はいてき》とともに作りあった五言絶句それぞれ二十首、合わせて四十首を収める。これは、竹林に囲まれた竹里館《ちくりかん》で俗世を離れ、琴《きん》を弾き長嘯《ちょうしょう》(注参照)する静かな喜びを歌ったもの。「弾琴」のようすについては一〇五頁挿図参照。ちなみに、魏《ぎ》末の隠者グループ「竹林《ちくりん》の七賢《しちけん》」のメンバー、嵇康《けいこう》は琴の名手であり、阮籍《げんせき》は長嘯を得意とした。この詩の前半はこの故事を意識して歌われている。『輞川集』に収められる王維の作品はいずれもすぐれるが、なかでも、この詩と次にあげる「鹿柴《ろくさい》」は傑作としてはなはだ名高い。「空山《くうざん》　人《ひと》を見《み》ず、但《た》だ人語《じんご》の響《ひび》きを聞《き》く、返景《へんけい》　深林《しんりん》に入《い》り、復《ま》た照《て》らす　青苔《せいたい》の上《うえ》(静まりかえった山のなか、人かげは見えない。ただ人の話し声らしいものが聞こえてくる。夕陽が深い林にさしこみ、また青々とした苔を照らしだす)」。なお、王維には輞川荘のすばらしい風景を描いた「輞川図《もうせんず》」もあり、多くの画家に模写された。

飲《の》まんと欲《ほっ》すれば　琵琶《びわ》　馬上《ばじょう》に催《うなが》す

王《おう》　翰《かん》（唐）

涼州詞《りょうしゅうし》

葡萄美酒夜光杯
欲飲琵琶馬上催
酔臥沙場君莫笑
古来征戦幾人回

葡萄《ぶどう》の美酒《びしゅ》　夜光《やこう》の杯《さかずき》
飲《の》まんと欲《ほっ》すれば　琵琶《びわ》　馬上《ばじょう》に催《うなが》す
酔《よ》うて沙場《さじょう》に臥《ふ》するを　君笑《きみわら》うこと莫《な》かれ
古来《こらい》　征戦《せいせん》　幾人《いくにん》か回《かえ》る

○涼州詞　唐《とう》の開元《かいげん》年間（七一三―七四一）、西域から伝わった歌曲に合わせて作った詩。辺境の風景や出征兵士を歌うものが多い。涼州は甘粛省武威《ぶい》県付近。**○葡萄の美酒**　葡萄酒。西域から伝わる。**○夜光の杯**　夜に光る宝玉で作られた杯。実際にはガラスの杯と見られる。**○琵琶**　漢《かん》代に西域から伝わったとされる弦楽器の一種。

葡萄の美酒に満ちた夜光の杯。
飲もうとすると、琵琶の調べが馬上からうながすように起こる。
酔って砂漠に倒れ伏す私を、君よ、笑うことなかれ。
昔から出征して、何人が無事に帰ってきたことか。

七言絶句。作者の王翰《おうかん》は盛唐《せいとう》の人。葡萄の美酒、夜光の杯、琵琶と、西域伝来の品々を歌いこんだ、異国情緒あふれる前半と、辺境守備に当たる者の「古来《こらい》　征戦《せいせん》　幾人《いくにん》か回《かえ》る」という、悲痛な結びの落差が強烈だ。いつ死ぬかわからないこの身なのだから、琵琶の音に心を高ぶらせ葡萄の美酒に酔いしれて、今この瞬間の快楽を尽くそうというのである。この詩は、辺境に生きる者の悲しみや苦しみを主題とする「辺塞詩《へんさいし》」のなかでも屈指の傑作といえる。琵琶は漢《かん》代に西域から伝わったとされ、魏《ぎ》末の「竹林《ちくりん》の七《しち》賢《けん》」のひとり、阮咸《げんかん》(阮籍《げんせき》の従子《おい》)が名手として知られる。作者の王翰は七一一年、科挙に合格、朝廷の重職につくが、後年、左遷されて幷《へい》州(山西省)の刺史となったのを皮切りに各地を転々とし、不遇のうちに死去した。この詩の制作年代は不明だが、ここで歌われる辺境生活者の姿に、彼自身の思いが投入されているようにも見える。なお、王之《おうし》渙《かん》の七言絶句「涼州詞《りょうしゅうし》」(三六八頁)もこれと並ぶ傑作として名高い。

時計

綢繆宛転《ちゆうびゆうえんてん》し　時《とき》を報《ほう》じて全《まった》し

康熙帝《こうきてい》（清）

戯題自鳴鐘（戯《たわむ》れに自鳴鐘《じめいしよう》に題《だい》す）

昼夜循環勝刻漏
綢繆宛転報時全
陰晴不改衷腸性
万里遙来二百年

昼夜循環《ちゆうやじゆんかん》して　刻漏《こくろう》に勝《まさ》る
綢繆宛転《ちゆうびゆうえんてん》し　時《とき》を報《ほう》じて全《まった》し
陰晴《いんせい》　衷腸《ちゆうちよう》の性《せい》を改《あらた》めず
万里《ばんり》　遙《はる》かに来《き》たりて二百年《にひやくねん》

○**自鳴鐘**　歯車仕掛けの時計。機械仕掛けにより鐘をうって時刻を知らせる。○**刻漏**　水時計。○**綢繆宛転**　とぎれず連続してまわるさま。○**陰晴**　曇りと晴れ。天候の変化をいう。○**衷腸の性**　誠実な性格。まごころ。

昼も夜も時計がぐるぐるめぐる時計は、水時計にまさり、
とぎれることなくまわりつづけて、完璧に時を知らせてくれる。
曇ろうと晴れようと、誠実な性格を改めることはない。
万里の彼方から、はるばるやってきて、もう二百年になる。

七言絶句。清《しん》の第四代皇帝康熙帝《こうきてい》の作である。一六六一年、八歳で即位した康熙帝は英明な君主であり、六十一年におよぶ在位期間において、満州族の清王朝の基礎を固め、大いなる繁栄に導いた。彼はこの詩から読みとれるように、西洋伝来の機器類にも関心が深かった。もっとも、時計は明《みん》末(十六世紀末―十七世紀前半)、宣教師によって中国にもたらされたというのが通説だから、「万里《ばんり》遙《はる》かに来《き》たりて二百年《にひゃくねん》」という結びの句は、やや誇張された表現といえよう。清代中期になると、時計は高級官僚や富裕な階層に広く用いられるようになるが、こまめに手入れしないと狂いやすかったらしく、趙翼《ちょうよく》はその筆記『簷曝雑記《えんばくざっき》』で、「朝廷の重臣で時計を持っている者はますます遅刻し、遅刻しないのはみな時計を持たない者だ」と、ユーモラスな口調で述べている。なお、康熙帝と縁の深い家系の出身である曹雪芹《そうせっきん》の手になる『紅楼夢《こうろうむ》』(第六回)にも、快活な農村のおばあさん劉姥姥《りゅうラオラオ》が生まれてはじめて時計を見て、「はて、これはなんの玩具《おもちゃ》だろう」と、首をひねる面白い場面がある。

終《つい》に一層《いっそう》を隔《へだ》つるを嫌《いと》う

袁《えん》 枚《ばい》（清）

嘲眼鏡（眼鏡《めがね》を嘲《あざけ》る）

眼光原自在
争仗鏡為能
縦使窮千里
終嫌隔一層
有縄先繋鼻
無涙已成氷
徐偃不亡国
瞻焉便可憎

眼光《がんこう》 原《もと》と自《おの》ずから在《あ》るに
争《いか》でか鏡《きょう》に仗《よ》りて能《のう》を為《な》さん
縦使《たとい》 千里《せんり》を窮《きわ》むるも
終《つい》に一層《いっそう》を隔《へだ》つるを嫌《いと》う
縄《なわ》有《あ》りて 先《ま》ず鼻《はな》に繋《か》け
涙《なみだ》無《な》くして 已《すで》に氷《こおり》を成《な》す
徐偃《じょえん》 国《くに》を亡《ほろ》ぼさざれば
瞻焉《せんえん》 便《すなわ》ち憎《にく》む可《べ》けんや

○眼光　目。**○鏡**　ここではレンズの意。**○徐偃**　徐《じょ》は国名、偃《えん》は人名。紀元前十世紀ごろ、周《しゅう》王朝第五代の穆《ぼく》王のとき、偃は徐王と僭称《せんしょう》し滅ぼされた。**○瞻焉**　袁枚の自注では、瞻焉は近視の意だとする。徐偃の目のことは『荀子《じゅんし》』「非《ひ》相《そう》篇」に見える。袁枚の見たテキストでは「徐偃王《じょえんおう》の状《じょう》、目《め》瞻《み》る可《べ》し焉（焉は置き字。「目はやっと見えるほどだった」の意）」となっていたようだが、現行本では「焉」の字が「馬」の字になり、「目《め》馬《うま》を瞻《み》る可《べ》し」、すなわち大きな馬は見えるが、小さなものは見えないという、より具体的な意味になる。袁枚は近視ではなく老眼だが、一般に眼のわるい喩えとして、この故事を引く。

目はもともと自然にそなわっているものなのに、
どうして鏡《レンズ》にたよって見なくてはならないのか。
たとえ千里のかなたまで眺望をきわめたとしても、
けっきょく一層を隔てることになるのが厭わしい。
（眼鏡には）ひもがついていて　まず鼻にひっかけると、
涙も出ていないのに、もう氷が張ったようになる。
かの徐偃《じょえん》が国を滅ぼさなかったならば、
目のわるいことなど、憎まれ問題にされることもなかっただろう。

五言律詩。老眼鏡をかけはじめたころのわずらわしさを表現した面白い詩である。眼鏡は明《みん》代中葉には西洋から伝わっており、呉寛《ごかん》(一四三五―一五〇四)に「人《ひと》の西域《せいいき》の眼《がん》鏡《きょう》を送《おく》るに謝《しゃ》す」という詩がある。袁枚《えんばい》の生きた十八世紀の清《しん》代中期には、上流階級の間でかなり広く流布したらしく、袁枚より十一歳若い趙翼《ちょうよく》にも「初《はじ》めて眼鏡《めがね》を用《もち》う」と題する五言古詩がある。舶来趣味のあった袁枚は、粋を凝らした大庭園「随園《ずいえん》」の建物にも西洋渡来の玻璃《ガラス》をはめこんでおり、眼鏡の使用も早かったとおぼしい。ただ最初は耐えがたい違和感があったようで、この詩に見えるとおり、景色と一層のベールに隔てられているようだとか、眼鏡をかけたとたん、目の前に氷が張ったようになるとか、愚痴をこぼしている。あげくのはてに結び二句で、徐偃《じょえん》王の故事を引き合いに出し、彼が国を滅ぼしたからこそ、目のわるいことが憎まれたのであり、さもなくば、目のわるいことなど何ほどのこともない、だから眼鏡などいらないと、言いたげな口調で歌いおさめる。しかし、老眼鏡に馴染むと彼は豹変する。次の「眼鏡《めがね》を頌《たた》う」を参照いただきたい。

袁枚

眼鏡二

敢《あ》えて君《きみ》と同《とも》にせざらんや

袁《えん》 枚《ばい》（清）

頌眼鏡（眼鏡《めがね》を頌《たた》う）

老眼忽還童
双睛出匣中
春氷初照影
秋月已当空
細字黄昏得
孤花薄霧融
今生留盼処
敢不与君同

老眼《ろうがん》　忽《たちま》ち童《わらべ》に還《かえ》り
双睛《そうせい》　匣中《こうちゅう》より出《い》だす
春氷《しゅんぴょう》　初《はじ》めて影《かげ》を照《て》らし
秋月《しゅうげつ》　已《すで》に空《そら》に当《あ》たる
細字《さいじ》　黄昏《こうこん》に得《え》て
孤花《こか》　薄霧《はくむ》融《と》く
今生《こんじょう》　留盼《りゅうはん》の処《ところ》
敢《あ》えて君《きみ》と同《とも》にせざらんや

○双晴　二つの瞳。○匣中　手箱のなか。○春氷、秋月　いずれも眼鏡の丸いレンズのたとえ。○留盼　眼差しをとどめる。注目する。○君　眼鏡へのよびかけ。

老眼がたちまち子どもにもどるのは、
二つの瞳を手箱のなかから出すとき。
春の氷がはじめて物の影を映し、
秋の月がすでに天空にのぼっているようになる。
細かい字も黄昏《たそがれ》のなかで読めるし、
一輪の花をつつむ薄い霧も晴れる。
今生《こんじょう》で、ものをじっと見る場合には、
いつも必ず君といっしょだね。

五言律詩。先にあげた「眼鏡《めがね》を嘲る《あざけ》」から三年後の作。袁枚《えんばい》は老眼鏡をかけはじめたときには、使い勝手がわるく、さんざん愚痴をこぼし、眼鏡を嘲弄した。しかし、眼鏡に馴染んだこの詩では、眼鏡は貴重な二つの瞳となり、先には眼鏡をかけると、「涙も出ていないのに、もう氷が張ったようになる」と不平たらたらだったのに、この詩では「春の氷がはじめて物の影を映し」たようになると、美しい喩《たと》えを用いて絶賛するなど、評価が完全に逆転し、手放しでほめたたえているのが、なんともおかしい。まさに君子《くんし》豹変《ひょうへん》す、である。ちなみに袁枚も自注で、「三年《さんねん》の中《うち》、忽《たちま》ち嘲《あざけ》り忽《たちま》ち頌《たた》う、老《お》いの速《すみ》やかなるを傷《いた》むなり」と述べている。詩人としての袁枚は難解な典故を用いたり、前人の作を模倣したりすることを嫌い、みずからの自然な感情の流露を重んじる「性霊説《せいれいせつ》」を唱え、その作風は率直にして平明だった。このため、ポピュラーな人気があり、彼の詩文集は刊行されるたび、飛ぶように売れたという。眼鏡を題材として、あるいは嘲りあるいは頌《たた》えた、この二篇の愉快な詩にも、思うがままに歌うその魅力がよく出ている。

「随園図」

照《て》らし罷《お》えて　重《かさ》ねて惆悵《ちゅうちょう》

白《はく》居《きょ》易《い》(唐)

感鏡(鏡《かがみ》に感《かん》ず)

美人与我別
留鏡在匣中
自従花顔去
秋水無芙蓉
経年不開匣
紅埃覆青銅
今朝一払拭
自顧憔悴容

美《うつく》しき人《ひと》　我《わ》れと別《わか》れしとき
鏡《かがみ》を留《とど》めて　匣《はこ》の中《うち》に在《あ》り
花《か》顔《がん》　去《さ》りてより
秋水《しゅうすい》　芙《ふ》蓉《よう》無《な》し
年《とし》を経《へ》て　匣《はこ》を開《あ》けず
紅《あか》き埃《ほこり》　青銅《せいどう》を覆《おお》う
今朝《こんちょう》　一《ひと》たび払《はら》い拭《ぬぐ》いて
自《みずか》ら憔悴《しょうすい》の容《かたち》を顧《かえり》みる

照罷重惆悵　照《て》らし罷《お》えて　重《かさ》ねて惆悵《ちゅうちょう》

背有双盤龍　背《せ》に双《ふた》つの盤龍《ばんりゅう》あり

○匣　箱。○花顔　花のかんばせ。美しい顔。○自従　自も従も「より」の意。自従で「より」とよむ。○惆悵　憂え悲しむ。○盤龍　わだかまる龍の彫刻。

美しい人が別れるとき、
残していった鏡は、箱に入ったまま。
花のように美しい顔をした人が立ち去ってから、
秋の水のように透明な鏡も、芙蓉のように美しい人を映さなくなった。
何年も箱を開けなかったから、
紅い埃《ほこり》が青銅の鏡面を覆っている。
今朝、さっと埃を払い拭えば、
そこに映ったのはやつれきった私の顔。
ながめ入ると、いっそう悲しみがつのる。
鏡の背には、二つの絡み合う龍の彫刻がほどこされているというのに。

五言古詩。八一二年から八一三年にかけ、白居易《はくきょい》四十一、二歳の作。当時、彼は母の喪に服するため、故郷の下邽《かけい》(陝西《せんせい》省渭南《いなん》県東北)に帰っていた。閑暇を得て、ふと目にとまったのは、二十年以上前に別れた恋人が残していった古い鏡。これは、その鏡をテーマに、歳月をへてもなお忘れえぬかつての恋人への深い思いを纏綿《てんめん》と歌いつづった作品である。若いころ白居易に湘霊《しょうれい》という恋人があったことはすでに述べた(二一頁)。この鏡の女性もおそらく彼女であろう。なお、湘霊については、顧学頡《こがくけつ》が「白居易と彼の夫人」(一九八〇年、『江漢《こうかん》論壇』収)において、白居易の幼馴染であり、ほとんど妻同然であったが、家柄が釣り合わないということで正式に結婚できず、やむなく別離にいたったと考証している。この詩を作ったころ、白居易は最初の妻と死別し、最良の伴侶となった楊《よう》氏と再婚して平穏な家庭を築いていた。にもかかわらず、彼はこうして初恋の湘霊の面影を追いつづけた。白居易もまた陸游《りくゆう》と同じく「眷恋《けんれん》」の人だったのである(一三六頁)。そんな彼なればこそ、傑作「長恨歌《ちょうごんか》」で玄宗《げんそう》と楊貴妃《ようきひ》のラブロマンスを壮麗化して歌うことができたともいえよう。

『紅楼夢』の侍女麝月(改琦『紅楼夢図詠』)

鏡二

清光《せいこう》 天《てん》に上《のぼ》らんと欲《ほっ》す

袁《えん》 機《き》（清）

鏡《かがみ》

我有秦宮鏡
清光欲上天
近看花独立
遠望月孤懸
菱角何時鑄
盤龍不記年
無人来照影
抛擲井欄辺

我《わ》れに秦宮《しんきゅう》の鏡《かがみ》有《あ》り
清光《せいこう》 天《てん》に上《のぼ》らんと欲《ほっ》す
近《ちか》く看《み》れば 花《はな》 独《ひと》り立《た》ち
遠《とお》く望《のぞ》めば 月《つき》 孤《ひと》り懸《か》かる
菱角《りょうかく》 何《いず》れの時《とき》に鑄《ちゅう》せる
盤龍《ばんりゅう》 年《とし》を記《しる》さず
人《ひと》の来《き》たりて影《かげ》を照《て》らす無《な》く
井欄《せいらん》の辺《ほとり》に抛擲《ほうてき》せらる

○秦宮の鏡　秦宮の鏡すなわち秦鏡《しんきょう》は、もともとは秦《しん》の始皇帝《しこうてい》が人の善悪正邪などを照らした鏡。ここでは鏡の美称として用いられている。**○菱角**　菱《ひし》の花をかたどった金属製の円鏡を菱花鏡《りょうかきょう》という。菱角は直接にはこの鏡の縁を指すが、ここでは広く菱花鏡を指す。**○盤龍**　鏡の裏にあるわだかまった龍の彫刻。**○井欄**　井戸の囲い。

私のもとに澄んだ美しい鏡があり、
その清らかな光は今にも天に上りそうだった。
(この円鏡を)近くから見ると、一輪の花が咲いているようであり、
遠くから見ると、孤月が空にかかっているようだった。
この菱花鏡《りょうかきょう》はいつ作られたものだろうか。
鏡の裏の盤龍《ばんりゅう》の彫刻にも、作られた年は記されていない。
今はこの鏡に姿かたちを映す人もなく、
井戸の囲いのほとりに打ち捨てられたままだ。

五言律詩。袁枚《えんばい》がもっとも愛した妹袁機《えんき》の作。彼女はいずれも詩的才能に恵まれた袁枚の妹たちのうちでも、とびぬけて優秀な女性だった。一七四四年、二十五歳のときに、不幸な結婚をしたいきさつについては、一五八頁参照。この詩がいつ作られたかは不明だが、娘時代に愛用した美しい鏡が、もはや姿かたちを映す者もなく打ち捨てられているると、わが身に重ねてさびしく歌う結びから見ると、離婚し、幼い娘を連れて実家にもどった後の作とおぼしい。袁機は一七五九年、この前年に夭折した幼い娘のあとを追うように、四十歳でその薄幸の生涯を閉じた。彼女の死に衝撃を受けた兄袁枚をはじめ、弟妹たちはこぞって真情あふれる詩文を捧げ、深く哀悼したのだった。このとき、袁枚は彼女の生涯を痛苦に満ちた筆致で記した「女弟素文伝《じょていそぶんでん》」のほか、長篇詩「三妹《さんまい》を哭《こく》す五十韻」を著し、深い悲しみに浸った。なお、袁枚の編んだ『袁家三妹合稿《えんかさんまいごうこう》』に収録された袁機の詩篇から、ありあまる才能を持ちながら、伝統中国の女性倫理に縛られ、不幸な生涯を送った彼女の内面の一端をうかがい知ることができる。

✿ 鏡にまつわる物語

鏡にはその内奥に異界をひそませているような神秘性がある。唐代伝奇《とうだいでんき》(唐代に著された一群の文言短篇小説)の「古鏡記《こきょうき》」(王度《おうど》著)はこうした鏡の神秘性に着目した物語である。隋《ずい》末の大業《たいぎょう》年間(六〇五—六一七)、王度は先生の侯生《こうせい》から今わのきわに、

「これをもっていると、百邪を退治できる」と、古い鏡を贈られた。以来、王度と弟の王勣《おうせき》はこの古鏡の威力によって、人に禍をもたらす魑魅魍魎《ちみもうりょう》を次々に退治したというものである。

この古鏡はいわゆる「破邪《はじゃ》の鏡」であるが、このほか鏡の不思議な力によって、引き裂かれた夫婦が再会した顚末を描く物語もある。唐代志人《しじん》小説集『本事詩《ほんじし》』(孟棨《もうけい》著)にみえる「楊素《ようそ》」の話がこれにあたる。南朝最後の王朝、陳《ちん》の徐徳言《じょとくげん》の妻は後主《こうしゅ》(陳最後の皇帝)の妹であった。隋軍が攻め寄せたとき、徐徳言は一つの鏡を二つに割って夫婦で片方ずつ身につけ、これをよすがに再会を期して別れた。陳の滅亡後、有為転変を経た二人は鏡のおかげでめぐりあい、ふたたび夫婦となったというもの。いわゆる「破鏡重円《はきょうじゅうえん》」である。

「破邪の鏡」にせよ「破鏡重円」にせよ、鏡の物語にはもろもろの穢《けが》れを祓《はら》い、愛する者と生涯をともにしたいという、人々の切ない願いがこめられているといえよう。

炕

雪《ゆき》は雕檐《ちょうえん》を圧《あっ》するも　夢《ゆめ》は成《な》り易《やす》し

羅《ら》　聘《へい》（清）

暖炕《オンドル》

庭樹号風朔気生
温存一榻室中横
春回繡被眠応穏
雪圧雕檐夢易成
燕玉不求寒可辟
湯婆無用火多情
香消睡鴨灯初滅
任爾街頭長短更

庭樹《ていじゅ》　風《かぜ》に号《ごう》して　朔気生《さくきしょう》ず
一榻《いっとう》を温存《おんぞん》して　室中《しっちゅう》に横《よこ》たう
春《はる》は繡被《しゅうひ》に回《まわ》りて　眠《ねむ》りは応《まさ》に穏《おだ》やかなるべし
雪《ゆき》は雕檐《ちょうえん》を圧《あっ》するも　夢《ゆめ》は成《な》り易《やす》し
燕玉《えんぎょく》　求《もと》めざるは　寒《かん》　辟《さ》く可《べ》ければなり
湯婆《タンポ》　用《もち》いる無《な》きは　火《ひ》　情多《じょうおお》ければなり
香《こう》は睡鴨《すいおう》に消《き》えて　灯初《とうはじ》めて滅《めっ》す
任爾《さもあらばあれ》　街頭《がいとう》　長短《ちょうたん》の更《こう》

○暖炕　オンドル。床下に煙道を設け、燃焼した空気を通して暖めた寝台。○朔気　北方の気、冬の気。○榻　長いす、寝台。○繡被　刺繡をしたかけ布団。○雕檐　彫刻した軒《のき》。○燕玉　玉のように美しい燕《えん》や趙《ちょう》の美女。○湯婆　湯たんぽ。○睡鴨　香炉。○任爾　「さもあらばあれ」と読み、たとえ…であっても、の意(二四二頁注参照)。○長短の更　いろいろな時を知らせる拍子木。

庭の木が風に吹かれてざわめき、冬の気が生じたので、
寝台をあたため、室内で横になった。
刺繡をしたかけ布団に春がめぐり、きっと安眠できることだろう。
雪が彫刻をした檐《のき》にふり積もっても、夢をみるのはたやすいこと。
燕《えん》や趙《ちょう》の美女がお呼びでないのは、寒さがしのげるから、
湯婆《タンポ》がいらないのは、暖炕《オンドル》が情熱にあふれているからだ。
香炉の香が燃えつき、灯火も消えたばかり、
たとえ街頭で、いろいろ拍子木が鳴っても知ったことではない。

七言律詩。作者の羅聘《らへい》は清《しん》代中期の画家。大都市揚《よう》州で活躍した八人の画家「揚州《ようしゅう》八怪《はっかい》」の一人で、詩も巧みだった。これは、寒さが到来すると同時に、部屋に暖炕《オンドル》を置き、これさえあれば、布団のなかは春のあたたかさ、雪がふっても夢心地だと、大喜びするさまを歌った、まことに面白い詩である。後半にいたるや、この暖炕さえあれば、凍った体をあたためてくれる美女も、湯婆すなわち湯たんぽもいらず、時を忘れてゆっくり眠るだけだと、作者はますます怪気炎をあげる。ここで、「燕玉《えんぎょく》（燕や趙《ちょう》の美女）」と「湯婆《タンポ》」を対にしているところが、いかにもユーモラスでおかしい。この湯婆はいうまでもなく「湯たんぽ」と「湯《とう》ばあさん」の両方の意味をもつ掛詞《かけことば》である。羅聘は「揚州八怪」のリーダー格だった金農《きんのう》の弟子であり、その画風は独創的で躍動感にあふれ、人物画も得意とした。また、一種、異常感覚の持ち主であり、さまざまな鬼《き》（幽霊）の姿を描きわけた「鬼趣図《きしゅず》」は、グロテスクな美意識を自在に発揮した空前絶後の怪作にほかならない。

羅聘「鬼趣図」

水車

今年《こんねんもち》用いざるも　明年《みょうねんあ》有り

趙《ちょう》　翼《よく》（清）

水《すい》　車《しゃ》

平疇雨足水車閑
閣在村旁似棄捐
独有老農勤護視
今年不用有明年

平疇《へいちゅう》　雨足《あめた》り　水車閑《すいしゃかん》なり
閣《お》きて村旁《そんぼう》に在《あ》り　棄捐《きえん》せらるるが似《ごと》し
独《ひと》り老農《ろうのう》の護視《ごし》に勤《つと》むる有《あ》るのみ
今年用《こんねんもち》いざるも　明年有《みょうねんあ》り

○平疇　平地の畑。　○閣く　とどめる。動きをとめる。　○棄捐　すてる。

平地の畑に十分雨が降って、水車はひっそりと動かず、
村はずれにとどめ置かれて、まるで捨てられたようだ。
ただひとり老いた農夫が、せっせと守り手入れしているだけ。
今年は使われなくとも、来年がある。

七言絶句。一八〇三年、趙翼《ちょうよく》七十七歳の作。雨に恵まれた年、動きをとめたまま、村はずれに置かれた水車をとりあげたもの。今は老いた農夫が手入れしているだけだが、今年は使われなくとも来年は出番になるかも知れないと歌う、後半二句が秀逸である。この止まった水車には「戦士の休息」のイメージもあり、味わい深い。水車は江南で古くから活用され、南宋《なんそう》の陸游《りくゆう》は一一七〇年、故郷の紹興《しょうこう》(浙江省)から蜀《しょく》に赴任した旅の顛末を記した『入蜀記《にゅうしょくき》』において、雨の少ないときは水車で水をあげ、多雨で氾濫したときは水を汲みだす情景をいきいきと描いている。なお、趙翼はこの詩を作った七年前、七十歳で主著『廿二史《にじゅうにし》劄記《さっき》』を完成したが、その後も元気潑剌、故郷の陽湖《ようこ》県(江蘇省)で読書に励み日課のように詩作する一方、旅を楽しむなど、充実した日を送っていた。またこの年には、曾孫(長孫の子。一五〇頁)も生まれ、「長孫公桂《ちょうそんこうけい》　一子《いっし》を挙《あ》げ、老夫《ろうふ》遂《つい》に曾孫《そうそん》を見《み》る云々」という長い題の七言律詩を作り、「中年《ちゅうねん》　子《こ》を得《う》ること已《すで》に遅《おそ》きを嫌《いと》い、豈《あ》に意《おも》わんや　孫《まご》の今《いま》又《また》児《じ》を挙《あ》げんとは云々」と、喜びを歌っている。

第九章　文化の香り

活字本製作工程のひとコマ
(『欽定武英殿聚珍版程式』)

庭園一

重《かさ》ねて来《き》たりて　倍《ま》す情有《じょうあ》り

商景蘭《しょうけいらん》（清）

寓園《ぐうえん》

旧苑荒涼地
重来倍有情
満園梅綻白
両岸柳舒青
芳草叢叢発
飛泉処処鳴
晩鴉催日暮
還傍月光行

旧苑《きゅうえん》　荒涼《こうりょう》の地《ち》
重《かさ》ねて来《き》たりて　倍《ま》す情有《じょうあ》り
満園《まんえん》　梅綻《うめほころ》びて白《しろ》く
両岸《りょうがん》　柳舒《やなぎの》びて青《あお》し
芳草《ほうそう》　叢叢《そうそう》に発《はっ》し
飛泉《ひせん》　処処《しょしょ》に鳴《な》る
晩鴉《ばんあ》　日《ひ》の暮《く》るるを催《うなが》し
還《ま》た月光《げっこう》に傍《そ》うて行《ゆ》く

○寓園　寓山《ぐうざん》ともいう。商景蘭の夫である祁彪佳《きひょうか》が紹興《しょうこう》(浙江省)の自邸のほど近くに所有していた寓山に作った大庭園。○旧苑　かつての庭園。寓園を指す。○芳草　芳しい草花。○飛泉　滝、あるいは急な水の流れ、早瀬。○晩鴉　夕暮れのカラス。

かつての庭園(寓園)はすっかり荒れ果ててしまったが、
再び訪れてますます感ずるところがある。
一面に梅が白く綻び、
両岸には柳が青々と枝を伸ばす。
芳しい草花がそこかしこで群がるように咲き、
滝の水があちこちで音を立てる。
夕べのカラスが日暮れを急きたてて鳴きわたり、
私もまた月の光に沿って帰途につく。

五言律詩。作者商景蘭《しょうけいらん》の夫祁《き》彪佳《ひょうか》は一六四五年、寓園《ぐうえん》の池で入水自殺した。これは、その後、時を経て寓園を再訪した彼女が感慨をこめて作った詩である。今は主を失い、廃園となった寓園は荒れ果てているが、しかし春の訪れとともに梅はほころび、柳は青々とのび、草花は咲き香り、滝は滔々と流れ落ちている。人は永遠に去っても、悠久の自然は変わらないと思いにふけっていると、夕べのカラスが急きたてるように鳴き、彼女は、はたと我れに返る。寓園の生気あふれる春景色を目のあたりにして、いっそう深まる喪失感をみごとに浮かびあがらせた佳篇である。祁彪佳は自在に生きることを求めた明《みん》末文人の典型であり、大蔵書家だった父の影響をうけて戯曲作品の著名なコレクターとなり、また戯曲や演劇評論を著した。さらに庭園マニアであり、一六三五年、三十四歳でいったん官界から身を引いたあと、莫大な費用を投じて、みずから陣頭指揮し、風景と建物が絶妙に調和した理想的な大庭園「寓園」を造りあげた。彼がふたたび出仕、自死のやむなきにいたった事情については、一六六頁参照。なお、明の遺民《いみん》文人張岱《ちょうたい》は祁彪佳の親類にして親友であり、その名随筆『陶庵夢憶《とうあんむおく》』において、彼に言及している。

「寓山図」

庭園二

猶《な》お汨羅《べきら》の心《こころ》を見《み》るがごとし

施《し》閏章《じゅんしょう》（清）

祁氏寓園（祁氏《きし》の寓園《ぐうえん》）

別墅高人意
蒼巌照碧潯
池穿鑒湖曲
雲合会稽深
灌木吟晴日
荒台背夕陰
芙蓉秋水緑
猶見汨羅心

別墅《べっしょ》　高人《こうじん》の意《い》
蒼巌《そうがん》　碧潯《へきじん》を照《て》らす
池《いけ》は鑒湖《かんこ》の曲《きょく》を穿《うが》ち
雲《くも》は会稽《かいけい》の深《ふか》きに合《がっ》す
灌木《かんぼく》　晴日《せいじつ》に吟《ぎん》じ
荒台《こうだい》　夕陰《せきいん》を背《せ》にす
芙蓉《ふよう》　秋水緑《しゅうすいみどり》にして
猶《な》お汨羅《べきら》の心《こころ》を見《み》るがごとし

○**祁氏寓園**　祁彪佳《きひょうか》の庭園。二八五頁注および解説参照。○**別墅**　別荘。○**高人**　高士。世俗を離れ超然とした人物。祁彪佳の「寓山注《ぐうざんちゅう》」に、この寓山（寓園）は前漢《ぜんかん》末の高士梅子真《ばいしん》の隠棲地だと記す。梅子真は仙人になり会稽《かいけい》に住んだと伝えられる。ここでは、祁彪佳を指す。○**蒼巌**　青々とした岩。○**碧潯**　青い淵。○**鑒湖**　鏡湖《きょうこ》。浙江省紹興《しょうこう》市の南にある。作者の自注に「（寓園に）池有《いけあ》り鑒湖《かんこ》に通《つう》ず。是《こ》れ祁中丞《きちゅうじょう》の自《みずか》ら沈《しず》む処《ところ》なり」とある。○**曲**　くま、すみ。○**会稽**　浙江省紹興市。○**灌木**　群生する樹木。○**荒台**　荒廃したうてな。○**夕陰**　たそがれ。○**芙蓉**　蓮。○**汨羅**　戦国《せんごく》時代楚《そ》の屈原《くつげん》が投身自殺した川。湖南省湘陰《しょういん》県の北にある。ここでは、入水自殺した祁彪佳を指す。

別荘（寓園）は超然とした人の心をあらわし、
青々とした岩は碧《みどり》の淵を映し照らす。
池は鑒湖《かんこ》の曲《くま》を掘って作り、
雲は会稽《かいけい》の奥深い隠れ里に集まる。
群がり生える樹木は晴れた日にうそぶき、
荒れ果てたうてなは黄昏《たそがれ》を背に黒々と浮かび上がる。
芙蓉の花が緑色をした秋の水面《みなも》に咲き、
まるで汨羅《べきら》の詩人（屈原《くつげん》）の心を見るようだ。

五言律詩。作者の施閏章《しじゅんしょう》は明《みん》末清《しん》初の人。祁《き》彪佳《ひょうか》より十六歳年下だが、満州族の清に屈伏することを潔しとせず、自死した彼に深い敬意を抱いていたとおぼしい。これは、すでに廃園となった寓園《ぐうえん》を訪れ、その風景に祁彪佳の超然とした面影をよみとった作品。秋の水面《みなも》に咲く芙蓉に、世俗に迎合することを拒否し、汨羅《べきら》に身を投げて死んだ屈原《くつげん》、引いてはこの池に入水した祁彪佳の高潔な心を見るようだと歌う、結びの二句がことに秀逸である。祁彪佳の従弟、祁《き》熊佳《ゆうか》の手になる祁彪佳伝「行実《こうじつ》」には、彼は家族が寝静まったあと、座に残った友人に「自然の山川も人間もすべて幻だ。しかし、山川はいつまでも変わらないのに、人の生は一代かぎりで消えてしまう」とつぶやき、友人がふと居眠った間に、入水し絶命したと記されている。ときに四十四歳。なお、この詩の作者施閏章は若いころ反清感情にあふれた詩を数多く著したが、明滅亡の五年後、一六四九年に科挙に合格、清政権の官僚となった。その心の底にはいわく言い難い複雑なものがあったに相違ない。

円明園(清代の離宮)

黄河《こうが》　海《うみ》に入《い》りて流《なが》る

王《おう》之《し》渙《かん》（唐）

登鸛雀楼（鸛雀楼《かんじゃくろう》に登《のぼ》る）

白日依山尽
黄河入海流
欲窮千里目
更上一層楼

白日《はくじつ》　山《やま》に依《よ》りて尽《つ》き
黄河《こうが》　海《うみ》に入《い》りて流《なが》る
千里《せんり》の目《め》を窮《きわ》めんと欲《ほっ》して
更《さら》に上《のぼ》る　一層《いっそう》の楼《ろう》

○**鸛雀楼**　山西省永済《えいせい》県にあった三層の楼閣。鸛雀すなわちコウノトリが巣をかけたことから名づけられたという。

夕陽が山に沿って落ち、
黄河は東の海に入るまで流れつづける。
千里のかなたまで眺望を極めようと、
もう一階上の楼へ上る。

五言絶句。作者の王之渙《おうしかん》は盛唐《せいとう》の人。西方の山によりそうように落ちる夕陽、東方の海へ向かって流れ下る黄河。高楼に上って雄大な風景を巨視的にとらえ、わずか二十字四行をもって、中国の長い歴史と広大な空間を凝縮した傑作である。もっとも、冒頭第一句の「白日《はくじつ》 山《やま》に依《よ》りて尽《つ》き」については、夕陽が山に沿って落ちるとする説と、真昼の太陽が山なみに遮られ、山に沿って尽きるとする説がある。ここでは、詩的イメージにすぐれる前者によって解した。王之渙は剣術を学び、遊侠と往来する奔放な青春時代を送ったが、やがて生きかたを改めて読書に励み、地方官となる。しかし、上役や同僚とうまくゆかず辞職、十五年間、布衣《ほい》（無位無官）の日々をすごした。詩人としての名声はすでに高く、王昌齢《おうしょうれい》、高適《こうてき》と親交を結び、三人で料亭に集まってはなばなしく競作したという逸話もある。晩年、ふたたび地方官となり、清廉な官吏として名を馳せた。王之渙は辺境の風物を歌う辺塞《へんさい》詩にすぐれ、人口に膾炙《かいしゃ》する「涼州詞《りょうしゅうし》」（三六八頁）はその代表作である。

山雨《さんう》 来《き》たらんと欲《ほっ》して 風《かぜ》 楼《ろう》に満《み》つ

許《きょ》 渾《こん》(唐)

咸陽城東楼(咸陽城《かんようじょう》の東楼《とうろう》)

一上高城万里愁
蒹葭楊柳似汀洲
渓雲初起日沈閣
山雨欲来風満楼
鳥下緑蕪秦苑夕
蟬鳴黄葉漢宮秋
行人莫問当年事
故国東来渭水流

一《ひと》たび高城《こうじょう》に上《のぼ》れば 万里《ばんり》の愁《うれい》あり
蒹葭《けんか》 楊柳《ようりゅう》 汀洲《ていしゅう》に似《に》たり
渓雲《けいうん》 初《はじ》めて起《おこ》って 日《ひ》 閣《かく》に沈《しず》み
山雨《さんう》 来《き》たらんと欲《ほっ》して 風《かぜ》 楼《ろう》に満《み》つ
鳥《とり》は緑蕪《りょくぶ》に下《くだ》る 秦苑《しんえん》の夕《ゆう》べ
蟬《せみ》は黄葉《こうよう》に鳴《な》く 漢宮《かんきゅう》の秋《あき》
行人《こうじん》 問《と》うこと莫《な》かれ 当年《とうねん》の事《こと》
故国《ここく》より東来《とうらい》して 渭水流《いすいなが》る

○**咸陽城**　秦《しん》の始皇帝《しこうてい》の都。唐《とう》代の長安の西北、渭《い》水の北岸にあった。○**蒹葭**　水辺に生えるオギやアシ。○**汀洲**　川岸。梁《りょう》の柳惲《りゅううん》の「江南曲《こうなんきょく》」に「汀洲《ていしゅう》に白蘋《はくひん》を采《と》れば、日《ひ》は落《お》つ江南《こうなん》の春《はる》」という句がある。これをふまえ、ここでは江南の汀洲の意。○**緑蕪**　生い茂った雑草。荒れた草むら。○**漢宮**　秦苑と対《つい》をなす。咸陽の東南にあった前漢《ぜんかん》の都長安の宮殿。○**当年**　当時、あのころ、その昔。○**故国**　ふつうは故郷の意だが、ここでは故地、古都の意。

(咸陽《かんよう》の古城の)高楼に上ってみると、見わたすかぎり愁いをもよおすものばかり。
生い茂るオギやアシ、連なる柳は、あたかも江南の川岸のようだ。
谷間に雲がわくや、夕陽は楼閣のかなたに沈み、
山雨のやって来る前兆として、風が楼閣に満ちあふれる。
秦《しん》の庭園の夕暮れに、鳥は荒れた草むらに下り、
漢《かん》の宮殿の秋に、蟬は黄ばんだ葉のかげで鳴く。
旅人よ、どうかあのころのことは聞いてくれるな。
この秦漢の故地で昔のままなのは、東へ向かって流れる渭《い》水だけなのだから。

七言律詩。作者の許渾《きょこん》は晩唐《ばんとう》の人。初唐《しょとう》の宰相許圉師《きょぎょし》の子孫である。これは、秋の夕暮れ、はるか昔に滅び去った秦《しん》の都咸陽《かんよう》の城跡に残る東楼に上り、荒涼たる風景を眺望して作ったもの。全体にひたすら下降、滅亡へと向かう不穏な雰囲気のたちこめる詩である。許渾は、大王朝唐《とう》が斜陽の一途をたどった時代に生きあわせた詩人であり、やがて訪れるであろう唐の終末を鋭く予感しながら、秦漢《しんかん》の廃墟を凝視しているかにみえる。なお、この詩の第四句「山雨《さんう》　来《き》たらんと欲《ほっ》して　風《かぜ》　楼《ろう》に満《み》つ」は、激動の到来を予告する名句として知られ、後世、動乱や戦争等が起こる直前の緊迫した雰囲気をあらわす比喩として、しばしば用いられる。許渾は八三二年、科挙に合格し、睦《ぼく》州（浙江省）、郢《えい》州（湖北省）の刺史を歴任して引退、故郷潤《じゅん》州の丁卯橋《ていぼうきょう》のほとりで晩年を送った。付言すれば、この詩に見える汀洲《ていしゅう》、山雨、渭《い》水等もそうだが、彼の詩には「水」に関わる言葉が頻出するため、「許渾《きょこん》は千首湿《せんしゅしつ》なり」と称された。水の詩人だったのである。

夏永「岳陽楼図」

読書

宜《よろ》しく読《よ》むべく　宜《よろ》しく倣《なら》うべからず

袁《えん》　枚《ばい》（清）

読《どく》　書《しょ》

我道古人文
宜読不宜倣
読則将彼来
倣乃以我往
面異斯為人
心異斯為文
横空一赤幟
始足張吾軍

我《わ》れ道《おも》う　古《こ》人《じん》の文《ぶん》
宜《よろ》しく読《よ》むべく　宜《よろ》しく倣《なら》うべからず
読《よ》めば則《すなわ》ち彼《かれ》を将《もっ》て来《き》たらしめ
倣《なら》えば乃《すなわ》ち我《わ》れを以《もっ》て往《ゆ》く
面異《めんこと》なりて　斯《すなわ》ち人《ひと》と為《な》り
心異《こころこと》なりて　斯《すなわ》ち文《ぶん》と為《な》る
横空《おうくう》　一赤幟《いちせきし》
始《はじ》めて吾《わ》が軍《ぐん》を張《は》るに足《た》る

○倣う　真似る、模倣する。○横空　大空に横たわり、たなびくさま。○赤幟　赤いのぼり、旗。韓信《かんしん》が前漢《ぜんかん》王朝のシンボルカラーである赤色の旗を用いたことから、のちにお手本、リーダーを指す語となる。

私が思うに、古人の文章は、主体的に読むべきであり、鵜呑《うの》みにしてまねるべきではない。読むのであれば、向こうを自分のほうに来させることになるが、まねをすれば、自分が向こうに行くことになる。顔が異なってこそ、個別の人間となり、心が異なってこそ、個別の文章となる。大空に一本の赤い旗印をたなびかせて、はじめてわが陣営を十分に張ることができるのだ。

五言律詩。一七四九年、袁枚《えんばい》三十四歳の作。詩のなかで読書論を展開した面白い作品である。古人の文章を自分に引きつけて主体的に読むことをよしとし、鵜呑《うの》みにし模倣するのはよくないという、この読書論は時代を超えて真を穿《うが》つものがある。袁枚は大読書家だったが、詩作にあたっては自然な感情の流露を重視し、典故だらけの詩を作る者を、「あちこちの書物からの引用だらけで、紙面いっぱいに死気が漲《みなぎ》っているのに、自分では該博だと自慢している」(『随園詩話《ずいえんしわ》(補遺)』巻三)と痛烈に批判したりしている。この詩を作った前年、彼は南京《ナンキン》西郊にあった名園を手に入れて「随園《ずいえん》」(二六七頁挿図参照)と名づけ、役人暮らしをしていてはここで十分楽しめないと、この年、江寧《こうねい》県(南京)の知事を最後に官界から引退してしまう。引退後の解放感のなかで作られたこの詩は、いかにも意気軒昂、潑剌とした勢いがある。三十代なかばで自由の身となった袁枚は以後、八十三歳で死ぬまで、つごう七千首の詩を作ったばかりか、『随園詩話《ずいえんしわ》』『随園食単《ずいえんしょくたん》』『子不語《しふご》』等々、多様な著作を生みだして、堂々と「吾《わ》が軍《ぐん》を張《は》」りつづけた。あっぱれというほかない。

「夜読図」(『清涼引子』)

懐《ふところ》に放《はな》ちて一笑《いっしょう》し　茗甌《めいおう》傾《かたむ》くるを得《え》ん

葉《よう》昌熾《しょうし》（清）

蔵書紀事詩《ぞうしょきじし》（趙明誠《ちょうめいせい》・李清照《りせいしょう》）

不成部帙但平平
漆室灯昏百感生
安得帰来堂上坐
放懐一笑茗甌傾

部帙《ぶちつ》を成《な》さず　但《た》だ平平《へいへい》
漆室《しっしつ》　灯《とう》昏《くら》く　百感《ひゃっかん》生《しょう》ず
安《いず》くんぞ帰来堂《きらいどう》の上《うえ》に坐《ざ》し
懐《ふところ》に放《はな》ちて一笑《いっしょう》し　茗甌《めいおう》傾《かたむ》くるを得《え》ん

○**蔵書紀事詩**　歴代の蔵書家を歌った連作。これは北宋《ほくそう》の趙明誠・李清照夫妻を歌う。李清照は詞《ツー》の名手。○**部帙・平平**　部帙はひとまとまりの書物。李清照の「金石録後序《きんせきろくこうじょ》」に、「有《ゆう》する所《ところ》の一《いち》、二《に》の残零《ざんれい》の部帙《ぶちつ》を成《な》さざる書冊《しょさつ》、三数種《さんすうしゅ》の平平《へいへい》たる書帖《しょじょう》」とある。書帖は法帖《ほうじょう》（習字の手本）、平平は平凡の意。○**漆室**　まっくらな部屋。○**帰来堂**　青《せい》州（山東省）にあった夫妻の書庫。○**懐に放ちて…**　「後序」に、夫妻は帰来堂《きらいどう》で書物に関するゲームを楽しみ、大笑いして懐にお茶をこぼしたこともあったと記す。茗甌は急須。

書物は欠けてまとまりをなさず、習字の手本はありきたりのものしかない。
まっくらな部屋のなか、ぼんやりした灯火のもと、さまざまな思いがわきおこる。
帰来堂《きらいどう》の書庫に二人で座り、
急須からついだお茶を、懐にこぼして大笑いしたあの時を、とり戻すべくもない。

七言絶句。葉昌熾《ようしょうし》は清《しん》末・中華民国《ちゅうかみんこく》初期の書誌学者。連作「蔵書紀事詩《ぞうしょきじし》」のうち、北《ほく》宋《そう》の蔵書家、趙明誠《ちょうめいせい》・李清照《りせいしょう》夫妻を、李清照の視点で歌った作品。愛書家だった夫妻は一一〇七年から十年間、青《せい》州に隠棲して、帰来堂《きらいどう》の蔵書を整理する共同作業に没頭した。詩の後半はその至福のときを回想する形式をとる。一一二七年、女真《じょしん》族の金《きん》の攻勢が強まると、彼らの生活は一変する。一足先に江南にわたった趙明誠は亡命政権南宋《なんそう》に仕えたものの、二年後に死去。青州に残っていた李清照は約二万巻の書物をはじめ貴重な絵画、骨董品をなんとか江南に移すが、各地を転々とするうち、その大部分を失ってしまう。運命の激変を味わい尽くしたあげく、ようやく落ち着いた彼女は、夫の手になる石《せっ》刻《こく》の目録および解説の書『金石録《きんせきろく》』を整理し、その末尾に自伝的文章「金石録後序《きんせきろくこうじょ》」を付した。この詩はこれをふまえる(一六三頁挿図参照)。

著書

満紙《まんし》　荒唐《こうとう》の言《げん》

曹《そう》雪《せつ》芹《きん》（清）

自題一絶（自《みずか》ら一絶《いちぜつ》を題《だい》す）

満紙荒唐言
一把辛酸涙
都云作者痴
誰解其中味

満紙《まんし》　荒唐《こうとう》の言《げん》
一把《いっぱ》　辛酸《しんさん》の涙《なみだ》
都《み》な云《い》う　作者《さくしゃ》は痴《ち》なりと
誰《たれ》か其《そ》の中《うち》の味《あじ》を解《かい》さん

○**一絶**　絶句一首の意。○**荒唐**　荒唐無稽。○**一把**　ひとにぎり。

書かれたことはすべて荒唐無稽《こうとうむけい》。
しぼる涙はどこまでも苦い。
人はみな作者は阿呆だと言い、
そのなかにこめられた意味を読み解いてくれる者もない。

五言絶句。作者の曹雪芹《そうせつきん》は清《しん》代中期の人。『紅楼夢《こうろうむ》』の作者である。この詩は『紅楼夢』第一回に収められる。曹雪芹の家系は曾祖父の曹璽《そうじ》以来、三代四人が南京《ナンキン》に置かれた官用織物製造処の長官「江寧織造《こうねいしょくぞう》」の地位を占め、栄華を誇った。曹家は曹雪芹の祖父曹寅《そういん》の時代に全盛期を迎えるが、その後、下り坂となり、一七二七年、公金使いこみのかどで全財産を没収され完全に没落する。没落当時、十歳前後だった曹雪芹は、豪奢な生活から貧乏のどん底に落ちる劇的な体験をした。以後、彼は不遇に耐えながら、曹家の栄光から没落への過程を、『紅楼夢』と名付けた長篇小説のなかでたどりなおすことに、生涯をかけた。この詩には死力を尽くして『紅楼夢』の創作に没頭した彼の思いが刻みこまれている。こうして推敲を重ねる日々の過労のためか、曹雪芹は『紅楼夢』全百二十回のうち八十回まで書き上げたところで死去、残る四十回は彼の構想をもとに、高鶚《こうがく》が書き継いだとされる。

編纂

百年《ひゃくねん》の遺藁《いこう》　天《てん》の留《とど》めて在《あ》り

元《げん》好《こう》問《もん》(金)

自題中州集後(自《みずか》ら中州集《ちゅうしゅうしゅう》の後《のち》に題《だい》す)　五首　其《そ》の五

平世何曾有稗官
乱来史筆亦焼残
百年遺藁天留在
抱向空山掩涙看

平世《へいせい》　何《なん》ぞ曾《かつ》て稗官《はいかん》有《あ》らん
乱来《らんらい》　史筆《しひつ》も亦《ま》た焼残《しょうざん》す
百年《ひゃくねん》の遺藁《いこう》　天《てん》の留《とど》めて在《あ》り
空山《くうざん》に抱《いだ》き　涙《なみだ》を掩《おお》いて看《み》る

○**中州集**　元好問が編纂した金《きん》詩の総集(全十巻)。二五一人の二〇六二首を収める。○**平世**　平和な時代。○**稗官**　民間のこまごまとした記録を収集する役人。○**焼残**　残はそこなう。焼残で焼失する意になる。○**百年**　ここでは金《きん》王朝(一一一五―一二三四)を指す。○**遺藁**　遺稿。のこされた原稿。○**向**　於と同じ。

太平の御世《みよ》には、稗官《はいかん》などいたためしはないが、
戦乱の時代には、歴史記録すら焼失してしまう。
この百年の詩人たちの遺稿は、天のおかげで留めおかれた。
ひとけのない山中でそれを抱きかかえ、涙にかきくれて読む。

七言絶句。金《きん》が滅亡してから十六年後の一二五〇年、元好問《げんこうもん》六十一歳の作。これは、この前年、十七年がかりで完成した『中州集《ちゅうしゅうしゅう》』に寄せた詩である。この詩の前半二句は、「金一代をふりかえれば、平和な時期には巷《ちまた》のこまごました記録を集める稗官《はいかん》はいたためしがなく、戦乱の時期には史官が著した公式の歴史記録さえ焼失してしまった。だから、私はあえて稗官や史官の役割を担う決意をした」との意。かくて、手段を尽くして百年(実際には百二十年)にわたる金代詩人の作品を収集、編纂して、ついに金代詩人の総集『中州集』を完成するにいたった。後半二句はその過程を感慨深くふりかえったもの。これと並行して、元好問は精力的に各地を旅して、残存した史料の収集や実地調査を重ね、故郷忻《きん》州(山西省忻県)に建造した書斎「野史亭《やしてい》」で、金の歴史の執筆にあたり、『壬辰雑編《じんしんざつへん》』『金源君臣言行録《きんげんくんしんげんこうろく》』(未完)などを著した。これらの著書はすべて散佚して現存しないが、正史『金史《きんし》』に、その多くが取り入れられている。

書

千古《せんこ》　訟《しょう》　紛紛《ふんぷん》たり

袁《えん》　枚《ばい》（清）

蘭《らん》　亭《てい》

為有蘭亭序
青山属右軍
清流猶映帯
名士尽煙雲
嘆逝能無感
論書孰与群
偶然数行字
千古訟紛紛

蘭亭《らんてい》の序有《じょあ》るが為《ため》に
青山《せいざん》は右軍《ゆうぐん》に属《ぞく》す
清流《せいりゅう》猶《な》お映《て》り帯《は》えるも
名士《めいし》尽《ことごと》く煙雲《えんうん》
嘆逝《たんせい》能《よ》く感無《かんな》からんや
論書《ろんしょ》孰与《いずれ》ぞ群《ぐん》せん
偶然《ぐうぜん》数行《すうぎょう》の字《じ》
千古《せんこ》訟《しょう》紛紛《ふんぷん》たり

○**蘭亭の序**　蘭亭は会稽山陰《かいけいさんいん》(浙江省紹興市《しょうこう》)にあった東晋《とうしん》の書の名手王羲之《おうぎし》の別荘。三五三年三月三日、会稽在住の名士がこの地に集まって、曲水流觴《きょくすいりゅうしょう》の宴を催した。王羲之の書の最高傑作「蘭亭序《らんていじょ》」は、このときの出席者の詩を編纂した『蘭亭集《らんていしゅう》』に序文として付されたもの。六一頁注参照。○**青山**　青々とした山。「蘭亭序」に「此《こ》の地《ち》には崇山峻《すうざんけん》嶺《れい》、茂林脩竹有《もりんしゅうちくあ》り」とあり、これをふまえる。○**右軍**　王羲之を指す。右軍将軍だったため、こう呼ばれる。○**清流…**　「蘭亭序」に「清流《せいりゅう》の激湍《はやせ》の左右《さゆう》に映《て》り帯《は》える有《あ》り」とある。○**煙雲**　煙は霞、もや。霞や雲のように消えてしまうこと。○**嘆逝**　年月の過ぎ去ることを惜しみ嘆くこと。○**千古**　ここでは、はるか後世の意。○**訟**　争い。

「蘭亭序《らんていじょ》」があるために、
青々とした山は、王右軍《おうゆうぐん》(王羲之《おうぎし》)に付きものとなった。
蘭亭の清流は、今なおキラキラとあたりに照りはえているけれども、
当時の名士はことごとく雲や霞のように、はかなく消え去ってしまった。
年月の過ぎ去ることを惜しみ嘆き、感慨をもよおさずにはいられないが、
書を論ずるならば、「蘭亭序」は凡百の書とは比べものにならない。
たまたま書きしるした数行の字が、
はるか後世、紛々たる争いを引き起こしたのだから。

五言律詩。一七七九年、袁枚《えんばい》が六十四歳のとき、王羲之《おうぎし》(三〇七―三六五)の別荘、蘭《らん》亭《てい》の跡を訪れたさいに作ったもの。この詩の前半四句は、蘭亭の山や清流など自然は時を経ても変わらないが、ここに集い清流に杯を浮かべて宴《うたげ》を催した東晋《とうしん》の名士ははかなく消え去ったと、感慨をこめて歌う。後半四句は一転して、にもかかわらず、書聖《しょせい》王羲之の書だけは時を超えて生きつづけ、とりわけ最高傑作「蘭亭序《らんていじょ》」が後世、はげしい争奪戦を引き起こしたことに言及する。王羲之の書は在世中から奪いあいだったが、その後も数奇な運命をたどった。彼が死んでから二六二年後に即位した唐《とう》の第二代皇帝太宗《たいそう》は、みずから『晋書《しんじょ》』「王羲之伝《おうぎしでん》」を著したほど熱狂的なファンであり、勅命によって王羲之の書を根こそぎ収集したが、「蘭亭序」だけは長らく行方不明だった。ようやく行方をつきとめると、所有者から詐欺同然の手口で騙しとる始末。宿願をはたした太宗はこれを愛してやまず、遺言してみずからの墓陵に柩とともに埋めさせたという。「蘭亭序」の真蹟は太宗の偏愛により、地上から消え、幻の傑作となったのである。

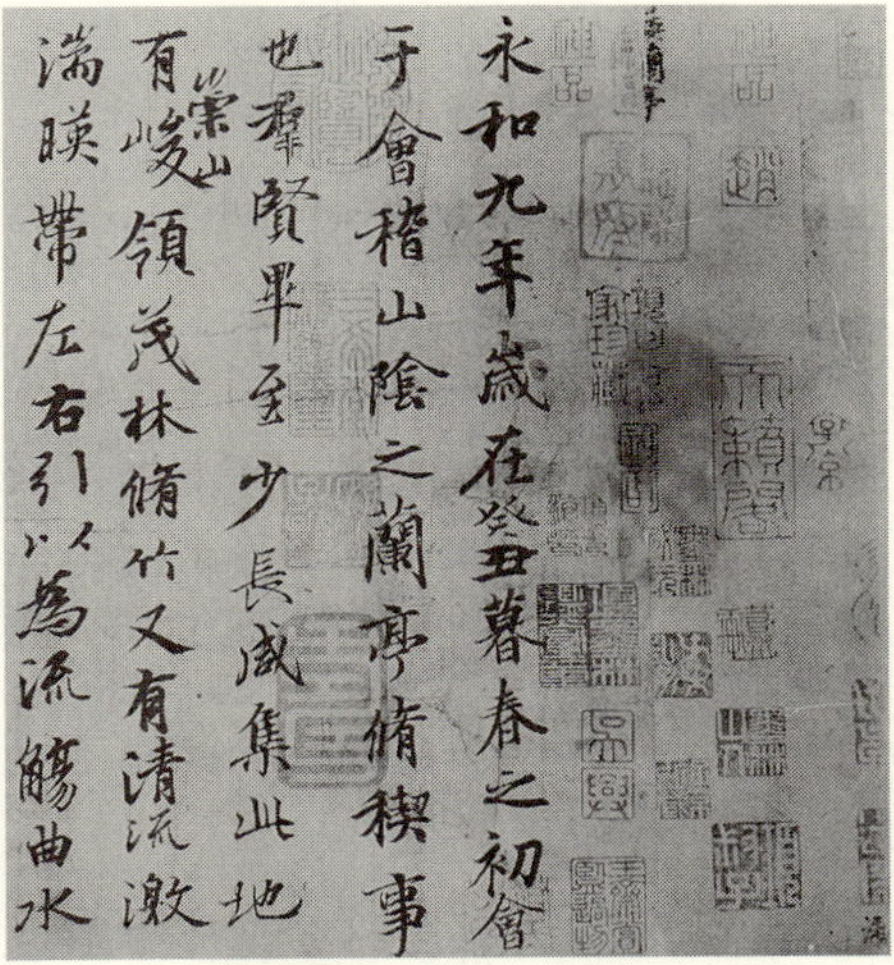
永和九年歲在癸丑暮春之初會
于會稽山陰之蘭亭脩稧事
也羣賢畢至少長咸集此地
有崇山峻領茂林脩竹又有清流激
湍暎帶左右引以為流觴曲水

「蘭亭序」(摹本)

画一

秋風《しゅうふう》吹《ふ》き上《あ》ぐ　漢臣《かんしん》の衣《ころも》

袁《えん》凱《がい》(明)

題李陵泣別図(李陵泣別図《りりょうきゅうべつず》に題《だい》す)

上林木落雁南飛
万里蕭条使節帰
猶有交情両行涙
秋風吹上漢臣衣

上林《じょうりん》　木《き》落《お》ちて　雁《かり》　南《みなみ》に飛《と》び
万里《ばんり》　蕭条《しょうじょう》として　使節《しせつ》帰《かえ》る
猶《な》お交情《こうじょう》有《あ》り　両行《りょうこう》の涙《なみだ》
秋風《しゅうふう》　吹《ふ》き上《あ》ぐ　漢臣《かんしん》の衣《ころも》

○**李陵泣別図**　李陵が長安に帰る蘇武《そぶ》を見送る場面を描くが、現存しない。○**上林**　長安の御苑、上林苑《じょうりんえん》。蘇武は紀元前一〇〇年、武帝《ぶてい》のとき、匈奴《きょうど》に遣わされたが、降伏を拒んで捕らえられ、北海《ほっかい》のほとりで羊を飼ってすごした。やがて足に手紙をつけて飛ばした雁が上林苑で発見され、十九年ぶりに帰国した。三八一頁挿図参照。○**使節**　蘇武を指す。○**交情有り**　紀元前九九年、匈奴に降伏した李陵は蘇武とも交流があった。

上林苑《じょうりんえん》の落葉のころ、手紙をつけた雁が北から南に飛んできたため、
万里につづく荒涼たる景色のなか、使節(蘇武《そぶ》)が帰国してゆく。
なおも親しい間柄だったため、李陵《りりょう》が涙ながらに見送ると、
秋風が漢の臣たる蘇武の上衣を吹きあげる。

七言絶句。作者の袁凱《えんがい》は明《みん》初の人。若くして詩名高く、白衣(無位無官)の身で洪武帝《こうぶてい》に召されたが、身の危険を感じて辞職、隠棲した。これは、匈奴《きょうど》の地から十九年ぶりに長安に帰る蘇武《そぶ》、それを涙ながらに見送る李陵《りりょう》の姿を描いた画「李陵泣別図《りりょうきゅうべつず》」に寄せた詩である。相い前後して匈奴に拘留されながら、不服従をつらぬいた蘇武と、降伏し匈奴に厚遇された李陵はおよそ対照的な存在であった。しかし、かつて同僚であった彼らは立場を異にするとはいえ、根底的に理解しあい、『漢書《かんじょ》』「蘇武伝《そぶでん》」も帰国する蘇武を李陵が涙とともに見送ったと記す。実は、李陵の降伏にもやむをえない事情があった。匈奴の大軍にとつじょ包囲された彼の軍勢は死にもの狂いで戦ったが、多勢に無勢、刀折れ矢尽きて降伏した。この情報を得た武帝《ぶてい》は激怒し、ついに李陵の家族を皆殺しにしてしまう。付言すれば、司馬遷《しばせん》はこの李陵を敢然と弁護したために、宮刑《きゅうけい》に処せられたのである。老いた偉大な皇帝武帝が招いた悲劇の連鎖といえよう。

画《え》は無声《むせい》に出《い》づるも　亦《ま》た断腸《だんちょう》

黄《こう》庭《てい》堅《けん》(北宋)

題李伯時陽関図(李《り》伯《はく》時《じ》の陽関図《ようかんず》に題《だい》す)　二首　其《そ》の二

断腸声裏無形影
画出無声亦断腸
想得陽関更西路
北風低草見牛羊

断腸《だんちょう》の声裏《せいり》　形影《けいえい》無《な》く
画《え》は無声《むせい》に出《い》づるも　亦《ま》た断腸《だんちょう》
想《おも》い得《え》たり　陽関《ようかん》　更《さら》に西《にし》なる路《みち》
北風《ほくふう》　草《くさ》低《た》れて牛羊《ぎゅうよう》を見《み》る

○李伯時　北宋《ほくそう》の大画家、李《り》公麟《こうりん》(伯時はあざな)。**○陽関図**　王維《おうい》の七言絶句「元二《げんじ》の安西《あんせい》に使《つかい》するを送《おく》る」(一七六頁)を絵画化したもの。この詩は別れの歌として実際に歌われ、「陽関三畳《ようかんさんじょう》」と称される(一七七頁)。**○断腸の声裏**　はらわたがちぎれるほどの悲しい歌声。裏はうち、なかの意。**○形影**　ここでは目に見える具象性、かたち。**○北風…**　北朝《ほくちょう》の民歌「勅勒《ちょくろく》の歌《うた》」の結びの句、「風吹《かぜふ》き　草低《くさた》れて牛羊《ぎゅうよう》を見《み》る」による。

断腸の悲しい歌声には、目に見えるかたちがなく、
絵画は無音無声から生まれるけれども、これまた断腸の悲しみをあらわす。
思いうかぶのは、陽関《ようかん》を出てさらに西へ向かうと、
北風が吹き、さっと草がなびいて牛や羊の姿が見える辺境の風景。

七言絶句。作者の黄庭堅《こうていけん》は、師の蘇軾《そしょく》とともに「蘇黄《そこう》」と併称される北宋《ほくそう》の大詩人。しかし、湧き出るように詩作した蘇軾とは対照的に、主知的で思索的な彼は、先行作品を自家薬籠《じかやくろう》中のものとし、推敲を重ねて詩を作った。これは一〇八七年、四十三歳の作だが、「陽関図《ようかんず》」を題材に、前半二句で聴覚芸術の音楽と視覚芸術の絵画を対比しつつ、それぞれの方法で別離における断腸の悲しみを表現していることを示す。後半二句では、一転して、陽関から西へ向かう旅人の行く手に広がる、描かれざる辺境の風景を連想する。この前半から後半への思い切った転調と飛躍が鮮やかな作品である。ちなみに、「陽関図」の作者、李伯時《りはくじ》は宋代随一の大画家であり、蘇軾、王安石《おうあんせき》らの名士と交流があり、黄庭堅とも姻戚だったとされる。この画も評判が高く、ほかにも蘇軾をはじめ、この画に詩を寄せた人々がいる。なお、黄庭堅は一〇六七年、二十三歳で科挙に合格したが、党争《とうそう》(二三頁)の余波をうけて、不遇つづきであり、詩作に没頭する生涯を送った。

講釈

君《きみ》の　舌戦《ぜっせん》　酣《たけなわ》なるを聴《き》かん

袁《えん》宏《こう》道《どう》（明）

聴朱生説水滸伝（朱生《しゅせい》の水滸伝《すいこでん》を説《と》くを聴《き》く）

少年工諧謔　　少年《しょうねん》より諧謔《かいぎゃく》に工《たくみ》にして
頗溺滑稽伝　　頗《すこぶ》る滑稽伝《こっけいでん》に溺《おぼ》る
後来読水滸　　後来《こうらい》　水滸《すいこ》を読《よ》むに
文字益奇変　　文字《もじ》　益《ます》ます奇変《きへん》なり
六経非至文　　六経《りくけい》も至文《しぶん》に非《あら》ず
馬遷失組練　　馬遷《ばせん》　組練《それん》を失《うしな》う
一雨快西風　　一雨《いちう》　西風《せいふう》快《こころよ》し
聴君酣舌戦　　君《きみ》の　舌戦《ぜっせん》　酣《たけなわ》なるを聴《き》かん

○朱生　無錫《むしゃく》の講釈師。○水滸伝　十四世紀中ごろ白話長篇小説として完成したが、刊行されたのは約二百年後、明《みん》末の万暦《ばんれき》年間（一五七三―一六二〇）。刊行後も、多くの講釈師に語られつづけた。○諧謔　じょうだん。ユーモア。○頗る　かなり。○滑稽伝　司馬遷《しばせん》著『史記《しき》』「滑稽列伝」を指す。○奇変　奇抜で風変わり。○六経…　袁宏道が師事した異端の思想家、李卓吾《りたくご》は伝統的価値観を逆転させ、俗文学として軽視されてきた『水滸伝』と元曲《げんきょく》『西廂記《せいしょうき》』を「天下の至文《しぶん》」として高く評価し、儒教において聖典とされる六経《りくけい》（易《えき》・書《しょ》・詩《し》・礼《れい》・楽《がく》・春秋《しゅんじゅう》）を痛烈に批判した。これをふまえた表現。○組練　組甲《そこう》（組ひもで綴ったよろい）と被練《ひれん》（絹で綴ったよろい）。○君　朱生を指す。

子どものときから冗談がうまく、
「滑稽《こっけい》列伝」にはかなり夢中になった。
その後、『水滸伝《すいこでん》』を読むと、
表現がいっそう奇抜で風変わりだった。
六経《りくけい》など天下の最高の文章ではなく、
司馬遷《しばせん》もお手上げというところだ。
ひと雨ふって西風も心地よい。
君の講釈のヤマ場を聞きに行こう。

五言律詩。作者の袁宏道《えんこうどう》は明《みん》末の人。一五九七年、無錫《むしゃく》に滞在中だった三十歳の作。兄の宗道《そうどう》、弟の中道《ちゅうどう》とともに袁氏三兄弟と称される。彼らは自由な発想、自由な表現による詩作をモットーとして、当時の詩壇の主流を占めた擬古主義的な「古文辞派《こぶんじ》」に挑戦し、ついにこれを駆逐した。袁宏道は、その出身地にちなんで「公安派《こうあん》」と呼ばれるこのグループのリーダー。袁宏道らが旧態依然とした詩壇を突き崩しえたのには、師事した異端の思想家、李卓吾《りたくご》の影響が大きい。李卓吾は、すぐれた文章表現は「童心《どうしん》(真心)」から発し、各時代が生み出したジャンルにおいて花開くものだとして、六経《りくけい》などの古典をやみくもに持ち上げる態度を批判し、戯曲『西廂記《せいしょうき》』や小説『水滸伝《すいこでん》』を高く評価した(注参照)。司馬遷《しばせん》の「滑稽《こっけい》列伝」より『水滸伝』のほうが面白いとするこの詩にも、そうした李卓吾譲りのラディカルな精神が躍動している。『水滸伝』から「水滸語り」の講釈へと視点を移す結びも、いかにも自然で秀逸。明末には水滸語りがさかんであり、名講釈師としては柳敬亭《りゅうけいてい》が名高い(三五八頁)。なお、袁氏三兄弟はともに科挙に合格、袁宏道は一五九二年、二十五歳で合格した。しかし、官界に適応できなかったのか、辞職と復職を繰り返し、詩作にふける日々を送った。

——✿盛り場の寄席で興奮する李逵《りき》(『水滸伝《すいこでん》』第九十回より)

高座で語られている講釈を聞くと、ちょうど『三国志』をやっているところで、関《かん》雲長《うんちょう》(関羽《かんう》)が骨を削って毒を出すくだりまで、語りすすんでいた。「そのとき関雲長は左の臂《ひじ》に矢が当たり、矢の毒が骨まで達しておりました。名医の華陀《かだ》(華佗)が申しますことには、『この毒を除こうとなさるなら、銅の柱を一本立てて、上に鉄の環《わ》を取りつけ、腕をその環に通し、縄でしっかりくくりつけたうえで、皮と肉を切り開き、骨の三分を削って、矢の毒を取り除きます。それから油びきの糸で縫い合わせ、外から塗り薬を貼りつけ、内からは体力回復の薬を服用すれば、半月とたたないうちに、もとどおりになります。ただこんなわけですので、たいへん治療しにくいのです』。関公は大笑いして言いました。『大丈夫《だいじょうぶ》(一人前のりっぱな男)は死をも恐れぬものだ。ましてや腕一本、何の恐れることがあろうぞ。銅の柱や鉄の環なぞ無用、このまま切り開けばそれでよい』。さっそく碁盤を持ってこさせ、客と碁を打ちながら、左臂を伸ばし、華陀に骨を削って毒を除かせました。顔色ひとつ変えず、泰然自若として客と談笑しております」。ちょうどここまで語ったとき、李逵が聴衆のなかから、「それでこそいい男だ！」と声を張りあげて叫んだので、人々はびっくり仰天して、いっせいに李逵を見た。燕青《えんせい》は慌てて遮って言った。「李の兄貴、なんて野暮なんだ！盛り場の寄席で、めったやたらにそんな大声をあげるもんじゃない！」。李逵は言った。「話がここまで来れば、喝采せずにはいられないさ」。

芝居

直《ただ》ちに関張《かんちょう》と一様《いちよう》に伝《つた》わる

趙《ちょう》 翼《よく》（清）

揚州観劇（揚州《ようしゅう》にて劇《げき》を観《み》る） 四首 其《そ》の三

故事何須出史編
無稽小説易喧闐
武松打虎崑崙犬
直与関張一様伝

故事《こじ》 何《なん》ぞ史編《しへん》に出《い》づるを須《もち》いん
無稽《むけい》の小説《しょうせつ》 喧闐《けんてん》し易《やす》し
武松《ぶしょう》の打虎《だこ》 崑崙《こんろん》の犬《いぬ》
直《ただ》ちに関張《かんちょう》と一様《いちよう》に伝《つた》わる

○**無稽** 荒唐無稽。○**喧闐** 喧伝の意。世間に言いはやし伝えること。○**武松の打虎** 『水滸伝《すいこでん》』第二十三回にみえる豪傑武松の虎退治を指す。なお、『水滸伝』に含まれる一連の武松物語にヒントを得て、のちに『金瓶梅《きんぺいばい》』が著される。○**崑崙の犬** 唐《とう》代伝奇「崑《こん》崙奴《ろんど》」（裴鉶《はいけい》作）に登場する崑崙人の奴隷、磨勒《まろく》が超能力を使って空中飛行し、獰猛な番犬を叩き殺した話を指す。○**関張** 『三国志《さんごくし》』の英雄劉備《りゅうび》の義兄弟、関羽《かんう》と張飛《ちょうひ》。

昔の出来事は、いちいち史書に拠り所を求めなくてもよく、荒唐無稽な小説《ものがたり》のほうが、むしろ世間に喧伝されやすい。武松《ぶしょう》の虎退治や崑崙奴《こんろんど》の猛犬退治の話は、ずっと関羽《かんう》・張飛《ちょうひ》の話と同様に伝えられてきた。

七言絶句。一七九四年、趙翼《ちょうよく》六十七歳の作。揚州《ようしゅう》で見た芝居の演目に「武松打虎《ぶしょうだこ》」と「崑崙犬《こんろんけん》」が含まれていたとおぼしい。『水滸伝《すいこでん》』の名場面、豪傑武松の虎退治を劇化した「武松打虎」は、すでに元曲《げんきょく》(元代の戯曲)の演目にあり(現在は亡佚)、「崑崙犬」は明《みん》曲《きょく》(明代の戯曲)に「崑崙奴《こんろんど》剣俠《けんきょう》成仙《せいせん》」(梅鼎祚《ばいていそ》作)という作品がある。ちなみに、崑崙奴とは黒い皮膚の奴隷を指し、唐《とう》代では個人の邸宅で働く場合が多かった。唐代伝奇「崑崙奴」は、崑崙奴の磨勒《まろく》が超能力を発揮して空中飛行し、獰猛な番犬を殺し厳重な警戒網を突破して、主家の若殿が恋した美女を高官の豪邸から奪取する超現実的な物語である。ほかならぬ歴史家である趙翼はこの詩で、人間離れした豪傑武松や魔術師の崑崙奴など、小説に描かれた空想上の人物を主人公とする芝居を見て、歴史上の猛将である関《かん》羽《う》や張飛《ちょうひ》と同様、こうした話柄が世間にもてはやされるものだと、感慨をもよおす。その巧まざるユーモアが光る作品である。

空中《くうちゅう》にて手《て》を撒《はな》てば　応《まさ》に仙去《せんきょ》すべし

張問陶《ちょうもんとう》（清）

鞦《しゅう》韆《せん》

鞦韆影裏樹縦横
環珮声兼笑語声
儘汝飛騰誇屣利
有人推挽覚身軽
空中撒手応仙去
高処回頭要眼明
我是旁観花底客
春懐撩乱惜卿卿

鞦韆影裏《しゅうせんえいり》　樹《き》は縦横《じゅうおう》
環珮《かんはい》　声《こえ》は笑語《しょうご》の声《こえ》を兼《か》ぬ
汝《なんじ》の飛騰《ひとう》するに儘《まか》せて　屣《くつ》の利《り》なるを誇《ほこ》り
人《ひと》の推挽《すいばん》する有《あ》りて　身《み》の軽《かろ》きを覚《おぼ》ゆ
空中《くうちゅう》にて手《て》を撒《はな》てば　応《まさ》に仙去《せんきょ》すべく
高処《こうしょ》にて頭《こうべ》を回《めぐ》らせば　要《かなら》ずや眼明《めあき》らかならん
我《わ》れは是《こ》れ花底《かてい》に旁観《ぼうかん》するの客《かく》
春懐《しゅんかい》　撩乱《りょうらん》　卿卿《けいけい》を惜《お》しむ

○**鞦韆**　ブランコ。六世紀中頃、南朝梁《りょう》の宗懍《そうりん》が著した『荊楚歳時記《けいそさいじき》』にすでに、寒食《かんしょく》の日(冬至の後、百五日目の前後三日間)に、男女を問わずブランコに乗って遊ぶ風習があったと記される。以後、この風習は長く受け継がれ、ブランコは女性の遊具としてますます広く普及した。○**縦横**　たてと横。ブランコは樹と樹の間に横棒をかけ、色縄をくくりつけて設置する。○**環珮**　腰に下げる玉、おびだま。○**汝**　ここではブランコを指す。○**屣の利なる**　纏足《てんそく》用の先の尖ったくつ。○**仙去**　仙人となり昇天すること。○**旁観**　なすこともなくそばで見物する。○**春懐**　恋ごころ。ときめく思い。○**撩乱**　千々に乱れること。○**卿卿**　親しみをこめた二人称。おまえ。

ブランコのかげに、木々が縦横に立ちならび、
おびだまの音に笑いさざめく声が入りまざる。
きみは高く飛翔するのにまかせて、尖ったくつの先を誇らしげにそびやかし、
人が介添えして弾みをつけてくれると、身の軽さをおぼえる。
空中で手をはなせば、きっと仙女となって昇天するにちがいない。
高いところからふりかえれば、必ず下界がくっきりと見えることだろう。
私は花の下でなすこともなく見物しているだけだが、
ときめく思いに胸は千々に乱れ、おまえがいとおしくてたまらない。

七言律詩。作者の張問陶《ちょうもんとう》は清《しん》代中期の人。詩作において自然な感情の流露を重視する「性霊《せいれい》派」のリーダー袁枚《えんばい》に傾倒して、独創的な詩を数多く著し、趙翼《ちょうよく》、蔣士銓《しょうしせん》につぐ同派の重要な詩人とされる。ちなみに、詩の歴史からいえば、袁枚らの「性霊派」は、明《みん》末の袁宏道《えんこうどう》らの「公安《こうあん》派」(三一八頁)の流れを受け継ぐものである。この詩において、作者はいとしい女性がブランコに乗る姿をいきいきと描き、今にも「仙去」しそうな彼女を見ていると、いとおしさがつのると、大胆率直に恋情を表現する。濃厚なエロスの香りが漂う作品である。注にも記したように、ブランコは古くから中国に伝わって大いに流布し、これを題材にした詩も多い。なかでも、「春宵《しゅんしょう》 一刻《いっこく》 値千金《あたいせんきん》、花《はな》に清香《せいこう》有り 月《つき》に陰《かげ》有り、歌管《かかん》 楼台《ろうだい》 声《こえ》 細細《さいさい》、鞦韆《しゅうせん》 院落《いんらく》 夜《よる》 沈沈《ちんちん》」と歌う、蘇軾《そしょく》の七言絶句「春夜《しゅんや》」はことに有名。なお、この詩の作者、張問陶は一七九〇年、二十七歳で科挙に合格、可もなく不可もない官僚生活を送ったのち、辞職して蘇《そ》州に隠棲、まもなく死去した。ときに五十一歳。

鞦韆(『金瓶梅』第 25 回挿図)

球技

堅円浄滑《けんえんじょうかつ》　一星《いっせい》　流《なが》る

魚《ぎょ》玄《げん》機《き》（唐）

打毬作（打毬《だきゅう》の作《さく》）

堅円浄滑一星流
月杖争敲未擬休
無滞礙時従撥弄
有遮攔処任鉤留
不辞宛転長随手
却恐相将不到頭
畢竟入門応始了
願君争取最前籌

堅円浄滑《けんえんじょうかつ》　一星《いっせい》　流《なが》る
月杖《げつじょう》　争《あらそ》い敲《たた》き　未《いま》だ休《や》めんと擬《ほっ》せず
滞礙《たいがい》する時《とき》無《な》く　撥弄《はつろう》に従《したが》う
遮攔《しゃらん》する処《ところ》有《あ》りて　鉤留《こうりゅう》に任《まか》す
宛転《えんてん》して　長《なが》く手《て》に随《したが》うを辞《じ》せず
却《かえ》って恐《おそ》る　相《あ》い将《ひき》いて頭《とう》に到《いた》らざるを
畢竟《ひっきょう》　門《もん》に入《い》り　応《まさ》に始《はじ》めて了《おわ》るべし
願《ねが》わくは君《きみ》　争《あらそ》い取《と》るべし　最前籌《さいぜんちゅう》

○打毬　ポロのような球技。南朝梁《りょう》の宗懍《そうりん》著『荆楚歳時記《けいそさいじき》』は寒食《かんしょく》の日、鞦韆《ブランコ》とともに「打毬」をして遊ぶ風習があったと記す(三二三頁注参照)。この打毬は蹴鞠《けまり》だとされるが、唐《とう》代以降は馬上で杖をもち、革製のボールを打つスタイルが主流となる。○堅円浄滑　革ボールのさま。硬くて丸くつやつやしたさま。○月杖　杖、スティック。○擬「欲」に同じ。～しようとする。○滞礙　とどこおること。○撥弄　はじく、はねあげる。○遮欄　さえぎる。あるいはさえぎる柵。○鉤留　ひっかかってとまる。○宛転　ころがるさま。○君　唐代では女性も打毬をしたが、ここでは、作者魚玄機の恋人を指す。○最前籌　籌は数をかぞえる竹棒。最前籌は最高得点の意であろう。

硬くて丸くつやつやした球《ボール》が、星のように流れ飛ぶ。
きそって月杖《スティック》で球を打ち、休もうとしない。
球はとまっていることなく、打たれはじかれるまま動きまわるが、
柵があるので、おのずとまって外へは出ない。
ころがしながら、長く手元に置くのはかまわないけれど、
逆に打ち合いをして、球のそばに行けないのが問題だ。
けっきょく球が門《ゴール》に入ってはじめて勝負がつく。
あなた、がんばって最高得点をあげてね。

七言律詩。魚玄機《ぎょげんき》は晩唐《ばんとう》の人。中唐《ちゅうとう》の薛濤《せつとう》、北宋《ほくそう》の李清照《りせいしょう》(三〇二頁)とともに、中国屈指の女性詩人である。これは、球《ボール》の動きを追いながら、打毬《ポロ》の試合を躍動的に歌いあげたユニークな作品。奮戦中の恋人にエールを送る、意表をついた結びの句も面白い。魚玄機は長安の妓楼の娘(養女)であり、その抜群の詩才によって名士の注目を集めた。十八歳で素封家の御曹司に望まれ側室となるが、放蕩者の彼とうまくゆかず、二年たらずで離別、長安の名高い道観《どうかん》(道教寺院)の咸宜観《かんぎかん》に入り女道士となる。やがて、新しい恋人もできるが、最初の挫折が尾を引いて、猜疑心の塊となった彼女は、恋人と侍女の仲を疑い、ついに侍女を殺害して逮捕され、処刑されるにいたる。ときに二十六歳。大胆にして激越な調子で歌われるその詩は、ありあまる才能をもちながら、不幸の極みの生涯を送った、彼女の内面のドラマを鮮やかに映しだす。なお、森鷗外《もりおうがい》の短篇小説「魚玄機《ぎょげんき》」は、彼女の生の軌跡を美しく描いた作品である。

蹴鞠(杜菫「仕女図」)

第十章　歴史彷徨

始皇帝陵の兵馬俑

刑天一

刑天《けいてん》　干戚《かんせき》を舞《ま》わす

陶《とう》淵《えん》明《めい》（東晋）

読山海経（山海経《せんがいきょう》を読《よ》む）　十三首　其《そ》の十

精衛銜微木
将以塡滄海
刑天舞干戚
猛志故常在
同物既無慮
化去不復悔
徒設在昔心
良晨詎可待

精衛《せいえい》　微木《びぼく》を銜《ふく》み
将《まさ》に以《もっ》て滄海《そうかい》を塡《うず》めんとす
刑天《けいてん》　干戚《かんせき》を舞《ま》わし
猛志《もうし》　故《もと》より常《つね》に在《あ》り
物《もの》に同《おな》じきも　既《すで》に慮《おもんぱか》る無《な》く
化《か》し去《さ》るも　復《ま》た悔《く》いず
徒《いたず》らに在昔《ざいせき》の心《こころ》を設《もう》く
良晨《りょうしん》　詎《なん》ぞ待《ま》つ可《べ》けんや

○山海経　中国古代の幻想的な地理書。山川のみならず、各地に棲息する怪異な動植物や怪人、鬼神の記述に満ちる(解説参照)。**○精衛**　『山海経』「北山経《ほくざんけい》」によると、神話の皇帝の一人、炎帝《えんてい》の娘女娃《じょあ》は東海《とうかい》で溺死し、その恨みをはらすために、精衛という鳥に生まれ変わり、木や石をくわえては東海に投げ込み、海を埋めようとしたという。**○刑天**　『山海経』「海外西経《かいがいせいけい》」に登場する神。刑天は天帝と戦って敗れ、首を切られたが、乳を目に、臍を口に変えて、干《たて》と戚《まさかり》を手にして戦いつづけた。**○物に同じ**　自分以外のモノと一つになること。女娃が精衛になったことを指す。**○化し去る**　変化すること。刑天が首を切られて殺されながら、再生して変身したことをいう。**○良晨**　良き日。

精衛《せいえい》の鳥は木片をくわえて、
大海原を埋め尽くそうとし、
刑天《けいてん》は干《たて》と戚《まさかり》を手に死後も舞いつづけて、
激しい思いをいつまでも捨てない。
異形《いぎょう》のものと化しても気にもとめず、
肉体が滅び去っても後悔しない。
ひたすら昔の復讐精神を抱きつづける。
たとえ輝かしい明日など来なくとも。

五言古詩。陶淵明《とうえんめい》は古代の幻想的地理書『山海経《せんがいきょう》』をいたく好み、四〇五年、故郷の柴桑《さいそう》県(江西省九江《きゅうこう》市)で隠遁生活に入った後、おりにつけて読みふけり、連作詩「山海《せんがい》経《きょう》を読《よ》む」十三首を作った。これはその第十首。ちなみに、第一首の後半四句において、彼は「周王《しゅうおう》の伝《でん》を汎覧《はんらん》し、山海《せんがい》の図《ず》を流観《りゅうかん》す、俯仰《ふぎょう》 宇宙《うちゅう》を追《お》う、楽《たの》しからずして復《ま》た何如《いかん》」と述べ、壮大な幻想の宇宙に遊ぶ楽しさを披瀝している。「周王の伝」は周の穆《ぼく》王の西遊を描く古代の幻想物語『穆天子伝《ぼくてんしでん》』を指す。『山海経』は戦国《せんごく》時代から徐々に形づくられたが、前漢《ぜんかん》末、劉歆《りゅうきん》が編纂・校訂し、これをうけて東晋《とうしん》の郭璞《かくはく》が『山海経《せんがいきょう》注《ちゅう》』を著した。郭璞版には図版もついており、陶淵明が見たのはこれであろう(この図版はすでに失われ、現行の『山海経』に付される図版は後世のもの)。黙々と抗い、戦いつづける精衛と刑天に深く共感するこの詩には、一見おだやかな隠者のポーズのかげに秘めた、陶淵明の烈々たる抵抗のパトス、反骨精神が脈打っている(一九二頁)。

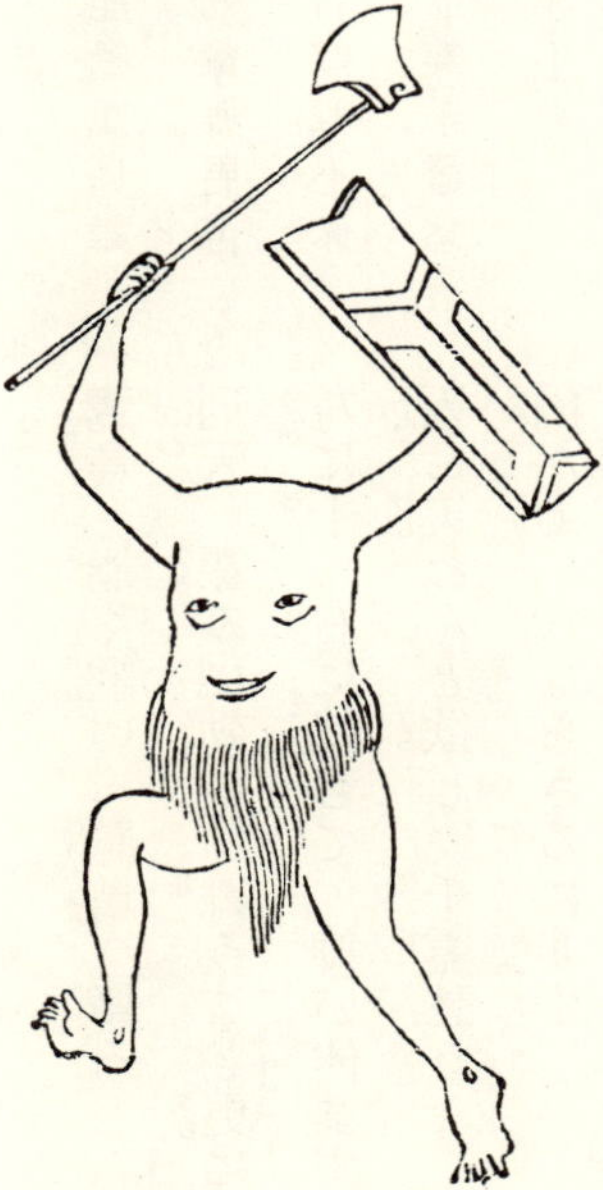

刑天(『山海経』挿図)

刑天二

左《ひだり》に干《たて》　右《みぎ》に戚《まさかり》もて　舞《ま》い休《や》まず

袁《えん》　枚《ばい》（清）

刑天舞（刑天《けいてん》の舞《まい》）

鸞鳥能歌鳳鳥舞
刑天効顰舞更苦
左干右戚舞不休
天帝欲笑千霊愁
爾力非不大
爾心非不賢
臣有一言陳蒼天
先賜頭目後賜手

鸞鳥《らんちょう》　能《よ》く歌《うた》い　鳳鳥《ほうちょう》　舞《ま》う
刑天《けいてん》　顰《ひそ》みに効《なら》い　舞《ま》うこと更《さら》に苦《く》なり
左《ひだり》に干《たて》　右《みぎ》に戚《まさかり》もて　舞《ま》い休《や》まず
天帝《てんてい》笑《わら》わんと欲《ほっ》し　千霊《せんれい》愁《うれ》う
爾《なんじ》が力《ちから》　大《だい》ならざるに非《あら》ず
爾《なんじ》が心《こころ》　賢《けん》ならざるに非《あら》ず
臣《しん》に一言《いちごん》有《あ》り　蒼天《そうてん》に陳《の》ぶ
先《ま》ず頭目《とうもく》を賜《たま》い　後《のち》に手《て》を賜《たま》い

俾知好醜能折旋　好醜《こうしゅう》能《よ》く折旋《せっせん》するを知《し》らしめよ

○刑天　三三三頁注参照。○鸞鳥・鳳鳥　神鳥、鳳凰《ほうおう》の一種。○顰みに効う　真似をすること。○千霊　天帝配下のあまたの神々。○爾　なんじ。刑天への呼びかけ。○蒼天　ここでは天帝の意。○好醜　美醜。美しいものと醜いもの。○折旋　まがりめぐる。「折旋《せっせん》矩《く》に中《あた》る」という表現があり、まがりめぐるときも法則にかなうことをいう。

鸞鳥《らんちょう》は巧みに歌い、鳳鳥《ほうちょう》は巧みに舞う。
刑天《けいてん》はその真似をして、いっそう激しく舞う。
左手に干《たて》をもち、右手に戚《まさかり》をもって、舞いつづけるため、
天帝は笑いだしそうになり、神々はうんざりする。
(刑天よ)なんじの力が大きくないわけではない。
なんじの心が賢明でないわけではない。
私はひとこと、天帝に申し上げたい。
まず(刑天に)頭と目を与えてから、手を与え、
美しきものも醜きものも、法則にかなった振舞いができることを知らしめよ。

七言に五言がまざった雑言古詩《ざつごんこし》。一七五九年、袁枚《えんばい》四十四歳の作。三三二頁にあげた陶淵明《とうえんめい》の詩と同様、天帝に敗北し首を切られながら、なおも戦いつづけた異形《いぎよう》の神、刑《けい》天《てん》を歌った作品である。陶淵明の歌う刑天が雄々しい悲壮感にあふれるのに対し、ここで歌われる、美しき神鳥と張り合い舞いつづける醜い刑天の姿には、悲哀の滲んだ滑稽感が漂う。作者はそんな刑天を励ますとともに、天帝に対し、笑い物にせず、彼に切り取った首を返し、元の姿にもどしたうえで、彼なりにルールに準じて行動していることを天下に知らしめよと、要求する。排除の論理に異議を申し立て、敗者の復権を求めるこの詩には含みがあり、さまざまな読みかたができる。ちなみに、この詩を作った年、袁枚の最愛の妹袁機《えんき》が不幸な生涯を閉じた(一五八頁)。彼女もまた非運にめげず、めいっぱい生き、舞いつづけた刑天だったといえよう。いずれにせよ、これは、自由自在に生きた大快楽主義者袁枚がその実、激しい抵抗精神の持ち主であったことを如実に示す作品である。

『山海経』挿図

石上《せきじょう》の青苔《せいたい》　人《ひと》を思殺《しさつ》す

楼《ろう》　穎《えい》（唐）

西《せい》施《し》石《せき》

西施昔日浣紗津
石上青苔思殺人
一去姑蘇不復返
岸傍桃李為誰春

西施《せいし》　昔日《せきじつ》　浣紗《かんさ》の津《しん》
石上《せきじょう》の青苔《せいたい》　人《ひと》を思殺《しさつ》す
一《ひと》たび姑蘇《こそ》に去《さ》って　復《ま》た返《かえ》らず
岸傍《がんぼう》の桃李《とうり》　誰《た》が為《ため》にか春《はる》なる

○西施石　西施は春秋《しゅんじゅう》時代の越《えつ》の美女。貧しい薪とりの家に生まれ、川で浣紗（紗の布を水にさらすこと）していたとき、絶世の美貌を見いだされる。越《えつ》王句践《こうせん》は彼女を呉《ご》王夫差《ふさ》に献上し、二十有余年に及ぶ呉越《ごえつ》の戦いに勝利した。西施石はかつて西施が紗を広げていた石。**○浣紗の津**　紗をさらしていた川の渡し場。**○思殺**　殺は程度のはなはだしさをあらわす。**○姑蘇**　姑蘇台《こそだい》。呉王夫差の宮殿のあったところ。江蘇省呉《ご》県西南。

西施《せいし》がかつて紗《さ》をさらしていた渡し場のあたり、
(紗を広げていた)石の上の青い苔は、見る者に痛切な懐旧の情をおぼえさせる。
西施は姑蘇《こそ》へ去ったきり、二度とふたたびここへ帰ることはなかった。
岸辺の桃や李《すもも》は、いったい誰のために美しい春の花を咲かせているのだろうか。

七言絶句。作者の楼穎《ろうえい》は唐《とう》の天宝《てんぽう》年間(七四二―七五六)、科挙に合格したことが伝わるだけで、伝記は不明。『唐詩選《とうしせん》』に収録された、越《えつ》の美女西施《せいし》の故地をたずね、はるかにその面影をしのぶ、この珠玉の小詩によってのみ、後世に名が知られる。呉越《ごえつ》の戦いのさなか、川で紗《さ》をさらしていた越の田舎娘が大変身を遂げ、その絶世の美貌をもって呉王《ご》夫差《ふさ》を骨抜きにし、越の勝利のために大きな役割を演じたとされる西施伝説は、長らく民間で伝承された。西施伝説にはさまざまなバリエーションがあり、なかには、彼女はもともと越王句践《こうせん》の名参謀范蠡《はんれい》と恋仲であり、呉が滅亡した後、手に手をとって海のかなたに駆け落ちし、大商人となり財を積んだ范蠡とともに、幸せに暮らしたという面白い話もある(唐の陸広微《りくこうび》著『呉地記《ごちき》』)。もっとも、宋《そう》代以降、西施伝説をもとに長篇歌曲や戯曲が続々と作られるようになるが、残念ながら、呉滅亡後、彼女が自殺、あるいは殺害されたとする悲劇的な結末をとるものが多い。

荆軻

乱山《らんざん》 終古《しゅうこ》 咸陽《かんよう》を刺《さ》す

袁《えん》 枚《ばい》（清）

荆卿里（荆卿《けいけい》の里《り》）

水辺歌罷酒千行
生戴吾頭入虎狼
力尽自堪酬太子
魂帰何忍見田光
英雄祖餞当年涙
過客衣冠此日霜
匕首無霊公莫笑
乱山終古刺咸陽

水辺《すいへん》に歌罷《うたや》み　酒《さけ》　千行《せんこう》
生《い》きて吾《わ》が頭《こうべ》を戴《いただ》き　虎狼《ころう》に入《い》る
力尽《ちからつ》きて　自《みずか》ら太子《たいし》に酬《むく》いるに堪《た》え
魂帰《たましいき》して　何《なん》ぞ田光《でんこう》に見《まみ》ゆるに忍《しの》びん
英雄《えいゆう》の祖《そ》餞《せん》　当年《とうねん》の涙《なみだ》
過客《かかく》の衣冠《いかん》　此《こ》の日《ひ》の霜《しも》
匕首《ひしゅ》　霊無《れいな》し　公笑《こうわら》う莫《な》かれ
乱山《らんざん》　終古《しゅうこ》　咸陽《かんよう》を刺《さ》す

○荊卿　戦国《せんごく》時代末の紀元前二二七年、燕《えん》の太子丹《たん》に依頼され、秦《しん》王政《せい》(のちの秦の始皇《しこう》帝《てい》)を地図に仕込んだ匕首で刺殺しようとして失敗、殺害された刺客、荊軻《けいか》を指す。『史《し》記《き》』「刺客列伝」に詳しい記述がある。○水辺　荊軻が秦の都咸陽《かんよう》に向けて旅立つ日、太子丹をはじめ事情を知る者は白い喪服を着て、易《えき》水のほとりで送別の宴を開き、彼を見送った。○千行　行はさかずきをまわすこと。○田光　燕の人。太子丹に秦王政の暗殺を依頼されたが、老齢で任に堪えないと辞退し、かわりに友人の荊軻を推薦、荊軻が承諾すると、彼への命がけの激励の意もこめて自刎《じふん》して果てた。○祖餞　旅立つ人のために無事を祈るまつりをし、あわせて宴をもよおすこと。○過客　旅人。○霜　荊軻を見送った人々が白い喪服をつけていたことをふまえる。○公笑う　公は荊軻を指す。秦王の刺殺に失敗したあと、荊軻は柱によりかかってカラカラと笑ったとされる。○乱山　ふぞろいにそびえたつ山々。

易《えき》水のほとりで、別れの歌をうたいおわると、別れの酒をさかんに酌みかわし、
生きたまま自分の頭をささげて、虎や狼の群れのなかに入ってゆく。
力尽きるまで戦ってこそ、太子の信頼にこたえて任務をまっとうできるのであり、
死んで魂だけが帰っても、(自刎《じふん》して励ましてくれた)田光《でんこう》に合わせる顔がない。
英雄を見送る宴《うたげ》で、かつて人々は涙を流し、

旅人たる私の衣服や頭巾には、この日、(見送る人々の白い喪服のように)霜がおりる。

匕首《あいくち》に霊能がなかったと、君よ、笑うなかれ。

そびえたつ山々は、いついつまでも咸陽《かんよう》を刺しつづけているのだから。


七言律詩。一七三六年、袁枚《えんばい》二十一歳の作。秦《しん》王政《せい》のちの秦の始皇帝《しこうてい》が天下統一をめざし、戦国《せんごく》の六国《りっこく》を次々に滅ぼしてゆく情勢のもと、燕《えん》の太子丹《たん》に秦王の暗殺を依頼された荊軻《けいか》は、咸陽《かんよう》に乗り込み、秦王をあと一歩のところまで追いつめたが、あえなく失敗、殺害された。この詩の前半四句は、咸陽に旅立つ荊軻の心情を直接形で歌ったもの。『史記《しき》』「刺客列伝」は、易《えき》水のほとりで人々と別れるとき、荊軻は友人高漸離《こうぜんり》のかき鳴らす筑《ちく》(琴《きん》に似た楽器)に合わせて、「風《かぜ》は蕭蕭《しょうしょう》として易水寒《えきすいさむ》く、壮士《そうし》一《ひと》たび去《さ》って復《ま》た還《かえ》らず」と歌い、これを聞いた者はみな悲壮な歌声に心を揺さぶられ、目をいからせ髪をさかだてんばかりだったと記す。後半四句は、それから二千年もの歳月を経て、この故地を訪れた作者の思いを歌う。荊軻への並々ならぬ共感と深い思い入れが印象的である。なお、袁枚はこの詩を作った年、北京《ペキン》で会試(科挙の中央試験)を受けたが落第、家庭教師などをしながら北京に滞在し、三年後の一七三九年に再度受験、二十四歳で合格した。

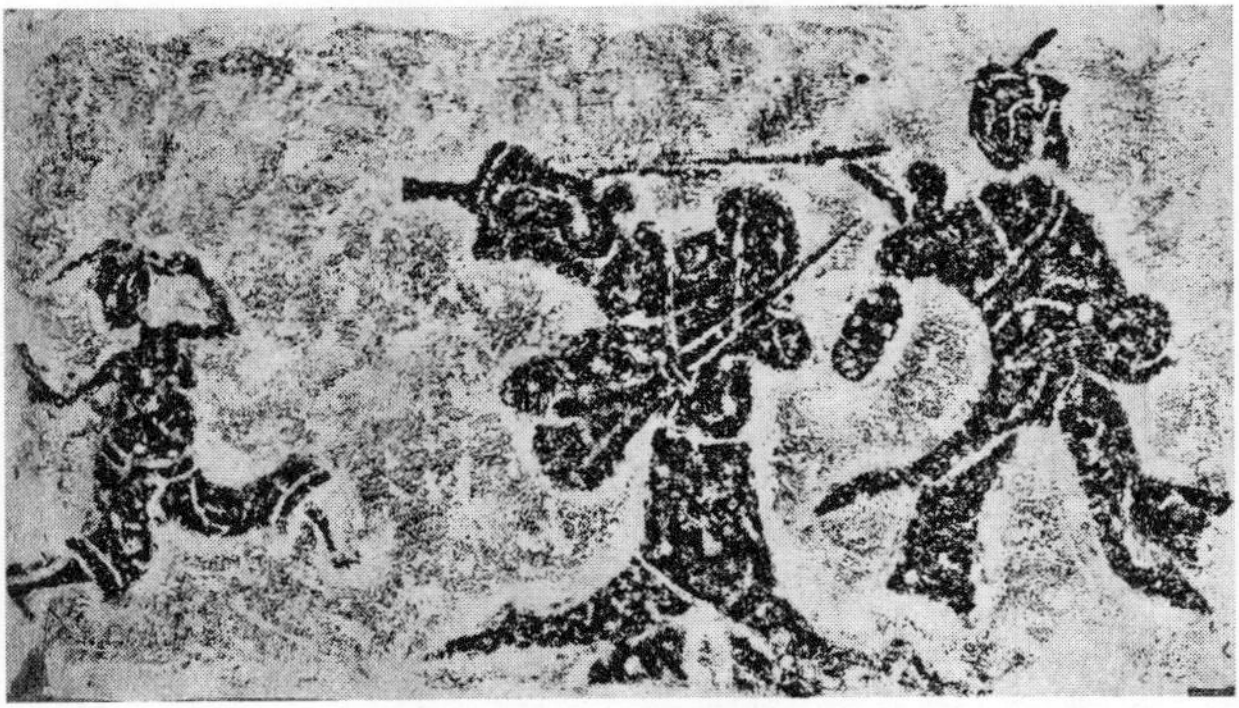

「荆軻殺秦王」(漢代の画像石)

項羽

巻土重来《けんどちょうらい》　未《いま》だ知《し》る可《べ》からず

杜《と》　牧《ぼく》（唐）

題烏江亭（烏《う》江亭《こうてい》に題《だい》す）

勝敗兵家事不期
包羞忍恥是男児
江東子弟多才俊
巻土重来未可知

勝敗《しょうはい》は　兵家《へいか》も　事期《ことき》せず
羞《はじ》を包《つつ》み恥《はじ》を忍《しの》ぶは　是《こ》れ男児《だんじ》
江東《こうとう》の子弟《してい》　才俊多《さいしゅんおお》し
巻土重来《けんどちょうらい》　未《いま》だ知《し》る可《べ》からず

○**烏江亭**　長江北岸の渡し場（安徽《あんき》省）。漢楚《かんそ》の戦いで、劉邦《りゅうほう》に撃破された項羽《こうう》は、烏江まで落ちのびたが、長江を渡って逃げることを断念し、追撃してきた劉邦軍と戦い、自刎《じふん》して果てた。二一九頁注参照。　○**兵家**　軍事家、兵法家。　○**羞を包み恥を忍ぶ**　敗北の恥辱に耐えること。　○**江東**　長江下流域。　○**子弟**　若者。　○**巻土重来**　捲土重来とも記す。敗者が勢いを盛り返し、ふたたび攻勢に出ること。

勝敗は、兵家《へいか》も予測できない。
敗北の恥辱に耐えてこそ、真の男というものだ。
江東の若者には、すぐれた人材が多いから、
勢いを盛り返し、ふたたび攻勢に出ることもありえたかもしれないのに。

七言絶句。絶句の名手杜牧《とぼく》が、前漢《ぜんかん》の高祖《こうそ》劉邦《りゅうほう》のライバル、項羽《こうう》を哀惜した名詩である。紀元前二〇二年、垓下《がいか》の戦いで、項羽は「四面楚歌《しめんそか》」、すなわち砦を包囲する劉邦軍から自分の故郷楚《そ》の歌が聞こえてきたとき、敗北を直感して包囲網を突破、長江北岸の烏《う》江《こう》まで落ちのびた。このとき、船を用意して待っていた烏江の亭長《ていちょう》(宿場の長)は、長江を渡り江東にもどるよう勧めた。しかし、項羽は「天《てん》の我《わ》れを亡《ほろ》ぼすに、我《わ》れ何《なん》ぞ渡《わた》るを為《な》さん」(『史記《しき》』「項羽本紀」)と言い、江東の子弟《わかもの》八千人を自分に預けてくれた父兄に顔向けができず、恥ずかしいと辞退し、追撃してきた劉邦軍と激戦、自刎《じふん》して果てた。これに対して、杜牧は敗北の恥辱に耐えて生きぬいたならば、「巻土重来《けんどちょうらい》」も可能だったかもしれないと、項羽の性急な決断を惜しんでやまない。史実の深層を穿《うが》ち、固定した発想を逆転させたところが、ずばぬけて新鮮な作品である。なお、この詩は八三九年(三十七歳)、杜牧が任地の宣《せん》州(安徽《あんき》省)から長安に呼び戻される途次で作ったもの。

諸葛亮

長《なが》く英雄《えいゆう》をして　涙《なみだ》　襟《きん》に満《み》たしむ

杜《と》　甫《ほ》（唐）

蜀《しょく》相《しょう》

丞相祠堂何処尋
錦官城外柏森森
映堦碧草自春色
隔葉黄鸝空好音
三顧頻繁天下計
両朝開済老臣心
出師未捷身先死
長使英雄涙満襟

丞相《じょうしょう》の祠堂《しどう》　何《いず》れの処《ところ》にか尋《たず》ねん
錦官城外《きんかんじょうがい》　柏森森《はくしんしん》たり
堦《きざはし》に映《えい》ずる碧草《へきそう》は　自《おの》ずから春色《しゅんしょく》
葉《は》を隔《へだ》つる黄鸝《うぐいす》は　空《むな》しく好音《こうおん》
三顧《さんこ》　頻繁《ひんぱん》たるは　天下《てんか》の計《けい》
両朝《りょうちょう》　開済《かいさい》するは　老臣《ろうしん》の心《こころ》
出師《すいし》　未《いま》だ捷《か》たずして　身《み》　先《ま》ず死《し》す
長《なが》く英雄《えいゆう》をして　涙《なみだ》　襟《きん》に満《み》たしむ

○**蜀相**　蜀の丞相。諸葛亮《しょかつりょう》を指す。○**錦官城**　成都《せいと》(四川省)の西城。○**柏**　ヒノキなど常緑樹の総称。○**三顧**　劉備《りゅうび》が隠棲中の諸葛亮を三度訪ねて、軍師に迎え入れたことを指す。○**両朝**　劉備とその子劉禅《りゅうぜん》の二代。○**開済**　君主を輔佐し善政をおこなうこと。○**老臣**　諸葛亮を指す。○**出師**　蜀の建興《けんこう》五年(二二七)、諸葛亮は劉禅に「出師の表」をささげ、魏《ぎ》への北伐を開始した。
蜀《しょく》の丞相諸葛亮《しょかつりょう》の霊廟は、どこに尋ねたらいいのか、
それは錦官城《きんかんじょう》外の、柏樹《はくじゅ》が森々と立ち並んだところ。
階段に映える碧《みどり》の草は、おのずから春の色をあらわし、
葉陰《はかげ》に留まるウグイスは、むなしく美しい声でさえずる。
しきりに三顧《さんこ》の礼《れい》を尽くしたのは天下統一のため、
しっかり二代の君にお仕えしたのは老臣のまごころゆえ。
魏《ぎ》を征伐したが、勝利を得るまえにお亡くなりになり、
のちのちまで、英雄たちの襟をしとど涙で濡らしている。

七言律詩。杜甫《とほ》が成都《せいと》郊外にある諸葛亮《しょかつりょう》の廟（諸葛武侯廟《しょかつぶこうびょう》）を訪れたときの作。杜甫は「詩聖《しせい》」と呼ばれる盛唐《せいとう》の大詩人だが、その生涯は不運・不幸の連続だった。七六〇年、この詩を作った当時は、家族ともども成都に移住し、しばし平穏な日々を送っていた。しかし、政変がおこるなど、種々の理由で、五年後には夔《き》州に移るが、ここも安住の地ではなかった。かくて江南各地を転々としたあげく、七七〇年、五十九歳で死去するにいたる。杜甫は三国時代、成都を首都とした蜀の丞相諸葛亮に大いなる敬意と親近感を抱いており、夔州にいたときもこの地の諸葛廟をたびたび訪れて詩を作るなど、諸葛亮を歌った詩を二十篇余りも作っている。三国志をテーマとする詩は、晩唐《ばんとう》詩人の李商隠《りしょういん》や杜牧《とぼく》（三六四頁）に見られるが、杜甫はそのさきがけといえよう。ちなみに、この「蜀相」は、『三国志演義《さんごくしえんぎ》』第一百五回において、魏《ぎ》軍と対峙中、五丈原《ごじょうげん》で没した諸葛亮を哀悼する挿入詩として効果的に用いられている。

諸葛亮

只《た》だ涙《なみだ》の新亭《しんてい》に灑《そそ》ぐこと無《な》きに縁《よ》る

汪《おう》元量《げんりょう》（南宋）

題王導像（王導《おうどう》の像《ぞう》に題《だい》す）

秦淮浪白蔣山青
西望神州草木腥
江左夷吾甘半壁
只縁無涙灑新亭

秦淮《しんわい》　浪白《なみしろ》く　蔣山青《しょうざんあお》し
西《にし》のかた神州《しんしゅう》を望《のぞ》めば　草木腥《そうもくなまぐさ》し
江左《こうさ》の夷吾《いご》　半壁《はんぺき》に甘《あま》んずるは
只《た》だ涙《なみだ》の新亭《しんてい》に灑《そそ》ぐこと無《な》きに縁《よ》る

○**王導**　三一六年に西晋《せいしん》が北方異民族によって滅ぼされた翌年、その命脈を受け継いで江南に立てられた亡命王朝東晋《とうしん》創業の功臣。大貴族「瑯琊《ろうや》の王《おう》氏」のリーダー。○**秦淮**　南京《ナンキン》（東晋の首都建康《けんこう》）の南東を流れる運河。○**蔣山**　鍾山《しょうざん》、紫金山《しきんざん》。南京の東北にある。○**神州**　中国の中心部にあたる中原《ちゅうげん》（黄河流域）を指す。○**江左の夷吾**　江左は江南と同じ。夷吾は春秋五覇《しゅんじゅうごは》の一人、斉《せい》の桓公《かんこう》を輔佐した名宰相、管仲《かんちゅう》のあざな。やはり東晋初期の功臣となった温嶠《おんきょう》が初対面の後、王導を「江左の夷吾」と称えた(『世《せ》説新語《せつしんご》』「言語《げんご》篇」)。**○半壁**　天下の半分。東晋や南宋《なんそう》のように国土の半分が失われている状態。**○只だ涙の新亭に…**　新亭は建康の南郊。戦乱の華北から江南に渡った人々は、しばしば新亭に出かけ、野外で酒宴をもよおし、中原を思い出して涙を流した。このとき、王導が毅然として「当《まさ》に共《とも》に力《ちから》を王室《おうしつ》に勠《あわ》せ、神州《しんしゅう》を克復《こくふく》すべし云々」と、活を入れたという(同上)。

秦淮河《しんわいが》は白く波立ち、蔣山《しょうざん》は青々としているが、西のかた中原《ちゅうげん》を眺めやれば、草も木も夷狄《いてき》のなまぐささにおおわれている。「江左《こうさ》の夷吾《いご》」たる王導《おうどう》が、天下の半分しか保てない状況をうけいれたのは、新亭《しんてい》で懐旧の涙を流して意気沮喪することなく、中原回復をめざしたからにほかならない。

七言絶句。作者の汪元量《おうげんりょう》は南宋《なんそう》末の人。琴の師匠として宮廷に仕えたが、傑出した詩人でもあった。一二七六年、蒙古《モンゴル》族の元《げん》軍の攻撃を受け、南宋の首都杭《こう》州が陥落、降伏した恭宗《きょうそう》ら皇帝一族が北方へ護送されたとき、同行した。その後、最後までゲリラ戦をつづけて元軍と戦い、刀折れ矢尽きて捕縛され、一二七九年から元の首都大都《だいと》で投獄されていた南宋の元宰相、文天祥《ぶんてんしょう》をしばしば訪れ、三年後、文天祥が処刑されるまで深い交情を結んだ。汪元量自身は事態が落ち着いた一二八八年、江南に帰り、隠遁生活に入った。南宋に殉じて死んだ文天祥に対し、汪元量は南宋の最後を見届ける役割を果たしたといえよう。この詩は、南宋と同様、北中国を異民族に奪われた、半壁《はんぺき》の国家だった東晋《とうしん》の元勲、王導《おうどう》への深い共感を歌いあげたもの。一見、時の流れに身をまかせただけのように見える汪元量が、立場の差を超えて文天祥と共鳴しあったのも道理、実は不屈の抵抗精神の持ち主だったことを如実に示す作品である。

王導

烏衣巷口《うい こうこう》　夕陽斜《せきようなな》めなり

劉禹錫《りゅううしゃく》（唐）

烏《う》衣《い》巷《こう》

朱雀橋辺野草花
烏衣巷口夕陽斜
旧来王謝堂前燕
飛入尋常百姓家

朱雀橋辺《しゅじゃくきょうへん》　野草《やそう》の花《はな》
烏衣巷口《ういこうこう》　夕陽斜《せきようなな》めなり
旧来《きゅうらい》の王謝《おうしゃ》　堂前《どうぜん》の燕《つばめ》
飛《と》んで入《い》る　尋常百姓《じんじょうひゃくせい》の家《いえ》

○**烏衣巷**　東晋《とうしん》の首都建康《けんこう》（南京《ナンキン》）の一区画。大貴族「瑯琊《ろうや》の王《おう》氏」や「陽夏《ようか》の謝《しゃ》氏」の邸宅があった。○**朱雀橋**　烏衣巷の入り口にある。○**百姓**　庶民。

朱雀橋《しゅじゃくきょう》のほとりには野の花が咲き、
烏衣巷《ういこう》の入り口には夕陽が斜めに射している。
かつて瑯琊《ろうや》の王《おう》氏や陽夏《ようか》の謝《しゃ》氏の邸宅の前にいたツバメが、
ふつうの庶民の家に飛んで入ってゆく。
七言絶句。劉禹錫《りゅううしゃく》は歴史をテーマとする「詠史詩《えいしし》」も得意であり、この詩もその一つ。三一六年、司馬《しば》氏の西晋《せいしん》王朝が北方異民族の侵入によって滅亡すると、司馬氏の一族司《し》馬睿《ばえい》を皇帝に立て、その支配圏を江南に限った亡命王朝東晋《とうしん》（首都は建康《けんこう》）が成立する。東晋は実際には有力貴族の連合政権であり、名門貴族「瑯琊《ろうや》の王《おう》氏」のリーダー王導《おうどう》や「陽夏《ようか》の謝《しゃ》氏」のリーダー謝安《しゃあん》らが政権を担った。ちなみに、王導も謝安もバランス感覚抜群、調和型の大政治家であった。この王・謝を中心に、清談《せいだん》（哲学談議）が大流行し、書画芸術も成熟するなど、華麗な貴族文化が花開く。「書聖《しょせい》」と呼ばれる王羲之《おうぎし》も瑯琊の王氏一族にほかならない。この詩は、栄華を誇った王・謝の豪壮な邸宅が建ちならんだ烏衣巷《ういこう》も、時の流れにさらされ、さびれはてた情景を、生い茂る野の花、夕陽、無心に飛ぶツバメに焦点をあてて詠嘆したもの。まさに「昔の光、今いずこ」である。

人間《じんかん》に説与《せつよ》して　聴《き》くに忍《しの》びず

毛《もう》奇《き》齢《れい》（清）

贈柳生（柳生《りゅうせい》に贈《おく》る）

流落人間柳敬亭
消除豪気鬢星星
江南多少前朝事
説与人間不忍聴

人間《じんかん》に流落《りゅうらく》す　柳敬亭《りゅうけいてい》
豪気《ごうき》を消除《しょうじょ》し　鬢星星《びんせいせい》
江南《こうなん》　多少《たしょう》　前朝《ぜんちょう》の事《こと》
人間《じんかん》に説与《せつよ》して　聴《き》くに忍《しの》びず

○**柳生**　明《みん》末清《しん》初の名講釈師、柳敬亭《りゅうけいてい》。政治意識も高く、明滅亡後の反清運動で重要な役割を果たし、志を同じくした銭謙益《せんけんえき》、呉偉業《ごいぎょう》、龔鼎孳《きょうていじ》（六二頁）ら著名な大文人と最後まで親しく往来した。○**人間**　人の世、巷。○**豪気**　豪快な意気。○**鬢星星**　両方の鬢が白くなったさま。○**多少**　ここでは多い、おびただしいの意。○**前朝**　明を指す。○**説与**　説き聞かせる。

落ちぶれて巷《ちまた》をさすらう柳敬亭《りゅうけいてい》は、
豪快な意気は消え、両方の鬢《びん》も白髪まじり。
それでも江南のおびただしい前朝の事どもを、
巷《ちまた》の人々に語り聞かせ、聴くにしのびない思いをかきたてる。

七言絶句。作者の毛奇齢《もうきれい》は明末清初《みんしん》の学者。若いころ反清運動に参加したが、運動が終息した後、学問に励み、一六七九年、五十七歳で博学鴻詞科《はくがくこうしか》(常設の科挙とは別の官吏任用制度)に推挙され、明史の編纂にあたる。しかし、極度に非妥協的な性格のため辞職、以後、膨大な著述をあらわしながら九十四歳まで生きたとされる。この詩は、明滅亡後、反清運動の渦中で大活躍した名講釈師、柳敬亭《りゅうけいてい》の晩年の姿を歌ったもの。清の全土支配が確定した後、柳敬亭は貧乏に耐え、老いの身に鞭うって、なおも江南各地を渡り歩いて講釈師暮らしをつづけ、八十を超えてもその講釈は往年の迫力を失わなかったという。この詩においても、落魄《らくはく》の老講釈師、柳敬亭が気合いを入れて滅び去った明の話を説き聞かせ、聴衆を粛然とさせるさまが、さらりと寸描されている。柳敬亭が死んだとき、銭謙益《せんけんえき》が寄付をつのって墓を造り、呉偉業《ごいぎょう》が墓誌銘を書いたとされ(注参照)、この詩の作者毛奇齢も含めて、明末清初の激動を生きぬいた人々の連帯の強さがしのばれる。

西湖

淡粧《たんしょう》濃抹《のうまつ》 総《す》べて相《あ》い宜《よろ》し

蘇《そ》軾《しょく》（北宋）

飲湖上初晴後雨（湖上《こじょう》に飲《うたげ》せしが初《はじ》めは晴《は》れ後《のち》に雨《あめ》ふる） 二首 其《そ》の二

水光瀲灔晴方好
山色空濛雨亦奇
欲把西湖比西子
淡粧濃抹総相宜

水光《すいこう》 瀲灔《れんえん》として 晴《は》れて方《まさ》に好《よ》し
山色《さんしょく》 空濛《くうもう》として 雨《あめ》も亦《ま》た奇《き》なり
西湖《せいこ》を把《と》って西子《せいし》に比《ひ》せんと欲《ほっ》すれば
淡粧《たんしょう》 濃抹《のうまつ》 総《す》べて相《あ》い宜《よろ》し

○**水光**　水面《みなも》の輝き。　○**瀲灔**　さざなみが連なり動くさま。　○**空濛**　霧雨にぼんやり霞むさま。　○**西湖**　杭《こう》州の湖。江南きっての名勝。二二五頁挿図参照。　○**西子**　春秋《しゅんじゅう》時代越《えつ》の美女西施《せいし》（三四〇頁）。西湖は越の領域に位置する。　○**淡粧**　うす化粧。　○**濃抹**　厚化粧。

水面《みなも》の光に、きらきらとさざなみが揺れ、晴れた日の景色こそ美しい。
山並みが、霧雨にぼんやり霞み、雨の日の景色もまたすぐれている。
西湖《せいこ》を西施《せいし》にたとえるならば、
薄化粧も厚化粧もすべてよく似合う。

七言絶句。一〇七三年、蘇軾《そしょく》三十八歳の作。天候によっておりおりに風情を変える西《せい》湖《こ》を、伝説の美女西施《せいし》にたとえた名詩である。風景と美女を大胆に結びつける発想が、いかにも自由奔放な蘇軾らしい。ちなみに当時、彼は杭《こう》州の通判《つうはん》(副知事)だった。この十六年後、流刑にあうなどの逆境を乗り越え、ようやく復活した蘇軾は、今度は知事として杭州に赴任、持ち前の土木の知識を活用して西湖を浚渫《しゅんせつ》し、その土砂を利用して蘇《そ》堤《てい》を築いた。西湖の風景を深く愛した蘇軾の快挙であった。神秘的な美しさをたたえた西湖は多くの文人に愛されたのみならず、やがて超現実的な物語の舞台ともなった。白蛇の化身が西湖のほとりで出会った若者に恋し、執着しぬいたあげく、湖辺に立つ雷峯《らいほう》塔《とう》にとじこめられた顚末を描く、明《みん》末の白話《はくわ》短篇小説「白娘子《はくじょうし》、永《とこし》えに雷峯塔《らいほうとう》に鎮《しず》めること」(『警世通言《けいせいつうげん》』巻二十八収)はその代表的な作品である。なお、芭蕉《ばしょう》の名句「象潟《きさかた》や雨《あめ》に西施《せいし》が合歓《ねむ》の花《はな》」は、おそらく蘇軾のこの詩をふまえて作られたものであろう。

廬山

疑《うたご》うらくは是《こ》れ銀河《ぎんが》の九天《きゅうてん》より落《お》つるかと

李《り》　白《はく》（唐）

望廬山瀑布（廬山《ろざん》の瀑布《ばくふ》を望《のぞ》む）　二首　其《そ》の二

日照香炉生紫煙
遥看瀑布挂前川
飛流直下三千尺
疑是銀河落九天

日《ひ》は香炉《こうろ》を照《て》らして紫煙《しえん》を生《しょう》ず
遥《はる》かに看《み》る　瀑布《ばくふ》の前川《ぜんせん》に挂《か》かるを
飛流直下《ひりゅうちょっか》　三千尺《さんぜんじゃく》
疑《うたご》うらくは是《こ》れ銀河《ぎんが》の九天《きゅうてん》より落《お》つるかと

○**廬山**　江西省九江《きゅうこう》市の南西にそびえる名山。○**香炉**　香炉峰《こうろほう》、廬山の北峰。○**紫煙**　紫の霞。香炉の縁語。○**前川**　むこうの川。「長川」とするテキストもある。○**銀河**　天の川。○**九天**　高い空。

太陽が香炉《こうろ》峰《ほう》を照らすと、紫の霞がたつ。
むこうの川に滝がぶらさがっているのが、はるかに見える。
飛ぶようにまっすぐ下に流れること、三千尺。
もしかしたら天の川が高い空から落ちてきたのではなかろうか。

七言絶句。壮大な風景をダイナミックに歌う、李白《りはく》ならではの詩篇である。この詩の第一首冒頭に「西《にし》のかた香炉《こうろ》峰《ほう》に登《のぼ》り、南《みなみ》のかた瀑布《ばくふ》を望《のぞ》む」とあるところからみて、李白はこのとき、香炉峰の頂上から、激しく流れ落ちる滝を遠望しているとおぼしい。この詩の後半二句は、「飛流直下《ひりゅうちょっか》　三千尺《さんぜんじゃく》」という思い切り誇張した表現と、「疑《うたご》うらくは是《こ》れ銀河《ぎんが》の九天《きゅうてん》より落《お》つるかと」という意表をついた比喩を用いて、想像を絶する滝の勢いをみごとに浮き彫りにする。ちなみに、廬山《ろざん》は古くから名高い景勝地であり、東《とう》晋《しん》の慧遠《えおん》がここに東林寺《とうりんじ》を建立して以来、仏教の聖地ともなった。「悠然《ゆうぜん》として南山《なんざん》を見《み》る」(一九〇頁)と歌った陶淵明《とうえんめい》をはじめ、「香炉《こうろ》峰《ほう》の雪《ゆき》は簾《すだれ》を撥《かか》げて看《み》る」(七四頁)と歌った白居易《はくきょい》、「廬山《ろざん》の真面目《しんめんぼく》を識《し》らざるは、只《た》だ身《み》の此《こ》の山中《さんちゅう》に在《あ》るに縁《よ》る(廬山の真の姿を知らなかったのは、この身が山中にあったからだ)」(「西林《せいりん》の壁《かべ》に題《だい》す」)と歌った蘇軾《そしょく》など、廬山を愛しその魅力を歌った詩人は枚挙に暇がない。

銅雀《どうじゃく》 春深《はるふか》くして 二喬《にきょう》を鎖《とざ》さん

杜《と》 牧《ぼく》(唐)

赤《せき》 壁《へき》

折戟沈沙鉄未銷
自将磨洗認前朝
東風不与周郎便
銅雀春深鎖二喬

折戟《せつげき》 沙《すな》に沈《しず》んで　鉄《てつ》未《いま》だ銷《と》けず
自《みずか》ら 磨洗《ません》を将《も》って　前朝《ぜんちょう》を認《みと》む
東風《とうふう》 周郎《しゅうろう》の与《ため》に便《べん》ぜずんば
銅雀《どうじゃく》 春深《はるふか》くして　二喬《にきょう》を鎖《とざ》さん

○赤壁　二〇八年十二月、呉《ご》軍の総司令官周瑜《しゅうゆ》がわずか二万の軍勢をもって、曹操《そうそう》の公称百万の大軍に火攻めをかけ殲滅《せんめつ》した、三国志世界の古戦場。湖北省蒲圻《ほき》県西北の長江岸。**○銷ける**　腐蝕する。**○磨洗**　さびをこすり落とし、洗いすすぐ。**○周郎**　周瑜を指す。郎は若殿の意。**○銅雀**　曹操が根拠地の鄴《ぎょう》(河北省臨漳《りんしょう》県)に建立した壮麗な高楼、銅雀台。**○二喬**　呉の美女姉妹。姉の大喬《だいきょう》は孫策《そんさく》の妻、妹の小喬《しょうきょう》は周瑜の妻。

折れた戟《ほこ》が砂に埋もれているが、その鉄はまだ腐蝕していない。
自分の手でさびを落とし洗ってみると、はるか昔の時代のものだとわかった。
あのとき東風が周郎《しゅうろう》のために、つごうよく吹いてくれなかったならば、
銅雀台《どうじゃくだい》に春の深まるころ、二喬《にきょう》は閉じこめられていたことだろう。

七言絶句。赤壁《せきへき》の戦いを詠じた杜牧《とぼく》の名詩。二〇八年冬、劉備《りゅうび》の軍師諸葛亮《しょかつりょう》は孫権《そんけん》と同盟して曹操《そうそう》にあたるべく、弁舌をふるって孫権主従を説得した。このとき彼は、曹操が江南に攻め寄せたのは「二喬《にきょう》」をわがものにするためだと言って、二喬の一人を妻とする孫権の軍師周瑜《しゅうゆ》を発奮させた。もっとも、これは『三国志演義《さんごくしえんぎ》』(第四十四回)の話であり、『正史三国志《せいしさんごくし》』には見られないフィクションである。この詩の結びは、こうした二喬伝説がすでに杜牧の生きた晩唐《ばんとう》に流布していたことを示しており、まことに興味深い。また第三句については、『正史』「周瑜伝」の裴注《はいちゅう》『江表伝《こうひょうでん》』に、周瑜軍が火攻めをかけようとした瞬間、強い東南風が吹きだしたとあり、時の経過とともにこの話に尾ひれがついていったものとみえる。「烏江亭《うこうてい》に題《だい》す」(三四六頁)もそうだが、杜牧には「もし～であったら(でなかったら)」という仮定法で、史実を逆転させ虚構化してとらえようとする傾向があり、その意味で「小説」的発想の持ち主だったといえよう。

白銀盤裏《はくぎんばんり》 一青螺《いちせいら》

劉禹錫《りゅううしゃく》（唐）

望洞庭（洞庭《どうてい》を望《のぞ》む）

湖光秋月両相和
潭面無風鏡未磨
遙望洞庭山水翠
白銀盤裏一青螺

湖光《ここう》　秋月《しゅうげつ》　両《ふた》つながら相《あ》い和《わ》し
潭面《たんめん》　風無《かぜな》く　鏡《かがみ》　未《いま》だ磨《みが》かず
遙《はる》かに望《のぞ》む　洞庭山水《どうていさんすい》の翠《みどり》
白銀盤裏《はくぎんばんり》　一青螺《いちせいら》

○**洞庭**　洞庭湖。湖南省南部にある中国最大の淡水湖。○**潭**　淵。○**鏡未だ磨かず**　きらきら光るさざなみも立たないさまの形容。○**洞庭山水の翠**　洞庭湖のなかにある山、君山《くんざん》を指す。○**盤**　大皿。○**青螺**　青いほら貝。君山のたとえ。

湖面の水光と秋の月光があわさって調和し、
水面には風もなく、まだ磨かれていない鏡のよう。
はるかに洞庭湖《どうていこ》の緑したたる山水(君山《くんざん》)を眺めると、
白銀の大皿に、青いほら貝が置かれているようだ。

七言絶句。正確な制作年代は不明だが、八〇五年、劉禹錫《りゅううしゃく》が江南に左遷された後の作。なお、彼には「洞庭秋月《どうていしゅうげつ》」と題する七言古詩もある。これは秋の夜、月光に照らされる洞庭湖の静かな光景を巧みな比喩を用いて表現した、人口に膾炙《かいしゃ》する佳篇である。ことに、湖面に浮かぶ君山《くんざん》を白銀の大皿に置かれた青いほら貝に見立てた結びが秀逸。ちなみに、「君山」は京都中国学の泰斗、狩野直喜《かのなおき》の号として知られる。洞庭湖東北岸に三層の楼閣、岳陽楼《がくようろう》(二九七頁挿図参照)があり、楼上から洞庭湖の風景を一望できるため、杜甫《とほ》の五言律詩「岳陽楼に登《のぼ》る」、北宋《ほくそう》の范仲淹《はんちゅうえん》の「岳陽楼記《がくようろうき》」をはじめ、多くの傑作の舞台となった。なかでも、「昔聞《むかしき》く　洞庭《どうてい》の水《みず》、今上《いまのぼ》る　岳陽楼《がくようろう》、呉楚《ごそ》　東南《とうなん》に坼《さ》け、乾坤《けんこん》　日夜《にちや》浮《う》かぶ、親朋《しんぽう》　一字《いちじ》無《な》く、老病《ろうへい》　孤舟有《こしゅうあ》り、戎馬《じゅうば》　関山《かんざん》の北《きた》、軒《のき》に憑《よ》れば涕《てい》泗《し》流《なが》る」と歌う、「岳陽楼に登る」は名詩中の名詩であり、「呉楚の大地が二つに裂けて洞庭湖となり、天も地も日夜その水面《みなも》に浮動する」という第三句、第四句は宇宙的な雄大さをもつ名句として名高い。

春光《しゅんこう》度《わた》らず　玉門関《ぎょくもんかん》

王《おう》之《し》渙《かん》（唐）

涼州詞《りょうしゅうし》

黄河遠上白雲間
一片孤城万仞山
羌笛何須怨楊柳
春光不度玉門関

黄河《こうが》遠《とお》く上《のぼ》る　白雲《はくうん》の間《かん》
一片《いっぺん》の孤城《こじょう》　万仞《ばんじん》の山《やま》
羌笛《きょうてき》　何《なん》ぞ須《もち》いん　楊柳《ようりゅう》を怨《うら》むを
春光《しゅんこう》　度《わた》らず　玉門関《ぎょくもんかん》

○**涼州詞**　西域から伝わった歌曲に合わせて作った詩。辺境の風景や出征兵士を歌うものが多い。王翰《おうかん》にも同じ題の七言絶句がある（二五六頁）。○**万仞**　非常に高いことのたとえ。○**羌笛**　西方異民族羌《きょう》の吹く笛。○**楊柳**　別れの曲「折楊柳《せつようりゅう》」。○**玉門関**　西域との境の関所。甘粛省の西にあった。

黄河は遠く白雲のたなびくあたりへと、さかのぼってゆく。
ただひとつ城塞《とりで》がぽつんと、そびえたつ高山の上にある。
羌《きょう》族の笛で折楊柳《せつようりゅう》の悲しい調べを奏でるまでもない。
春の光は玉門関《ぎょくもんかん》を越えてはこないのだから。

七言絶句。春の遅い辺境の荒涼とした風景を歌った王之渙《おうしかん》の作。前半二句は、はるか天のかなたへさかのぼって流れる黄河、高山の上に屹立《きつりつ》する孤城と、険しく孤絶した風景を視覚的にとらえたもの。これをうけた後半二句において、作者は羌笛《きょうてき》の奏でる悲しい別れの曲「折楊柳《せつようりゅう》」の調べを幻聴のように聴きとりながら、春光は玉門関《ぎょくもんかん》を越えることはなく、それだけで悲しいのだから、笛の音で悲しみをかきたてるまでもないと結ぶ。視覚と聴覚をみごとに融合させた辺塞《へんさい》詩の傑作である。盛唐《せいとう》には、この詩をはじめ、すぐれた辺塞詩が数多く作られた。なかでも、辺境に長らく官吏として赴任した岑参《しんじん》には、「君聞《きみき》かずや　胡笳《こか》の声最《こえもっと》も悲《かな》しきを、　紫髯緑眼《しぜんりょくがん》の胡人《こじん》吹《ふ》く」という歌い出しで知られる、七言古詩「胡笳《こか》の歌《うた》、顔真卿《がんしんけい》の使《つかい》して河隴《かろう》に赴《おもむ》くを送《おく》る」をはじめ名作が多い。岑参は王之渙より三十年近く後の世代であり、時代状況が深刻化したためもあって、その辺塞詩はいっそう悲痛激越な作風をもつ。

長河《ちょうが》　落日円《らくじつまど》かなり

王《おう》　維《い》（唐）

使至塞上（使《つか》いして塞上《さいじょう》に至《いた》る）

単車欲問辺
属国過居延
征蓬出漢塞
帰鴈入胡天
大漠孤烟直
長河落日円
蕭関逢候騎
都護在燕然

単車《たんしゃ》　辺《へん》を問《と》わんと欲《ほっ》し
属国《ぞくこく》　居延《きょえん》に過《よぎ》る
征蓬《せいほう》　漢塞《かんさい》を出《い》で
帰鴈《きがん》　胡天《こてん》に入《い》る
大漠《たいばく》　孤烟《こえん》直《なお》く
長河《ちょうが》　落日円《らくじつまど》かなり
蕭関《しょうかん》　候騎《こうき》に逢《あ》えば
都護《とご》　燕然《えんぜん》に在《あ》りと

○塞上　辺境の塞《とりで》のあたり。○単車　単独の車。ひとりで旅すること。○属国　中国に帰順した異民族の国。転じて、その国々に派遣された中国の官吏、典属国《てんぞくこく》を指す。○居延　漢代における辺境防衛の拠点。甘粛省北西。○征蓬　風に吹かれて飛ぶヨモギを旅人にたとえたもの。○孤烟　ただひとすじ立ち上る煙。のろしの煙、あるいは人家の煙。○蕭関　寧夏《ねいか》回《かい》族自治区固原《こげん》近くの関所。西北への要衝。○候騎　物見の騎兵。○都護　官名。辺境地帯を治める長官。ここでは、河西節度《かせいせつど》副大使の崔希逸《さいきいつ》を指す。○燕然　匈《きょう》奴《ど》の領域にある山。後漢《ごかん》の竇憲《とうけん》が匈奴と戦って大勝利し、この山の石に功績を刻んで帰還した。ここでは異民族との戦いに勝利したことを示す。

ただ一人、辺境をたずねようと、
属国の官を拝命した私は、居延《きょえん》の地にさしかかった。
風に吹かれる蓬《よもぎ》のようなこの身は、漢《かん》の塞《とりで》を立ち出で、
帰ってゆく雁のように、北のかた胡《こ》の土地をめざす。
大砂漠のかなたに、ひとすじ煙がまっすぐ立ちのぼり、
はるかに流れる河に、落陽がまるい姿を見せつつ沈んでゆく。
蕭関《しょうかん》まで来たとき、物見の騎兵に出会ったところ、
都護《とご》どのは勝利して燕然《えんぜん》におられるとか。

五言律詩。七三七年、王維《おうい》が三十七歳で節度《せつど》判官《はんがん》となり、涼《りょう》州(甘粛省)にあった崔希《さいき》逸《いつ》の幕府に赴いたときの作である。単車、属国など、紀元前一〇〇年、匈奴《きょうど》に使者として赴き、とらえられて、十九年後、ようやく帰還した前漢《ぜんかん》の蘇武《そぶ》(三一二頁)に関連した言葉を多用しているのが目立つ。もっとも、王維の辺境赴任は、それほど危険に満ちたものではなく、どこか牧歌的な趣が漂う。とりわけ第五句、六句の「大漠《たいばく》孤《こ》烟直《えんなお》く、長河《ちょうが》落日円《らくじつまど》かなり」は、辺境の雄大な風景を鮮やかに表現した名句であり、ずっと時代が下った『紅楼夢《こうろうむ》』に登場する美しい少女たちの間でもとりあげられている(コラム参照)。辺塞《へんさい》詩のなかには、想像をもって異郷の風物を歌う作品も多いが、この作品は王維自身が目にした風景を感嘆をこめて実写したものであり、説得力がある。結びの句で、辺境守備の長官である崔希逸が対異民族戦に勝利したことを暗示するなど、総じて、辺境詩にはめずらしい一種、開放的な明るさをもつ作だといえよう。

✤王維《おうい》の詩をめぐる香菱《こうりょう》と林黛玉《りんたいぎょく》の対話(『紅楼夢《こうろうむ》』第四十八回より)

(香菱)「「塞上《さいじょう》」という一首を読んでいたら、その一聯《れん》に「大漠孤烟直《たいばくこえんなお》く、長河落《ちょうがらく》日円《じつまど》かなり」とありました。思うに烟《けむり》はどうして直《まっすぐ》でしょう? お日さまはおのずと円《まんまる》ですわ。この「直」の字は筋が通っていないように見え、「円」はあまりにも俗です。ところが本を閉じて想像すると、かえってその光景が浮かんでくるのです。この二文字を別の二文字に取り換えようとしても、そんな二文字は探し出せっこありません。それから「日落《ひお》ちて江湖《こうこ》白《しろ》く、潮来《しおき》たって天地《てんち》青《あお》し」という句があります（「邢桂《けいけい》州《しゅう》を送《おく》る」）。この「白」と「青」の二文字も筋が通っていないように見えます。でも考えてみると、この二文字でなければ形容し尽くすことはできないのであって、口ずさんでみると、何千斤もの重さがある橄欖《かんらん》を含んでいるような気がします。さらに「渡頭《ととう》　落日《らくじつ》を余《あま》し、墟里《きょり》　孤烟上《こえんのぼ》る」という句がありますが（「輞川閑居《もうせんかんきょ》、裴秀才迪《はいしゅうさいてき》に贈《おく》る」）、この「余」と「上」の字は、いったいどうやって思いついたのでしょう！先年わたくしどもが都に上って来た時、ある日の黄昏時《たそがれどき》に船を泊めたさい、岸辺に人影はなく、ただ数本の木があり、はるかに遠く数軒の家が夕餉《ゆうげ》のしたくの真っ最中でしたが、その烟《けむり》は澄みきった空の中を、雲の高さまでまっすぐに立ち上っていました。驚いたことに昨夜この二句を読んだ時、わたくしはまたあの場所に行ったような気になったのです」。（林黛玉）「あなたは「孤烟上《こえんのぼ》る」がすばらしいとおっしゃったけれど、この一句は前人のものを下敷きにしているのですよ。この句をご覧なさい。これ以上に淡《あっさり》としてあるがままです」。そう言うと、陶淵明《とうえんめい》の「曖曖《あいあい》たり遠人《えんじん》の村《むら》、依依《いい》たり墟里《きょり》の烟《けむり》」（「園田《えんでん》の居《きょ》に帰《かえ》る」）を開いて香菱に渡します。（香菱）「なんと「上」の字は「依依」の二文字から生まれ出たのですね」。

第十一章　英雄の歌

「横槊賦詩」(『三国志』第48回挿図)

大風《たいふう》起《お》こりて　雲《くも》　飛揚《ひよう》す

漢《かん》の高祖《こうそ》（前漢）

大風歌（大風《たいふう》の歌《うた》）

大風起兮雲飛揚
威加海内兮帰故郷
安得猛士兮守四方

大風《たいふう》　起《お》こりて　雲《くも》　飛揚《ひよう》す
威《い》　海内《かいだい》に加《くわ》わりて　故郷《こきょう》に帰《かえ》る
安《いず》くにか猛士《もうし》を得《え》て　四方《しほう》を守《まも》らん

○**兮**　音は「けい」。調子を整えるための助字。訓読では読まない。○**海内**　天下。○**猛士**　勇猛の士。○**四方**　四方の国境。

激しい風が吹きおこり、雲が大空を舞い飛ぶ。
わが威勢は天下にゆきわたり、故郷に帰ってきた。
このうえは、なんとかして勇猛の士を得て、四方を守りたいものだ。

『文選《もんぜん》』では「雑歌《ざっか》」に分類する。前漢《ぜんかん》の高祖《こうそ》劉邦《りゅうほう》の作。秦《しん》末の大反乱の渦中で、劉邦は故郷沛《はい》において遊侠仲間とともに軍団を結成して挙兵、めきめき頭角をあらわし、紀元前二〇二年、ライバル項羽《こうう》を滅ぼして天下を統一し皇帝となった。即位後、強大な軍事力をもつ配下の彭越《ほうえつ》、韓信《かんしん》を次々に粛清、紀元前一九六年には反旗をひるがえした黥布《げいふ》を攻め滅ぼした。この歌は黥布を撃滅し、長安に凱旋する途中、沛に立ち寄り、住民を集めて大宴会を開いたときのもの。このとき、彼はみずから筑《ちく》(琴《きん》に似た楽器)を鳴らしてこれを歌ったとされる。第一句は風雲急を告げた秦末大反乱の比喩、第二句でこれを制圧して天下をとり、故郷に錦を飾ったみずからを誇り、第三句で、天下はとったが、四方の国境地帯はまだ不安定であり、なんとか勇猛の士を得て鎮《しず》めたいものだと、歌いおさめる。劉邦はこの歌を作った半年後、黥布征伐で負った矢傷が悪化、死去した。この歌については、一九五五年から五六年にかけ、ここに天の恣意《しい》を感じた劉邦の不安の影を見る吉川幸次郎《よしかわこうじろう》と、得意の絶頂にあった劉邦の陰りのない心境をよみとる桑原武夫《くわばらたけお》の間で、興趣あふれる論議があった。

栄華

歓楽極《かんらくきわ》まりて　哀情多《あいじょうおお》し

漢《かん》の武帝《ぶてい》（前漢）

秋風辞（秋風《しゅうふう》の辞《じ》）

秋風起兮白雲飛
草木黄落兮雁南帰
蘭有秀兮菊有芳
懐佳人兮不能忘
汎楼船兮済汾河
横中流兮揚素波
簫鼓鳴兮発棹歌
歓楽極兮哀情多
少壮幾時兮奈老何

秋風起《しゅうふうお》こりて　白雲飛《はくうんと》び
草木《そうもく》は黄落《こうらく》して　雁《かり》は南《みなみ》に帰《かえ》る
蘭《らん》に秀《はな》有《あ》り　菊《きく》に芳《かお》り有《あ》り
佳人《かじん》を懐《おも》いて　忘《わす》るる能《あた》わず
楼船《ろうせん》を汎《う》かべて　汾河《ふんが》を済《わた》る
中流《ちゅうりゅう》を横《よこ》ぎりて　素波《しらなみ》を揚《あ》げ
簫《ふえ》と鼓《たいこ》を鳴《な》らして　棹歌《とうか》発《お》こる
歓楽極《かんらくきわ》まりて　哀情多《あいじょうおお》し
少壮《しょうそう》幾時《いくとき》ぞ　老《お》いを奈何《いかん》せん

○兮　音は「けい」。調子を整えるための助字。訓読では読まない。○蘭　今でいうランではなく、キク科の芳香を放つ花。○佳人　佳き人、りっぱな人物、良臣。美女を指すという説もある。○楼船　やぐらのついた豪華船。○汾河　山西省を流れる黄河の支流。○中流　川のなかほど。○棹歌　舟歌。○少壮　元気な盛りの時期。血気ざかり。

秋風が吹きはじめ、白雲が空を飛ぶ。
草木は黄ばんで葉を落とし、雁は南へと帰ってゆく。
蘭は美しい花を咲かせ、菊は芳しい香りを放つ。
佳き人を得たいと願い、その思いを忘れることができない。
楼船を浮かべて汾河《ふんが》を渡り、
川のなかほどを横ぎると、白い波がたつ。
笛や太鼓の響きとともに、舟歌が高まる。
歓楽が極に達すると哀感がわきおこる。
盛りの時はまたたくまに過ぎ、老いを避けるすべもない。

『文選《もんぜん》』では「辞《じ》」に分類する。作者は前漢《ぜんかん》第七代皇帝の武帝《ぶてい》。紀元前一一三年冬、汾陰《ふんいん》(山西省)で土地の神を祭ったときの作とされる。ときに武帝四十三歳。紀元前一五七年、十六歳で即位した当初、武帝は祖母の竇太后《とうたいこう》を筆頭に、母、叔母など強力な女性陣に抑えられ、自己権力を発揮するにいたらなかった。しかし、紀元前一二八年、息子を産んだのを機に、庶民の出であった最愛の衛子夫《えいしふ》を皇后に立てたころから、完全に権力を掌握、儒教を国教化する一方、軍事能力抜群の衛子夫の兄衛青《えいせい》や甥の霍去病《かくきょへい》を起用し、前漢成立当初から頭痛の種だった匈奴《きょうど》を痛撃、弱体化させて、前漢の最盛期を招来した。この歌は、武帝が自信にあふれ得意の絶頂にあった時期のものだが、それとはうらはらに、結びの二句には、盛りの時期が過ぎてゆく予感が怯《おび》えとともに表現されている。五十五年にわたって帝位にあった武帝は晩年、急速に衰え、これと軌を一にして前漢も下り坂に向かう。今もよく知られる名句「歓楽極《かんらくきわ》まりて　哀情多《あいじょうおお》し」の不吉な予感は、的中したのである。

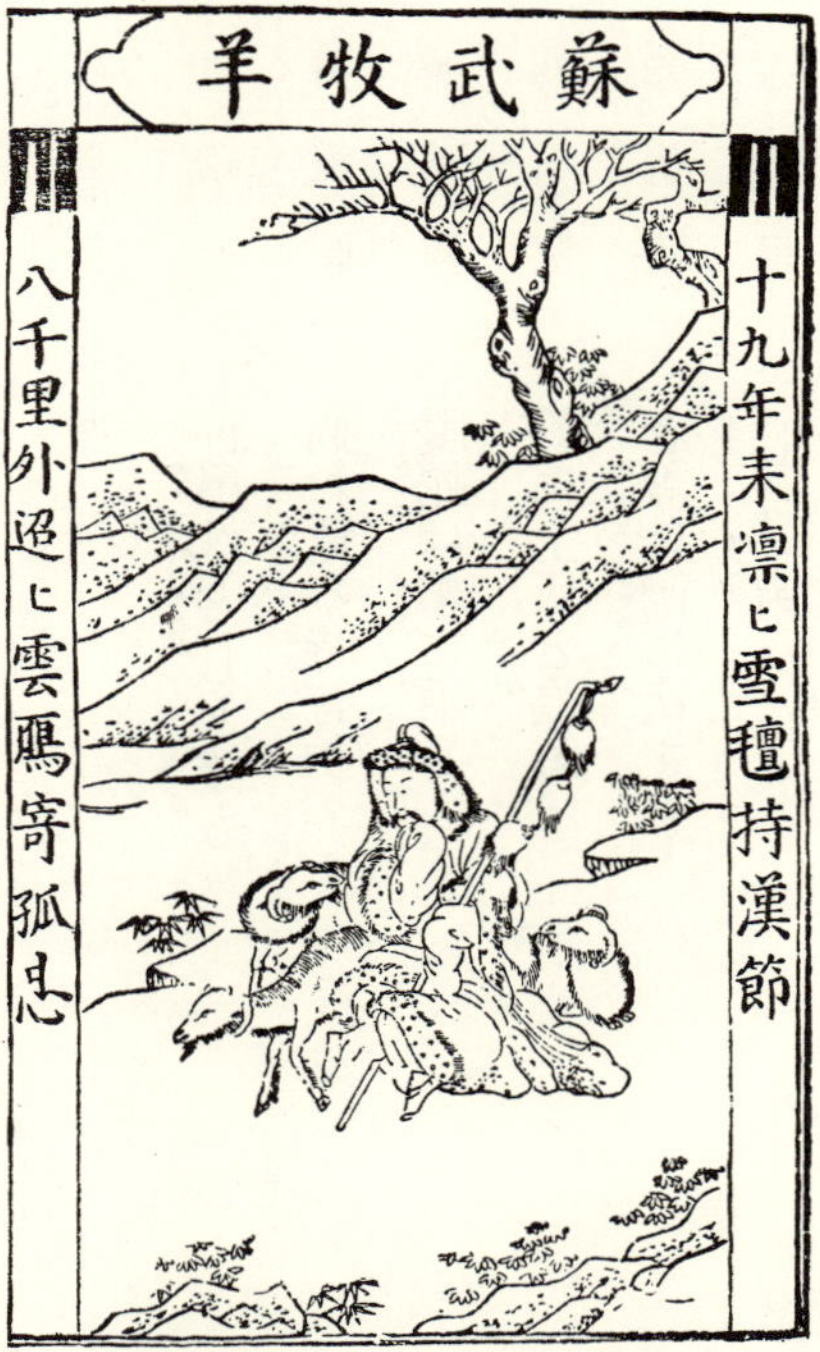

「蘇武牧羊」(『大備対宗』)(蘇武は 312 頁参照)

慷慨

志《こころざし》は千里《せんり》に在《あ》り

曹《そう》 操《そう》（三国魏）

歩出夏門行《ほしゅつかもんこう》　其《そ》の四

神亀雖寿
猶有竟時
騰蛇乗霧
終為土灰
老驥伏櫪
志在千里
烈士暮年
壮心不已

神亀《しんき》は寿《いのちなが》しと雖《いえど》も
猶《な》お竟《おわ》る時《ときあ》有り
騰蛇《とうだ》は霧《きり》に乗《の》るも
終《つい》に土《ど》灰《かい》と為《な》る
老驥《ろうき》は櫪《うまや》に伏《ふ》すも
志《こころざし》は千里《せんり》に在《あ》り
烈士《れっし》は暮《ぼ》年《ねん》になるも
壮心《そうしん》は已《や》まず

盈縮之期
不但在天
養怡之福
可得永年
幸甚至哉
歌以詠志

盈縮《えいしゅく》の期《き》
但《た》だ天《てん》に在《あ》るのみにあらず
養怡《ようい》の福《ふく》
永年《えいねん》を得可《うべ》し
幸《さいわ》い甚《はなは》だしきかな至《いた》れる哉《かな》
歌《うた》いて以《もっ》て志《こころざし》を詠《えい》ぜん

○**歩出夏門行**　漢《かん》の楽府題《がふだい》。この作品は五つの篇からなっている。諸説あるが、冒頭の篇を序曲とし、残る四篇を連作とみなす説によれば、これは第四首にあたる。○**神亀**　三千年の寿命をもつ神秘的な亀。○**螣蛇**　龍の一種とされる伝説的動物。○**驥**　千里を走る名馬。○**盈縮**　盈は満ちる、縮は欠けること。ここでは寿命の長短をいう。○**養怡**　養は養生、怡は楽しむこと。○**幸い甚しきかな至れる哉…**　序曲をのぞく連作四篇の末尾に付される。管弦にあわせて歌うさいの「はやし言葉」の一種。

神亀《しんき》は長寿を保つとされるが、
それでも命が尽きるときがある。
螣蛇《とうだ》は霧に乗って天空を駆けめぐるが、
最後には死んで土や灰になってしまう。
老いたる名馬は廐《うまや》で寝そべっていても、
千里のかなたまで走ることを夢みている。
烈々たる志をもつ男は年老いても、
盛んな意気を燃やしつづける。
寿命の長短の期限は、
天だけが決めるのではない。
養生して心楽しく幸福な生活をすれば、
寿命さえ延ばすことができる。
ああ、私はかぎりなく幸せだ。
歌を作ってこの思いをうたいあげよう。

楽府《がふ》。三国志世界の英雄曹操《そうそう》は有能な軍事家・政治家であると同時に、『孫子《そんし》』に注をほどこすほどの兵法学者であり、それまで作者不明の歌謡であった詩のジャンルをとりあげ、個人の名のもとに制作した中国文学史上、最初の詩人でもあった。彼の詩のほとんどは戦いのあいまに即興で作られたものであり、高ぶる感情を骨気太く歌いあげる、「慷慨《こうがい》」の気分にあふれる。現存する曹操の詩は二十首余り、すべて楽器の伴奏によって歌われた。この詩はその代表作の一つであり、二〇七年、北中国を制覇したときに作られたとされる。ときに曹操五十三歳。ここで彼は「老驥《ろうき》は櫪《うまや》に伏《ふ》すも、志《こころざし》は千里《せんり》に在《あ》り、烈士《れっし》は暮年《ぼねん》になるも、壮心《そうしん》は已《や》まず」と、老いもなんのその、最後の最後まで戦う意欲を燃やしつづけようと、意気高らかに歌いあげる。約百年後、東晋《とうしん》王朝の元勲の身で反乱をおこした王敦《おうとん》はこの詩を好み、今あげた四句を歌っては、みずからに活を入れたという。この逸話が示すように、この詩には人を元気づけ鼓舞する稀有の力強さがある。

中国

無数《むすう》の英雄《えいゆう》を引《ひ》きて　競《きそ》って腰《こし》を折《お》らしむ

毛《もう》沢《たく》東《とう》

沁園春《しんえんしゅん》・雪《ゆき》

北国風光
千里冰封
万里雪飄
望長城内外
惟余莽莽
大河上下
頓失滔滔
山舞銀蛇

北国《ほっこく》の風光《ふうこう》
千里《せんり》　冰《こおり》　封《ふう》じ
万里《ばんり》　雪《ゆき》　飄《ひるがえ》る
長城《ちょうじょう》の内外《ないがい》を望《のぞ》めば
惟《た》だ莽莽《ぼうぼう》たるを余《あま》すのみ
大河《たいが》の上下《じょうげ》
頓《とみ》に滔滔《とうとう》たるを失《うしな》う
山《やま》に銀蛇《ぎんだ》舞《ま》い

原馳蠟象
欲与天公試比高
須晴日
看紅装素裹
分外妖嬈
江山如此多嬌
引無数英雄競折腰
惜秦皇漢武
略輸文采
唐宗宋祖
稍遜風騒

原《はら》に蠟象《ろうぞう》馳《は》せ
天公《てんこう》と高《たか》さを比《くら》ぶるを試《こころ》みんと欲《ほっ》す
晴《は》れし日《ひ》を須《ま》ち
紅装《こうしょう》と素裹《そか》とを看《み》れば
分外《ぶんがい》に妖嬈《ようじょう》ならん
江山《こうざん》　此《かく》の如《ごと》く多嬌《たきょう》
無数《むすう》の英雄《えいゆう》を引《ひ》きて　競《きそ》って腰《こし》を折《お》らしむ
惜《お》しむらくは秦皇《しんこう》　漢武《かんぶ》
略《いささ》か文采《ぶんさい》に輸《おと》り
唐宗《とうそう》　宋祖《そうそ》
稍《や》や風騒《ふうそう》に遜《ゆず》る

一代天驕
成吉思汗
只識彎弓射大雕
俱往矣
数風流人物
還看今朝

一代《いちだい》の天驕《てんきょう》
成吉思汗《ジンギスカン》
只《た》だ弓《ゆみ》を彎《ひ》きて大雕《おおわし》を射《い》るを識《し》るのみ
倶《とも》に往《ゆ》けり
風流《ふうりゅう》の人物《じんぶつ》を数《かぞ》えんとすれば
還《な》お今朝《こんちょう》を看《み》よ

○**沁園春**　詞牌《しはい》(詞《ツー》の曲調名)の一つ。これは双調《そうちょう》すなわち前半と後半に分かれる。詞はもともと一定のメロディーに合わせて歌われた。○**莽莽**　広々とつづくさま。○**頓に**　にわかに。○**原**　原注に高原(秦晋《しんしん》高原)を指すとある。○**蠟象**　白象。○**紅装・素裹**　紅装は紅い衣装。素裹は白い布で包まれたもの。赤い太陽が雪の大地を照らすたとえ。○**分外**　とりわけ。○**妖嬈**　艶めかしいさま。○**秦皇・漢武**　秦《しん》の始皇帝《しこうてい》と前漢《ぜんかん》の武帝《ぶてい》。○**輸る**　劣る。○**唐宗・宋祖**　唐《とう》の太宗《たいそう》と北宋《ほくそう》の太祖《たいそ》。○**風騒**　『詩経《しきょう》』「国風《こくふう》」と『楚辞《そじ》』「離騒《りそう》」を指すが、転じて広く文学の意。○**天驕**　天帝に甘やかされ、おごっている子の意。匈奴《きょうど》を指すが、広く異民族の意で用いられる。○大雕　オオワシ。○矣　句末の助字。訓読では読まない。断定の意。○風流　風雅。○今朝　今の時代。

北国の風景は、
千里のはてまで氷に閉ざされ、
万里のかなたまで雪が舞い飛ぶ。
万里の長城を眺めやれば、内も外も、
ただ、どこまでも雪景色が広がるのみ。
黄河の上流も下流も、
にわかに凍りつき、滔々たる流れが消えうせてしまう。
山には、白銀の龍が舞い、
高原には、白象が駆けめぐり、
(その風雪の舞い上がる勢いは)天と高さを比べようとするようだ。
晴れた日を待って、
陽光と雪景色が、紅と白の衣装のように照りはえるさまを見れば、
とりわけ艶《なま》めかしいことだろう。

中国の自然は、こんなにもあでやかであり、
数えきれないほどの英雄を引きつけ、競って腰を折らせ、つき従わせてきた。
しかし、残念ながら、秦《しん》の始皇帝《しこうてい》と前漢《ぜんかん》の武帝《ぶてい》は、
いささか文章力に劣り、
唐《とう》の太宗《たいそう》と北宋《ほくそう》の太祖《たいそ》は、
やや詩的感受性に乏しいところがある。
一代のモンゴルの英雄、
ジンギスカンは、
ただ弓を引き絞ってオオワシを射ることしか知らない。
みな過ぎ去った者たちだ。
風雅な人物を数えあげようとするなら、
やはり今この時代を見よ。

詞《ツー》。一九三六年、毛沢東《もうたくとう》四十四歳の作。毛沢東はすぐれた文学的センスの持ち主であり、傑出した詩人であった。これは、一九三五年末、苦難を乗り越え大長征《だいちょうせい》を貫徹、延《えん》安《あん》の根拠地に到達してまもない時期の作品である。ここで歌われる雪と氷におおわれたきびしい北国の風景は、彼が目にした実景であろう。この作品は前半で、凄まじい勢いで荒れ狂う冬の自然をダイナミックに描き尽くしたあと、晴れた日の陽光と雪が照りはえる、美しくもなまめかしい風景を寸描し、巧みに後半へと移行する。この美しい女神のような中国の大地は、古来、大勢の英雄を魅了してきたが、そのなかの突出した存在である秦《しん》の始皇帝《しこうてい》、前漢《ぜんかん》の武帝《ぶてい》、唐《とう》の太宗《たいそう》、北宋《ほくそう》の太祖《たいそ》も文学的才能に欠け、女神たる中国の美を表現しえなかったし、一代の天驕《てんきょう》ジンギスカンに至っては武辺いってんばりで論外だ。こうして大胆に歴代の英雄をなで切りにしたあげく、大いなる女神を称えその美しさを表現できる「風流人物」は、今この時代にこそ存在するのだと、毛沢東はこの壮大な作品を結ぶ。これぞ中国の大地の精との大いなるエロス的交感にあふれた傑作である。延安時代の毛沢東は、まさに「今朝《こんちょう》」きっての「風流人物」だったといえよう。

黄土高原(撮影・南良和)

あとがき

本書は中国古典詩のうち百三十七首を選び、全十一章に分けて配置し、原文、訓読、注釈、現代語訳をほどこし、解説を付したものである。膨大な詩篇のなかから、どのようにして百三十七首を選びだしたかについては、「まえがき」に記したとおりだが、本書の基本となる十一の大カテゴリー（本書の十一章にあたる）は、次のような形で立てられている。

まず、季節の移ろい（第一章）、これにともなってあらわれる自然の姿（第二章）、こうした季節や自然の移ろいに合わせて営まれる生活世界の行事（第三章）を描いた詩篇をとりあげた。

こうして自然と人の関わりに焦点をあてた後、身体や飲食（第四章）、家族の絆（第五章）、さまざまな人生経験（第六章）と、個人から家族、さらには社会へ、人の繋がりを歌う詩篇をとりあげた。

ついで、人と人との繋がりから、人と動植物などの生き物（第七章）、さらには人とさまざまなモノ（道具や調度など）との関わりを描く詩篇に着目し（第八章）、こうした人とモノのふれあいから生じる、もろもろの文化的・芸術的な営みを歌う詩篇の選定へと視野を広げた(第九章)。

最後に、これらの詩篇を生み出すベースとなった時間と空間を歌う詩篇に目を向け(第十章)、その時間と空間をわがものとして鮮烈に生きた前漢《ぜんかん》の高祖《こうそ》、武帝《ぶてい》、曹操《そうそう》、毛《もう》沢東《たくとう》の作品を「英雄の詩」として位置づけ(第十一章)、このアンソロジーの結びとした。

このように、相互に密接に関わる十一の大カテゴリーのなかで、それぞれ今もなお鮮やかな光彩を放つ百三十七首の名詩を読むとき、実にさまざまな人生があることに驚きを覚えつつ、にもかかわらず、人の考え方や感じ方には今も昔もそれほど差がないことに、あらためて気づかされた。膨大な詩篇と向き合う日々のなかで、詩人たちの歓びや哀しみを「わがこと」のように、まざまざと実感できたのは、私にとってまことに新鮮な経験であった。

また、さまざまな角度から詩篇を選んだため、今まで一面的にしか見ていなかった詩人の意外な面を発見することも多かった。たとえば、「愛国詩人」とされる南宋《なんそう》の陸游《りくゆう》が、泣く泣く離別した愛妻を生涯思いつづける人であるとともに、ユーモア感覚たっぷりの面白い人であり、とてつもない愛猫家だったことを知ったのも、楽しい経験であった。本書の読者にそんな発見の喜びもまた、ともに味わっていただければうれしく思う。

本書でとりあげた詩人はつごう八十二人、大部分は唐代以降の人々である。「まえがき」でもふれたように、このなかには、各時代を代表する詩人の極めつきの名詩のほか、ほとんど無名に近い詩人の珠玉の作品も含まれている。さらにまた、これまでほとんど知られていない明清の女性詩人のすばらしい詩篇を紹介したのも、本書の特徴だといえよう。

付言すれば、本書に収めた詩篇は絶句や律詩を中心とし、紙幅が限られていることを考慮して長篇詩はほとんどとらなかった。また、宋代以降、詩のほかに、もともときまったメロディーに合わせて歌われた「詞《ツー》」と呼ばれるジャンルが盛んになったが、本書の最後に配した毛沢東の詞を例外として、これも収録しなかった。

本書が完成したのは多くの方々のお力ぞえによるものである。出版にさいしては、岩波書店編集部の古川義子さんにお世話になった。これまで何冊もいっしょに本を作ってきた古川さんとは阿吽《あうん》の呼吸もあい、気合い十分、まことに的確にしてきめこまかく本書を編集構成してくださり、本書を類のない素敵な中国名詩集に仕上げてくださった。また、長いおつきあいの岩波書店の井上一夫さんには、本書の企画から刊行にいたるまで励ましをいただき、貴重な助言をいただいた。古川さんと井上さんに心から感謝するとともに、『三国志名言集』『中国名言集』につづき、すばらしい装丁の美しい本にしあげてくださった杉松翠さんに、お礼を申しあげたいと思う。

二〇一〇年一〇月

井波律子

中国古典詩の底力——岩波現代文庫版あとがき

本書『中国名詩集』の原本は、二〇一〇年十二月に岩波書店から刊行された。このたび『中国文学の愉しき世界』『中国名言集 一日一言』『三国志名言集』につづいて、岩波現代文庫に収められたことを、心からうれしく思う。

なお、『三国志名言集』の「岩波現代文庫版あとがき」にも記したように、『中国名言集 一日一言』『三国志名言集』と本書の原本(いずれも岩波書店刊)はもともと箱入りであり、この箱入り三部作が、あいついで岩波現代文庫に収められ、こうして新たな出発を遂げえたことは、ほんとうに光栄というほかない。

原本の「まえがき」および「あとがき」に記したように、本書は、唐詩以降の作品を中心としながら、前漢の高祖《こうそ》劉邦《りゅうほう》から現代の毛沢東《もうたくとう》まで、中国の名詩百三十七首を選び、「春夏秋冬」「自然をうたう」「季節の暮らし」「身体の哀歓」「家族の絆」「それぞれの人生」「生き物へのまなざし」「なじみの道具たち」「文化の香り」「歴史彷徨」「英雄の歌」の十一のカテゴリー(十一章)に分けて配置し、原文、訓読、注釈、現代語訳を記し、解説を付したものである。

ちなみに、中国古典詩というと、大上段にふりかぶった壮麗・荘重な詩的世界を連想しがちだが、より多角的に日常や身辺を歌う名詩もそれこそ無数に存在する。十一のカテゴリーは、こうした点も考えあわせて立てた。「身体の哀歓」の章で、白髪の嘆き、目や耳などの不調をめんめんと歌い綴った詩をとりあげたり、「生き物へのまなざし」の章で、愛猫への深い思いやりを手放しで歌う詩をとりあげたりしたのは、こうした意図によるものである。これら日常世界をテーマとする名詩にふれることによって、中国古典詩の世界が時を超えて、「今、ここ」に蘇り、より身近なものになることを、願うばかりである。

本書に登場する詩人は合わせて八十二人、大部分は先述のように唐代以降の人々だが、とりあげた詩篇のなかには、李白、杜甫、白居易《はくきょい》、蘇軾《そしょく》などを始め、名だたる詩人の極めつきの名詩のほか、ほとんど無名の詩人のきらりと輝く作品もかなり含まれている。

このように日常や身辺を歌う名詩や、ほとんど無名の詩人の珠玉の作品にも目配りしたことにより、本書にいわゆる名詩集とは一味ちがう膨らみが出ていれば、うれしく思う。

『中国名言集 一日一言』岩波現代文庫版の「あとがき」にも少しく記したとおり、本書の原本が刊行された前年の二〇〇九年三月、私は定年退職し、そのほぼ一か月後、母が九十五歳で他界した。何もかも一度に押し寄せたため、私は呆然とするばかりだった。そんなとき、この『中国名詩集』のお話をいただき、なんとか気を取り直して、その年の夏ごろから、まず全体の構成を考え、それに合わせて収録する詩を少しずつ選んでいった。こうして全百三十七首の詩を選びだすと、一日に一首、仕上げることを原則にして、ゆっくり時間をかけて各詩篇と向き合った。長短を問わず、詩は一首ずつそれぞれ完結した独自の表現世界をもつものであり、このようにして多種多様の詩的世界に、一首ずつ深くかかわったことは、私にとって得がたい体験であった。かくしてほぼ一年余り、『中国名詩集』の原本は刊行の運びとなり、この間に、私自身もいつのまにか自然に癒されリフレッシュされていた。

文庫化にあたり、今一度『中国名詩集』をじっくり読みかえしたが、とりあげた百三十七首の名詩が、一首ずつそれぞれ固有の輝きを帯びて浮かびあがり、時を超えて、人の心に訴えかける衝撃力をもちつづけていることに、驚きと感動を覚え、ひいては中国古典詩というジャンルの奥行きの深さ、幅の広さ、精錬度の高さ等々、つまりは底力を実感したのだった。

付言すれば、文庫化にあたって、原本に大きな手直しを加えなかったが、第九章の

『水滸伝』(第九十回)からの引用(三一八—三一九頁)については、拙訳(『水滸伝』第五巻、講談社学術文庫)と入れ替えた。

本書の原本の刊行にさいしては、『中国文学の愉しき世界』(原本は二〇〇二年十二月刊、岩波現代文庫版は二〇一七年九月刊)以来のおつきあいである、岩波書店編集部の古川義子さんにたいへんお世話になり、井上一夫さんにも企画の段階から的確な助言をいただいた。今回、文庫化にあたっては、『中国文学の愉しき世界』『中国名言集 一日一言』『三国志名言集』につづいて、岩波書店の入江仰さんにたいへんお世話になり、ご担当くださった方々に文庫版にマッチするようご配慮をいただいた。

ここに、皆さんに心からお礼を申しあげたいと思う。

二〇一八年一月

井波律子

標題句索引

【あ】

敢えて君と同にせざらんや 264
争って流水に随いて桃花を趁う 10
暗香浮動月黄昏 222

【い】

幃幕を掲げ開くも已に人無し 122
何《いず》れの日か是れ帰年ならん 188
一樹の繁華眼を奪いて紅し 226
一杯一杯復た一杯 110
未だ暁鐘に到らずんば猶お是れ春 8
未だ姑の食性を諳んぜず 124

【う】

烏衣巷口夕陽斜めなり 356
疑うらくは是れ銀河の九天より落つるかと 362

【え】

画は無声に出づるも亦た断腸 314

【お】

及ばず汪倫が我れを送る情に 170

【か】

如《かく》も美しく且つ賢なるは無し 160
重ねて来たりて倍ます情有り 284
風吹けば竹の香るに似たり 116
寒気偏えに我が一家に帰す 22
歓楽極まりて哀情多し 378

【き】

岸を夾む垂楊三百里 232
君の舌戦酣なるを聴かん 316
興懐限り無し蘭亭の感 60
琴《きん》を弾じ復た長嘯す 254
銀漢秋期万古同じ 64

【く】

空中にて手を撒てば応に仙去すべし 322
車を駆りて自ら唱う行行行 30

【け】

刑天干戚を舞わす　332
月底梨開き万朶光く　228
巻土重来未だ知る可からず　346
堅円浄滑一星流る　326

【こ】

五十年前二十三　194
午枕花前簟流れんと欲す　78
湖山応に夢みるべし武林の春を　152
行年未だ老いざるに髪先んじて衰う　94
紅蓼風前雪翅開く　208
香霧雲鬟湿う　38
高斎雁の来たるを聞く　212
黄河海に入りて流る　292
志は千里に在り　382
今年《こんねん》用いざるも明年有り　280

【さ】

細雨驢に騎って剣門に入る　44
酒は銀河波底の月を入る　66
山雨来たらんと欲して風楼に満つ　294

【し】

市声も亦た関情の処有り　82
児女は糟を餔らい父は醨を啜る　112
塩を裹みて迎え得たり小さき狸奴　216
屢《しば》しば眠りを催さんと欲して未だ応ぜざるを恐る　128
秋風吹き上ぐ漢臣の衣　312
宿鷺猶お眠りて余寒に怯ゆ　198
春光度らず玉門関　368
小女鬚を挽き争って事を問う　144
小蕾深く蔵す数点の紅　246
牀前月光を看る　28
蜀魄来たらず春寂寞　180
人間《じんかん》に説与して聴くに忍びず　358

【す】

総《す》べて紙筆を好まず　138
翠蓋の佳人水に臨んで立つ　244

【せ】

清光天に上らんと欲す　272
清明の時節雨紛紛　6
晴空一鶴雲を排して上る　16
夕陽《せきよう》無限に好し　34
石上の青苔人を思殺す　340
千古訟紛紛たり　308
千里鶯啼いて緑紅に映ず　2

【そ】

桑柘影斜めにして秋社散ず　86
霜鬢明朝又た一年　72

【た】

只《た》だ涙の新亭に灑ぐこと無きに縁る　352
只だ当に漂流して異郷に在るべし　204
誰《た》が家の玉笛ぞ暗に声を飛ばす　252
大風起りて雲飛揚す　376
直《ただ》ちに関張と一様に伝わる　320
誰か茶香を助すを解さん　114
淡粧濃抹総べて相い宜し　360

【ち】

稚子金盆より暁氷を脱す　48
虫鳴歳寒を催す　182
綢繆《ちゅうびゅう》宛転し時を報じて全し　258
長河落日円かなり　370

【つ】

終《つい》に一層を隔つるを嫌う　260
杖を携え来たりて柳外の涼しきを追う　80
毎《つね》に憶う門前両りながら帰るを候つを　142

【て】

照らし罷えて重ねて惆悵　268
貞白本より相い成す　164

【と】

東塗西抹粧を成さず　88
銅雀春深くして二喬を鎖さん　364
同《とも》に竹馬に騎りて卿の小さきを憐れむ　156

【な】

猶お黔婁に嫁ぐに勝れり　130
猶お汨羅の心を見るがごとし　288
猶お落日の秋声を泛ぶるに陪す　36
長く英雄をして涙襟に満たしむ　348
濤《なみ》は連山の雪を噴き来たるに似たり　54

【に】

西のかた陽関を出づれば故人無からん　176

【ね】

根を立つるは原と破巌の中に在り　242

【の】

飲まんと欲すれば琵琶馬上に催す　256
噛《の》みし後方に知る滋味の長きを　108
濃春の煙景残秋に似たり　42

【は】

白銀盤裏一青螺　366
白昼霧に逢えるが若し　98
白髪愁えて看涙眼枯る　120
白髪三千丈　92
白露衣裳を湿す　20
花は応に老人の頭に上るを羞ずるなるべし　248
花を看るに猶自未だ分明ならず　96
春人間に到らば草木知る　4

【ひ】

日高く睡り足れるも猶お起くるに慵し　74
久しく滄波と共に白頭　52
左に干右に戚もて舞い休まず　336
独り異郷に在って異客と為る　70
独り寒江の雪に釣る　46
百卉凋零して此の芳を見る　238
百年の遺藁天の留めて在り　306

【ふ】

夫君誼最も深し　126
懐《ふところ》に放ちて一笑し茗甌傾くるを得ん　302
文を論じ法を説くに卿に頼りて宣ぶ　106

【ほ】

茅簷の煙裏語ること双双　210

【ま】

又た見る初陽の琯灰を動かすを　24
待ち得たり春雷蟄を驚かし起すを　50
当に呂布の騎るを須つべし　218
満階の梧葉月明の中　18
満紙荒唐の言　304
満窓の晴日蚕の生まるるを看る　84

【み】

耳に満つ潺湲面に満つ涼　14

【む】

無数の英雄を引きて競って腰を折らしむ　386

六つの街の灯火に児童閙ぐ　58
空しく憐れむ板渚隋堤の水　234

【も】

旧《もと》は秋を悲しまず只だ秋を愛す　186

【ゆ】

悠然として南山を見る　190
悠悠三十九年の非　196
雪は雕檐を圧するも夢は成り易し　276
雪は藍関を擁して馬前まず　200

【よ】

喚び回す四十三年の夢　134
宜しく読むべく宜しく倣うべからず　298

【ら】

落花の時節又た君に逢う　178
乱山終古咸陽を刺す　342

【り】

流螢飛びて復た息う　214
両地各おの無限の神を傷ましむ　172
緑陰幽草花時に勝る　12

【れ】

泠泠耳と謀る　102

【ろ】

老妻自ら詡る作婆の時を　148

詩題索引

（太字は標題句のある作品とページ）

【あ】

阿姥（陸游）　88
秋に感ず（楊万里）　**186**

【い】

遺山に題す（趙翼）　59
一歯堕ちて戯れに作る（龔自珍）　**106**
飲酒（陶淵明）　112, 114, **190**, 239
飲中八仙歌（杜甫）　111

【う】

雨中の荷花（杜衍）　**244**
烏衣巷（劉禹錫）　211, **356**
烏江亭に題す（杜牧）　**346**, 365
馬の詩（李賀）　**218**

【え】

園田の居に帰る（陶淵明）　84, 373

【お】

王導の像に題す（汪元量）　**352**
汪倫に贈る（李白）　**170**
横江詞（李白）　**54**
夫に寄す（陳玉蘭）　87
暖炕《オンドル》（羅聘）　**276**

【か】

鏡（袁機）　**272**
鏡に感ず（白居易）　**268**
岳陽楼に登る（杜甫）　367
客中二女を憶う（高啓）　**142**
重ねて題す（白居易）　**74**, 132
髪の落つるを歎ず（白居易）　**94**
雁を聞く（韋応物）　**212**
咸陽城の東楼（許渾）　**294**
関雎（無名氏）　212
鸛雀楼に登る（王之渙）　**292**

【き】

己亥雑詩（龔自珍）　107
祁氏の寓園（施閏章）　**288**
吉祥寺にて牡丹を賞す（蘇軾）　**248**
九日陸処士羽と茶を飲む（皎然）　**114**
九弁（宋玉）　16
宮詞（王建）　125
嬌女の詩（左思）　49, 143

驕児の詩(李商隠)　49
玉階怨(謝朓)　**214**
玉樹後庭花(陳の後主)　60
金陵冬夜(林古度)　**22**
金陵の晩眺(高蟾)　**36**

【く】

九月九日山東の兄弟を憶う(王維)　**70**, 114
孔雀東南に飛ぶ(無名氏)　125
寓園(商景蘭)　**284**

【け】

刑天の舞(袁枚)　**336**
邢桂州を送る(王維)　373
荊卿の里(袁枚)　**342**
月下独酌(李白)　111
月下の梨花(徐渭)　**228**
月夜(杜甫)　**38**
元二の安西に使するを送る(王維)　**176**, 314
元夕(元好問)　**58**
剣門道中微雨に遇う(陸游)　**44**
遣懐(杜牧)　3

【こ】

子を責む(陶淵明)　49, **138**
五月二十四日高郵の三溝に過る(梅堯臣)　162
午枕(王安石)　**78**
古詩十九首(無名氏)　31
胡笳の歌, 顔真卿の使して河隴に赴くを送る(岑参)　369
湖上に飲せしが初めは晴れ後に雨ふる(蘇軾)　**360**
江雪(柳宗元)　**46**
江南曲(柳惲)　295
江南にて李亀年に逢う(杜甫)　**178**
江南の春(杜牧)　**2**, **7**, 211
香山寺に暑を避く(白居易)　**14**
黄竹子歌(無名氏)　235

【さ】

左遷されて藍関に至り姪孫の湘に示す(韓愈)　**200**
採荷調(江従簡)　235
酒熟す(屈大均)　**112**
酒に対す(白居易)　177
酒を把って月に問う(李白)　111
三月晦日劉評事に贈る(賈島)　**8**
三婦艶詩(陳の後主)　235
三妹の如皐に于き帰ぐを送る(袁枚)　**156**
三妹を哭す五十韻(袁枚)　158, 274
山園小梅(林逋)　**222**
山行(杜牧)　233
山行して桃花を見る(李九齢)　**226**

山中にて幽人と対酌す(李白) **110**

【し】

子由の契丹に使するを送る(蘇軾) **152**
子龍の吉州の掾に赴くを送る(陸游) 187
四時田園雑興(范成大) **84**
児輩と同に未だ開かざる海棠を賦す(元好問) **246**
詩後に題す(賈島) 9
歯痛(趙翼) 107
七夕(白居易) **64**
社日(王駕) **86**
朱生の水滸伝を説くを聴く(袁宏道) **316**
秋思(張籍) 97
秋詞(劉禹錫) **16**
秋風の辞(漢の武帝) **378**
秋浦の歌(李白) **92**, 171
秋柳(王士禛) 233, **234**
鞦韆《しゅうせん》(張問陶) **322**
姑を哭す(廖雲錦) **122**, 127
春暁(孟浩然) 19
春日(晁冲之) **10**
春望(杜甫) 5
春夜(蘇軾) 324
春夜洛城に笛を聞く(李白) **252**
春雷蟄を起す(龐鐸) **50**
初夏即事(王安石) **12**
除夜の作(高適) **72**
上巳将に金陵に過らんとす(龔鼎孳) **60**
小至(杜甫) 25
小女(黄遵憲) **144**
省中(王安石) **196**
蜀相(杜甫) **348**
沁園春・雪(毛沢東) **386**
沈園《しんえん》(陸游) 136
秦婦吟(韋荘) 209
秦淮雑詩(王士禛) **42**
秦淮に泊す(杜牧) 43
新嫁娘(王建) **124**
新豊の臂を折りし翁(白居易) 132

【す】

水車(趙翼) **280**
随園師の八秩を寿ぐ(廖雲錦) 123
隋堤の柳(杜牧) **232**
隋堤の柳(白居易) 233
炭を売りし翁(白居易) 132

【せ】

西施石(楼穎) **340**
西林の壁に題す(蘇軾) 363
清平調詞(李白) 249
清明(杜牧) **6**
清明果飲(楊万里) 67

静夜思(李白)　**28**
赤壁(杜牧)　**364**
絶句(杜甫)　**188**
山海《せんがい》経を読む(陶淵明)　**332**
宣州の謝朓楼にて校書叔雲に餞別す(李白)　215

【そ】

素文三姐を哭す(袁棠)　158
蘇武に与う(李陵)　120
早行(黄遵憲)　**30**
蔵書紀事詩(葉昌熾)　**302**
村舎の燕(杜牧)　**210**

【た】

打毬の作(魚玄機)　**326**
大風の歌(漢の高祖)　**376**
第一孫生れて喜びを誌す(趙翼)　**148**
筍《たけのこ》を焼く(高啓)　**116**
戯れに自鳴鐘に題す(康熙帝)　**258**
戯れに鄭広文虔に簡し云々(杜甫)　216

【ち】

稚子氷を弄す(楊万里)　**48**
竹石(鄭板橋)　**242**
竹里館(王維)　**254**
中秋諸子と果飲す(楊万里)　**66**
虫鳴(欧陽修)　**182**
長恨歌(白居易)　15, 229, 245, 270
長孫公桂一子を挙げ，老夫遂に曾孫を見る云々(趙翼)　281
直宿(李建中)　**198**
勅勒の歌(無名氏)　314

【つ】

使《つかい》して塞上に至る(王維)　**370**
内子《つま》に贈る(白居易)　**130**

【て】

庭前の叢菊を詠ず(文徴明)　**238**
天門山を望む(李白)　55
田家行(王建)　125

【と】

杜秋娘の詩(杜牧)　3
都門雑詠(楊静亭)　**108**
冬至の前三日(楊万里)　**24**
冬至の夜，湘霊を懐う(白居易)　21
洞庭秋月(劉禹錫)　367
洞庭を望む(劉禹錫)　**366**
桃夭(無名氏)　227
悼亡(商景蘭)　**164**
悼亡(梅堯臣)　**160**
悼亡詩(潘岳)　162
登科後解嘲(詹義)　**194**
独鶴(韋荘)　**208**

読書(袁枚)　**298**

【な】

夏の夜外に示す(席佩蘭)　**128**

【に】

日本雑事詩(黄遵憲)　32

【ね】

猫に贈る(陸游)　**216**
猫を乞う(黄庭堅)　217
猫を祭る(梅尭臣)　217

【の】

納涼(秦観)　**80**, 253

【は】

伯虎絶筆(唐寅)　**204**
初めて眼鏡を用う(趙翼)　262
八月十五日看潮(蘇軾)　**52**, 249
抜歯(袁枚)　107
花を見て亡き娘の書を憶う(高啓)　143
早く起く(陳起)　**82**
春の恨み(寇準)　**180**

【ひ】

人の西域の眼鏡を送るに謝す(呉寛)　262
病中口で占う(陳淑蘭)　**126**

【へ】

餅中の雑花を賦す(元好問)　247

【ほ】

歩出夏門行(曹操)　**382**
補歯(袁枚)　107

【み】

自ら一絶を題す(曹雪芹)　**304**
自ら中州集の後に題す(元好問)　**306**
自ら桃花楊柳図に題す(顧媚)　63
耳鳴りて戯れに題す(范成大)　**102**

【む】

無題(李商隠)　35

【め】

目昏す(梅尭臣)　**98**
眼を患う(張籍)　**96**
眼鏡を嘲る(袁枚)　**260**, 266
眼鏡を頌う(袁枚)　262, **264**

【も】

輞川閑居，裴秀才迪に贈る(王維)　373

【ゆ】

友人を送る(李白)　171

【よ】

余は年二十の時，嘗て菊枕の詩を作り，頗る人に伝わる．今秋偶たま復た菊を采りて枕嚢を縫い，悽然として感有り(陸游)　**134**
揚州にて劇を観る(趙翼)　**320**
楊柳枝詞(白居易)　235

【ら】

楽天に寄す(元稹)　**172**
楽遊原(李商隠)　**34, 37**
蘭亭(袁枚)　**308**

【り】

李凝の幽居に題す(賈島)　9
李伯時の陽関図に題す(黄庭堅)　**314**
李陵泣別図に題す(袁凱)　**312**
立秋(劉翰)　**18**
立春偶成(張栻)　**4**
柳生に贈る(毛奇齢)　**358**
涼州詞(王翰)　**256**, 368
涼州詞(王之渙)　257, 293, **368**
涼夜懐うこと有り(白居易)　**20**, 65

【れ】

蓮花(杜衍)　245

【ろ】

廬山の瀑布を望む(李白)　**362**
老母に別る(黄景仁)　**120**
瑯琊王歌辞(無名氏)　235
鹿柴(王維)　255

詩人別詩題索引

(太字は標題句のある作品とページ)

【い】

韋応物

雁を聞く　212

韋　荘

秦婦吟　209

独鶴　208

【え】

袁　凱

李陵泣別図に題す　312

袁　機

鏡　272

袁宏道

朱生の水滸伝を説くを聴く　316

袁　棠

素文三姐を哭す　158

袁　枚

刑天の舞　336

荊卿の里　342

三妹の如皋に于き帰ぐを送る　156

三妹を哭す五十韻　158, 274

読書　298

抜歯　107

補歯　107

眼鏡を嘲る　260, 266

眼鏡を頌う　262, **264**

蘭亭　308

【お】

王安石

午枕　78

初夏即事　12

省中　196

王　維

九月九日山東の兄弟を憶う　70, 114

邢桂州を送る　373

元二の安西に使するを送る　176, 314

竹里館　254

使《つかい》して塞上に至る　370

輞川閑居，裴秀才迪に贈る　373

鹿柴　255

王　駕

社日　86

王　翰

涼州詞　256, 368

王　建

宮詞　125
新嫁娘　124
田家行　125
王之渙
鸛雀楼に登る　292
涼州詞　257, 293, **368**
王士禛
秋柳　233, 234
秦淮雑詩　42
汪元量
王導の像に題す　352
欧陽修
虫鳴　182

【か】

賈　島
三月晦日劉評事に贈る　8
詩後に題す　9
李凝の幽居に題す　9
韓　愈
左遷されて藍関に至り姪孫の湘に示す　200

【き】

許　渾
咸陽城の東楼　294
魚玄機
打毬の作　326
皎　然
九日陸処士羽と茶を飲む　114
龔自珍
一歯堕ちて戯れに作る　106
己亥雑詩　107
龔鼎孶
上巳将に金陵に過らんとす　60

【く】

屈大均
酒熟す　112

【け】

元好問
元夕　58
児輩と同に未だ開かざる海棠を賦す　246
餅中の雑花を賦す　247
自ら中州集の後に題す　306
元　稹
楽天に寄す　172

【こ】

呉　寛
人の西域の眼鏡を送るに謝す　262
顧　媚
自ら桃花楊柳図に題す　63
江従簡
採荷調　235
後主(陳)
玉樹後庭花　60

三婦艶詩　235
高　啓
客中二女を憶う　142
筍《たけのこ》を焼く　116
花を見て亡き娘の書を憶う　143
高　蟾
金陵の晩眺　36
高祖(漢)
大風の歌　376
高　適
除夜の作　72
寇　準
春の恨み　180
康熙帝(清)
戯れに自鳴鐘に題す　258
黄景仁
老母に別る　120
黄遵憲
小女　144
早行　30
日本雑事詩　32
黄庭堅
猫を乞う　217
李伯時の陽関図に題す　314

【さ】

左　思
嬌女の詩　49, 143

【し】

施閏章
祁氏の寓園　288
謝　朓
玉階怨　214
徐　渭
月下の梨花　228
商景蘭
寓園　284
悼亡　164
岑　参
胡笳の歌，顔真卿の使して河隴に赴くを送る　369
秦　観
納涼　80, 253

【せ】

席佩蘭
夏の夜外に示す　128
詹　義
登科後解嘲　194

【そ】

蘇　軾
吉祥寺にて牡丹を賞す　248
湖上に飲せしが初めは晴れ後に雨ふる　360
子由の契丹に使するを送る　152
春夜　324

西林の壁に題す　363
八月十五日看潮　52, 249
宋　玉
九弁　16
曹雪芹
自ら一絶を題す　304
曹　操
歩出夏門行　382

【ち】

晁冲之
春日　10
張　栻
立春偶成　4
張　籍
秋思　97
眼を患う　96
張問陶
鞦韆　322
趙　翼
遺山に題す　59
歯痛　107
水車　280
第一孫生れて喜びを誌す　148
長孫公桂一子を挙げ，老夫遂に曾孫を見る云々　281
初めて眼鏡を用う　262
揚州にて劇を観る　320
陳　起
早く起く　82
陳玉蘭
夫に寄す　87
陳淑蘭
病中口で占う　126

【て】

鄭板橋
竹石　242

【と】

杜　衍
雨中の荷花　244
蓮花　245
杜　甫
飲中八仙歌　111
岳陽楼に登る　367
月夜　38
江南にて李亀年に逢う　178
春望　5
小至　25
蜀相　348
絶句　188
戯れに鄭広文虔に簡し云々　216
杜　牧
烏江亭に題す　346, 365
遣懐　3
江南の春　2, 7, 211
山行　233
秦淮に泊す　43
隋堤の柳　232

清明　6
赤壁　364
村舎の燕　210
杜秋娘の詩　3
唐　寅
伯虎絶筆　204
陶淵明
飲酒　112, 114, **190**, 239
園田の居に帰る　84, 373
子を責む　49, **138**
山海経《せんがい》を読む　332

【は】

梅堯臣
五月二十四日高郵の三溝に過る　162
悼亡　160
猫を祭る　217
目昏す　98
白居易
鏡に感ず　268
重ねて題す　**74**, 132
髪の落つるを歎ず　94
香山寺に暑を避く　14
酒に対す　177
七夕　64
新豊の臂を折りし翁　132
隋堤の柳　233
炭を売りし翁　132
長恨歌　15, 229, 245, 270
内子《つま》に贈る　130
冬至の夜，湘霊を懐う　21
楊柳枝詞　235
涼夜懐うこと有り　**20**, 65
范成大
四時田園雑興　84
耳鳴りて戯れに題す　102
潘　岳
悼亡詩　162

【ふ】

武帝(漢)
秋風の辞　378
文徴明
庭前の叢菊を詠ず　238

【ほ】

龐　鑄
春雷蟄を起す　50

【も】

毛奇齢
柳生に贈る　358
毛沢東
沁園春・雪　386
孟浩然
春暁　19

【よ】

葉昌熾
蔵書紀事詩　302
楊静亭

都門雑詠　108
楊万里
秋に感ず　186
清明果飲　67
稚子氷を弄す　48
中秋諸子と果飲す　66
冬至の前三日　24

【ら】

羅　聘
暖炕《オンドル》　276

【り】

李　賀
馬の詩　218
李九齢
山行して桃花を見る　226
李建中
直宿　198
李商隠
驕児の詩　49
無題　35
楽遊原　34, 37
李　白
汪倫に贈る　170
横江詞　54
月下独酌　111
酒を把って月に問う　111
山中にて幽人と対酌す　110
秋浦の歌　92, 171
春夜洛城に笛を聞く　252
清平調詞　249
静夜思　28
宣州の謝朓楼にて校書叔雲に餞別す　215
天門山を望む　55
友人を送る　171
廬山の瀑布を望む　362
李　陵
蘇武に与う　120
陸　游
阿姥　88
剣門道中微雨に遇う　44
子龍の吉州の掾に赴くを送る　187
沈園　136
猫に贈る　216
余は年二十の時，嘗て菊枕の詩を作り，頗る人に伝わる．今秋偶たま復た菊を采りて枕嚢を縫い，悽然として感有り　134
柳　惲
江南曲　295
柳宗元
江雪　46
劉禹錫
烏衣巷　211, 356
秋詞　16
洞庭秋月　367
洞庭を望む　366
劉　翰
立秋　18

廖雲錦
姑を哭す　122, 127
随園師の八秩を寿ぐ　123
林古度
金陵冬夜　22
林　逋
山園小梅　222

【ろ】

楼　穎
西施石　340

【無名氏】

関雎　212
孔雀東南に飛ぶ　125
古詩十九首　31
黄竹子歌　235
勅勒の歌　314
桃夭　227
瑯琊王歌辞　235

詩句索引

【あ】

肯えて衰朽を将て残年を惜しまんや　200
阿舒は已に二八なるに　138
阿娘語らず又た衣を牽く　144
阿宣は行くゆく志学なるに　138
阿姥龍鍾七十強　88
相い逢わば且く酔いを推辞する莫かれ　177
豈に敢えて蒼天に問わんや　160
豈に意わんや孫の今又た児を挙げんとは　281
敢えて君と同にせざらんや　264
曖曖たり遠人の村　373
青き蛾も亦た伴なって愁う　130
紅き埃青銅を覆う　268
藜《あかざ》を杖つき聊か復た前庭に到る　82
秋を悲しまざらんと欲するも自由ならず　186
恰《あたか》も天風の人意を解する有りて　128
遍ねく茱萸を挿して一人を少くを　70
争って流水に随いて桃花を趁う　10
憐れむ可し地の僻にして人の賞する無く　226
暗香浮動月黄昏　222
闇淡として屏幃は故び　130
餡は春韭を融かし嚼み来たれば香ばし　108

【い】

生きて陽間に在れば散場有り　204
生きて吾が頭を戴き虎狼に入る　342
衣上の征塵酒痕を雑え　44
言う莫かれ秋色多巧無しと　66
依依たり墟里の烟　373
威海内に加わりて故郷に帰る　376
幃幕を掲げ開くも已に人無し　122
渭城の朝雨軽塵を浥す　176
道《い》う莫かれ中朝の第一人と　152
遺愛寺の鐘は枕を欹てて聴き

74
遺碑死後の名　164
遺風の吹きて作態を廻らしむ莫かれ　228
家家酔人を扶け得て帰る　86
家貧しきも聊か丁を添えて富めるを喜び　148
争《いか》でか鏡に仗りて能を為さん　260
何如《いかん》ぞ頻りに報ず緑尊空しと　66
幾回《いくたび》か飛び去り又た飛び来たるべし　208
幾度《いくたび》楼に登り親しく膳を視ん　122
幾年《いくとせ》今夕一番逢う　66
幾許《いくばく》ぞ歓情と離恨と　64
池は鑒湖の曲を穿ち　288
略《いささ》か文采に輸り　387
安《いず》くにか猛士を得て四方を守らん　376
安くんぞ帰来堂の上に坐し　302
何《いず》れの時か虚幌に倚り　38
何れの時か鶺鴒の鳥と化し得て　63
何れの処にか英雄を逐わん　219
何れの処にか巣を営まん夏将に半ばならんとするに　210
何れの処よりか秋霜を得たる　92
何れの日か是れ帰年ならん　188
徒《いたず》らに在昔の心を設く　332
一雨西風快し　316
一行の信千行の涙　87
一吟双涙流る　9
一日尊前に手足を分かち　156
一樹の繁華眼を奪いて紅し　226
一陣風来たりて碧浪翻り　244
一代の天驕　388
一段の傷心画くとも成らず　36
一馬常に落日を瞻つめつつ帰る　196
一別何に由りて死生を判ぜん　159
一枕の新涼一扇の風　18
一灯に団く坐して話すること依依　144
一榻を温存して室中に横たう　276
一把辛酸の涙　304
一杯一杯復た一杯　110
一片の孤城万仞の山　368
一封朝に奏す九重の天　200
古《いにしえ》より秋に逢えば寂寥を悲しむ　16
狗《いぬ》は吠ゆ深巷の中　84
今上る岳陽楼　367
未だ暁鐘に到らずんば猶お是れ春

8
未だ五岳に遊ばずして鬢先ず糸なす　148
未だ姑の食性を諳んぜず　124
未だ長安を憶うを解せざるを　38
如今《いま》秋色渾べて旧の如きに　186
陰陰たる渓曲緑交ごも加わり　10
陰気牆壁に入り　182
陰晴衷腸の性を改めず　258

【う】

烏衣巷口夕陽斜めなり　356
魚を買い柳に穿ちて銜蟬を聘せん　217
窺って隻物の双なるに驚き　98
瘞《うず》めて垂垂たる花樹の辺に向かん　106
唱うを聴かん陽関第四声　177
歌いて以て志を詠ぜん　383
疑うらくは是れ銀河の九天より落つるかと　362
疑うらくは是れ地上の霜かと　28
美しき人我れと別れしとき　268
海の大きさは両手もて囲むに何如ぞ　144
愁いに縁って箇の似く長し　92
紜紜孰か弁別せん　98
雲海相い望んで此の身を寄す　152

【え】

画は無声に出づるも亦た断腸　314
永年を得可し　383
永豊の西角荒園の裏　235
英雄の祖餞当年の涙　342
栄辱升沈影と身と　172
盈縮の期　383
円通別法無し　102
宛転して長く手に随うを辞せず　326
煙霄微月長空に澹く　64
遠磬山房の夜　102
遠游処として魂を消さざる無し　44
燕玉求めざるは寒辟く可ければなり　276
艶質見るに由無く　21

【お】

老いて佳景に逢うて惟だ惆悵す　172
惜しむらくは秦皇漢武　387
落ちざるも終に須らく変じて糸と作るべし　94
闍《お》きて村旁に在り棄捐せらるるが似し　280

往事回頭すれば倍ます神を愴ましむ　122
横空一赤幟　298
多く珠簾を下ろして瑣窓を閉ざす　210
夫は辺関を戍り妾は呉に在り　87
檻《おばしま》に倚れば春風に玉樹飄り　60
想い得たり陽関更に西なる路　314
及ばず汪倫が我れを送る情に　170

【か】

化し去るも復た悔いず　332
且つは杯中の物を進めん　139
花顔去りてより　268
佳人を懐いて忘るる能わず　378
佳人我れに問う年は多少なるや　194
佳節に逢う毎に倍ます親を思う　70
果然福命は聡明を誤らす　159
画橋の南の畔にて胡床に倚る　80
家書を作らんと欲して意万重　97
書けば輒ち筆を下して誤る　98
賀客競って称す循吏の報と　148
過客の衣冠此の日の霜　342
歌管楼台声細細　324
鵝鴨は春の去り尽くすを知らず　10
鵝湖山下稲粱肥え　86
贏《か》ち得たり青楼薄倖の名　3
海神来たり過りて悪風廻る　54
却《かえ》って恐る相い将いて頭に到らざるを　326
鏡を留めて匣の中に在り　268
此《かく》の似き才華終に寂寞　159
如《かく》も美しく且つ賢なるは無し　160
客舎《かくしゃ》青青柳色新たなり　176
客心何事ぞ転た凄然　72
客中長夜夢に魂は飛ぶ　142
重ねて来たりて倍ます情有り　284
風定まりて池の蓮は自在に香し　80
風は蕭蕭として易水寒く　344
風は仙袂を吹いて飄颻と挙がり　229
風吹き草低れて牛羊を見る　314
風吹けば竹の香るに似たり　116
曾《かつ》て浮雲の晩色に帰するに伴ない　36
悲しい哉秋の気為るや　16

要《かなら》ず天驕をして鳳麟を識らしめよ　152
岸傍の桃李誰が為にか春なる　340
巻を展きて君の名を見るに堪えず　159
寒衣灯下に補い　130
寒英翦翦として軽黄を弄す　238
寒気偏えに我が一家に帰す　22
寒衾親しむ可からず　21
寒蜩隴樹の秋　102
寒を禁じ暖を惜しむこと十余春　122
眼光原と自ずから在るに　260
漢宮一百四十五　210
歓楽極まりて哀情多し　378
環珮声は笑語の声を兼ぬ　322
灌木晴日に吟じ　288

【き】

肌膚復た実ならず　138
岐王の宅裏尋常に見し　178
帰鴈胡天に入る　370
帰思方に悠なる哉　212
貴妃の浴を出づるを画くに似たり　245
羈策蛮児に任すと　218
菊を采る東籬の下　190, 239
聞《きくな》道らく狸奴数子を将ゆと　217
堦《きざはし》に映ずる碧草は自ずから春色　348
岸を夾む垂楊三百里　232
君聞かずや胡笳の声最も悲しきを　369
君と生きて別離す　31
君と共に今夜睡ることを須いじ　8
君に勧む更に尽くせ一杯の酒　176
君に問う何ぞ能く爾るやと　190
君の舌戦酣なるを聴かん　316
君を思えば此れ何ぞ極まらん　214
郎《きみ》は道う花の紅は妾が面の如しと　63
九日山僧の院　114
旧苑荒涼の地　284
旧来の王謝堂前の燕　356
去年手を分かちて江城を出づ　159
墟里孤烟上る　373
匡廬は便ち是れ名を逃がるるの地　74
羌笛何ぞ須いん楊柳を怨むを　368
暁来一朶煙波の上　245
興懐限り無し蘭亭の感　60
鏡色新たに円かにして夜の妝いを選ぶ　228

玉磬を敲成し林を穿ちて響くも　48
曲屛深幌幽香を閟ざす　134
琴を弾じ復た長嘯す　254
銀漢秋期万古同じ　64
錦官城外柏森森たり　348

【く】

空江鉄鎖野烟消ゆ　60
空山に抱き涙を掩いて看る　306
空山人を見ず　255
空中にて手を撒てば応に仙去すべく　322
偶然数行の字　308
梳《くし》に随いて落去す何ぞ惜しむを須いん　94
国破れて山河在り　5
雲には衣裳を想い花には容を想う　249
雲は会稽の深きに合す　288
雲は秦嶺に横たわって家何くにか在る　200
車を駆りて古原に登る　34
車を駆りて自ら唱う行行行　30
車を停めて坐ろに愛す楓林の晩　233
晩《くれ》に向かいて意適わず　34
君王今剣を解かば　219
君臣は原より大節なるも　164

【け】

刑天干戚を舞わし　332
刑天韲みに効い舞うこと更に苦なり　336
卿が我れに無常の信を報ぜしに感じ　106
渓雲初めて起って日閣に沈み　294
閨中只ら独り看るならん　38
月杖争い敲き未だ休めんと擬せず　326
月底梨開き万朶光く　228
煙は寒水を籠め月は沙を籠む　43
巻土重来未だ知る可からず　346
県門を見ざれば身は即ち楽し　125
娟娟たる涼露霜と為らんと欲す　234
袨服と華粧に著る処にて逢う　58
乾坤日夜浮かぶ　367
堅円浄滑一星流る　326
蒹葭楊柳汀洲に似たり　294

【こ】

五十年前二十三　194, 227
五男児有りと雖も　138
午枕花前簟流れんと欲し　78

古来征戦幾人か回る　256
此の時子を有するは無きに如かず　120
此の中に真意有り　191
此の中に応に葛坡の龍有るべし　50
此の身合に是れ詩人たるべきや未や　44
此の夜曲中折柳を聞く　252
此の連城の宝の　160
此れ已に好悪を忘るるなり　98
呉楚東南に坼け　367
孤花薄霧融く　264
孤舟蓑笠の翁　46
孤帆一片日辺より来たる　55
故園眇として何れの処ぞ　212
故郷今夜千里に思う　72
故郷は何ぞ独り長安にのみ在らんや　74
故国より東来して渭水流る　294
故山千里幾時回らん　24
故事何ぞ史編に出づるを須いん　320
枯槁の叢辺緑転た濃し　50
湖光秋月両つながら相い和し　366
湖山応に夢みるべし武林の春を　152
公は自ずから千古を成し　164
好醜能く折旋するを知らしめよ　336
江干の黄竹子　235
江干の黄竹は女児の箱　234
江左の夷吾半壁に甘んずるは　352
江山此の如く多嬌　387
江東の子弟才俊多し　346
江南多少前朝の事　358
江は碧にして鳥は逾いよ白く　188
江辺身世両つながら悠悠　52
江を隔てて猶お歌う後庭花　43
行人問うこと莫かれ当年の事　294
行人発するに臨んで又た封を開く　97
行年未だ老いざるに髪先んじて衰う　94
後来水滸を読むに　316
紅装と素裹とを看れば　387
紅蓼風前雪翅開く　208
荒台夕陰を背にす　288
郊原惨淡風は日を吹き　238
香山の楼北暢師の房　14
香は睡鴨に消えて灯初めて滅す　276
香霧雲鬟湿い　38
香炉峰の雪は簾を撥げて看る　74, 363
高斎雁の来たるを聞く　212
高処にて頭を回らせば要ずや眼明

らかならん　322
黄花を采り得て枕嚢を作る　134
黄河海に入りて流る　292
黄河遠く上る白雲の間　368
豪気を消除し鬢星星　358
頭《こうべ》を挙げて山月を望み　28
頭を低れて故郷を思う　28
心異なりて斯ち文と為る　298
心遠ければ地も自ずから偏なり　190
心泰く身寧きは是れ帰する処　74
志は千里に在り　382
国家の不幸は詩家の幸い　59
尽く護る山房万巻の書　216
故《ことさら》に江水をして更に西流せしむ　52
今春看のあたりに又た過ぐ　188
今生留盼の処　264
今宵風物尋常に異なり　228
今早神清くして歩みの軽きを覚ゆ　82
今朝一たび払い拭いて　268
今年用いざるも明年有り　280
今夜鄜州の月　38
恨絶す秋収紅糯少なきを　112
痕嬌旧しく積んで春雨に啼き　228

【さ】

坐客寒きにも氈無し　216
坐睡より覚め来たりて一事無く　84
沙漠より回看せん清禁の月を　152
崔九の堂前幾度か聞きし　178
彩糸もて穿取し銀錚に当つ　48
細雨驢に騎って剣門に入る　44
細字黄昏に得て　264
幸いに微吟の相い狎る可き有り　222
幸い甚しきかな至れる哉　383
昨日韓家後園の裏　96
酒は銀河波底の月を入れ　66
酒人に逢わざれば還って酔い易く　24
寒きにも氈の坐する無く食に魚無し　216
寒さ君が辺に到り衣到るや無や　87
任爾《さもあらばあれ》街頭長短の更　276
任爾東西南北の風　242
更に上る一層の楼　292
三月正に三十日に当たり　8
三顧頻繁たるは天下の計　348
三年眼を患って今年較ゆ　96
山雨来たらんと欲して風楼に満つ　294
山気日夕に佳く　190

山色空濛として雨も亦た奇なり　360
残月樹に在りて啼鳥の声す　30
惨惨たる柴門風雪の夜　120
散じて春風に入りて洛城に満つ　252
慚愧す家は貧しくして勲に策ゆること薄く　216

【し】

司馬は仍お老いを送るの官為り　74
市声も亦た関情の処有り　82
児女は糟を餔らい父は醨を啜る　112
児女も亦た人の情なり　164
死して地府に帰すも也た何ぞ妨げん　204
知らず明鏡の裏　92
知んぬ汝が遠く来たる応に意有るべし　200
枝間の新緑一重重　246
時節忽ち已に換わり　182
強いて制して双眸を揩う　162
紫髯緑眼の胡人吹く　369
詩句を得るに偶然来たるが如し　24
詩書を読み尽くすこと五六担　194
辞せず駟騎の風雪を凌ぐを　152
塩を裹みて迎え得たり小さき狸奴　216
潮来たって天地青し　373
潮は滄海に生ず野塘の春　172
而《しか》も車馬の喧しき無し　190
而も文術を愛さず　138
沈み埋もれて九泉に向かうに忍びんや　160
七十平頭始めて児を抱くを　148
漆室灯昏く百感生ず　302
且《しば》らく桃李をして春風に鬧がしめよ　246
屢《しば》しば眠りを催さんと欲して未だ応ぜざるを恐る　128
借問《しゃもん》す酒家何れの処にか有る　6
遮欄する処有りて鉤留に任す　326
灼灼たる其の華　227
朱雀橋辺野草の花　356
酒娘新たに出で味は飴の如く　112
十日雨糸風片の裏　42
十年一たび覚む揚州の夢　3
十年門内に詩人を少く　156
十里の珠簾半ば鉤に上る　248
戎馬関山の北　367
周王の伝を汎覧し　334
秋花を買い得て小瓶に挿す　82
秋月已に空に当たる　264

秋光端として重陽に負かず　238
秋水芙蓉無し　268
秋風起こりて白雲飛び　378
秋風吹き上ぐ漢臣の衣　312
従来脩短有り　160
衆鳥声已に停む　182
衆芳は揺落せしに独り暄妍たり　222
鞦韆院落夜沈沈　324
鞦韆影裏樹は縦横　322
宿鶯猶お睡りて余寒に怯ゆ　198
春懐撩乱卿卿を惜しむ　322
春光度らず玉門関　368
春宵一刻値千金　324
春氷初めて影を照らし　264
春風檻を払って露華濃やかなり　249
春風夜に急なり銅龍漏　198
春眠暁を覚えず　19
女児の箱と作すに堪えたり　235
処処啼鳥を聞く　19
徐偃国を亡ぼさざれば　260
上林木落ちて雁南に飛び　312
小雨は滓上の浅沙を翻す　10
小閣に衾を重ねて寒さを怕れず　74
小女牀頭に戯る　130
小女鬟を挽き争って事を問う　144
小婦は独り事無し　235
小蕾深く蔵す数点の紅　246
少壮幾時ぞ老いを奈何せん　378
少年より諧謔に工にして　316
丞相の祠堂何れの処にか尋ねん　348
牀前月光を看る　28
城南社を倒まにして下湖忙し　88
笑他す白髪の程文海　148
商女は知らず亡国の恨み　43
情を含みて重ねて問え永豊坊　234
勝敗は兵家も事期せず　346
蕭関候騎に逢えば　370
蕭瑟として草木揺落して変衰す　16
唧唧《しょくしょく》たり機杼の声　182
蜀魄来たらず春寂寞　180
城春にして草木深し　5
人間《じんかん》に説与して聴くに忍びず　358
人間に流落す柳敬亭　358
人間の妻を見尽くしたれど　160
人間万事消磨し尽くすも　135
成吉思汗《ジンギスカン》　388
尽日人無く阿誰に属さん　235
臣に一言有り蒼天に陳ぶ　336

身世を自ら知り還た自ら笑う　196
侵階の草色連朝の雨　180
神亀は寿しと雖も　382
神騅泣いて風に向かう　219
真珠零落して収拾し難し　244
秦淮浪白く蔣山青し　352
深山乱木の中に抛擲せらるるを　226
深林人知らず　254
新人の心を傷つけんことを恐れて　162
新人若し郎の年幾ばくぞと問わば　195
親朋一字無く　367

【す】

渾《す》べて孤鶴の蘆花に入るが如し　22
総《す》べて紙筆を好まず　138
水光瀲灩として晴れて方に好し　360
水村山郭酒旗の風　2
水辺に歌罷み酒千行　342
出師《すいし》未だ捷たずして身先ず死す　348
酔帰して路に扶けらるるを人は応に笑うべし　248
翠蓋の佳人水に臨んで立ち　244
頗《すこぶ》る滑稽伝に溺る　316
已《すで》に覚むれば枝を亜して花露重く　198
便《すなわ》ち覚ゆ眼前に生意満つるを　4
便ち詩情を引きて碧霄に到る　16

【せ】

世間限り無し丹青の手　36
世情誰か是れ旧雷陳　172
背に双つの盤龍有り　269
井欄の辺に抛擲せらる　272
西湖を把って西子に比せんと欲すれば　360
西施昔日浣紗の津　340
西風妾を吹き妾は夫を憂う　87
征蓬漢塞を出で　370
青山は右軍に属す　308
青山を咬定して放鬆せず　242
清介世に比ぶる莫し　187
清輝玉臂寒からん　38
清光天に上らんと欲す　272
清光を浄洗するも也た工を費やす　66
清風枕席を吹き　20
清明の時節雨紛紛　6
清流猶お映り帯えるも　308
凄涼として枕席は秋なり　130
晴空一鶴雲を排して上り　16
晴日暖風麦気を生じ　12
聖明の為に弊事を除かんと欲す

200
精衛微木を銜み　332
夕殿珠簾を下ろし　214
夕陽灘上立ちて徘徊す　208
夕陽無限に好し　34
石上の青苔人を思殺す　340
石梁茅屋彎碕有り　12
赤兎人の用いる無し　218
折檻生前の事　164
折戟沙に沈んで鉄未だ銷けず
364
浙江八月何ぞ此れに如かん　54
蟬は黄葉に鳴く漢宮の秋　294
千古訟紛紛たり　308
千古何人か此の興を同じくせん
66
千山鳥飛ぶこと絶え　46
千梢万葉玉玲瓏　50
千磨万撃還た堅勁　242
千里鶯啼いて緑紅に映ず　2
千里冰封じ　386
千里の目を窮めんと欲して
292
山海《せんがい》の図を流観す　334
単于《ぜんう》若し君が家世を問わば
152
閃雪揺氷偏に昼に倍し　228
瞻焉便ち憎む可けんや　260

【そ】

素娥応に妬みて霓裳を舞わすべし
228
疎影横斜水清浅　222
楚魂夜に吟じ月朦朧　180
双睛匣中より出だす　264
壮士一たび去って復た還らず
344
壮心は已まず　382
壮心空自しく驚く　182
草木は黄落して雁は南に帰る
378
桑柘影斜めにして秋社散じ　86
桑葉は尖新にして緑未だ成らず
84
造物も亦た人の老い易きを知り
52
窓前吹き滅す読書の灯　128
僧は敲く月下の門　9
蒼巌碧潯を照らす　288
蒼苔を鑿破して小池を作り
245
霜禽は下らんと欲して先ず眼を偸み　222
霜鬢明朝又た一年　72
霜葉は二月の花よりも紅なり
233
俗人酒に泛ぶること多く　114
属国居延に過る　370
存亡路を異にすと雖も　164

【た】

只《た》だ是れ黄昏に近し　34

只だ清香の旧時に似たる有り　135
只だ涙の新亭に灑ぐこと無きに縁る　352
只だ当に漂流して異郷に在るべし　204
只だ身の此の山中に在るに縁る　363
只だ弓を彎きて大雕を射るを識るのみ　388
多少の楼台煙雨の中　2
多病多愁心自ずから知る　94
但だ畏る白髪の生ずるを　183
但だ人語の響きを聞く　255
但だ天に在るのみにあらず　383
但だ梨と栗とを覓むるのみ　139
但自《ただ》此の根を修むるのみ　102
惟《た》だ莽莽たるを余すのみ　386
惟だ応に鮑叔のみ偏えに我れを憐れむべし　172
誰《た》が家の玉笛ぞ暗に声を飛ばす　252
大河の上下　386
大漠孤烟直く　370
大婦は高楼に上り　235
大風起りて雲飛揚す　376
大雷に書を寄す頻なるを嫌う莫かれ　156
大梁の春雪満城の泥　196
滞礙する時無く撥弄に従う　326
柝撃猶お四五更なるを聞く　30
直《ただ》ちに関張と一様に伝わる　320
忽ち聞く岸上踏歌の声　170
忽ち玻瓈の地に砕ける声を作す　48
縦使《たとい》千里を窮むるも　260
楽しからずして復た何如　334
魂帰して何ぞ田光に見ゆるに忍びん　342
誰か道う詩成りて自識を成すと　159
誰か其の中の味を解さん　304
誰か茶香を助すを解さん　114
単車辺を問わんと欲し　370
断腸の声裏形影無く　314
淡月半ば斜めなり金井欄　198
淡粧濃抹総べて相い宜し　88, 360
湯婆《タンポ》用いる無きは火情多ければなり　276
嘆逝能く感無からんや　308
潭面風無く鏡未だ磨かず　366
檀粉匀わず香汗湿う　244

【ち】

地球の図を展べ指して看さんと欲すれば　144
稚子金盆より暁氷を脱し　48

近く看れば花独り立ち　272
力尽きて自ら太子に酬いるに堪え　342
中間の小謝又た清発　215
中歳纔かに嫁娶の期を経　148
中年子を得ること已に遅きを嫌い　281
中婦は蓮舟に蕩し　235
中流を横ぎりて素波を揚げ　378
虫鳴歳寒を催し　182
昼夜循環して刻漏に勝る　258
惆悵《ちゅうちょう》たり官羈せられて遠く送り難し　156
綢繆《ちゅうびゅう》宛転し時を報じて全し　258
長安市上酒家に眠る　111
長河落日円かなり　370
長城の内外を望めば　386
長衫の我れは亦た何為る者ぞ　58
長夜羅衣を縫い　214
珍重せよ高堂最愛の身　156

【つ】

終《つい》に一層を隔つるを嫌う　260
終に土灰と為る　382
通子は九齢に垂んとするに　139
杖を携え来たりて柳外の涼しきを追う　80
月明らかに船笛参差として起き　80
土を出づれば長ぶるを容さず　116
堤は長く已に八九折を歴たり　30
毎《つね》に憶う門前両りながら帰るを候つを　142

【て】

手を洗いて羹湯を作る　124
手を携えて河梁に上る　120
手を執りて慇懃に問い　126
照らし罷えて重ねて惆悵　269
汀洲に白蘋を采れば　295
貞白本より相い成す　164
庭樹風に号して朔気生ず　276
田家の衣食に厚薄無く　125
天意も也た応に晩節を憐れむべし　238
天運苟くも此の如くんば　139
天公と高さを比ぶるを試みんと欲す　387
天子呼び来たるも船に上らず　111
天帝笑わんと欲し千霊愁う　336
天門中絶えて楚江開き　55
輾転反側す　212

【と】

飛んで入る尋常百姓の家　356
都護燕然に在りと　370
渡頭落日を余し　373
蠹編《とへん》残稿蛛の糸に鎖ざさる　135
灯下我れに寄するの衣を縫うを看るべし　142
東塗西抹粧を成さず　88
東風周郎の与に便ぜずんば　364
東風水を吹き緑参差たり　4
東方明けんと欲して未だ明けざる色　30
東籬菊も也た黄なり　114
唐宗宋祖　387
桃花潭水深さ千尺　170
陶翁に輸与す能く領略し　238
湯清くして吻を潤し淡きを嫌う休かれ　108
騰蛇は霧に乗るも　382
遠く寒山に上れば石径斜めなり　233
遠く望めば月孤り懸かる　272
銅雀春深くして二喬を鎖さん　364
読書の心を分却す　126
年を経て匣を開けず　268
帷《とばり》を搴げて母に別れ河梁に去く　120
頓《とみ》に滔滔たるを失う　386
同《とも》に竹馬に騎りて卿の小さきを憐れむ　156
倶《とも》に独り眠る人と作るを　21
倶に往けり　388
灯《ともしび》暗く人の断腸を説く無し　134
鳥は緑蕪に下る秦苑の夕べ　294
鶏《とり》は鳴く桑樹の巓　84
豚穽鶏塒半ば扉を掩う　86

【な】

猶お竟る時有り　382
猶お霓裳羽衣の舞に似たり　229
猶お黔婁に嫁ぐに勝れり　130
猶お交情有り両行の涙　312
猶お塵埃せる嫁ぎし時の鏡有り　88
猶お汨羅の心を見るがごとし　288
猶お落日の秋声を泛ぶるに陪す　36
還《な》お今朝を看よ　388
中の娘は我が憐しむ所　143
長く英雄をして涙襟に満たしむ　348
浪《なみ》天門を打って石壁開く　54
濤《なみ》は連山の雪を噴き来たるに似たり　54

涙無くして已に氷を成す　260
双《なら》び照らされて涙痕乾かん　38
倣えば乃ち我れを以て往く　298
縄有りて先ず鼻に繋け　260
何ぞ其の年を仮さざる　160
何ぞ堪えん最も長き夜　21
何人か故園の情を起こさざらん　252
那《なん》ぞ遠適に因って更に巾を沾さん　152
南国雲飛びて雁は声を断つ　159
南山眼に在り酒觴に盈つ　238
南朝四百八十寺　2, 211
汝の飛騰するに儘せて屣の利なるを誇り　322
汝は但だ起居を問い　187
爾が心賢ならざるに非ず　336
爾が力大ならざるに非ず　336

【に】

二句三年にして得　9
西のかた香炉峰に登り　363
西のかた神州を望めば草木腥し　352
西のかた陽関を出づれば故人無からん　176
日光は定めて是れ頭を挙ぐれば近からん　144
乳鴉啼きて散じ玉屏空し　18

【ね】

根を立つるは原と破巌の中に在り　242
願わくは君争い取るべし最前籌　326
睡りより起きて秋声覓むる処無く　18
年年幷びに此の宵の中に在らん　64
年来腸断す秣陵の舟　42

【の】

飲まんと欲すれば琵琶馬上に催す　256
嚥《の》みし後方に知る滋味の長きを　108
濃春の煙景残秋に似たり　42
軒に憑れば涕泗流る　367

【は】

馬遷組練を失う　316
晴れし日を須ち　387
葉落ちて秋水冷たく　182
葉を払い花を穿ちて一つ処に飛ばん　63
葉を隔つる黄鸝は空しく好音　348
料《はか》るに応に此の際猶お母に依り　142
白衣復た東籬に到る無し　112

白雲生ずる処人家有り　233
白銀盤裏一青螺　366
白日山に依りて尽き　292
白昼霧に逢えるが若し　98
白髪愁えて看涙眼枯る　120
白髪三千丈　92
白髪方に嘆きを興さば　130
白髪両鬢を被い　138
白露衣裳を湿す　20
始めて吾が軍を張るに足る　298
羞《はじ》を包み恥を忍ぶは是れ男児　346
荷《はす》は暗くして本より光無し　235
荷を持って鏡と作さんと欲するも　235
花落つること知んぬ多少ぞ　19
花に清香有り月に陰有り　324
花は応に老人の頭に上るを羞ずるなるべし　248
花を看るに猶自未だ分明ならず　96
原に蠟象馳せ　387
春人間に到らば草木知る　4
春は繡被に回りて眠りは応に穏やかなるべし　276
遙かに憐れむ小児女の　38
遙かに知る兄弟高きに登る処　70
遙かに望む洞庭山水の翠　366
遙かに看る瀑布の前川に挂かるを　362
万径人蹤滅す　46
万里蕭条として使節帰る　312
万里遙かに来たりて二百年　258
万里雪飄る　386
万縷千条玉塘を払う　234
晩鴉日の暮るるを催し　284
盤龍年を記さず　272

【ひ】

匕首霊無し公笑う莫かれ　342
日落ちて江湖白く　373
日高く睡り足れるも猶お起くるに慵し　74, 132
日は落つ江南の春　295
日は紅影を催して簾鈎に上らしむ　78
日は香炉を照らして紫煙を生ず　362
飛泉処処に鳴る　284
飛鳥相い与に還る　190
飛鳥朦朧として度る　98
飛流直下三千尺　362
被無ければ夜眠るに破絮を牽く　22
久しく滄波と共に白頭　52
左に干右に戚もて舞い休まず　336
畢竟門に入り応に始めて了るべし

326
一たび姑蘇に去って復た返らず　340
一たび高城に上れば万里の愁あり　294
一たび俗人の言を聞かば　187
人の来たりて影を照らす無く　272
人の推挽する有りて身の軽きを覚ゆ　322
人は言う衰相現ると　102
人は老いて花を簪し自ら羞じず　248
人を窺いて鳥は喚ぶ悠颺の夢　78
独り異郷に在って異客と為る　70
独り寒江の雪に釣る　46
独り坐す幽篁の裏　254
独り老農の護視に勤むる有るのみ　280
単衫《ひとえ》に繍した裲襠　235
百卉凋零して此の芳を見る　238
百虫皆な夜に鳴く　182
百年の遺藁天の留めて在り　306
開く時先ず合に春風に占うべし　226
貧の中にも等級有り　130

【ふ】

夫君誼最も深し　126
芙蓉秋水緑にして　288
武松の打虎崑崙の犬　320
俯仰宇宙を追う　334
浮雲遊子の意　171
部帙を成さず但だ平平　302
葡萄の美酒夜光の杯　256
腐儒は饑寒に苦だ相い迫られ　30
賦して滄桑に到れば句便ち工なり　59
風光と便ち生を隔つを免る　96
風光我が苦吟の身に別る　8
風情を占め尽くして小園に向り　222
風中に笛を吹く月中の楼　186
風流の人物を数えんとすれば　388
笛は玉桂樹梢の風を吹く　66
簫《ふえ》と鼓を鳴らして棹歌発こる　378
懐《ふところ》に放ちて一笑し茗甌傾くるを得ん　302
分外に妖嬈ならん　387
文を論じ法を説くに卿に頼りて宣ぶ　106
粉蝶の如し知らば合に魂を断つべし　222

【へ】

平世何ぞ曾て稗官有らん　306
平疇雨足り水車閑なり　280
平明起きて鏡に照せば　183
碧水東に流れ此に至りて廻る　55
別墅高人の意　288
弁ぜんと欲して已に言を忘る　191
返景深林に入り　255

【ほ】

浦裏の青荷は中婦の鏡　234
略《ほ》ぼ荆釵を贈りて我れの貧しきを笑う　156
芳心を愛惜す軽しく吐くこと莫かれ　246
芳草叢叢に発し　284
茅簷の煙裏語ること双双　210
榜を催して烏江を渡らんとす　219
蓬萊の文章建安の骨　215
北斗三点両点の星　30
北堂月冷たく珠は海に沈み　159
北風草低れて牛羊を見る　314
北国の風光　386
牧童遙かに指す杏花村　6

【ま】

又た見る初陽の琯灰を動かすを　24
又た楊誠斎の若きは　187
也《ま》た遊人の笑語の中に在り　58
先ず小姑をして嘗めしむ　124
先ず頭目を賜い後に手を賜い　336
待ち得たり春雷蟄を驚かし起すを　50
復《ま》た恐る匆匆にして説いて尽くさざるを　97
復た照らす青苔の上　255
還《ま》た月光に傍うて行く　284
孫早くして差や子を得ること遅きを償う　148
正に是れ江南の好風景　178
当《まさ》に呂布の騎るを須つべし　218
応《まさ》に棲宿の処を知らざるが為に　208
祇応《まさ》に図画に最も相い宜しかるべし　232
将《まさ》に以て滄海を塡めんとす　332
満園梅綻びて白く　284
満階の梧葉月明の中　18
満紙荒唐の言　304
満窓の晴日蚕の生まるるを看る　84

満地の梨花昨夜の風　180

【み】

見ず東風二月の時　232
見ず瑯琊の大道王　234
都《み》な云う作者は痴なりと　304
水を隔てて山は供す宛転の愁い　78
自ら嫌う流落西帰の疾きを　232
自ら称す臣は是れ酒中の仙と　111
自ら憔悴の容を顧みる　268
自ら保す曾参が人を殺さざるを　172
自ら磨洗を将って前朝を認む　364
三日帰りて耳を洗う　187
三日にして廚下に入り　124
南のかた瀑布を望む　363
耳に満つ潺湲面に満つ涼　14
明朝意有らば琴を抱きて来たれ　110

【む】

無稽の小説喧鬨し易し　320
無数の英雄を引きて競って腰を折らしむ　387
昔聞く洞庭の水　367
六つの街の灯火に児童鬧ぐ　58
空しく憐れむ板渚隋堤の水　234

【め】

名月来たりて相い照らす　254
名士尽く煙雲　308
迷枝浸葉総べて涼を生ず　228
面異なりて斯ち人と為り　298

【も】

文字益ます奇変なり　316
若し洛陽風景の地に過らば　234
譬令《もし》愚者は寿しとなせば　160
猛志故より常に在り　332
須《もち》いず檀板と金尊を　222
旧《もと》は秋を悲しまず只だ秋を愛す　186
物に同じきも既に慮る無く　332
桃の夭夭たる　227

【や】

夜灯風幔に伊威落つ　144
夜来風雨の声　19
稍《や》や風騒に遜る　387
山に銀蛇舞い　386
山は青くして花は然えんと欲す　188
山は白楼に入る沙苑の暮れ　172

【ゆ】

行き行きて重ねて行き行く　31
夕べに潮州に貶せらる路八千　200
幽人焼きし筍を嗜み　116
悠然として南山を見る　190, 239, 363
悠なる哉悠なる哉　212
悠悠三十九年の非　196
遊子暮れに何くにか之く　120
雪は離檐を圧するも夢は成り易し　276
雪は藍関を擁して馬前まず　200
夢は繞る秦淮水上の楼　42

【よ】

好く花影を扶けて雕輪に上らしむ　156
好し是れ相い親しむの夜　20
好し吾が骨を瘴江の辺に収めよ　200
余事は歯に挂くる勿かれ　187
喚び回す四十三年の夢　134
酔うて沙場に臥するを君笑うこと莫かれ　256
読めば則ち彼を将て来たらしめ　298
陽間も地府も倶に相い似たり　204
陽春二三月　235
雍と端とは年十三なるも　139
養怡の福　383
夜秦淮に泊して酒家に近し　43
夜深け起ちて闌干に凭りて立てば　14
夜深けて衣は薄く露華凝る　128
宜しく読むべく宜しく倣うべからず　298

【ら】

来人髣髴として是れなり　98
洛陽城裏秋風を見る　97
落日故人の情　171
落花の時節又た君に逢う　178
乱山終古咸陽を刺す　342
乱来史筆も亦た焼残す　306
懶惰なること故より匹い無し　138
蘭亭の序有るが為に　308
蘭に秀有り菊に芳り有り　378
鸞鳥能く歌い鳳鳥舞う　336

【り】

李白は一斗にして詩百篇　111
李白舟に乗って将に行かんと欲す　170
梨花一枝春雨を帯ぶ　229
籬落蕭条夜に霜有り　238
六《りく》経も至文に非ず　316

律回り歳晩れて氷霜少なし　4
柳花深巷午鶏の声　84
柳絮風に高く雁行を断つ　159
流蛍飛びて復た息う　214
流水青山六朝を送る　60
流水濺濺として両陂を度る　12
旅館の寒灯独り眠らず　72
両岸の青山相い対して出で　55
両岸柳舒びて青し　284
両地各おの無限の神を傷ましむ　172
両朝開済するは老臣の心　348
両人対酌すれば山花開く　110
良晨詎ぞ待つ可けんや　332
涼風衣を吹き衾を抱きて臥せば　30
菱荷分かち得て緑参差たり　245
菱角何れの時に鑄せる　272
緑陰幽草花時に勝る　12
林下孤煙起こり　116

【れ】

冷冷耳と謀る　102
歴歴何に従りてか起こる　102
烈士は暮年になるも　382
簾幕深く蔵して未だ扉を掩わず　144

【ろ】

路上の行人魂を断たんと欲す　6
廬山の真面目を識らざるは　363
廬を結びて人境に在り　190
老眼忽ち童に還り　264
老驥は櫪に伏すも　382
老妻自ら詡る作婆の時を　148
老子病来渾べて飲まざるに　66
老病孤舟有り　367
老来貧困実に嗟くに堪えたり　22
老来方に一青衫を得たり　194
瑯琊の大道王　235
瑯琊復た瑯琊　235
楼船を汎べて汾河を済る　378
漏遅く天気涼し　20
六月灘声猛雨の如し　14
六歳なるに自お抱き持す　143
六と七とを識らず　139
論書孰与ぞ群せん　308

【わ】

我が目忽かに昏きを病む　98
我れ言うに秋日は春朝に勝る　16
我れ道う古人の文　298
我れと相い依ること卅五年　106
我れに秦宮の鏡有り　272
我れは以う妄心求むと　102
我れは是れ花底に旁観するの客

322
我れ酔うて眠らんと欲す卿且らく去れ　110
吾れ聞く果下の馬は　218
吾れは猶お一生を恋う　164
淮南《わいなん》秋雨の夜　212
少《わか》き日曾て題す菊枕の詩　135
妾《われ》は言う柳の緑は郎が衣の似しと　63
儂《われ》の病に染まること多きが為に　126
餛飩《ワンタン》を包み得て味は常に勝り　108

人名索引

(太字は標題句の作者としてあらわれるページ)

【あ】

安禄山　5, 29, 40, 55, 71, 73, 179, 189, 213

【い】

伊藤博文　32
夷吾　→管仲
韋応物　**212**
韋荘　**208**, 213

【う】

禹　88

【え】

慧遠　363
衛子夫　380
衛青　380
炎帝　333
袁凱　**312**
袁機　157, **272**, 338
袁宏道　**316**, 324
袁樹　158
袁宗道　318
袁中道　318
袁杼　158
袁棠　158
袁枚　107, 121, 123, 127, 129, **156**, **260**, **264**, 274, **298**, **308**, 324, **336**, **342**
偃　261
燕青　319

【お】

王安石　**12**, **78**, 100, 184, **196**, 315
王維　**70**, 114, **176**, **254**, 314, **370**
王駕　**86**
王翰　**256**, 368
王羲之　61, 253, 309, 357
王徽之　253
王建(唐)　97, **124**
王建(前蜀)　209
王弘　112
王之渙　257, **292**, **368**
王士禛　23, **42**, 233, **234**
王実甫　174
王濬　61
王昌齢　293
王縉　70
王勣　275
王度　274
王導　352, 357
王敦　385
汪元量　**352**
汪倫　170
欧陽修　100, 162, **182**, 245
温嶠　353

【か】

何如璋　32
狩野直喜　367
華佗　319
賈島　**8**, 97
郝隆　65
郭璞　334
霍去病　380
葛洪　50

桓伊　253
桓温　235
桓公(斉)　353
管仲　173, 353
関羽(関雲長)
218, 318, 320
韓介　201
韓湘　201
韓信　299, 377
韓愈　9, 47, 96,
184, **200**, 220
顔真卿　115

【き】

岐王　178
祁彪佳　165, 285,
289
祁熊佳　290
紀昀　121
徽宗(北宋)　11,
81
牛僧孺　35
許広平　174
許圉師　296
許渾　**294**
魚玄機　**326**
恭宗(南宋)　354
皎然　**114**
龔自珍　**106**
龔鼎孳　**60**, 358
金農　278

【く】

屈原　180, 289
屈大均　**112**
桑原武夫　377

【け】

刑天　333, 337
荊軻　343
恵文王(趙)　161
桂王(明)　113
嵆康　255
黥布　377
元好問　**58**, **246**,
306
元二　176
元稹　76, 95, **172**
元帝(東晋)　145,
357
玄宗(唐)　29, 40,
178, 213, 229,
270
玄燁　→康熙帝
阮咸　257
阮籍　255, 257
憲宗(唐)　202
黔婁　131

【こ】

古檀先生(廖雲錦の
父)　123
呉偉業　62, 358
呉寛　262
呉三桂　113
壺公　50
顧学頡　270
顧媚　62
孔子　173
句践《こうせん》　340
江従簡　235
侯生　274
姮娥(素娥)　229
後主(陳)　60, 235,
275
洪武帝(明)　117,
143, 313
洪亮吉　121
香菱　372
高鶚　305
高啓　**116**, **142**,
146
高氏(袁機の嫁ぎ先)
158
高漸離　344
高蟾　**36**
高祖(漢)　219,
346, **376**
高宗(南宋)　25,
195
高適　29, **72**, 293
寇準　**180**
康熙帝(清)　**258**

項羽　219, 346, 377
黄景仁　**120**
黄遵憲　**30, 144**
黄巣　209
黄庭堅　81, 217, **314**
黄当蒸　146

【さ】

左思　49, 143
崔希逸　371
崔九(崔滌)　178

【し】

ジンギスカン　391
司空図　87
司馬睿　→元帝(東晋)
司馬光　13, 197
司馬紹　→明帝(東晋)
司馬遷　313, 317
始皇帝(秦)　273, 295, 343, 388
施閏章　**288**
謝安　357
謝氏(梅堯臣の妻)　100, 162
謝朓　**214**
謝霊運　115
朱彝　121
朱雲　165
朱元璋　→洪武帝(明)
朱子　5
朱生　317
周瑜　364
祝允明　205
粛宗(唐)　40
女娃　333
徐渭　**228**
徐偃王　→偃
徐禎卿　205
徐徳言　275
諸葛亮　349, 365
小喬　364
小蛮　235
向長　149
昭王(秦)　161
商景蘭　**164, 284**
湘霊　21, 270
蔣士銓　121, 324
岑参　369
真宗(北宋)　181
秦王政　→始皇帝
秦檜　45
秦観　**80**, 253
神宗(北宋)　197

【す】

崇禎帝(明)　62

【せ】

成帝(前漢)　165
西王母　227
西施　340, 360
西太后　32
清少納言　76
席佩蘭　**128**
薛氏(白居易の妻)　21
薛濤　328
詹義　**194**
銭謙益　62, 358

【そ】

蘇洵　154
蘇軾　11, **52**, 71, 79, 81, 88, 100, **152**, 177, 184, 195, 197, **248**, 315, 324, **360**, 363
蘇轍　153, 195
蘇武　120, 312, 372
宋玉　17
宗氏(李白の妻)　93

宗懍　65, 323, 327
曹寅　305
曹璽　305
曹雪芹　259, **304**
曹操　218, 364, **382**
曾参　173
孫原湘　129
孫権　42, 365
孫策　364

【た】

大喬　364
太祖(北宋)　388
太祖(明)　→洪武帝
太宗(唐)　310, 388
太宗(北宋)　181
戴震　121
丹(燕の太子)　343
段玉裁　107

【ち】

晁冲之　**10**
晁補之　11, 81
張衡　210
張士誠　117, 143
張浚　5
張栻　**4**
張籍　**96**, 125
張岱　286
張飛　320
張問陶　**322**
張耒　81
趙明誠　302
趙翼　59, 107, **148**, 259, 262, **280**, **320**, 324
陳起　**82**
陳玉蘭　87
陳重　173
陳修　195
陳淑蘭　**126**, 129

【て】

程氏(趙翼の妻)　149
程文海(程蔵園)　149
鄭板橋(鄭燮)　**242**
田光　343

【と】

杜宇　→望帝
杜衍　**244**
杜甫　5, 25, **38**, 71, 93, 111, **178**, **188**, 202, 216, **348**, 367
杜牧　**2**, **6**, 35, 43, **210**, **232**, **346**, 350, **364**
杜佑　3
唐寅　**204**, 240
唐琬　136
陶淵明　49, 84, 112, 114, **138**, **190**, 239, **332**, 338, 363, 373
陶侃　141, 192
鄧宗洛　127
竇憲　371
竇太后　380

【は】

芭蕉　361
馬氏(廖雲錦の夫)　123
梅堯臣　**98**, **160**, 184, 217
梅子真　289
梅鼎祚　321
裴鉶　320
裴迪　255
白居易　**14**, 17, **20**, **64**, **74**, **94**, 97, **130**, 173, 177, 202, 213, 229, 233, 235, 245, **268**, 363
范成大　19, 25, **84**,

102
范仲淹　367
范蠡　341
樊素　235
潘岳　162
潘似　230

【ひ】

費長房　50

【ふ】

夫差　340
武松　320
武帝(漢)　312, **378**, 388
馮驩　216
馮夢龍　195
福王(明)　166
文暢　14
文徴明　205, **238**
文天祥　354

【ほ】

望帝　180
彭越　377
鮑叔　173
鮑照　157
龐籌　**50**
穆王(周)　261, 334

【ま】

磨勒　320

【め】

明帝(東晋)　145

【も】

毛奇齢　**358**
毛沢東　**386**
孟郊　97
孟棨　275
孟浩然　19, 29, 44
孟嘗君　216
森鷗外　328

【ゆ】

兪文豹　195

【よ】

葉昌熾　**302**
楊貴妃　29, 229, 245, 249, 270
楊氏(白居易の妻)　21, 76, 270
楊静亭　**108**
楊万里　**24**, **48**, **66**, 85, **186**
煬帝　232, 235
吉川幸次郎　189, 377

【ら】

羅大経　195
羅聘　**276**
雷義　173

【り】

李賀　**218**
李逵　318
李亀年　178
李九齢　**226**
李建中　**198**
李公麟　314
李商隠　**34**, 37, 49, 350
李清照　302, 328
李卓吾　317
李徳裕　35
李白　**28**, 44, **54**, 71, **92**, **110**, **170**, 202, 215, 249, **252**, **362**
李陵　120, 312
陸羽　114
陸広微　341
陸游　25, **44**, 85, **88**, 104, **134**, 187, **216**, 270, 281
柳惲　295
柳敬亭　318, 358
柳宗元　17, **46**

柳如是　62
劉禹錫　**16**, 47, 109, 211, **356**, **366**
劉翰　**18**
劉歆　334
劉禅　349
劉備　320, 349, 365
劉評事　8
劉邦　→高祖(漢)
劉姥姥　89, 259
呂布　218
梁啓超　32, 146
梁思順　146
廖雲錦　**122**, 127, 129
林古度　**22**, 43
林黛玉　245, 372
林逋　**222**

【ろ】

魯迅　174
楼穎　**340**

作者の生没年，字号，本籍地一覧(五十音順)

姓名(生没年)	あざな	号	本籍地	備考
韋応物 (737?-791?)	不詳		京兆長安 (陝西西安)	韋蘇州
韋荘 (836?-910)	端已		京兆杜陵 (陝西西安)	
袁凱 (不詳)	景文	海叟	華亭 (上海松江)	
袁機 (1720-1759)	素文		銭塘 (浙江杭州)	
袁宏道 (1568-1610)	中郎	石公	公安 (湖北)	
袁枚 (1716-1798)	子才	簡斎	銭塘 (浙江杭州)	随園先生
王安石 (1021-1086)	介甫	半山	撫州臨川 (江西)	
王維 (701-761)	摩詰		蒲州 (山西永済)	王右丞
王駕 (851-?)	大用	守素先生	河中 (山西永済)	
王翰 (不詳)	子羽		并州晋陽 (山西太原)	
王建 (768?-830)	仲初		潁川 (河南許昌)	
王士禛 (1634-1711)	貽上	阮亭, 漁洋山人	新城 (山東桓台)	
王之渙 (688-742)	季陵		并州 (山西太原)	
汪元量 (1241-1317 以後)	大有	水雲	銭塘 (浙江杭州)	

姓名(生没年)	あざな	号	本籍地	備　考
欧陽修 (1007-1072)	永叔	酔翁, 六一居士	廬陵 (江西吉安)	欧陽文忠公
賈島 (779-843)	浪仙	碣石山人	范陽 (河北涿県)	賈長江
韓愈 (768-824)	退之		河陽 (河南孟県)	韓昌黎
許渾 (791-854?)	用晦		潤州丹陽 (江蘇)	
魚玄機 (844?-871?)	幼微		長安 (陝西西安)	
皎然 (不詳)	清昼		湖州 (浙江呉興)	本姓は謝
龔自珍 (1792-1841)	璱人	定盦	仁和 (浙江杭州)	
龔鼎孳 (1615-1673)	孝升	芝麓	江南合肥 (安徽)	
屈大均 (1630-1696)	翁山		番禺 (広東)	
元好問 (1190-1257)	裕之	遺山山人	太原秀容 (山西忻州)	
元稹 (779-831)	微之		河南 (河南洛陽)	
高啓 (1336-1374)	季迪	青邱子	長洲 (江蘇蘇州)	
高蟾 (不詳)	不詳		河朔 (山西河北北部)	
高祖(漢) (前 256-前 195)	季		沛 (江蘇沛県)	劉邦
高適 (701?-765)	達夫		不詳	

作者の生没年，字号，本籍地一覧

姓名(生没年)	あざな	号	本籍地	備考
寇準 (961–1023)	平仲		華州下邽 (陝西渭南東北)	寇忠愍公
康熙帝 (1654–1722)				聖祖，玄燁
黄景仁 (1749–1783)	仲則	鹿非子	武進 (江蘇常州)	
黄遵憲 (1848–1905)	公度	人境廬主人	嘉応 (広東梅州)	
黄庭堅 (1045–1105)	魯直	山谷道人	洪州分寧 (江西修水)	
施閏章 (1618–1683)	尚白	愚山	宣城 (安徽)	
謝朓 (464–499)	玄暉		陳郡陽夏 (河南太康)	謝宣城
徐渭 (1521–1593)	文長	青藤，天池	山陰 (浙江紹興)	
商景蘭 (1605–1676 以後)	媚生		会稽 (浙江紹興)	
秦観 (1049–1100)	少游	淮海居士	揚州高郵 (江蘇)	
席佩蘭 (不詳)	月襟	佩蘭	昭文 (江蘇常熟)	名は蕊珠
詹義 (不詳)	不詳		不詳	
蘇軾 (1036–1101)	子瞻	東坡居士	眉州眉山 (四川)	蘇文忠公
曹雪芹 (1715?–1763?)	夢阮	雪芹，芹渓	遼陽 (遼寧)	名は霑
曹操 (155–220)	孟徳		沛国譙 (安徽亳県)	

姓名(生没年)	あざな	号	本籍地	備　考
晁冲之 (不詳)	叔用		鉅野 (山東巨野)	
張栻 (1133-1180)	敬夫	南軒	漢州綿竹 (四川)	
張籍 (766-830?)	文昌		呉郡 (江蘇蘇州)	張水部, 張司業
張問陶 (1764-1814)	仲冶	船山	遂寧 (四川)	
趙翼 (1727-1814)	耘松	甌北	陽湖 (江蘇常州)	
陳起 (不詳)	宗之	陳道人	銭塘 (浙江杭州)	
陳淑蘭 (1736-1795)	蕙卿		江寧 (江蘇南京)	
鄭板橋 (1693-1765)	克柔	板橋居士	興化 (江蘇)	名は燮
杜衍 (978-1057)	世昌		山陰 (浙江紹興)	
杜甫 (712-770)	子美	少陵野老	京兆杜陵 (陝西西安)	杜工部, 杜拾遺
杜牧 (803-852)	牧之	樊川	京兆万年 (陝西西安)	
唐寅 (1470-1523)	伯虎	六如居士	呉県 (江蘇)	
陶淵明 (365-427)	元亮		潯陽柴桑 (江西九江)	一名は潜, 陶靖節
梅堯臣 (1002-1060)	聖兪		宣州宣城 (安徽)	宛陵先生
白居易 (772-846)	楽天	香山居士	下邽 (陝西渭南県東北)	

作者の生没年，字号，本籍地一覧

姓名(生没年)	あざな	号	本籍地	備　考
范成大 (1126-1193)	致能	石湖居士	呉 (江蘇蘇州)	
武帝(漢) (前 156-前 87)				劉徹
文徴明 (1470-1559)	徴明	衡山	長洲 (江蘇蘇州)	初名は璧
龐鑄 (不詳)	才卿	黙翁	遼東 (遼寧)	
毛奇齡 (1623-1716)	大可	伝是斎	蕭山 (浙江)	西可先生
毛沢東 (1893-1976)			湖南省湘潭県韶山	
楊静亭 (不詳)	静亭		通州 (北京市通県)	一説に名は 士安
楊万里 (1127-1206)	廷秀	誠斎	吉水吉州 (江西)	
葉昌熾 (1849-1916)	鞠裳	縁督廬主人	長洲 (江蘇蘇州)	
羅聘 (1733-1799)	遯夫	両峰, 花之寺僧	甘泉 (江蘇揚州)	
李賀 (790-816)	長吉		河南福昌 (河南宜陽)	
李九齢 (不詳)	不詳		洛陽 (河南)	
李建中 (945-1013)	得中		洛陽 (河南)	李西台
李商隠 (813-858)	義山	玉渓生	懐州河内 (河南沁陽)	
李白 (701-762)	太白	青蓮居士	昌隆 (四川江油)	

姓名(生没年)	あざな	号	本籍地	備　考
陸游 (1125-1209)	務観	放翁	越州山陰 (浙江紹興)	
柳宗元 (773-819)	子厚		河東 (山西永済)	柳河東, 柳柳州
劉禹錫 (772-842)	夢得		洛陽 (河南)	
劉翰 (不詳)	武子	小山	長沙 (湖南)	
廖雲錦 (不詳)	織雲		松江華亭 (上海)	
林古度 (1580-1666)	茂之		福清 (福建)	
林逋 (967-1028)	君復		杭州銭塘 (浙江杭州)	和靖先生
楼穎 (不詳)	不詳		不詳	

＊『中国文学大辞典』(天津人民出版社, 1991年)に基づき, 必要に応じてその他の資料を参照した.

時代別作者名一覧

王朝名	作者名	作者名(生没年不詳)
漢(前 202-後 8)	高祖劉邦(前 256-前 195) 武帝(前 156-前 87)	
新(8-23)		
後漢(25-220)	曹操(155-220)	
三国(220-265)		
西晋(265-316)		
東晋(317-420)	陶淵明(365-427)	
劉宋(420-479)		
南斉(479-502)	謝朓(464-499)	
梁(502-557)		
陳(557-589)		
隋(581-617)		
唐(618-907)	王之渙(688-742) 王維(701-761) 李白(701-762) 高適(701?-765) 杜甫(712-770) 韋応物(737?-791?) 張籍(766-830?) 韓愈(768-824) 王建(768?-830) 劉禹錫(772-842) 白居易(772-846) 柳宗元(773-819) 元稹(779-831) 賈島(779-843)	王翰 皎然 高蟾 楼穎

王朝名	作者名	作者名(生没年不詳)
	李賀(790-816) 許渾(791-854?) 杜牧(803-852) 李商隠(813-858) 韋荘(836?-910) 魚玄機(844?-871?) 王駕(851-?)	
五代(907-960)		
北宋(960-1127)	李建中(945-1013) 寇準(961-1023) 林逋(967-1028) 杜衍(978-1057) 梅堯臣(1002-1060) 欧陽修(1007-1072) 王安石(1021-1086) 蘇軾(1036-1101) 黄庭堅(1045-1105) 秦観(1049-1100)	晁冲之 李九齢
南宋(1127-1279)	陸游(1125-1209) 范成大(1126-1193) 楊万里(1127-1206) 張栻(1133-1180) 汪元量(1241-1317 以後)	詹義 陳起 劉翰
金(1115-1234)	元好問(1190-1257)	龐鑄
元(1279-1368)		
明(1368-1644)	高啓(1336-1374) 唐寅(1470-1523) 文徴明(1470-1559) 徐渭(1521-1593) 袁宏道(1568-1610)	袁凱

時代別作者名一覧

王朝名	作者名	作者名(生没年不詳)
清(1644-1911)	林古度(1580-1666) 商景蘭(1605-1676 以後) 龔鼎孳(1615-1673) 施閏章(1618-1683) 毛奇齢(1623-1716) 屈大均(1630-1696) 王士禛(1634-1711) 康熙帝(1654-1722) 鄭板橋(1693-1765) 曹雪芹(1715?-1763?) 袁枚(1716-1798) 袁機(1720-1759) 趙翼(1727-1814) 羅聘(1733-1799) 陳淑蘭(1736-1795) 黄景仁(1749-1783) 張問陶(1764-1814) 龔自珍(1792-1841) 黄遵憲(1848-1905) 葉昌熾(1849-1916)	席佩蘭 楊静亭 廖雲錦
民国以後(1912-)	毛沢東(1893-1976)	

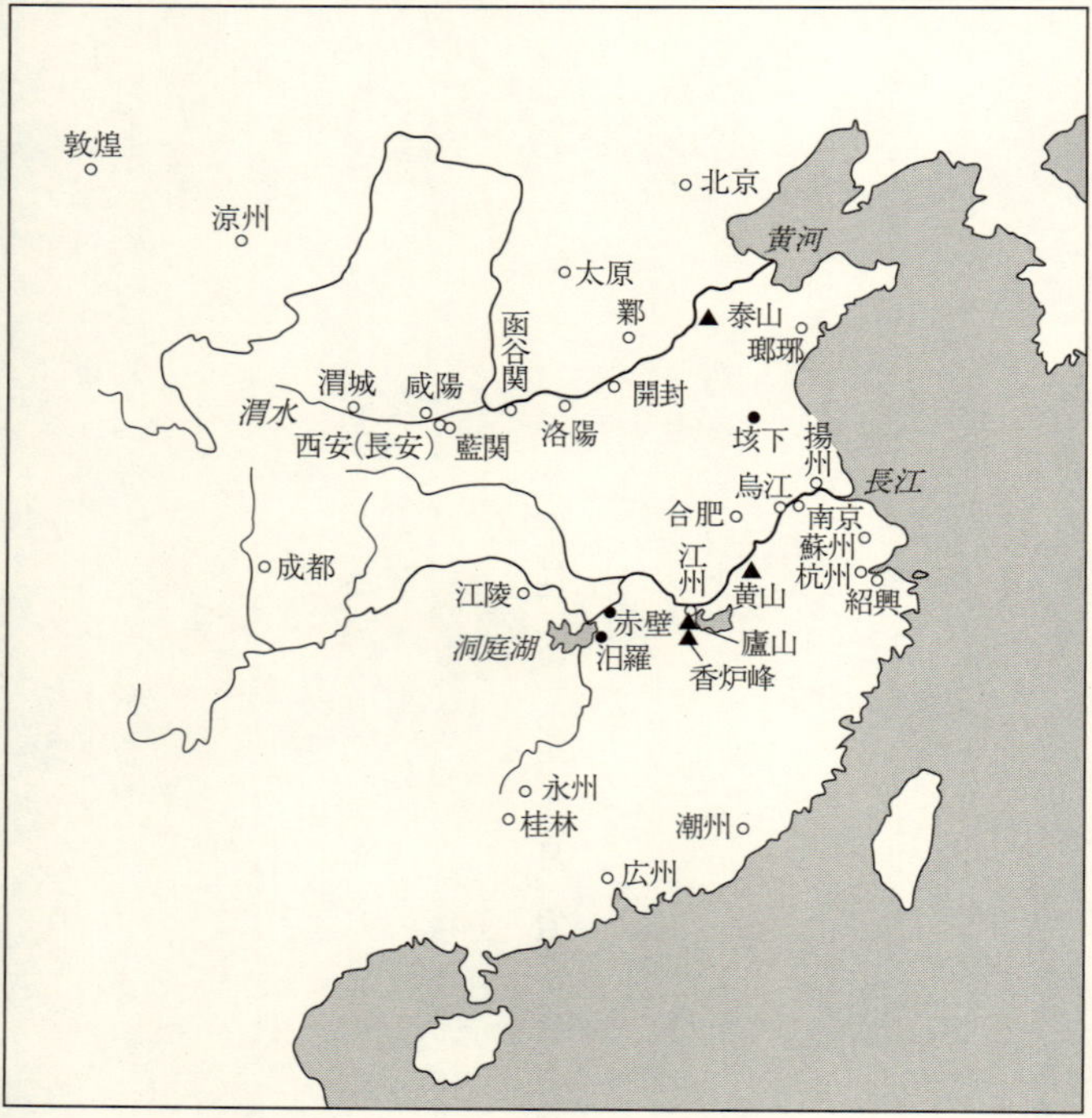

敦煌
涼州
北京
黄河
太原
鄴
泰山
瑯琊
函谷関
渭城
咸陽
開封
渭水
洛陽
垓下
西安(長安)
藍関
揚州
長江
烏江
合肥
南京
蘇州
江州
成都
黄山
杭州
江陵
紹興
赤壁
洞庭湖
廬山
汨羅
香炉峰
永州
桂林
潮州
広州

関連地図

本書は二〇一〇年一二月、岩波書店より刊行された。

中国名詩集

2018年 3月16日 第1刷発行
2024年 7月25日 第3刷発行

著 者 井波律子《いなみりつこ》

発行者 坂本政謙

発行所 株式会社 岩波書店
〒101-8002 東京都千代田区一ツ橋 2-5-5

案内 03-5210-4000 営業部 03-5210-4111
https://www.iwanami.co.jp/

印刷・精興社 製本・中永製本

ISBN 978-4-00-602297-6 Printed in Japan

岩波現代文庫創刊二〇年に際して

二一世紀が始まってからすでに二〇年が経とうとしています。この間のグローバル化の急激な進行は世界のあり方を大きく変えました。世界規模で経済や情報の結びつきが強まるとともに、国境を越えた人の移動は日常の光景となり、今やどこに住んでいても、私たちの暮らしは世界中の様々な出来事と無関係ではいられません。しかし、グローバル化の中で否応なくもたらされる「他者」との出会いや交流は、新たな文化や価値観だけではなく、摩擦や衝突、そしてしばしば憎悪までをも生み出しています。グローバル化にともなう副作用は、その恩恵を遥かにこえていると言わざるを得ません。

今私たちに求められているのは、国内、国外にかかわらず、異なる歴史や経験、文化を持つ「他者」と向き合い、よりよい関係を結び直してゆくための想像力、構想力ではないでしょうか。

新世紀の到来を目前にした二〇〇〇年一月に創刊された岩波現代文庫は、この二〇年を通して、哲学や歴史、経済、自然科学から、小説やエッセイ、ルポルタージュにいたるまで幅広いジャンルの書目を刊行してきました。一〇〇〇点を超える書目には、人類が直面してきた様々な課題と、試行錯誤の営みが刻まれています。読書を通した過去の「他者」との出会いから得られる知識や経験は、私たちがよりよい社会を作り上げてゆくために大きな示唆を与えてくれるはずです。

一冊の本が世界を変える大きな力を持つことを信じ、岩波現代文庫はこれからもさらなるラインナップの充実をめざしてゆきます。

（二〇二〇年一月）

B291
中国文学の愉しき世界
井波律子

烈々たる気概に満ちた奇人・達人の群像、壮大にして華麗な中国的物語幻想の世界！ 中国文学の魅力をわかりやすく解き明かす第一人者のエッセイ集。

B292
英語のセンスを磨く
―英文快読への誘い―
行方昭夫

「なんとなく意味はわかる」では読めたことにはなりません。選りすぐりの課題文の楽しく懇切な解読を通じて、本物の英語のセンスを磨く本。

B293
夜長姫と耳男
近藤ようこ漫画
坂口安吾原作

長者の一粒種として慈しまれる夜長姫。美しく、無邪気な夜長姫の笑顔に魅入られた耳男は、次第に残酷な運命に巻き込まれていく。〔カラー6頁〕

B294
桜の森の満開の下
近藤ようこ漫画
坂口安吾原作

鈴鹿の山の山賊が出会った美しい女。山賊は女の望むままに殺戮を繰り返す。虚しさの果てに、満開の桜の下で山賊が見たものとは。〔カラー6頁〕

B295
中国名言集 一日一言
井波律子

悠久の歴史の中に煌めく三六六の名言を精選し、一年各日に配して味わい深い解説を添える。毎日一頁ずつ楽しめる、日々の暮らしを彩る一冊。

B296
三国志名言集
井波律子

波瀾万丈の物語を彩る名言・名句・名場面の数々。調子の高さ、響きの楽しさに、思わず声に出して読みたくなる! 情景を彷彿させる挿絵も多数。

B297
中国名詩集
井波律子

前漢の高祖劉邦から毛沢東まで、選び抜かれた珠玉の名詩百三十七首。人が生きることの哀歓を深く響かせ、胸をうつ。

B298
海うそ
梨木香歩

決定的な何かが過ぎ去ったあとの、沈黙する光景の中にいたい——。いくつもの喪失を越えて、秋野が辿り着いた真実とは。〈解説〉山内志朗

B299
無冠の父
阿久悠

舞台は戦中戦後の淡路島。「生涯巡査」の父をモデルに著者が遺した珠玉の物語が文庫に。父親とは、家族とは? 〈解説〉長嶋有

B300
実践 英語のセンスを磨く
—難解な作品を読破する—
行方昭夫

難解で知られるジェイムズの短篇を丸ごと解説し、読みこなすのを助けます。最後まで読めば、今後はどんな英文でも自信を持って臨めるはず。

2024. 7

岩波現代文庫［文芸］

B301-302
またの名をグレイス（上・下）
マーガレット・アトウッド
佐藤アヤ子訳

十九世紀カナダで実際に起きた殺人事件を素材に、巧みな心理描写を織りこみながら人間存在の根源を問いかける。ノーベル文学賞候補とも言われるアトウッドの傑作。

B303
塩を食う女たち
聞書・北米の黒人女性
藤本和子

アフリカから連れてこられた黒人女性たちは、いかにして狂気に満ちたアメリカ社会を生きのびたのか。著者が美しい日本語で紡ぐ女たちの歴史的体験。〈解説〉池澤夏樹

B304
余白の春
―金子文子―
瀬戸内寂聴

無籍者、虐待、貧困――過酷な境遇にあって自らの生を全力で生きた金子文子。獄中で自殺するまでの二十三年の生涯を、実地の取材と資料を織り交ぜ描く、不朽の伝記小説。

B305
この人から受け継ぐもの
井上ひさし

著者が深く関心を寄せた吉野作造、宮沢賢治、丸山眞男、チェーホフをめぐる講演・評論を収録。真摯な胸の内が明らかに。〈解説〉柳 広司

B306
自選短編集 パリの君へ
高橋三千綱

売れない作家の子として生を受けた芥川賞作家が、デビューから最近の作品まで単行本未収録の作品も含め、自身でセレクト。岩波現代文庫オリジナル版。〈解説〉唯川 恵

2024. 7

B307-308
赤い月（上・下）
なかにし礼

終戦前後、満洲で繰り広げられた一家離散の悲劇と、国境を越えたロマンス。映画・テレビドラマ・舞台上演などがなされた著者の代表作。〈解説〉保阪正康

B309
アニメーション、折りにふれて
高畑勲

自らの仕事や、影響を受けた人々や作品、苦楽を共にした仲間について縦横に綴った生前最後のエッセイ集、待望の文庫化。〈解説〉片渕須直

B310
花の妹 岸田俊子伝 ―女性民権運動の先駆者―
西川祐子

京都での娘時代、自由民権運動との出会い、政治家・中島信行との結婚など、波瀾万丈の生涯を描く評伝小説。文庫化にあたり詳細な注を付した。〈解説〉和崎光太郎・田中智子

B311
大審問官スターリン
亀山郁夫

自由な芸術を検閲によって弾圧し、政敵を粛清した大審問官スターリン。大テロルの裏面と独裁者の内面に文学的想像力でせまる。文庫版には人物紹介、人名索引を付す。

B312
声の力 ―歌・語り・子ども―
河合隼雄
阪田寛夫
谷川俊太郎
池田直樹

童謡、詩や絵本の読み聞かせなど、人間の肉声の持つ力とは？　各分野の第一人者が「声」の魅力と可能性について縦横無尽に論じる。

岩波現代文庫[文芸]

B313
惜櫟荘の四季
佐伯泰英

惜櫟荘の番人となって十余年。修復なった後も手入れに追われ、時代小説を書き続ける毎日が続く。著者の旅先の写真も多数収録。

B314
黒雲の下で卵をあたためる
小池昌代

誰もが見ていて、見えている日常から、覆いがはがされ、詩が詩人に訪れる瞬間。詩人は詩をどのように読み、文字を観て、何を感じるのか。〈解説〉片岡義男

B315
夢十夜
近藤ようこ漫画
夏目漱石原作

こんな夢を見た——。怪しく美しい漱石の夢の世界を、名手近藤ようこが漫画化。描き下ろしの「第十一夜」を新たに収録。

B316
村に火をつけ、白痴になれ 伊藤野枝伝
栗原康

結婚制度や社会道徳と対決し、貧乏に徹しわがままに生きた一〇〇年前のアナキスト、伊藤野枝。その生涯を体当たりで描き話題を呼んだ爆裂評伝。〈解説〉ブレイディみかこ

B317
僕が批評家になったわけ
加藤典洋

批評のことばはどこに生きているのか。その営みが私たちの生にもつ意味と可能性を、世界と切り結ぶ思考の原風景から明らかにする。〈解説〉高橋源一郎

2024.7

岩波現代文庫[文芸]

B318
振仮名の歴史
今野真二

「振仮名の歴史」って？　平安時代から現代まで続く「振仮名の歴史」を辿りながら、日本語表現の面白さを追体験してみましょう。

B319
上方落語ノート 第一集
桂米朝

上方落語をはじめ芸能・文化に関する論考・考証集の第一集。「花柳芳兵衛聞き書」「ネタ裏おもて」「考証断片」など。〈解説〉山田庄一

B320
上方落語ノート 第二集
桂米朝

名著として知られる『続・上方落語ノート』を文庫化。「落語と能狂言」「芸の虚と実」「落語の面白さとは」など収録。〈解説〉石毛直道

B321
上方落語ノート 第三集
桂米朝

名著の三集を文庫化。「先輩諸師のこと」「不易と流行」「天満・宮崎亭」「考証断片・その三」など収録。〈解説〉廓 正子

B322
上方落語ノート 第四集
桂米朝

名著の第四集。「考証断片・その四」「風流昔噺」などのほか、青蛙房版刊行後の雑誌連載分も併せて収める。全四集。〈解説〉矢野誠一

2024. 7

B323
可能性としての戦後以後
加藤典洋

戦後の思想空間の歪みと分裂を批判的に解体し大反響を呼んできた著者の、戦後的思考の更新と新たな構築への意欲を刻んだ評論集。〈解説〉大澤真幸

B324
メメント・モリ
原田宗典

死の淵より舞い戻り、火宅の人たる自身の半生を小説的真実として描き切った渾身の作。懊悩の果てに光り輝く魂の遍歴。

B325
遠い声
―管野須賀子―
瀬戸内寂聴

大逆事件により死刑に処せられた管野須賀子。享年二九歳。死を目前に胸中に去来する、恋と革命に生きた波乱の生涯。渾身の長編伝記小説。〈解説〉栗原 康

B326
一〇一年目の孤独
―希望の場所を求めて―
高橋源一郎

「弱さ」から世界を見る。生きるという営みの中に何が起きているのか。著者初のルポルタージュ。文庫版のための長いあとがき付き。

B327
石の肺
―僕のアスベスト履歴書―
佐伯一麦

電気工時代の体験と職人仲間の肉声を交えアスベスト禍の実態と被害者の苦しみを記録した傑作ノンフィクション。〈解説〉武田砂鉄

2024.7

岩波現代文庫［文芸］

B328
冬の蕾
―ベアテ・シロタと女性の権利―
樹村みのり

無権利状態にあった日本の女性に、男女平等条項という「蕾」をもたらしたベアテ・シロタの生涯をたどる名作漫画を文庫化。〈解説〉田嶋陽子

B329
青い花
辺見庸

男はただ鉄路を歩く。マスクをつけた人びとが彷徨う世界で「青い花」の幻影を抱え……。災厄の夜に妖しく咲くディストピアの〝愛〟と〝美〟。現代の黙示録。〈解説〉小池昌代

B330
書聖王羲之
―その謎を解く―
魚住和晃

日中の文献を読み解くと同時に、書作品をつぶさに検証。歴史と書法の両面から、知られざる王羲之の実像を解き明かす。

B331
霧の犬
―a dog in the fog―
辺見庸

恐怖党の跋扈する異様な霧の世界を描く表題作ほか、殺人や戦争、歴史と記憶をめぐる終わりの感覚に満ちた中短編四作を収める。終末の風景、滅びの日々。〈解説〉沼野充義

B332
増補 オーウエルのマザー・グース
―歌の力、語りの力―
川端康雄

政治的な含意が強調されるオーウェルの作品群に、伝承童謡や伝統文化、ユーモアの要素を読み解く著者の代表作。関連エッセイ三本を追加した決定版論集。

2024. 7

岩波現代文庫［文芸］

B333
六代目圓生コレクション
寄席育ち
三遊亭圓生

圓生みずから、生い立ち、修業時代、芸談、噺家列伝などをつぶさに語る。綿密な考証も施され、資料としても貴重。〈解説〉延広真治

B334
六代目圓生コレクション
明治の寄席芸人
三遊亭圓生

圓朝、圓遊、圓喬など名人上手から、知られざる芸人まで。一六〇余名の芸と人物像を、六代目圓生がつぶさに語る。〈解説〉田中優子

B335
六代目圓生コレクション
寄席楽屋帳
三遊亭圓生

『寄席育ち』以後、昭和の名人として活躍した日々を語る。思い出の寄席歳時記や風物詩も収録。聞き手・山本進。〈解説〉京須偕充

B336
六代目圓生コレクション
寄席切絵図
三遊亭圓生

寄席が繁盛した時代の記憶を語り下ろす。各地の寄席それぞれの特徴、雰囲気、周辺の街並み、芸談などを綴る。全四巻。〈解説〉寺脇 研

B337
コブのない駱駝
―きたやまおさむ「心」の軌跡―
きたやまおさむ

ミュージシャン、作詞家、精神科医として活躍してきた著者の自伝。波乱に満ちた人生を自ら分析し、生きるヒントを説く。鴻上尚史氏との対談を収録。

2024. 7

B338-339
ハルコロ (1)(2)
石坂　啓漫画
本多勝一原作
萱野　茂監修

一人のアイヌ女性の生涯を軸に、日々の暮らしや祭り、誕生と死にまつわる文化など、アイヌの世界を生き生きと描く物語。〈解説〉本多勝一・萱野茂・中川裕

B340
ドストエフスキーとの旅
―遍歴する魂の記録―
亀山郁夫

ドストエフスキーの「新訳」で名高い著者が、生涯にわたるドストエフスキーにまつわる体験を綴った自伝的エッセイ。〈解説〉野崎歓

B341
彼らの犯罪
樹村みのり

凄惨な強姦殺人、カルトの洗脳、家庭内暴力と息子殺し……。事件が照射する人間と社会の深淵を描いた短編漫画集。〈解説〉鈴木朋絵

B342
私の日本語雑記
中井久夫

精神科医、エッセイスト、翻訳家でもある著者の、言葉をめぐる多彩な経験を綴ったエッセイ集。独特な知的刺激に満ちた日本語論。〈解説〉小池昌代

B343
ほんとうのリーダーのみつけかた 増補版
梨木香歩

誰かの大きな声に流されることなく、自分自身で考え抜くために。選挙不正を告発した少女をめぐるエッセイを増補。〈解説〉若松英輔

岩波現代文庫［文芸］

B344
狡智の文化史
―人はなぜ騙すのか―
山本幸司

嘘、偽り、詐欺、謀略……。「狡智」という厄介な知のあり方と人間の本性との関わりについて、古今東西の史書・文学・神話・民話などを素材に考える。

B345
和の思想
―日本人の創造力―
長谷川櫂

和とは、海を越えてもたらされる異なる文化を受容・選択し、この国にふさわしく作り替える創造的な力・運動体である。〈解説〉中村桂子

B346
アジアの孤児
呉濁流

植民統治下の台湾人が生きた矛盾と苦悩を克明に描き、戦後に日本語で発表された、台湾文学の古典的名作。〈解説〉山口守

B347
小説家の四季
1988―2002
佐藤正午

小説家は、日々の暮らしのなかに、なにを見つめているのだろう――。佐世保発の「ライフワーク的エッセイ」、第1期を収録！

B348
小説家の四季
2007―2015
佐藤正午

『アンダーリポート』『身の上話』『鳩の撃退法』、そして……。名作を生む日々の暮らしを軽妙洒脱に綴る「文芸的身辺雑記」、第2期を収録！

2024.7

B349
増補 もうすぐやってくる尊皇攘夷思想のために
加藤典洋

幕末、戦前、そして現在。三度訪れるナショナリズムの起源としての尊皇攘夷思想に向き合うために。晩年の思索の増補決定版。〈解説〉野口良平

B350
大きな字で書くこと／僕の一〇〇〇と一つの夜
加藤典洋

批評家・加藤典洋が自らを回顧する連載を中心に、発病後も書き続けられた最後のことばたち。没後刊行された私家版の詩集と併録。〈解説〉荒川洋治

B351
母の発達・アケボノノ帯
笙野頼子

縮んで殺された母は五十音に分裂して再生した。母性神話の着ぐるみを脱いで喰らってウンコにした、一読必笑、最強のおかあさん小説が再来。幻の怪作「アケボノノ帯」併収。

B352
日没
桐野夏生

海崖に聳える〈作家収容所〉を舞台に極限の恐怖を描き、日本を震撼させた衝撃作。「その恐ろしさに、読むことを中断するのは絶対に不可能だ」(筒井康隆)。〈解説〉沼野充義

B353
新版 一陽来復
―中国古典に四季を味わう―
井波律子

巡りゆく季節を彩る花木や風物に、中国古典詩文の鮮やかな情景を重ねて、心伸びやかに生きようとする日常を綴った珠玉の随筆集。〈解説〉井波陵一

岩波現代文庫[文芸]

B354
未闘病記 ―膠原病、「混合性結合組織病」の―
笙野頼子

芥川賞作家が十代から苦しんだ痛みと消耗は十万人に数人の難病だった。病と「同行二人」の半生を描く野間文芸賞受賞作の文庫化。講演録「膠原病を生き抜こう」を併せ収録。

B355
定本 批評メディア論 ―戦前期日本の論壇と文壇―
大澤聡

論壇／文壇とは何か。批評はいかにして可能か。日本の言論インフラの基本構造を膨大な資料から解析した注目の書が、大幅な改稿により「定本」として再生する。

B356
さだの辞書
さだまさし

「目が点になる」の『広辞苑 第五版』収録をご縁に27の三題噺で語る。温かな人柄、ユーモアにセンスが溢れ、多芸多才の秘密も見える。〈解説〉春風亭一之輔

B357-358
名誉と恍惚(上・下)
松浦寿輝

戦時下の上海で陰謀に巻き込まれ、すべてを失った日本人警官の数奇な人生。その悲哀を描く著者渾身の一三〇〇枚。谷崎潤一郎賞、ドゥマゴ文学賞受賞作。〈解説〉沢木耕太郎

B359
岸惠子自伝 ―卵を割らなければ、オムレツは食べられない―
岸惠子

女優として、作家・ジャーナリストとして、国や文化の軛〈くびき〉を越えて切り拓いていった、万華鏡のように煌〈きら〉めく稀有な人生の軌跡。

2024.7

岩波現代文庫[文芸]

B360

かなりいいかげんな略歴

エッセイ・コレクションⅠ

―1984-1990―

佐藤正午

デビュー作『永遠の1/2』受賞記念エッセイである表題作、初の映画化をめぐる顚末記「映画が街にやってきた」など、瑞々しく親しみ溢れる初期作品を収録。

2024.7